Tú y yo, invencibles

Alice Kellen

Tú y yo, invencibles

Obra editada en colaboración con Editorial Planeta – España

© 2021, Alice Kellen
Autora representada por Editabundo Agencia Literaria, S. L.

© 2021, Editorial Planeta, S. A. – Barcelona, España

Derechos reservados

© 2021, Editorial Planeta Mexicana, S.A. de C.V.
Bajo el sello editorial PLANETA M.R.
Avenida Presidente Masarik núm. 111,
Piso 2, Polanco V Sección, Miguel Hidalgo
C.P. 11560, Ciudad de México
www.planetadelibros.com.mx

Primera edición impresa en España: febrero de 2021
ISBN: 978-84-08-23782-2

Primera edición impresa en México: noviembre de 2021
Segunda reimpresión en México: marzo de 2022
ISBN: 978-607-07-8203-9

Impreso en los talleres de Litográfica Ingramex, S.A. de C.V.
Centeno núm. 162-1, colonia Granjas Esmeralda, Ciudad de México
Impreso en México –*Printed in Mexico*

Para mi padre,
gracias por creer en esta historia
y acompañarme capítulo a capítulo.

«No éramos una generación; éramos un movimiento artístico; no éramos un grupo con una ideología concreta. Éramos simplemente un puñado de gente que coincidió en uno de los momentos más explosivos del país».

PEDRO ALMODÓVAR

1971 - 1978

1

JULIETTE
NI TÚ NI NADIE (ALASKA Y DINARAMA)

Dejé de confiar en los hombres cuando tenía nueve años. Mi padre me prometió que iría a recogerme el fin de semana para que pasase con él unos días en Francia. Pero no apareció. Mi madre, a la que ya había empezado a llamar Susana, me dijo que había tenido problemas en el trabajo. Yo sabía que eso era mentira porque rara vez trabajaba; era el típico hombre que siempre estaba metido en nuevos negocios que fracasaban casi antes de empezar. ¿Conoces a esas personas que gozan más de la idea de tener algo que de disfrutarlo cuando finalmente lo consiguen? Pues ese era mi padre; como su familia era rica, podía permitirse ser idiota. Meses más tarde, cuando llegó la Navidad y ya tenía la maleta preparada para pasar esos días en Francia, llamó y anuló el viaje. No recuerdo qué excusa puso en esa ocasión, pero sí que jamás volví a esperar nada de él.

«Puedes joderme una vez, pero no voy a dejar que me jodas una segunda». Me grabé esa regla a fuego en mi manual de supervivencia.

Hasta que conocí a Lucas, tenía las ideas claras.

Había crecido en el seno de una familia acomodada. Vivíamos en el ático que mis abuelos tenían en la calle Hortaleza, en pleno centro de Madrid. Era un edificio que hacía esquina y el portero se llamaba Roberto; recuerdo con nostalgia la galería de arte que había al lado, porque siempre me quedaba mirando los cuadros del escaparate, preguntándome quién los habría pintado y, sobre todo, qué era lo que quería expresar. Aquel lugar era un buen punto de partida. Toda historia tiene un comienzo y la mía es esta: mi madre se creyó muy rebelde a los dieciséis, se fugó con un francés cinco años mayor que ella que conoció en el club de golf al que iba con mis abuelos y se quedó embarazada. Tardó menos de un año en regresar a casa, en el verano de 1956. Ella no estaba preparada para ser mi madre y probablemente yo tampoco lo estaba para ser su hija, así que se llegó al acuerdo de que me criase la interna que vivió con nosotros hasta que dejé de ser una niña. Y todos fuimos felices y comimos perdices.

O ese sería el final si la historia hubiese terminado ahí.

Pero crecí. A mi madre siempre la vi como a una hermana mayor y me acostumbré a llamarla por su nombre de pila: Susana. Mis abuelos eran generosos conmigo. Él siempre olía a puro caro. Y ella era una de esas mujeres que pese a la edad se mantenía asombrosamente bien.

Yo heredé su belleza.

Creo que empecé a darme cuenta a los trece años. Fui al quiosco a comprar un paquete de tabaco y el dependiente me dijo que no tenía edad para fumar. Me incliné y se lo pedí «por favor». Entonces me miró las tetas, sacó una cajetilla y me la tendió.

No lo hice adrede. No quería que se fijase en mi escote. No pretendí que mi súplica sonase cautivadora ni nada por el estilo. Pero los hombres tienden a confundir la amabilidad con la seducción. En realidad, los hombres tienden a confundirlo todo. Ponles delante una manzana y un melocotón, aprieta los pechos para dejarles ver de más y a los cinco minutos pregúntales qué tienes en las manos y gritarán: «¡Sandías!, ¡sandías!».

Fueron ellos los que originaron que me diese cuenta de ciertos cambios. En el colegio nunca había sido popular ni tenía muchas amigas. Era espigada, flaca y tenía las palas un poco grandes y separadas. Los chicos del barrio me llamaban Julie el espagueti; muchos años después, disfrutaba paseando delante de ellos con el vestido más corto que tenía para verlos desear algo que nunca podrían tener. El caso es que, cuando empecé a ir al instituto, estaba cambiada. Ese verano supuso un antes y un después. Pronto me di cuenta de que mi altura ya no era un problema, mi cuerpo escuálido se volvió más curvilíneo y dejé de tener un rostro redondeado propio de la niñez. Se me marcaron los pómulos, me depilé las cejas por primera vez y me dejé flequillo.

Ya no era invisible.

No me gustaba especialmente ir a clase, pero las cosas mejoraron. Hice un par de amigas, Anabel y Laura, y también empecé a interesarme por los hombres. La mayoría de los chicos con los que salíamos por las tardes me parecían inmaduros y poco interesantes, pero durante una fiesta de cumpleaños dejé que Mateo me tocase los pechos por encima de la camiseta mientras nos estábamos liando. Unos meses más tarde, me acosté con Raúl cuando sus padres se fueron de fin de semana y dejaron la casa libre. No me pareció especialmente placentero, más bien todo lo contrario. Y cuando me miró con una expresión de satisfacción en su rostro ocurrieron dos cosas: la primera es que me sentí bien por haber conseguido despertar deseo en él, y la segunda es que lo odié.

El odio es un sentimiento muy infravalorado. La gente siempre lo asocia a cosas negativas, pero ¿qué pasa con todo el poder que palpita dentro de esa palabra? Existen dos formas de canalizarlo; si dejas que se te meta dentro es dañino, pero si solo permites que te envuelva puede convertirse en gasolina. Y provocar que el mundo estalle en llamas de vez en cuando está bien, sobre todo si eres tú quien controla el fuego y tiene la cerilla en la mano. El odio puede ser una chispa, un desencadenante, un relámpago.

Y también la manera de mantenerte a salvo.

En el caso de los hombres, fue así. Creo que el odio fue la razón por la que, durante mucho tiempo, pensé que jamás podría enamorarme. La psicóloga a la que acudí años después solía decir que el desprecio y la ausencia de mi padre era una cicatriz en mi piel; por lo visto, me empeñaba en escribir encima de esa señal. «Tienes que dejar que siga curándose al sol y pensar en otro nuevo lugar donde poder empezar desde cero».

Creo que en parte lo conseguí. Pude empezar a trazar una vida sobre la carne lisa e intacta, pero en el fondo nunca dejé de mirar de reojo la maldita cicatriz.

No debería haberme importado tanto. Es decir, mi madre no era apenas mi madre, pero al menos estaba cerca, aunque cada dos por tres se ausentase de casa con su novio de turno. No solían durarle más de unos meses y siempre regresaba. Lo hacía como si nunca se hubiese ido. Me levantaba un miércoles cualquiera y, después de semanas sin verla, me la encontraba en el salón con el cabello suelto y ahuecado en un intento de imitar a Farrah Fawcett y preparando pan tostado con chocolate. Creo que adopté de ella la costumbre de ser un ave migratoria: alguien me dijo una vez que a pesar de volar lejos siempre vuelven al nido. La cuestión era que Susana estaba, aunque fuese a medias, como cuando el semáforo parpadea en ámbar. Mi abuelo Miguel hubiese sido el color rojo; siempre firme. No recuerdo haberlo visto sonreír excepto cuando Franco salía en la televisión. Mi abuela Margarita era el verde, la persona que más quería del mundo y la única que me conocía.

Margarita había sido la hija mayor de un doctor y su noviazgo con mi abuelo fue fugaz antes de la boda, como si ambas familias tuviesen prisa por unir sus apellidos. Una vez le pregunté si se había enamorado y, en lugar de responder un «sí» firme, me contestó que existían muchos tipos de amor:

—Está el sosegado, el puro, el amistoso, el...

—Yo quiero el intenso —la interrumpí.

Mi abuela sonrió y colocó bien las flores frescas que la chica del servicio acababa de poner en el jarrón que presidía la mesa. Siempre hacía eso: ir detrás de los demás y dar el último toque; movía las tazas unos centímetros, alisaba arrugas de las cortinas que no existían, cazaba motas de polvo con la yema de sus dedos o separaba las flores. A mí me daba la impresión de que se aburría y necesitaba hacer algo.

—El intenso es el más peligroso.

—¿Cómo fue el tuyo?

—Mmm, amable.

Yo tenía quince años y mi abuelo había muerto a principios del invierno que estábamos a punto de dejar atrás. Margarita llevaba un sobrio vestido negro de luto que apenas se distinguía de los otros tantos que solía usar. En eso no nos parecíamos. A mí me encantaba la moda. Estuve insistiendo durante meses hasta que me dejaron comprarme un pantalón corto, y me fascinaban los estampados de flores de la época que llegarían algo más tarde, las minifaldas de pana, los cinturones marcando la silueta de la mujer, la explosión de los tonos naranjas y ácidos o los pantalones ajustados en la zona de la cintura y acampanados.

Pensé que la palabra «amable» parecía muy gris para hablar de amor, aunque el rictus serio en el rostro de mi abuela me advirtió de que no era un tema sobre el que le gustase profundizar. Ese día comprendí que mis abuelos nunca habían estado enamorados. Y, sin embargo, rara vez discutían. Eran justo eso: amables el uno con el otro, aunque nunca fue una relación igualitaria; él traía el dinero a casa y él tenía la última palabra. Cuando ella quería conseguir algo, como que asistiesen a la boda de unos amigos a la que a él no le apetecía ir o que cambiasen el destino de las vacaciones de ese verano, tenía que hacerlo mediante una sutil pero efectiva manipulación: pedía al servicio que esa noche preparase su estofado favorito, sacaba la cubertería cara, se ponía un vestido elegante y su mejor perfume. Luego decía cosas como «Miguel, ¿qué tal te ha ido en el trabajo?, ¿un día duro?». Él se desahogaba como un niño y ella escuchaba, asentía y le añadía más salsa a su plato mientras comentaba: «no deberías trabajar tanto» o «eres un hombre demasiado bueno». Y cuando mi abuelo estaba relajado y lleno, ella daba la estocada final: «Por cierto, me gustaría ir a la boda de los Romero. Tengo un tocado que llevo meses queriendo estrenar y a ti te vendría bien relajarte un poco». Y él se quedaba confuso por un instante, como preguntándose en qué momento la conversación había dejado de ir sobre su propio ombligo, y luego asentía con la cabeza: «Está bien, iremos a esa boda».

Me prometí que jamás tendría que preparar el terreno para decir lo que me apeteciese. No dejaría que un hombre tuviese el control de mi vida ni tampoco de mi dinero. No pediría permiso a nadie para coger lo que me correspondía: mi libertad.

Para la abuela Margarita la libertad llegó de forma inesperada tras la muerte del abuelo. ¿Y qué hacer cuando tienes las manos llenas de algo que casi desconoces? Susana no aparecía apenas por casa porque había empezado a salir con un empresario que vivía en Ópera; así que, esa época que pasamos a solas, convertimos el ático en un refugio para las dos. Corría el año 1971 y, juntas, vimos a Karina actuar en Eurovisión con un bonito vestido de color azul cielo; cogimos la costumbre de preparar limonada y degustarla mientras escuchábamos la radionovela *Simplemente María*, y la boda entre Julio Iglesias e Isabel Preysler nos amenizó el frío mes de enero. Mi abuela me daba diez pesetas para que bajase al quiosco y le comprase la revista *Hola*; hacía tiempo que yo había dejado de leer la *Lily* porque me resultaba infantil, pero de vez en cuando aún la miraba de reojo y con cierta resignación. Igual que miraba la galería de arte que estaba al lado del portal de nuestro edificio.

Casi todos los cuadros eran bodegones o retratos. También había muchas obras paisajistas: un bosque de altos abetos por los que se colaba la luz del sol, un mar en calma que sobrevolaban las gaviotas o una casa de madera en mitad de un prado lleno de trigo y salpicado de trazos ocres y amarillos. Pero ninguno de esos llamaba mi atención como un pequeño lienzo que estaba en una esquina, casi escondido tras otros dos. Era un cuadro muy oscuro y simulaba la noche de Madrid en una pintoresca terraza de la ciudad; no era el tipo de obra que la gente del barrio compraba habitualmente para colgar en sus salones, lo que explicaría que llevase más de un año allí sin venderse.

Siempre ralentizaba mis pasos cuando llegaba hasta él para poder mirarlo un poco más antes de dirigirme al portal. Luego Roberto me abría la puerta dándome los buenos días y yo le llevaba a mi abuela la revista y la veía leer mientras se tomaba una infusión de manzanilla.

Y así pasamos aquel año, que fue el germen del cambio que estaba por llegar cuando empezase el instituto; mi abuela y yo redescubriéndonos entre charlas llenas de frivolidades y profundidades, lo mismo daba. Ella escuchaba atentamente cada vez que soñaba despierta y le hablaba de viajes y de moda y de hacer cosas temerarias.

—Me recuerdas a tu madre cuando tenía tu edad.

Reconozco que eso me molestó, aunque no se lo discutí. Quería a Susana, la quería como se quiere a esa hermana mayor con la que a veces discutes porque usa el secador demasiado tiempo, a pesar de que sabes que la reconciliación no tardará en llegar. Pero no quería ser como ella. No quería ser débil. Ni estar triste tan a menudo. Ni necesitar a un hombre para sentirme completa.

Pues eso, que hasta que conocí a Lucas tenía las ideas claras.

Me sentía como un pájaro que volaba libre hacia su destino. Pero entonces apareció una flecha de la nada y, ¡pum!, se clavó hasta el fondo en el pequeño corazón.

Ya no hubo manera de sacarla de ahí.

2

LUCAS
PONGAMOS QUE HABLO DE MADRID (JOAQUÍN SABINA)

Nacer en Vallecas son todo ventajas: no tienes altas expectativas que al final acaben por no cumplirse y te lleven directo a una depresión, aprendes pronto que es mejor mantener la boca cerrada si no quieres que te partan la nariz, que el dinero no cae del cielo y que no hay nada que sobre en la mesa con lo que no se puedan hacer croquetas.

Crecer entre sus calles fue una lección de vida. Vivíamos cerca del puente de los Tres Ojos, que antiguamente cruzaba el arroyo de Abroñigal. Todos los recuerdos que guardo de mi infancia me salvaron de terminar siendo una persona aún peor. Puedes ser un cabrón, un imbécil y un egocéntrico, pero no un mentiroso. Y eso sin duda marca la diferencia. Así que, cada vez que estaba a punto de tocar fondo, me aferraba con uñas y dientes a las imágenes de una niñez que lentamente se iba desdibujando.

Recuerdos que se convirtieron en salvavidas.

El primero, el más inocente, tenía que ver con un coche verde y viejo que mis padres nos regalaron a mi hermano Samuel y a mí la Navidad en la que cumplí siete años. Para una familia que vivía en una de las zonas más pobres del barrio, fue un capricho que no podían permitirse. Mi padre me contó años más tarde que lo compró una fría tarde de invierno; había empezado a nevar cuando volvía del trabajo y pasó por delante de una juguetería. Sonaban villancicos; el coche brillaba en el escaparate y pensó que tenía que ser para sus hijos. Cuando llegó a casa y se lo contó a mi madre, ella no dejó de repetir «pero ¿qué has hecho, Ángel?». Teniendo en cuenta que contaban cada peseta que llegaba a casa, aquello fue una temeridad. Pero no existió en el puto mundo nada material que cuidase tanto.

El segundo era el único que me evocaba paz. Las manos de mi madre sosteniendo en alto sábanas blancas recién lavadas, antes de que las tendiese, cuando les daba una sacudida. El aroma del jabón flotaba alrededor y ella sonreía satisfecha. Se llamaba Ana. Un nombre sencillo para una gran mujer. Me enseñó casi todo lo que sé de la vida.

El tercero tenía que ver con mi hermano Samuel. Nos llevábamos un año, él era el pequeño. Antes, cuando las familias eran más jerárquicas, la antigüedad marcaba diferencias. Vivíamos en una casa baja y el suelo del salón era irregular. Nosotros jugábamos durante horas a las canicas. Las hacíamos rodar y conocíamos los rincones donde había una inclinación mayor. A Samuel le encantaba una canica de color verde que era muy brillante y yo prefería la más grande, porque desde pequeño tuve claro que el dicho «menos es más» no iba conmigo. Mi hermano siempre fue mi persona favorita en este mundo y el más inteligente de los dos: podías preguntarle cualquier ecuación numérica y te la resolvía de cabeza y sin pestañear. Incluso cuando solo éramos dos críos jugando a las canicas sobre las baldosas frías del suelo, sabía que conseguiría hacer algo importante.

Y el cuarto recuerdo, el que marcó mi destino, era el de mis tíos regalándome la guitarra de mi primo José dos meses después de que él falleciese. Había ocurrido en un accidente laboral; trabajaba en la obra construyendo un edificio que iba a ser un centro comercial o algo así, pero se precipitó desde el quinto piso y murió en el acto. Heredé su guitarra, esa que se compró de segunda mano tras ahorrar durante meses. Los fines de semana siempre me las ingeniaba para ir a su casa y pedirle que me enseñase a tocar algo nuevo. Gracias a mi primo José empecé a escuchar a Led Zeppelin, Rod Stewart y The Who. Fue la semilla.

Y cuando coges una semilla y la cubres de tierra y la riegas, es probable que salga algo. Pero eso es solo el comienzo. Un pequeño tallo alzándose hacia el sol y que está expuesto a las adversidades del mundo: lluvias, viento, pájaros hambrientos, insectos, frío...

Solo los más fuertes sobreviven.

Tuve una infancia feliz, pero creo que nacer en un lugar lleno de escasez terminó por fortalecerme. Tenía claro qué quería y qué no. Por ejemplo: no quería estudiar, pero sí quería pasarme el día en el instituto tonteando con las chicas. Otro ejemplo: no me apetecía trabajar, pero sabía que era la única salida. O el más revelador de todos: no tenía intención de morirme, pero me pasé años metiéndome cualquier mierda que caía en mis manos. Así que tener las ideas claras no te libra de nada.

A los dieciséis años comencé a trabajar en el taller mecánico que el padre de Marcos abrió en el barrio. No recordaba ningún momento de mi vida antes de considerar a Marcos mi mejor amigo, así que probablemente empezamos a serlo desde que en el colegio nos elegíamos los primeros para ir en el mismo equipo de fútbol durante la hora del patio. Era un tipo flacucho, de ojos rasgados y sonrisa fácil, aunque no era especialmente bonita porque le faltaba un trozo de diente. La culpa fue mía, que le di una palmada en la espalda mientras bebía de un botellín de cerveza. En mi defensa diré que Marcos siempre ligaba contándoles la historia a las chicas, aunque se inventaba más de la mitad.

—Entonces me da un golpe en la espalda y oigo un jodido crujido —decía mientras Sara y Pilar lo escuchaban con atención—. Y pienso, ¿pero qué coño ha pasado?

—Pobrecillo —Pilar suspiraba.

—¡Me había roto el puto diente!

—Solo un trozo —recalcaba yo.

—Así que me giro, lo cojo del pescuezo y le digo, ¿te has vuelto loco? Voy a matarte. Y Lucas echa a correr, pero lo pillo antes de llegar al final de la calle...

Todo eso y el relato de cómo me había dado una torta era el aderezo de la historia y la parte que más solían disfrutar las oyentes. Ciencia ficción. En realidad, estuvo a punto de echarse a llorar y no paraba de balbucear «¡que me he tragado el diente, joder!»

Pero le dejaba lucirse. Era mi forma de pagar la deuda. Y no solo porque le había roto el diente, sino también porque su padre, Roberto Alcañiz, me había ofrecido un trabajo en el taller cuando re   mi Certificado de Escolaridad. Para ser sincero, no tenía ni pu   .ea de coches. Marcos, que hasta entonces ayudaba a su familia en el negocio los fines de semana, me enseñó algunas cosas básicas y con la práctica fui cogiendo experiencia.

Cobraba 9.500 pesetas al mes y casi todo el dinero iba a parar a mi casa.

Samuel estaba a punto de terminar bachiller y yo me había empeñado en que pudiese entrar en la universidad. Habían salido unas becas nuevas para gente con pocos recursos, pero él seguía negando con la cabeza cada vez que le decía que, si quería, podría ser médico. O científico. O astronauta. Yo qué coño sé. Cuando veía a mi hermano con la cabeza metida en sus apuntes y me acercaba a él por detrás, no entendía ni una palabra de lo que había escrito ahí. Lo dicho: él siempre fue el más listo de los dos, el que estaba destinado a hacer algo grande. A mí, en cambio, se me daba bien trabajar y llevar dinero a casa.

—¿Has hecho ya la solicitud? —le pregunté una tarde.

—Sabes que no. Y déjalo, Lucas, no insistas.

—¿Y por qué cojones no elegiste alguna mierda de Formación Profesional si no pensabas ir a la universidad? No me jodas, Samuel.

Me encendí un cigarro. Estaba cabreado con él por rendirse tan rápido. Sí, quizá era un poco arriesgado imaginar un futuro prometedor para Samuel, pero si no podíamos soñar alto, entonces no nos quedaba nada. Y llevaba años ahorrando cada peseta que ganaba para que alguien de esta familia pudiese salir del agujero en el que vivíamos. Probablemente, visto desde una distancia esclarecedora, éramos mil veces más felices que la mitad de los pijos de Madrid. Teníamos un padre comprensivo que jamás nos había puesto una mano encima, una madre que nos adoraba y comida caliente en la mesa. Pero quería que mi hermano tuviese la oportunidad de estudiar porque era más inteligente que muchos de esos gilipollas que llenaban las universidades sin méritos propios. Y también quería un coche. Y una guitarra nueva. Y ¡qué narices!, quería que alguien me abanicase mientras bebía cerveza tumbado en una hamaca, ¿por qué no? No me daba la gana conformarme con «lo que tocaba».

Sí, jugaba a la lotería con menos números.

Pero jugaba, que era lo importante.

—Escúchame, irás y no se hable más. —Cogí el cenicero que estaba en la mesa, le di una calada al cigarrillo y tiré la ceniza—. Tienes que hacerlo.

—No hay dinero, Samuel.

—Sí que hay. El mío.

—No es una opción.

Apagué la colilla, expulsé el humo y me acerqué a mi hermano. Samuel no se movió cuando cogí su rostro entre mis manos para obligarlo a mirarme. Tenía mis mismos ojos de color marrón mierda, aunque mi madre solía puntualizar que eran de un tono similar al de la miel, una manera mucho más elegante de describirlos. Se había ido fortaleciendo con los años, pero, cuando era un niño, mi hermano era enclenque y tenía una sensibilidad que nuestro entorno no sabía apreciar. Volvía a menudo llorando del colegio, hasta que pillé a los cabrones que le estaban jodiendo la vida y me aseguré de que nunca más volviesen a molestarlo. Yo siempre le decía: «Samuel, si alguien te golpea, tú golpeas más fuerte».

—Si la vida te da un don, tu obligación es aprovecharlo. Tienes que hacerlo, no solo por ti, también por mí, ¿de acuerdo? Por los dos, Samuel.

Se quedó mirándome unos segundos en silencio.

—Está bien, mandaré la solicitud.

Sonreí satisfecho. Dudo que él pudiese imaginar lo importante que era para mí que diese aquel paso. Nadie daba un duro por nosotros, los Martínez que vivían al final de la calle. No teníamos ni un solo familiar que hubiese estudiado, ni primos terceros ni los hijos de los tíos de mi padre que vivían en el pueblo, en El Real de San Vicente.

—Vamos a celebrarlo. Te invito al cine.

—¿Otra vez para ver *La rebelión de las muertas*?

Estaba seguro de que no esperaba una respuesta, porque sabía que era un sí. Cuando llegaba a las salas de sesión continua alguna película que me gustaba, pasaba los domingos allí dentro, aunque tuviese que tragarme la otra cinta que solían poner de relleno. El año anterior, cuando estrenaron *El Padrino*, me aprendí los diálogos de memoria e imitaba la voz de Don Corleone: «Un hombre que no pasa tiempo con su familia nunca puede ser un hombre de verdad». Si mi hermano me acompañaba, el plan era todavía mejor. Así que, aquel día, caminamos hacia los cines, que quedaban lejos, con la idea de un futuro diferente sobrevolándonos a los dos.

Apostarlo todo a un número era la solución.

Al menos, lo fue hasta que apareció Juliette.

3

JULIETTE
NO CONTROLES (OLÉ-OLÉ)

Tenía diecisiete años cuando me acosté con mi profesor de Historia. Todavía no estoy segura de cómo empezó todo, pero diría que el principio se remonta al inicio del curso, cuando él llegó como profesor suplente porque el anterior docente estaba enfermo. Se llamaba Darío y era treintañero. Bastante guapo. O todo lo guapo que puede ser un profesor mientras imparte la última clase y estás deseando que suene la campana del instituto para perderle de vista. Y tenía una de esas voces profundas que permanecen en la memoria como un leve eco. Me parecía más interesante que los chicos con los que quedábamos por las tardes para dar una vuelta, esos que intentaban ligar desesperadamente, pero luego te rompían el corazón sin pestañear. A mi amiga Laura le había pasado; después de resistirse durante meses a salir con Rodríguez, tuvieron una cita y se liaron. A la semana siguiente, él dejó de dirigirle la palabra.

«¿Quién entiende a las mujeres?», suele decirse casi siempre.

Pero la verdadera pregunta es: «¿Quién entiende a los hombres?».

La cuestión es que había algo en Darío que conseguía que atendiese en sus clases y tomase apuntes. Saqué matrícula de honor en el primer trimestre y levantaba la mano en cuanto lanzaba alguna pregunta al aire. Pronto empezó a mirarme. Supongo que bajo aquel aspecto intelectual que le daba el pelo repeinado hacia atrás, los pantalones de pinzas y sus suéteres con coderas, en el fondo era como todos los demás. Un hombre. Un cuerpo formado por el conjunto de carne, huesos y piel. Un montón de terminaciones nerviosas y un órgano reproductor que se excitaba cuando tenía delante a una jovencita que se empeñaba en llevar la falda más corta de lo que se consideraba apropiado.

Pero se contenía. Todos lo hacemos. Nos hemos acostumbrado a vivir reprimidos: sonreímos en el supermercado cuando estamos deseando resoplar porque la cola tarda en avanzar, fingimos que nos cae bien la vecina del quinto que no deja de mover los muebles por la noche, pedimos té cuando lo que queremos es algo que nos queme la garganta o hacemos halagos que en realidad son mentira. Contenemos nuestro lado oscuro; ese que es impaciente, tiene un humor terrible y al que le cae mal la mayoría de la gente.

Lo que ocurre es que, al final, el saco se rompe.

Y un día, discutiendo en clase sobre la Revolución Industrial, me di cuenta de que estábamos coqueteando. Era algo tan sutil que nadie más se percató. Pero conozco a los hombres. Sé cuándo quieren lucirse, cuándo están jugando y cuándo se les van los ojos hacia mis pechos. Y en ese momento supe que mi relación con Darío había cambiado.

—No estoy conforme con mi nota —le dije unas semanas más tarde tras entrar en su despacho con el examen en la mano—. ¿Podría revisarlo?

—Tienes un sobresaliente.

—Pero esto de aquí... —Deslicé la hoja sobre la mesa y señalé una de sus anotaciones en el margen derecho—. Creo que se ha equivocado.

—Déjame ver...

Darío volvió a leer mi respuesta y yo me fijé en la arruga que apareció en su frente, en el brillo de su cabello engominado y en sus cejas gruesas. Finalmente, emitió un suspiro mientras tachaba la anotación y se inclinó para devolverme el examen.

—Tenías razón, ha sido un error.

Sonreí. Y él también me sonrió. Pero no, no fue entonces cuando empezamos a acostarnos. Ocurrió unos meses más tarde, al cruzarnos por casualidad en una librería. Quedaba cerca del instituto y estuvimos hablando mientras recorríamos las hileras llenas de libros que escondían historias y secretos. Podía palpar la tensión de Darío, pero, al mismo tiempo, permanecía a mi alrededor como un abejorro incapaz de alejarse.

Lo prohibido siempre resulta adictivo.

Supongo que por eso quiso acompañarme hasta casa cuando salimos de la librería. Con él podía hablar sobre política, literatura, historia y filosofía. A mi parecer, Darío era demasiado conservador, pero nadie es perfecto. Y dejó de importarme cuando atravesamos un parque y me besó delante de un castaño de indias. Fue un beso aderezado por el sabor de lo clandestino. Cuando nos separamos, él se pasó una mano por la frente y llevó a cabo su papel de hombre arrepentido que acaba de darse cuenta de lo que ha hecho.

—Esto no debería haber pasado.

Siempre he odiado perder el tiempo.

—¿Pero te gusto o no?

—Julie, no es tan sencillo...

—De acuerdo, pues adiós.

No había dado dos pasos cuando volvió a besarme. Lo repetimos una semana después en su despacho. Y al mes siguiente en una habitación de hotel, cuando dejé que me desnudase y se colase entre mis piernas mientras gemía mi nombre. Tiempo después comprendí que estar enamorada no tenía nada que ver con la adrenalina que despierta lo prohibido. Pero Darío me gustaba, como también lo hacían las torrijas, los colores cítricos o el nuevo corte de pelo de la temporada. Era banal, frívolo y superficial, pero suficiente por aquel entonces. Y resultaba agradable sentirme deseada por un hombre inteligente. O clavarle las uñas en la espalda esperando un placer que nunca llegaba y luego quedarme tumbada junto a él hablando durante horas en susurros. Me sentía mimada como un gatito porque, a los diecisiete, no sabía que el amor debería hacerme sentir como una pantera poderosa.

Era evidente que no teníamos ningún futuro.

Lo vi más claro cuando descubrí que estaba casado.

Fue una casualidad casi graciosa. La secretaria del instituto entró en el aula tras llamar a la puerta y se subió sus gruesas gafas de montura dorada con el dedo índice.

—Señor Hernández, lamento molestarle, pero tengo a su mujer al teléfono. Me ha dicho que era algo importante, así que pensé que querría saberlo.

Él se levantó y me miró de reojo antes de salir.

Poco después, averigüé que no solo estaba casado, sino que también tenía dos hijos, de cinco y siete años. Y un periquito. Toda una jodida familia feliz.

Hijo de puta. Grandísimo hijo-de-puta.

Admito que le rayé su Seat 124 blanco.

Fue mi regalo de despedida para él. Yo, en cambio, decidí darme un capricho. O puede que ese día cediese al impulso porque estaba tan enfadada que me sentía como un volcán en erupción. Así que, cuando pasé por la galería que estaba al lado de casa, abrí la puerta y entré, sin saber que mi vida estaba a punto de cambiar. Es curioso: tantos años contemplando los cuadros del escaparate y nunca imaginé que mi futuro estaba justo ahí...

Me recibió un hombre de nariz aguileña y cabello canoso. Era de estatura baja, con una barriga redondeada que tocó el mostrador al inclinarse hacia mí. Me estudió con deliberada lentitud. Sus pequeños ojos grisáceos recorrieron mi rostro con interés.

—Quería preguntar por uno de sus cuadros. El que está en la esquina.

—¿*Terraza nocturna*? —Se mostró sorprendido.

—Sí, ¿puedo verlo de cerca?

—Claro. Sígame, jovencita.

Fui tras él hasta el otro lado de la galería. Apartó una escalera que estaba apoyada en la pared y permaneció en silencio unos minutos para que pudiese disfrutar de la obra. Vista a tan corta distancia, me pareció aún mejor que a través del cristal. Me gustaban los colores oscuros en contraste con las luces cálidas de las bombillas, los brochazos firmes y el ambiente relajado que se respiraba en la terraza. Todos los clientes tenían los rostros desdibujados menos ella: una joven que estaba sentada sola en una mesa y que tenía unos bonitos ojos almendrados y un mentón algo masculino. No parecía triste, tan solo reflexiva mientras disfrutaba de una apacible noche de verano en pleno Madrid.

—¿Quién es el autor? —Quise saber.

—Autora. Angélica Vázquez.

—¿Qué precio tiene?

Aparté la mirada cuando me lo dijo. No era especialmente caro; al menos, no para alguien que trabajase, pero para mí era inaccesible. Podría haberle pedido el favor a mi abuela, un regalo adelantado por mi cumpleaños, y sé que me lo hubiese comprado. Pero no lo hice. No sé por qué. Todavía estaba dándole vueltas a la cifra que me había dado y valorando mis opciones cuando él carraspeó y me miró vacilante.

—¿Alguna vez has posado para alguien?

—¿Posar? —Estaba confundida.

—Lo que intento decir es que tienes un rostro llamativo. Estoy seguro de que muchos de los artistas que conozco estarían encantados de poder retratarte.

—¿Bromea?

No, no bromeaba.

Una semana más tarde, me encontraba delante de la puerta de un tal Benjamín Pérez. Quedaba cerca de mi casa, lo que propició que pudiese acercarme después de asegurarle a mi abuela que había quedado con mi amiga Laura. No me gustaba mentir. Pero reconozco que me he aferrado a esa baza demasiadas veces a lo largo de mi vida, casi siempre con la excusa de no hacer daño a las personas que quería. En esa ocasión, creí que sería mejor no disgustar a mi abuela Margarita cuando todavía no sabía si aquello me llevaría a alguna parte o sería tan solo una anécdota que terminaría olvidando.

Un hombre calvo y con un bigote muy gracioso me abrió la puerta. Me miró con mucha atención, entornando sus ojos oscuros. Fue raro, pero no me incomodó.

—Bernard tenía razón. Un rostro interesante. Pasa, lo tengo todo preparado. —Lo seguí al interior de una casa con una decoración exquisita. Había tantos cuadros en las paredes que apenas se distinguía el papel pintado floreado—. Julie, ¿verdad? —Asentí.

Al avanzar por el pasillo, vi que dejábamos atrás un salón donde una mujer bebía café y dos niños jugaban sobre una alfombra granate. Supuse que serían sus hijos y su esposa, a los que mi presencia no pareció sorprender. Viendo la cantidad de rostros enmarcados que me devolvieron la mirada antes de llegar al pequeño estudio, imaginé que el ir y venir de desconocidos sería algo rutinario para ellos.

Olía a pintura y productos químicos. Un sillón azulado estaba colocado delante de un caballete con un lienzo en blanco. Benjamín me indicó con amabilidad que me sentase.

—¿De dónde viene tu nombre? —Se abrochó una bata blanca repleta de salpicaduras de pintura y se metió en el bolsillo algunos pinceles.

—Juliette. Es francés. Significa 'la que es fuerte de raíz', pero todos me llaman Julie.

—Es precioso. Levanta la barbilla. Sí, así. Mira ligeramente a la derecha. No, un poco menos. Bien, para ahí. ¿Es la primera vez que posas?

—Sí.

Benjamín sonrió.

—¿Te intriga ver el resultado?

—Un poco —admití bajito.

¿Y si, al terminar, me enseñaba el lienzo y tan solo aparecía un rostro vacío, sin ojos, sin boca ni nariz? O peor aún: mi cara cubierta de pinceladas negras, tras haber logrado captar la oscuridad que albergaba en mi alma, esa que estaba ovillada como un gusano.

—Relájate. Habla conmigo.

Era un tipo peculiar. Coincidimos un par de veces algunos años más tarde, cuando él ya no podía permitirse pagarme por horas debido a mi creciente fama, pero yo posaba gratis buscando que captase algo nuevo en mí, como si fuese una especie de pitonisa. Benjamín era amable. Siempre me ha gustado la gente amable, quizá sea un rastro del lugar donde me crie y de los modales de mi abuela, como la baba centelleante que deja un caracol cuando se aleja bajo el sol.

—No sé qué decirte.

—Seguro que una jovencita como tú tendrá mucho que contar. ¿Cómo te van los estudios? ¿Tienes algún interés particular?

Me asusté al darme cuenta de que no.

—Saco buenas notas, pero no es algo que me importe. Mi amiga Laura quiere ser profesora, supongo que se refiere a eso. Yo solo quiero ser... libre.

Se me ocurrió la idea sobre la marcha mientras él empezaba a mover el pincel por el lienzo. Lo vi sonreír en silencio y apretar los labios al tiempo que continuaba pintando.

—Y me gustaría ganar mi propio dinero —añadí.

Solté alguna que otra frase, a pesar de que no parecía estar escuchándome. Ya estaba oscureciendo cuando le dije que tenía que volver a casa. Eso lo descolocó, como si le hubiese interrumpido en medio de una especie de trance. Alzó la vista hacia mí y asintió.

—¿Cuándo puedes volver? No hemos terminado.

—El miércoles por la tarde, quizá.

—Te estaré esperando.

Cumplí mi palabra y tres días después aparecí en su casa. Me abrió la puerta su esposa y me lanzó una sonrisa antes de indicarme que él ya estaba esperándome en el estudio.

La sesión fue similar, solo que en esa ocasión no hablé y dejé que el susurro del pincel nos acompañase. Me sentía cómoda y liviana, como si al pintarme él me estuviese vaciando y mis emociones se trasladasen hasta ese lienzo para permanecer allí atrapadas. Era agradable, aunque en el fondo no había nada que me preocupase especialmente. Había borrado a Darío de mi vida en apenas una semana, nunca me he permitido perder el tiempo y menos con la gente que no lo vale. Y aunque tenía dos padres ausentes, mi vida era bastante plácida. Quizá por eso a veces me asustaba ser consciente de que no pensaba como las demás chicas del instituto; no me importaba tener hijos, casarme o refinar mis modales; todas usaban pintalabios de tonos naturales con la intención de que nadie notase que iban maquilladas y yo me quedaba prendada mirando a las actrices como Jane Fonda y Faye Dunaway que brillaban y eran llamativas. Cuando hablaba con mi abuela sobre mi futuro y los lugares que deseaba ver, los planes que imaginaba y las cosas que quería experimentar, ella siempre levantaba la vista de lo que estuviese haciendo y decía: «¿De dónde sacas esas ideas?». Nunca sabía qué contestarle, sobre todo porque era la única persona a la que no quería decepcionar. «Del gusano oscuro y ovillado que vive en mi cabeza», podría haberle respondido, pero dudo que ella lo hubiese comprendido, pese a lo mucho que se esforzaba por seguirme el ritmo.

—Faltan algunos retoques, pero los haré más tarde. ¿Quieres ver el resultado final, Julie? Creo que te gustará. Venga, acércate. No tengas miedo.

Rodeé el lienzo hasta quedar frente a él. Una chica rubia estaba atrapada allí dentro, entre trazos que evocaban luces y sombras sobre su rostro serio. Tenía los ojos de un verde apagado, como el de la hierba en otoño, pero había esperanza en ellos. Sus labios estaban entreabiertos y parecían haberse quedado suspendidos así después de susurrar algo íntimo. La nariz destacaba; era ancha y grande, poco elegante.

—Odio mi nariz —susurré.

Benjamín apoyó una mano en mi hombro.

—Esa nariz, querida, es tu mejor cualidad. No dejes que nadie te diga lo contrario. Sin esa nariz, tendrías un rostro perfecto, aburrido y fácil de olvidar. Sé de lo que hablo. He visto muchas caras atractivas a lo largo de mi vida, pero la belleza va más allá de un puñado de rasgos. La belleza, Julie, está dentro de ti. Tienes que amar tu nariz. Tienes que levantarte por la mañana y decir: «Quiero que todo el mundo admire mi preciosa nariz».

Me hizo sonreír y pensar, las dos mejores cosas que alguien te puede regalar de forma altruista. Le pregunté qué haría con el retrato y me dijo que aún no había decidido cuál era su lugar, si una galería de arte, una de las paredes de su casa o las manos de algún cliente. Años más tarde supe que pasó a formar parte de su propia colección.

Me acompañó hasta la puerta y, entonces, cuando ya estaba a punto de despedirme de él y bajar las escaleras de dos en dos, me pidió que esperase, abrió un cajoncito del mueble de roble macizo del recibidor y sacó una tarjeta azul.

—El otro día dijiste que te gustaría ganar tu propio dinero, así que pensé que quizá podría interesarte contactar con Tomás Bravo. Es un agente.

—¿Y en qué podría ayudarme?

—¿Te has planteado ser modelo?

Así que, si fuese justa, podría reconocerle a Darío que cambió mi vida. Seguro que aquello alimentaría su ego masculino, ese que intentaba reafirmar mientras su mujer lo esperaba en casa, ajena a cómo gemía en el oído de otra. Pero no lo haré. Quiero pensar que cualquier otro día habría terminado entrando en esa galería, porque siempre me sentí atraída por el cuadro de Angélica Vázquez. Habría aceptado lo del posado porque soy curiosa por naturaleza y ese pintor tan amable no solo conseguiría que amase mi nariz perfectamente imperfecta, sino que me abriría las puertas de lo que terminó siendo mi futuro.

4

LUCAS
ESCUELA DE CALOR (RADIO FUTURA)

—Pásame la llave del diez.

—Toma. —La mano de Marcos sobresalía por debajo del coche y se la puse encima. Los sonidos rutinarios del taller nos acompañaban durante esa tarde de viernes. Un motor rugiendo al otro lado, el tintineo de algo metálico y el zumbido de un viejo ventilador encendido que solo refrescaba algo si ponías la cara delante y te quedabas ahí plantado como un idiota—. El otro día se me ocurrió una idea para una canción.

—No me jodas que Celia te ha inspirado. —Marcos se echó a reír.

Llevaba unas semanas saliendo con la camarera del bar al que íbamos por las tardes a beber cerveza y jugar al futbolín. Y me gustaba, aunque no lo suficiente como para volverme un romántico empedernido y componer baladas de amor bajo la luna. De hecho, Marcos y yo ni siquiera habíamos terminado todavía ninguna canción, siempre nos atascábamos en alguna parte, así que versionábamos algunas de otros grupos, casi siempre extranjeros, como *Here Comes the Sun*, *Purple Haze* o, más tarde, *Sweet Home Alabama*. Teníamos un gusto musical ecléctico: escuchábamos Dr. Feelgood, los Beatles, los Rolling Stones y Neil Young. En el panorama nacional también nos dejamos seducir por Fórmula V o Joan Manuel Serrat. En realidad, cualquier cosa que cayese en nuestras manos nos iba bien. ¿Era música? ¿Sí? Pues ya está.

Marcos era más tibio, pero me seguía y se dejaba contagiar por mi entusiasmo, que venía a ser como vivir subido en un tren que siempre estaba en marcha y hacía paradas bruscas que te lanzaban hacia delante. Un día, de repente, me volvía loco por una película, como cuando estrenaron *El coloso en llamas*, y era capaz de ir al cine y pasarme allí el día en una de esas salas de sesión continua, viendo la misma cinta una y otra vez. Otro día se me metía una canción en la cabeza y ya no tarareaba otra cosa. A veces me entraba antojo por una comida y le rogaba a mi madre que me hiciese lo mismo todos los días, hasta que en una ocasión me dijo: «Métete tú en la cocina si tantas ganas tienes de esas croquetas», y me metí, por supuesto. Cuando mi tío vino a casa unas semanas después y me vio cocinando, comentó: «Eso es de maricones», y se quedó de piedra al oír mi respuesta: «Entonces soy un maricón que hace unas croquetas cojonudas, ¿quieres una?». Me importaba una mierda lo que pensase, se me daba de puta madre la cocina. Y mis pasiones eran así: golpe, golpe, golpe y siguiente.

Marcos y yo nos habíamos incorporado al servicio militar ese mismo año y a los dos nos tocó en Madrid, en el Cuartel Muñoz Grandes. Por lo visto, Rodrigo Alcañiz, su padre, había hecho la mili con un compañero que actualmente era sargento del cuartel y que le debía algún que otro favor que se cobró entonces; probablemente a mí me tocase en el sorteo y Marcos entró a dedo, pero el caso es que no supuso un cambio drástico en nuestras vidas. Sí, me jodía escuchar órdenes. Y también tener que aceptarlas. «Te muerdes la lengua y punto», decía siempre mi madre. Pero, a fin de cuentas, nuestra situación era bastante apacible y mejoró con el paso del tiempo, en cuanto se enteraron de que los dos sabíamos de mecánica y arreglamos el coche de un superior. Desde entonces, a cambio de estar a su disposición y de algunos favores de vez en cuando, tuvimos manga ancha para ir y venir a nuestro antojo con relativa libertad, siempre y cuando durmiésemos en el cuartel. Eso nos permitía comer a menudo con nuestras familias y dejarnos caer por el taller para echarle una mano al padre de Marcos.

Fue por aquel entonces cuando surgió todo.

Siendo sincero, nunca había deseado dedicarme a la música, ni siquiera sabía qué narices quería hacer con mi vida; imaginaba que terminaría en el ejército o en el negocio de los Alcañiz hasta que me echasen (de un sitio u otro, casi tenía las mismas papeletas con mi nivel de obediencia). Pero la semilla empezó a germinar meses atrás, un domingo cualquiera. Estaba sentado en una silla vieja mientras tocaba la guitarra de mi primo José y me di cuenta de que me gustaba. Y ocurrió. Golpe, golpe, golpe. Idea alucinante.

—¿Por qué no creamos un grupo de música?

—De todas las idioteces que se te ocurren, esta es una de las más divertidas. —Marcos llevaba un cigarrillo en la boca y estaba intentando sintonizar en la radio una buena cadena.

—Piénsalo, sería divertido.

—¡Pero si no tenemos ni puta idea!

—¿Y eso a quién le importa?

Mi hermano entró entonces en el salón y comentó algo sobre unos apuntes que buscaba. Estaba en primer año de Medicina. Se acogió a una de las quinientas becas que habían lanzado y que iban a parar al domicilio familiar; mientras tanto, iba pidiendo prórrogas hasta que tuviese que incorporarse a la mili. Mi madre se llenaba la boca cada vez que hablaba con las vecinas del barrio. «Sí, mi hijo, que va a ser médico —le decía a la de la verdulería, aunque a la señora le importase menos que el pimiento que tenía delante—. Cuando seamos mayores, nos cuidará mi Samuel», repetía como una cacatúa.

—¿Qué me dices, Samuel? ¿Te unes al grupo?

—¿Qué grupo? —Levantó la cabeza confuso.

—El que acabamos de crear, uno de música.

—Tu hermano está pirado. —Marcos se rio.

—Si no sé distinguir una guitarra de un bajo.

Sabía que a Samuel no le interesaba en lo más mínimo. Yo me pasaba todo el día con la radio encendida, y cada vez que sonaba alguna de las canciones que me gustaban, lo llamaba y le pedía que la escuchase con atención. Y él lo hacía, mi hermano era complaciente por naturaleza y demasiado educado como para negarse, pero siempre me daba la impresión de que estaba deseando que sonase el último acorde para poder largarse y enterrar la cabeza en uno de sus libros. Desde que iba a la universidad, se había vuelto aún más listo. Traía a casa tomos que sacaba de la biblioteca y que pesaban como piedras. En una ocasión me sugirió que intentase leer uno de ellos. Se titulaba *El Quijote* y era jodidamente gordo, como si el tío que lo escribió se hubiese propuesto hacer un arma letal y encuadernada. Páginas y páginas finísimas, y yo tan solo pude pensar en lo bien que irían para liar un poco de tabaco. Me hubiese gustado leerlo, de verdad que sí, pero no estaba capacitado. Quizá si en el colegio hubiese atendido un poco más... Quizá si no tuviese siempre la cabeza en las nubes... Yo qué sé. A veces le pedía a Samuel que leyese en voz alta algo de lo que tenía entre manos, y era agradable oír su voz firme vocalizando cada palabra sin trabarse ni una sola vez.

—Tendremos que buscar a alguien. Eh, Marcos, ¿te acuerdas del tío ese del instituto que tocaba? ¿Cómo se llamaba? ¿Juan? ¿Jorge...?

—Jesús Santiago.

—Sí, joder, ese.

—Era un gilipollas.

—Da igual. Me sirve.

—Lo último que supe de él fue que lo destinaron a Melilla.

—Pues cuando vuelva iremos a buscarlo —decidí.

Unos meses antes de que eso sucediera, hablamos con Rodrigo y lo convencimos para que nos dejase tocar en el taller por las tardes, después de bajar la persiana. Accedió a cambio de que nos encargásemos de la limpieza, un trato justo. Más que «ensayar», lo que hacíamos podría llamarse «destrozar canciones» o «aprender a las malas», que venía a ser un poco lo mismo. Conocíamos a un tipo que siempre estaba borracho en el bar Leandro que nos dio buenos consejos. Había tocado en una orquesta de un pueblo de Burgos y te contaba lo que sabía a cambio de vino gratis. Por aquel entonces, no nos lo tomábamos en serio, ninguno imaginaba que nos dedicaríamos a ello, así que a veces lo escuchábamos con atención y en otras ocasiones acabábamos bebiendo con él.

Las cosas empezaron a cambiar cuando Jesús Santiago volvió al barrio. Nos enteramos por casualidad porque Roko, un colgado que vivía al final de mi calle, comentó algo de que le debía pasta. Nunca supe qué lío se traían entre manos, pero Marcos y yo aparecimos delante de su puerta dos días más tarde, y él nos abrió en calzoncillos y con cara de malas pulgas mientras una chica gritaba algo desde el fondo del pasillo.

—¿Quién cojones sois?

—Lucas y Marcos. Fuimos juntos al instituto y nos hemos visto alguna vez en el Leandro —dije aguantándole la mirada—. ¿Sigues tocando?

—¿Yo qué mierda voy a tocar?

—¿No lo hacías hace años?

—De eso hace mucho tiempo.

—Tenemos un grupo. Más o menos. Solo estamos nosotros, buscamos un batería. Ensayamos por las tardes en el taller de los Alcañiz, piénsatelo y nos dices.

Creo que gruñó algo por lo bajo antes de cerrarnos la puerta en las narices. Marcos tenía razón: era un gilipollas. Pero un gilipollas que sabía reconocer una buena idea y que apareció por el taller cinco días después. Compartimos un canuto juntos y hablamos de todo un poco. Apenas coincidíamos en el gusto musical, pero ¿qué más daba? No teníamos nada que perder.

—¿Y cómo os llamáis?

—No tenemos nombre.

Jesús alzó las cejas y se rio.

—¿Alguna idea?

—Los Sin Nombre. —Marcos se echó a reír, probablemente fumado, mientras jugueteaba con una llave inglesa que estaba tirada en el suelo.

—Los Imperdibles. —Aún no tengo ni puta idea de por qué dije aquello, pero recuerdo que después me fijé en la gorra de Marcos y añadí—: Los Imperdibles Azules.

—Me mola —contestó Jesús.

—¿Marcos? ¿Qué opinas?

—Sí, a lo que sea.

Y así fue como nacimos en un taller de coches en pleno Vallecas. Años más tarde, en las entrevistas, repetiríamos la anécdota cientos de veces y sonaría mucho más graciosa de lo que fue en realidad. En dichas entrevistas, por cierto, ningún periodista me preguntó nunca si alguna vez había fantaseado con la idea de matar a alguien, porque entonces yo, que siempre he sido muy sincero, hubiese respondido algo así como: «Al jodido Jesús Santiago, y lo haría con mis propias manos». Es curioso, pero sigo pensando que llamar a su puerta fue una de las mejores y de las peores decisiones de mi vida. Admito que fue parte del grupo, del comienzo, pero también tuvo la culpa de que todo lo que quería se empezase a ir a la mierda.

Supongo que así es la vida, dar y recibir hostias.

La cuestión es que, a partir de ese momento, lo que empezó como algo tan solo divertido adquirió más importancia. No fue ningún cambio brusco, pero reconozco que Jesús se tomaba en serio los ensayos y nos corregía a menudo. Él se encargaba de la batería, yo de la guitarra y Marcos cantaba mientras tocaba el bajo. No tenía una voz llamativa ni especialmente buena, lo hacía como cualquiera en la ducha, pero a mí me sonaba cojonudo.

En 1975 se consolidó el sonido flamenco pop con Paco de Lucía al frente y el grupo Desmadre 75 arrasó con *Saca el güisqui, cheli*. Julio Iglesias presentó *A flor de piel* y Cecilia se escuchaba a todas horas en la radio. Y justo ahí en medio, perdidos en el anonimato, nacimos Los Imperdibles Azules, aunque nuestra historia, como muchas otras historias, fue larga, llena de bifurcaciones y con algún que otro bache que tuvimos que aprender a saltar.

5

JULIETTE
EL MUNDO TRAS EL CRISTAL (LA GUARDIA)

No fue fácil convencer a mi abuela para que me permitiese llamar a aquel hombre. Como era menor de edad, necesitaba su consentimiento. Ella pensaba que era una mala idea y que lo que debería hacer una chica de diecisiete años era estudiar y salir con sus amigas por las tardes a tomar helado de nata. Probablemente tuviese razón. Pero fue mi elección. Y, pese a que de entrada le costó ceder, mi abuela Margarita me dejó hacerlo. Nunca olvidaré eso. Las personas que te apoyan incondicionalmente, esas que son capaces de no pensar en sus deseos para que tú puedas llevar a cabo los tuyos, son las que de verdad te quieren y te aceptan tal y como eres. Por eso siempre fue mi persona favorita. Porque no la habían educado para ser abierta, tolerante y moderna, pero aun así encontró la manera de ser todo eso y de reinventarse durante sus últimos años de vida.

—Es que no lo entiendo —dijo al escuchar la noticia, y se inclinó para mover mi taza de té porque no estaba perfectamente alineada con la suya—. ¿Qué problema tienes? Si quieres comprarte ropa o cualquier cosa, puedes pedírmelo. Nunca te he negado nada.

—Lo sé, pero quiero que el dinero sea mío.

—¿Tanto importa eso?

—Sí, abuela.

Suspiró y se sirvió un terrón de azúcar, como si estuviese asimilando aquella conversación conforme el pequeño cubo se disolvía en el té caliente. Hacía tiempo que mi abuelo había muerto, pero ella seguía vistiendo de negro, quizá más por costumbre que por llorar su pérdida; dudo que se acordase de él cada día al abrir el armario por las mañanas. Su cabello rubio estaba perfectamente peinado y lo llevaba a la altura de unos hombros que siempre denotaban cierta rigidez, como si nunca se relajase del todo. Las arrugas que surcaban su rostro le quedaban bien, parecía que siempre hubiesen estado ahí.

—Tendremos que hablarlo con tus padres.

—¿Eso es un sí por tu parte?

—Es un «ya veremos, Julie».

Era un sí enorme y brillante, así que la abracé entusiasmada y ella me dio unas palmaditas en el hombro. Excepto con la abuela Margarita, nunca he sido una persona cariñosa porque, bueno, ¿con quién narices iba a serlo?

Mi padre continuaba ausente, aunque me mandaba una postal cada Navidad y, muy de vez en cuando, pasaba algunos días con él en Francia. Seguía sin tener un oficio, pero vivía por todo lo alto gracias al negocio familiar; tres años atrás, me había llevado a dar un paseo en barco y luego comimos marisco en un bonito restaurante del puerto. Llamaba de uvas a peras y nuestras conversaciones eran distantes y aburridas: «¿qué tal te va en el colegio?», «¿tienes muchas amiguitas?», «¿ya has decidido qué quieres para tu cumpleaños?». Me trataba como si tuviese ocho años cuando, en realidad, me estaba tirando a mi profesor de Historia. Además, él cada vez hablaba peor el idioma, porque venía poco a España, y mi francés era bueno, pero no lo suficiente como para mantener charlas profundas y trascendentales.

Susana iba y venía. Llevaba un año saliendo con el director de una compañía eléctrica y las cosas le iban bien. La quería a mi manera, pero si tenía que pedir permiso para algo no se me ocurría acudir a ella, sino a mi abuela, que fue mi influencia más maternal.

Así que, cuando tres días más tarde vino a comer a casa, se lo solté a bocajarro en cuanto nos sentamos a la mesa delante de un humeante cuenco de sopa.

—Voy a ser modelo.

Mi madre alzó las cejas.

—¿Qué me he perdido?

Escuchó con atención cuando le hablé de Benjamín Pérez. Recuerdo que ese día estaba guapa porque se había pintado la raya del ojo de color azul oscuro y llevaba un vestido de una firma italiana de ese mismo color que, probablemente, costaría una fortuna. Su novio siempre le regalaba cosas caras para compensar el tiempo que pasaba en el trabajo. Y, tal como había imaginado, la idea le pareció estupenda. Más que eso: excitante.

—¿Y no hay hueco para mí?

—¡Susana! —protestó Margarita.

—¿Qué pasa? Me conservo bien.

—Tengo una condición, Julie —intervino mi abuela, y su semblante serio me hizo comprender que era importante—. Seguirás con tus estudios.

Me pareció algo razonable. A fin de cuentas, estudiar se me daba bien. Pensar por una misma es complicado, pero leer unos cuantos párrafos y memorizarlos o aprenderse unas reglas matemáticas es bastante más sencillo. Las cosas que tienen cierta lógica, esas que «son así», resultan casi amables en comparación con el caos de lo que no es etiquetable.

—De acuerdo —accedí—. Entonces, si hubiese que firmar algún permiso...

—No hay problema. —Mi madre probó la sopa cuando aún estaba muy caliente y luego se sirvió agua con prisas—. Yo me encargo de comentárselo a tu padre, si es que consigo dar con él. Lo último que supe de ese... ese hombre —puntualizó con cierta ironía, porque lo odiaba con fervor pese a los años que habían pasado desde su precipitada ruptura— fue que había invertido un pastizal en una empresa que quebró. Creo que ahora está viviendo en París. ¿Has hablado con él últimamente?

—Hace dos meses que no llama.

—Tampoco lo necesitamos.

No se lo discutí porque tenía toda la razón, pero siempre tuve la sensación de que el rencor que Susana sentía por mi padre era similar a esa capa negra que se queda adherida a la sartén y que no hay manera de quitar por mucho que frotes con el estropajo. Da igual cuánto la friegues, nunca quedará tan brillante como el día que la compraste. Yo sabía que ella había estado loca por él, aunque, para ser justos, mi madre solía enloquecer por todos sus ligues; pero supongo que Adrien fue el primero porque Susana tan solo tenía dieciséis años cuando lo conoció. Casi puedo imaginarme esos primeros meses tórridos viéndose a escondidas y dando lugar a un embarazo no deseado, y la posterior fuga a Francia. Y nueve meses después entré en escena, cuando ninguno de los dos sabía ni cambiar un pañal. Fui el detonante perfecto para que algo tan frágil saltase por los aires.

—Mi niñita va a ser modelo —canturreó mi madre cuando terminamos de comer y fuimos a la cocina para coger unas galletas de almendras tostadas.

Margarita nos siguió hasta el comedor en silencio y se sentó en el sofá que había mandado tapizar dos meses antes. Desde la muerte del abuelo, parecía haberse propuesto darle un aire nuevo a la casa y desprenderse de los muebles que le regalaron sus suegros y nunca le gustaron. Empezó por las cortinas, siguió con la ropa de cama, los cuadros y algunos adornos, y terminó pidiendo que le pintasen las paredes y le tapizasen los sofás y los sillones con una preciosa tela de flores pálidas. El ático donde crecí se transformó en un lugar mucho más luminoso, como si reflejase fielmente el corazón de la abuela.

Así que me abrieron las puertas y yo di un paso adelante.

Contacté con Tomás. Fue la primera vez (y una de las últimas) que mi madre me acompañó a un sitio, pero terminamos las dos delante de un despacho destartalado que tenía en un edificio de oficinas a las afueras de Madrid. Olía a algo rancio, como si alguien se hubiese olvidado un bocadillo de sobrasada semanas atrás y estuviese cogiendo moho en algún rincón. Y hacía mucho calor, a pesar de que estábamos en primavera. Susana se había arreglado más de lo habitual y daba la sensación de que era ella la interesada.

—¿Estás nerviosa? —me preguntó.

—No. —Era verdad, no lo estaba.

—Bien, pues tú tranquila...

La puerta se abrió en ese momento y salió un hombre de unos cuarenta años que tenía el cabello oscuro y un cigarrillo en la mano. Estaba casado, porque llevaba un anillo. Sus ojos algo saltones se posaron en mi madre y luego en mí antes de sonreír.

—¿Julie Allard?

Me levanté y entré en el despacho.

Poco después de firmar un contrato de representación con Tomás Bravo, me hicieron la primera sesión de fotografías para la agencia, acordamos mantener mi nombre tal cual porque sonaba exótico y me midieron. Mi ficha parecía los ingredientes de un tarro de mermelada: 1,74 de altura, ojos verdes, 17 años, 83 de busto, 64 de cintura, 89 de cadera. Conservar en un lugar fresco. Cuidado con la fragilidad del corazón.

No supe nada más del tema durante los siguientes meses, así que mi vida continuó igual. Salía con mi amiga Laura por las tardes, nos comprábamos alguna revista y la leíamos juntas; normalmente hacía un esfuerzo por interesarme en esas cosas que a ella le importaban, como los chicos del barrio, aunque entre todos no sumaban más neuronas que las de un gorila, y yo no veía qué tenía de fascinante que el padre de Luis fuese cirujano. Pero Laura me caía bien de verdad; que fuese una buena persona compensaba lo poco que teníamos en común. Es algo que aprendí pronto a valorar: no importa tu ideología, no importan tus estudios, no importan tus decisiones, la cuestión es: ¿eres una buena persona?

Durante las clases de Historia, ignoraba las miradas de Darío; parecía un cachorro arrepentido buscando que alguien lo acariciase y le diese mimos. Una noche en la que no podía dormir, llegué a plantearme escribirle una carta a su mujer para contarle que vivía con el enemigo, pero al final decidí que joderle el coche había sido suficiente.

Cuando llegó el verano, casi había olvidado que tenía un agente.

Pronto comprendí que ser modelo en los años setenta era casi utópico, aunque había cosas que estaban cambiando. Fue la época en la que los nombres de algunas chicas se dieron a conocer, cuando Jule Campbell, el editor de *Sports Illustrated*, decidió imprimir el nombre de las modelos al lado de sus fotografías. Inglaterra también iba varios pasos por delante. Si tuve un referente sin duda fue Twiggy. Hacía tiempo que le seguía la pista. Sabía que no era especialmente alta y que su familia era de clase obrera, pero había conseguido hacerse un hueco en el mundo de la moda. Su aspecto era rompedor: el cabello de color rubio platino, corto y engominado, y con la raya al lado. Se ponía vestidos diminutos y minifaldas de Mary Quant con medias de llamativos colores a la altura de las rodillas. Todo ello aderezado por grandes gafas, pestañas postizas y los ojos muy maquillados. Y en una entrevista dijo: «Estoy cansada de ser una percha», una frase tan concisa como reveladora. También me llamaba la atención Jean Shrimpton, que llegó antes y ayudó a impulsar la minifalda. Ella fue, de hecho, la razón por la que decidí llevar flequillo, algo que sigo manteniendo.

El teléfono de casa sonó una calurosa tarde de jueves.

—¿Diga? —contestó mi abuela—. ¿Con quién hablo?

Vi que le cambiaba el semblante antes de mirarme.

—¿Es para mí? —Me levanté del sofá.

—Un tal Tomás Bravo.

—Hola —dije apretando el teléfono.

—¿Estás libre mañana a las diez? Una de las marcas de publicidad con las que trabajo tenía prevista una sesión de fotografías, pero la chica se ha caído y se ha roto el brazo. No pueden posponerlo. Les enseñé el catálogo y te quieren a ti, Julie.

—Diles que allí estaré. ¿Cuál es la dirección?

—Así me gusta, nena. —Tomás se rio.

Odiaba que me llamase «nena», pero fue el precio que tuve que pagar durante los siguientes tres años a cambio de conseguir un trabajo tras otro. En realidad, lo odiaba todo de él, pero especialmente que fuese un baboso arrogante y que creyese que podía flirtear con las chicas a las que representaba tan solo porque se sentía poderoso al tener en sus manos nuestro futuro. Yo lo frené desde el principio, cuando quiso invitarme a una copa tras terminar aquella primera sesión para una marca local de gafas.

—Lo siento, pero es tarde —me excusé.

—Venga, Julie, preciosa. Celebrémoslo. Estoy convencido de que este es el principio de un camino lleno de éxitos, lo supe en cuanto te vi, ¿qué me dices?

—No —repetí secamente.

Tomás se inclinó hacia mí.

—Como creo que tienes potencial, voy a darte un consejo: al

público le gustan las mujeres dulces, sonrientes y dóciles. Nadie quiere a un jodido témpano de hielo.

Me mantuve callada, pero cuando intentó acercarse más di un paso hacia atrás y lo miré con dureza. Después, me marché. Sé que, si la marca que se encargó de aquel proyecto no hubiese preguntado por mí unas semanas más tarde, Tomás me hubiese dado la patada. Pero les gusté. Y él tuvo que joderse. Por eso aprendimos a aguantarnos mutuamente.

Lo importante, más allá del hecho de que tuviese un agente idiota, fue que mi rostro apareció en los escaparates de varias tiendas de la ciudad. Pasé tantas veces por delante de una de ellas para verme a mí misma que debería darme vergüenza reconocerlo. A veces tan solo veía mi nariz. Era demasiado grande, demasiado ancha, demasiado vulgar. Pero luego las palabras de Benjamín llegaban como un bálsamo y creo que fue entonces cuando aprendí a querer a ese trozo de carne que sobresalía en medio de mi rostro. Cada día, al pasar por el escaparate, le cogía un poco más de cariño. Cuando llegó noviembre y cambiaron la cartelería, ya había comprendido que mi nariz era maravillosa.

Fue entonces cuando decidí que había llegado la hora de entrar en la galería de arte que estaba junto a mi portal y comprar el cuadro de Angélica Vázquez. Me gasté todo lo que había ganado. Nunca me he sentido tan orgullosa como cuando llegué a casa de la abuela con el lienzo en las manos y se lo enseñé mientras le contaba que, gracias a esa chica sentada en una terraza de Madrid y rodeada de rostros desdibujados, ahora veía más claro mi futuro.

—Es muy bonito, Julie. Muy bonito.

—¿Quieres quedártelo, abuela? Te lo regalo.

—Oh, es tan... moderno.

—Por eso. —Le sonreí.

Ella se mostró pensativa unos segundos, pero luego sus labios finos y arrugados se curvaron lentamente y me quitó el cuadro para verlo más de cerca. Lo admiró en silencio y repasó con los dedos las luces que se enfrentaban a la oscuridad de la noche. Me pregunté si a mi abuela Margarita le hubiese gustado ser esa chica joven que parecía feliz en su soledad.

—Está bien. Le buscaré un lugar apropiado.

Terminó colocándolo en su tocador, junto al joyero antiguo al que yo siempre le daba cuerda de pequeña para que sonase la música, sus perfumes y el cepillo de cabello que usaba todos los días antes de irse a dormir, porque pese a vestir con colores apagados, ella siempre había sido coqueta. Estaba segura de que, de haber nacido en otra época, Margarita hubiese hecho honor a su nombre siendo tan revolucionaria como la primavera. Pero cada día estaba más cansada, como si se fuese consumiendo. Cada vez le recetaban más pastillas, tenía dolores de espalda y se fatigaba cuando íbamos a por un café y yo caminaba demasiado rápido.

Fueron unos años fugaces. No fui muy consciente de lo que estaba ocurriendo mientras me ofrecían un trabajo tras otro. Y reconozco que todo fue ridículamente sencillo. «Les encanta tu nombre —decía Tomás—, Julie Allard suena a estrella de cine internacional y les llama la atención». Todo empezó a cambiar con el anuncio de una marca de ropa, pero, como tuvieron un problema interno de patentes, se emitió apenas durante unas semanas. En la grabación no tenía que abrir la boca, tan solo pasear con un pantalón por una carretera desierta moviendo las caderas y el pelo suelto, al viento, hasta que, en el último segundo, miraba por encima del hombro a la cámara fijamente. A pesar de la rápida retirada, tan solo existían dos canales en la televisión, así que no fue una sorpresa que mucha gente empezase a llamarme «la chica de los pantalones amarillos».

Así que, mientras mi abuela envejecía y mi rostro empezaba a hacerse conocido, anunciaron la muerte de Franco, Juan Carlos I fue proclamado rey y dio comienzo la Transición; según el diccionario: 'acción y efecto de pasar de un modo de ser o estar a otro distinto'. ¿Cómo no sentir esperanza entre tanta incertidumbre? Y, en medio de todo aquello, al mismo tiempo que la situación política zarandeaba el país, ocurrió algo que a mí me llamó poderosamente la atención: los primeros desnudos integrales. La pionera fue María José Cantudo, en *La trastienda*. Se sumó Victoria Vera sobre los escenarios, Patxi Andión en representación masculina y, finalmente, en 1976 salió Marisol en la portada de *Interviú* y la revista batió el récord de ventas con más de un millón de ejemplares. Tiempo después, la polémica rodeó aquella fotografía, pero lo cierto es que, en aquel momento en el que la homosexualidad estaba catalogada como delito bajo la Ley de Peligrosidad Social y las mujeres empezábamos a reclamar nuestra libertad, fue un grito de rebeldía.

Y durante esa época de cambio que vivimos, comprendí que mi cuerpo era mío. Podía mostrarlo, esconderlo, disfrutarlo o hacer lo que me viniese en gana.

6

LUCAS
ENAMORADO DE LA MODA JUVENIL (RADIO FUTURA)

Casi todas las tardes quedábamos para ensayar. Versionar canciones estaba bien, era divertido; sobre todo, cuando los fines de semana Rodrigo nos dejaba abrir la puerta del taller al terminar la faena y tocábamos para la gente del barrio. Venían a vernos los de siempre, cuatro gatos que no tenían nada mejor que hacer, la mayoría amigos del instituto o del bar. A las chicas les gustaba. Y a mí me gustaba que les gustase. Marcos decía que se la sudaba la música, que le bastaba con ver la cara que ponían algunas cuando lo veían empezar a cantar. Sin embargo, con el paso del tiempo, hasta él comprendió que había llegado el momento de hacer algo más, algo nuestro. El problema era que no sabíamos por dónde empezar.

Teníamos gustos dispares. A Jesús le iban las baladitas melancólicas y Marcos y yo éramos de algo más movido y desenfadado, así que no era nada fácil conseguir ponernos de acuerdo. Y, dicho sea de paso, nuestros caracteres también eran demasiado diferentes. Podríamos habernos complementado o encajado como las piezas de un puzle, pero eso nunca ocurrió. Veamos..., si hago memoria... Joder, si hago memoria puedo reconocer que Jesús me caía bien al principio. O todo lo bien que puede caerte un tío que gruñe como un perro la mitad del tiempo y que es gilipollas. Pero, en serio, nos divertíamos juntos. Cuando nos reuníamos por las tardes, lo único que necesitábamos para ser felices era un paquete de tabaco, unas cuantas cervezas y la música envolviéndonos.

Marcos siempre estaba contando chistes y Jesús relataba sus batallitas con el ligue de turno, pero aquel rato de ensayo en el taller era el mejor momento del día. Cuando volvía a casa, a veces seguía tocando un poco más, hasta que mi padre daba un golpe en la pared para pedir silencio. Obedecía al momento. Antes era así: si tu madre te decía que hicieses un recado, lo hacías y punto; si tu padre te pedía que te callases, no se te ocurría volver a abrir la boca. Las normas eran claras, a prueba de tontos.

—¿Qué haces? —Samuel entró en mi habitación.

—Cuentas. O eso intento —contesté esa mañana mientras garabateaba en un papel. Me rasqué la cabeza, suspiré hondo y taché los últimos números—. Pero esto es una mierda.

—¿Para qué lo necesitas?

—Quiero irme de casa.

—¿Por qué?

Lo miré con un cigarrillo entre los labios; el humo se interponía entre su rostro y el mío, pero distinguí su semblante confuso, como si la noticia lo pillase por sorpresa.

—Joder, ¿quieres que me haga viejo aquí o qué?

—No, pero... yo no voy a irme todavía.

—Tú estás estudiando. Eso es distinto.

—Te echaría de menos.

—Samuel, no me jodas.

Le dije eso porque era más fácil que decirle que yo también lo echaría de menos, aunque conociéndome era probable que terminase acercándome a casa a comer de lunes a viernes, porque todos sabíamos que el fin de semana iba a estar demasiado tocado como para levantarme de la cama. Siempre he sido muy familiar. Me gusta serlo. La familia es lo primero y nada ni nadie puede destruir eso. Durante toda la vida he sentido que mi raíz, la parte más profunda de mi corazón (si es que lo tengo), está sin duda en Vallecas. Justo ahí, ¿ves esa casa de una sola planta que se cae a pedazos? Pues desde esa pared maltrecha bombea la sangre hasta el resto del cuerpo. Sin esa casa, sin ese lugar, no existiría en este mundo.

—Creo que uno de mi facultad buscaba compañero de piso. Es de Cádiz y no puede pagar él solo el alquiler —comentó mi hermano.

—¿Tiene hueco para dos?

—¿Dos?

—Marcos se viene.

Habíamos acordado hacer aquello juntos, como todo lo demás. Por costumbre y porque, qué coño, Marcos duraría dos telediarios sin mí. Eso le decía siempre su padre cuando él estaba en las nubes pensando en quién sabe qué (probablemente en alguna tía). Luego en el fondo era un trozo de pan. Siempre fue muy querido en el barrio, por su personalidad fácil y porque jugaba al fútbol de puta madre.

—No lo sé, puedo preguntarle mañana.

El chico que estudiaba con mi hermano era Antonio, pero todos le llamaban Toni. Ordenado, simpático y muy «salao», como dirían en el sur. Tenía dos habitaciones libres, aunque una tuvimos que acondicionarla antes de poder entrar. El pisito no era nada del otro mundo, más bien antiguo y con un calentador que no dejaba de dar problemas, pero en dos días nos sentimos como si estuviésemos en nuestra casa. Marcos incluso se paseaba por el salón en calzoncillos hasta que Toni, que era de los que tienen clase, le pidió que se vistiese antes de sentarse a desayunar. Por suerte, no le molestaba tanto escuchar nuestra música como la desnudez. Se pasaba casi todo el día en la facultad y cuando aparecía a las tantas nos pedía a veces que le tocásemos algo, sobre todo si era nuevo.

Las primeras canciones comenzaron a surgir tras mucho esfuerzo, pero, aun así, nunca llegamos a entendernos del todo. Jesús compuso *Ella es Diana*, un tema tan romántico y triste que te daban ganas de cortarte las venas antes de que la canción terminase. Pese a ello, le dimos el visto bueno. Así son las cosas en un grupo: tú cedes, él cede y el otro también cede. Semanas después, me vino a la cabeza un *riff* de guitarra para un estribillo. Marcos y yo estábamos sentados en el sofá junto a un cenicero a rebosar de colillas.

—Escucha esto —le dije tocando.

—Mola mogollón. —Se rio y tosió.

—¿Puedes abrir la ventana? —sugerí mientras repetía las notas—. «Me has atrapado, rubia. / Me tienes en tus redes. / Voy a volverme formal. / Voy a alejarme de la barra del bar».

—Espera. —Marcos descorrió las cortinas y el aire cálido del verano madrileño entró en el apartamento mientras él cogía el bajo y acompañaba el estribillo—. Suena cojonudo. ¿Y el resto de la canción? Piensa, ¿cómo debería empezar?

—Con una birra en las manos.

—¿Cómo? —Estaba confuso.

—Ya lo tengo. —Solté una carcajada—. La rubia no es una mujer, sino una cerveza. Y empieza así: «Te conocí a los dieciséis. / Amarga y adictiva, una rubia inolvidable».

A Marcos le brillaban los ojos. Probablemente a mí también. Éramos dos tíos divirtiéndonos con nuestros juguetes. Hoy en día, todavía me sorprende que algo bueno saliese de ahí. Nuestra técnica había mejorado en los últimos años, pero ninguno de nosotros éramos profesionales. No habíamos asistido ni a una jodida clase y si nos hubiese escuchado algún entendido de la música se hubiese llevado las manos a la cabeza. Varios años después, un tipo cuyo nombre no recuerdo dijo que «la movida terminó cuando los grupos aprendieron a tocar». Puede que tuviese razón. El germen fue experimental, colegas que se reunían, pasaban un buen rato y de repente se vieron catapultados hacia un éxito que ni siquiera habían buscado. Por aquel entonces, cuando compusimos esa canción que decidimos llamar *Mi rubia*, nosotros no esperábamos vivir de la música. Sin embargo, no mucho más tarde, miles de personas coreaban aquella letra que se me ocurrió una tarde tirado en el sofá.

Y en esa época sucedieron dos cosas que, a pesar de parecer banales, fueron determinantes en nuestras vidas y en el futuro de Los Imperdibles Azules.

Para empezar, cogimos la costumbre de ir al Rastro.

Aquel lugar se convirtió en un espacio improvisado de reunión para músicos, pintores, escritores y artistas de todo tipo. Los domingos por la mañana nos dábamos cita en sus tabernas y calles. Allí podías encontrar cualquier cosa, desde condones que vendían metidos en una caja con polvos de talco hasta muebles antiguos o ropa de lo más variopinta. Fue, además, el lugar donde se dieron a conocer los primeros fanzines. Eran revistas de fabricación casera impresas en multicopistas, muchas de ellas musicales o políticas. Pero lo que más nos interesaba a nosotros eran las cintas de casete, normalmente de malísima calidad, grabaciones en directo de los últimos conciertos. También se vendían vinilos que llegaban directamente desde Londres, lo mejor del momento; pero eran demasiado caros.

En el Rastro me compré mi primera chupa de cuero, esa en la que pone «No Future» y sigue colgada en mi armario, aunque esté llena de quemaduras y remiendos. Y también conseguimos a un precio razonable guitarras acústicas para componer.

A la hora del aperitivo pasábamos por el bar La Bobia, en la calle de San Millán y en pleno barrio de La Latina; pronto se convirtió en un lugar de referencia. Llegábamos de empalme y con gafas de sol después de haber estado de fiesta el sábado por la noche, apestando a anís y cigarrillos. Dentro de esas paredes bullía la creatividad y se vivía toda una revolución cultural. Unos años más tarde, Almodóvar filmó allí *Laberinto de pasiones*. Nosotros pedíamos siempre churros con chocolate y charlábamos con cualquiera que tuviese ganas de hacerlo. Así conocimos a Koke, un joven fotógrafo que siempre iba acompañado por Alicia e Inés. Marcos estaba colado por Alicia, pero como ella no le hacía ni caso, él seguía ligando cada noche cuando salíamos por ahí a hacer el gamba.

Y, lejos de aquellas calles, en 1976 también fue importante la apertura de El Penta, el primer local de Madrid que luego se consideró un símbolo de la movida: garito musical nocturno, de copas y para jóvenes. Estaba en la esquina de la Corredera Baja de San Pablo con Palma y fue un concepto nuevo entre bar y discoteca.

La misma gente con la que coincidíamos en el Rastro era la que se dejaba caer el fin de semana por Malasaña para acudir a El Penta a por una copa. En realidad, por esa época aún éramos pocos los que nos juntábamos, supongo que por eso no había divisiones a la hora de reunirnos; allí podías encontrar crestas, tupés, abrigos de lana, calcetines blancos con zapatos o pelos de colores; las etiquetas eran lo de menos cuando solo queríamos divertirnos y escuchar buena música. Al principio ponían un hilo musical, pero después se dieron a conocer porque traían vinilos extranjeros que no estaban al alcance de cualquiera: pincharon por primera vez a Elvis Costello o Graham Parker, y la gente bailaba, bebía, charlaba, ligaba y se divertía.

Las noches se nos hacían muy cortas.

Jesús estaba saliendo con una tía llamada Diana que siempre traía a sus amigas y la buena compañía amenizaba la velada. En los últimos años había salido con varias chicas, pero ninguna me había dejado huella; supongo que era demasiado joven, que solo quería pasármelo bien y estar en el rollo, o que quizá estaba esperando a que apareciese ella. ¿Quién sabe? Si algo he aprendido con el paso del tiempo es que la vida es caprichosa.

Marcos y yo cogimos la costumbre de cerrar cada velada con un chupito de uranio antes de brindar por cualquier chorrada que se nos ocurriese.

—¡Por Los Imperdibles Azules!

—Por nosotros, qué cojones.

—¡Y por la vida! —añadí.

Lo convertimos en una tradición.

Creo que en esa época éramos bastante felices. Es una pena que no sea un sentimiento que pueda medirse, como la altura o el peso de un paquete de arroz, porque entonces todo sería más sencillo. «Estás en el nivel siete de felicidad, venga, un último esfuerzo y llegarás al ocho en un par de días». Por aquel entonces, me sentía en lo más alto, en la cima del mundo. Había conseguido salir a flote y mi hermano era mi orgullo. Tenía una familia que me arropaba, un techo bajo el que vivir, un trabajo que no estaba nada mal, buenos amigos, chicas con las que divertirme y la música.

¿Quién narices necesita más?

Pues te lo diré: el ser humano.

Estamos programados para desear todo lo que no tenemos. Nuestro cerebro funciona así, probablemente por supervivencia. «Oye, hombre de las cavernas, ¿ves ese ciervo de ahí? Sí, sé que ahora tienes carne de sobra en tu cueva, pero pronto llegará el invierno y es mejor tener reservas. Hazme caso, no te conformes». Y por eso somos una sociedad de consumo e insatisfacción, abocada al desgaste y las emociones fugaces. No importa que tu televisor funcione bien, porque el vecino tiene uno mejor. ¿Cuántos pantalones guardas en tu armario? Más que días tiene la semana. ¿O por qué irte a Málaga si puedes viajar hasta Nueva York?

Eso es lo que tendría que haber pensado cuando conocí a

Juliette. «Esa chica es demasiado para mí, debería conformarme con otra más sencilla, alguien a mi alcance».

Pero, por supuesto, no lo hice.

Entonces, cuando mis días giraban en torno al taller de coches, el Rastro y El Penta, todavía no tenía ni idea de todo lo que me quedaba por vivir. No sospechaba que dentro de esas paredes azules conocería al amor de mi vida. Y ella lo cambiaría todo. Sería como un disparo al corazón. Fulminante. Años después, pensaría a menudo en esa época. Esa en la que no tenía ninguna preocupación, cuando todo era divertido y fácil y efervescente.

7

JULIETTE
ME COLÉ EN UNA FIESTA (MECANO)

Como le prometí a la abuela que seguiría formándome, tras terminar los estudios fui haciendo cursos que me llamaban la atención; casi todos sobre moda, fotografía o arte. Aquel día, estaba revisando los apuntes que nos habían dado cuando vi la noticia en la televisión: dos aviones habían colisionado en el aeropuerto de Los Rodeos, en Tenerife. Las imágenes eran desgarradoras. Fue el accidente aéreo con mayor número de víctimas mortales de la historia de la aviación: casi seiscientas personas perdieron la vida.

Y una de ellas fue Tomás Bravo.

Pese a nuestra tirante relación, la noticia me afectó. Fueron unas semanas complicadas y, cuando Alfredo asumió el mando de la agencia, no cesó de llamarme para que siguiese trabajando con ellos. Pero decidí que era el momento de cerrar esa puerta, aunque me quedase sin proyectos durante una temporada. Después, empecé a recibir ofertas de otros agentes, pero ninguno me convenció. O bien eran demasiado agresivos, «conseguiré que seas la mejor del país, ¡qué digo!, ¡de Europa!», o demasiado sumisos, «haremos lo que tú quieras», o demasiado halagadores, «los dos sabemos que eres preciosa, Julie. Estás despuntando, pero una flor como tú necesita que alguien la riegue bien».

No pensaba firmar ningún contrato sin estar completamente segura. El único problema era que el tiempo corría en mi contra. Justo de eso hablaba con Martina una tarde que quedamos para tomar un café. Nos habíamos conocido meses atrás cuando las dos protagonizamos juntas un catálogo de ropa. Conectamos. Me sorprendió lo rápido que se coló en mi vida, porque en los últimos años me había vuelto más desconfiada, pero Martina tenía ese no sé qué indefinible que te sacaba una sonrisa sin esfuerzo. Era vivaz, bellísima e inteligente. Sus padres eran actores, había crecido en el mundo del espectáculo y no tenía pelos en la lengua. A diferencia de Laura, que se escandalizaba cuando me escuchaba soltar un «joder» o hablar de sexo, Martina era capaz de conseguir que me sonrojase.

—¿Por qué no te quedas como estabas y punto?

Ella había aceptado firmar con Alfredo, pero a mí no me había entrado por el ojo cuando fui a verlo a la oficina. Me pareció que hablaba con cierta prepotencia y, aunque era cierto, no me gustó que recalcase varias veces que si había llegado hasta ahí era gracias a ellos. No les quitaba su parte del mérito, pero yo también entraba dentro de la ecuación: había dado lo mejor de mí en cada trabajo, había asistido a algunas clases de interpretación y había escuchado con atención las indicaciones y los consejos de cada fotógrafo. Me molestaba que a menudo se siguiese tratando a las modelos como meros adornos de cartón piedra. Unos años más tarde, John Casablancas, el fundador de Elite, dijo en una entrevista que llegar al estrellato no consistía tan solo en tener una cara bonita o un cuerpo de escándalo. En su opinión, que logró levantar la mayor agencia del mundo, una gran modelo debía tener una historia que contar, no hacía falta ser culta o divertidísima, pero sí interesante. Y luego añadió: «La gente quiere divas, quiere tener sueños». No estaba de acuerdo con todas sus afirmaciones, pero sí creía que debíamos alejarnos de la imagen lánguida de ser simples maniquíes y mostrarnos más fuertes, humanas y poderosas.

—No me convence —contesté.

—Cuidado con el azúcar, nena. —Martina alzó las cejas al verme servirme de más, pero no me molesté en explicarle que era la única manera de paliar el amargor que tanto me desagradaba del café—. No es mal tipo. Tampoco en la cama —añadió.

—¿Te has acostado con él?

Martina se echó a reír y asintió.

—Nos tomamos una copa y surgió.

Fue sin duda la manera de asegurarse un lugar destacado dentro de la agencia. Pero respetaba eso de ella. Sabía lo que hacía, cómo lo hacía y por qué lo hacía. No se engañaba a ella ni a los demás, nunca puso como excusa estar enamorada de él. Me gustaba lo clara y decidida que era Martina porque no era solo una pose. Y era ambiciosa. Y competitiva. Tiempo después, reafirmaría mi opinión sobre ella: cuando quería conseguir un caramelo, luchaba con uñas y dientes hasta comérselo de un bocado.

Pero, volviendo a aquella primavera de 1977, me sentía por primera vez un poco perdida. Tenía claro el camino que quería recorrer, pero no encontraba el desvío para llegar hasta él. Me faltaba la brújula: un agente. Uno que, a ser posible, no me tratase como a una niña ni se dedicase a mirarme el trasero. ¿Suena sencillo? Pues no lo era. Así que, mientras meditaba mis opciones, me tomé unos meses de descanso y me centré en los estudios.

El 15 de junio se celebraron las primeras elecciones generales y fui a votar con mi abuela. Recuerdo el día que ganó Unión de Centro Democrático de Adolfo Suárez con un cariño especial; no por el resultado, sino por todo lo que implicó. De regreso a casa paramos en la cafetería que tanto le gustaba a Margarita. Tomamos café y un pastel crujiente de manzana que estaba delicioso. Charlamos. Las mejores charlas con mi abuela no eran trascendentales, sino esas del día a día, cuando empezábamos hablando de un abrigo nuevo que había visto en un escaparate y terminábamos comentando la receta familiar del bizcocho de limón.

Con ella podía hablar de cualquier cosa.

Excepto de chicos, eso prefería guardármelo para mí. No era porque no tuviésemos la confianza suficiente; de hecho, la abuela me preguntaba a menudo por el tema: «¿No hay nadie especial en tu vida, Julie?». El problema era que no sabía qué contestarle, porque la verdad era un poco gris: «Sí, he conocido a un tipo amable y simpático con el que me gusta acostarme de vez en cuando, pero soy incapaz de imaginarme mi vida con él dentro de un año. Qué digo un año, no creo que pueda aguantar más de dos meses».

Llegué a pensar que era como una muñeca defectuosa a la que le faltaba alguna pieza clave que alguien había olvidado colocar junto a las pilas. Las razones eran las siguientes:

La primera, no entendía por qué se consideraba que el sexo era tan placentero. No era cierto. Es decir, los pasos previos, esos besos y esas caricias ansiosas resultaban muy agradables, pero tampoco era nada apoteósico. Y a partir de ahí todo iba cuesta abajo, como un globo que se desinfla rápidamente. Cuando ellos terminaban jadeantes y murmurando «madre mía», yo tenía que esforzarme para que no se me escapase un bostezo.

La segunda, desde que había empezado a salir por las noches con Martina a discotecas, me lo pasaba bien conociendo a chicos. Era estimulante percibir que la otra persona se esforzaba en hablar y en gustar, dejar que me invitasen a una copa, coquetear y quizá disfrutar de algún que otro beso. La cosa se empezaba a torcer al llegar a la fase del sexo, pero, hasta entonces, todo era chispeante como los fuegos artificiales. Y como el flirteo me resultaba la única parte divertida de todo aquello, no tenía intención de dejar de hacerlo.

Y la tercera y más importante, ¿qué era el amor? Las historias que leía en novelas o veía en el cine me parecían de otra galaxia. ¿Cómo iba a querer tanto a un desconocido como para desear compartir años, un techo, mi dinero, la intimidad? Nunca sufrí por ninguna ruptura y nunca me había enamorado. Lo sabía porque la idea de permanecer junto a una persona toda la vida me resultaba ridícula. No necesitaba a nadie más, me sentía completa.

Así que, cuando una noche de verano salimos a tomar una copa y vi que el hombre que estaba apoyado en la barra no dejaba de mirarme, disfruté de su atención. Hacía meses que no salía con nadie y me pareció atractivo. El color de su cabello era de un rubio envejecido que resultaba llamativo entre tantas cabezas castañas y vestía más elegante que el resto de los clientes de la discoteca. No dejaba de removerse inquieto mientras me observaba.

—¿Ya le has echado el ojo a alguno?

—El tipo de la barra no está mal.

—¡Pues ve a por él! —Martina sonrió.

—No, prefiero divertirme contigo.

Así que bebimos, bailamos y nos tomamos un par de esas pastillas que Martina solía llevar en su bolso cuando salíamos de fiesta. Reconozco que me aficioné rápido a las anfetaminas. Era fácil hacerse adicta a la euforia, al chute de energía y a la claridad momentánea, todo ello aderezado por una pérdida de peso y apetito. Por aquel entonces, acceder a la Dexedrina, el Bustaid y el Pondinil resultaba poco más complicado que ir a comprar golosinas: se podían conseguir en farmacias bajo prescripción médica. Muchos doctores las daban para adelgazar y también había quienes se dedicaban a falsificar recetas.

Supongo que los estupefacientes influyeron en que nuestras noches fuesen cada vez más largas. Cogí por costumbre quedarme a dormir en el apartamento de Martina y regresaba a casa pasado el mediodía del día siguiente, después de compartir un par de cigarros en su cocina mientras rememorábamos los acontecimientos de la velada anterior. Apenas la usaba. La cocina, quiero decir. Martina comía como un pajarito y no era la única; no es sencillo tener una relación sana con la comida cuando cada kilo puede resultar determinante.

La cuestión es que aquella noche estaba animada, pero también un poco enfadada. Eran dos sentimientos que solían entremezclarse pasada la una de la madrugada. Nunca me sentó bien beber, ni mucho menos las drogas. Supongo que por eso nuestro primer encuentro fue así: dejé a Martina bailando con un par de chicos para ir al baño y, cuando salí, en un pasillo tristemente iluminado, me crucé con el tipo que había visto antes en la barra. Pude fijarme más en él: llevaba un reloj caro, zapatos brillantes y gomina.

—Te estaba buscando —me dijo.

—Ah, ¿sí? —Sonreí sin muchas ganas.

—Sé quién eres, Julie. —Me sorprendió cuando se sacó una tarjeta del bolsillo y me la dio con delicadeza—. Me llamo Pablo Márquez y trabajo para una agencia. No sé si a estas alturas ya habrás firmado con alguien, intenté localizarte hace meses sin éxito.

—No he oído hablar de ti —mascullé.

—Empecé hace poco tiempo, eso es cierto. Pero me interesas mucho y creo que tienes talento. Podríamos hacer grandes cosas juntos.

Lo miré unos instantes, asimilando sus palabras. Probablemente no ayudó que estuviese borracha y colocada, porque me acerqué tanto a él que no quedó ni un centímetro de espacio entre los dos. Pablo parecía desconcertado, pero no se movió.

—¿Crees que no es lo mismo que me han repetido una y mil veces? ¿Qué es lo que de verdad te interesa? —Cogí sus manos, que colgaban inertes a ambos lados de su cuerpo, y las coloqué sobre mis pechos. Pablo me sostuvo la mirada—. ¿Quieres esto? ¿Tocarme? Es lo que todos buscan al final, ¿verdad? El precio a pagar.

Permaneció inmóvil y susurró:

—Me gustan los hombres.

Esas cuatro palabras flotaron entre él y yo hasta anidar en algún lugar de mi cerebro. Entonces solté sus manos de golpe. Y fue como si mi cabeza se aclarase al instante; dejé de oír la música, de ver a la gente que se movía a nuestro alrededor, y la alegría explosiva se calmó de pronto y dio paso a una serenidad que también encontré en sus ojos.

—Firmaré contigo —contesté decidida.

Lo hice unos días más tarde, cuando fui a verle. Ni siquiera tenía aún una oficina, así que me recibió en su apartamento y me hizo pasar al salón. Pero me gustó. Tanto él como su casa. Tenía un gusto delicado y muchas antigüedades que se disputaban el protagonismo con los cientos de libros que llenaban las estanterías. Las alfombras eran modernas y más tarde supe que las había comprado en el extranjero. Pablo y su entorno tenían clase, pero no del tipo elitista, sino de una manera más profunda. Llevaba casi un año trabajando para la agencia Salvador Models, que estaba en Barcelona; él se dedicaba al área de Madrid y los alrededores. Creía en el negocio de una manera parecida a la mía.

—No busco rostros perfectos, sino cautivadores. Es lo que también les interesa a los fotógrafos. Alguien puede ser bello y no trasmitir nada, o carecer de hermosura y resultar apabullante. —Hablaba a menudo como si estuviese recitando una obra de teatro.

Lo miré divertida porque me hizo gracia.

—¿Y qué encuentras en mí?

—Fuerza. También me gusta tu lengua mordaz, aunque sospecho que nos traerá algún que otro problema a la larga. Pero ¿sabes qué? Los problemas, a veces, resultan fascinantes. ¿No estás de acuerdo? Sentimos atracción por lo complicado.

—¿Me consideras complicada?

—Adorablemente complicada.

Estaba entusiasmada ante el plan de trabajar con él. Pablo era... dulce. Sí, aquella palabra le quedaba bien, como chocolate derretido. Detrás de su hablar algo pomposo, de su ropa cara, su rostro bien afeitado y su cabello perfectamente cortado, había un joven brillante e inteligente. Tenía las ideas claras y las defendía con pasión. Eso fue algo que siempre tuvimos en común y que admirábamos el uno del otro. Y la admiración, como descubrí con el paso del tiempo, es el abono del que se nutre una buena relación.

—Así que estudias arte.

—Ahora sí, pero voy a épocas.

—¿También pintas? —preguntó.

—Apenas nada, no tengo talento para ello. Alguna que otra vez hago algo a carboncillo, pero carece de interés artístico, créeme. Solo son sombras o trazos. Me relaja.

Pablo se mostró interesado y estuvimos hablando de esto y de aquello, de los planes que tenía para mí y de nuestros gustos literarios. Entonces, mientras desgranábamos nuestras vidas dentro de aquel salón lleno de libros, antigüedades y llamativos cuadros, aún no sabía que Pablo iba a convertirse en mi mejor amigo, pero admito que lo sospeché en cuanto salí de su casa. Y sí, nuestro primer encuentro, cuando lo insté a que me tocase las tetas, no había sido prometedor, pero al final terminó convirtiéndose en esa anécdota que siempre salía a relucir en cuanto nos bebíamos dos copas de más.

Qué fascinante es la vida.

El día menos pensado encuentras no solo un agente, sino también un pilar indiscutible. Casualidades, supongo. Y casi un año más tarde, estuve a punto de no conocer al amor de mi vida. Me faltó tan poco que durante mucho tiempo me he preguntado qué habría sido de mí si aquella noche hubiese decidido no salir.

Pero Martina logró convencerme.

Me había mudado con ella un par de meses atrás, porque, aunque adoraba a mi abuela, el sabor de la independencia siempre me resultó demasiado tentador.

—¿Y adónde dices de ir? —pregunté.

—Se llama El Penta. En Malasaña.

La zona no prometía demasiado, la verdad.

—¿Y qué se supone que haremos allí?

—Ya te lo he dicho: ahora está de moda.

Tuve mis dudas, principalmente porque ya estaba en pijama, pero al final me contagié por su entusiasmo cuando comentó que ponían buena música y que algunos grupos que empezaban a despuntar se dejaban caer a menudo por el sitio, como Burning, Aviador Dro y otros tantos de los que nunca había oído hablar hasta entonces.

—Está bien. Iré a cambiarme de ropa.

Y tres horas más tarde, conocí a Lucas.

8

LUCAS
VOY A PASÁRMELO BIEN (HOMBRES G)

Creo que 1977 fue el prólogo de la historia que estábamos a punto de empezar a contar. Los ensayos comenzaron a dar sus frutos. Cada uno componíamos a nuestro aire y cuando nos veíamos en el taller al final del día compartíamos el trozo de la letra de una canción, un *riff* o cualquier idea a la que le faltase solidez. A pesar de nuestros problemas a la hora de ponernos de acuerdo, antes de darnos cuenta tuvimos varios temas que sonaban bien: *Ella es Diana, Mi rubia* y *El amor es radiactivo*. La última surgió durante una noche de fiesta, justo al revés de cómo deben escribirse las canciones: es decir, primero la música y luego la letra.

—¡Tres chupitos de uranio! —gritó Marcos.

—¿A quién se le ocurriría ese nombre?

Cuando nos sirvieron, contemplé ensimismado el líquido de un verde intenso que sabía a lima. Iba fumado esa noche. Los tres brindamos y pedimos otra ronda. Jesús acababa de romper con Diana y habíamos salido para que se despejase un poco.

—Podemos cambiar el final de la canción —sugerí—. En lugar de «siempre me encontrarás al final de la calle seis», algo así como «voy a divertirme sin ti al final de la calle seis».

Jesús pareció meditarlo unos segundos.

—Bah, da igual. No me importa.

—Me encanta esta mierda —intervino Marcos mirando su vaso vacío—. Deberíamos hacer una canción sobre el uranio.

—¿Sabes que es radiactivo o algo así?

—¿Y eso qué significa exactamente?

—Yo qué sé, pero mola.

—¿No estábamos hablando de Diana?

—Olvídate de ella —respondí—. Lo de la radiactividad es

más interesante. Si hubiésemos atendido en las clases de ciencia... ¿Cómo se llamaba el profesor? Ese que tenía la barba blanca... Mmmm, lo tengo en la punta de la lengua...

—¿Castellanos?

—Sí, joder, ¿dijo algo sobre el uranio?

Marcos se encogió de hombros, se encendió un cigarro y luego se echó a reír. No nos sorprendió. Cuando fumas, hay dos cosas que das por hecho: tener chinas en la ropa y poder descojonarte de lo que sea. Pero entonces empezó a tararear:

—«Mi novia me ha dejado, / así que una ronda de uranio, por favor».

Jesús dio un puñetazo en la barra y sonrió animado.

—«Un brindis para olvidar, / solo quiero divertirme, / pero me giro y me pierdo en tus ojos». —Incluso en una canción que trataba de una ruptura añadía algo romántico.

Y de pronto se me ocurrió:

—«El amor es radiactivo».

Tres días después, teníamos lista la canción completa. Fue otra de las míticas y la única de la que guardo un buen recuerdo de Jesús. Nuestras diferencias se hicieron más patentes cuando Marcos y yo empezamos a escuchar grupos extranjeros como los Sex Pistols, que ese año sacaron un disco que revolucionó Gran Bretaña: *Never Mind the Bollocks*; como *bollocks* significaba 'cojones', los llevaron a juicio y faltó poco para que no viese la luz. Al final se salieron con la suya, aunque el grupo original duró poco: un año y medio después, Sid Vicius murió por culpa de un chute de heroína.

Pero lo que a mí me fascinó de aquella historia fue el hecho de hacer algo políticamente incorrecto, saltarse las normas, provocar. No aspiraba a convertirme en un prodigio de la música, lo que de verdad me interesaba era divertirme y arriesgar.

Al final, grabamos una maqueta casera en casa de un colega con esas tres primeras canciones. Era de una pésima calidad y no nos sirvió de mucho, aunque un par de fanzines empezaron a hablar entre sus páginas de Los Imperdibles Azules.

Por aquel entonces, nos dejábamos caer a menudo por el Ateneo Cultural de la calle Mantuano, porque allí ensayaban muchos grupos. Ya nos gustaban Burning, Paracelso, Uhu Helicopter (que tiempo después se convertiría en Nacha Pop con la llegada de Antonio Vega al grupo), los Zombies o Poch. Fuimos a verlos en directo alguna vez y luego hablamos con los dueños de esos mismos locales para que nos diesen una oportunidad.

Tocamos en un sitio cerca de Lavapiés que se llamaba Song Parnasse y en el Balboa Jazz. Teníamos que alquilar el material y todo era muy «de ir por casa», pero estábamos llenos de energía; en parte por la emoción y en parte porque subíamos al escenario hasta el culo de anfetas. También actuamos en algunas discotecas, porque fueron los primeros lugares que se hicieron eco de los grupos de la nueva ola que empezaban a surgir y disponían de la infraestructura necesaria para sacarle provecho.

El público decía que en los directos éramos explosivos. A Marcos le encantaba esa palabra. ¡Explo-Explosivos!, solía gritar antes de empezar. Alicia, por cierto, dejó de resistirse pronto. A menudo se venía de fiesta con nosotros y también se unían Inés y Koke. Muy de vez en cuando incluso Toni se dejaba caer un rato con mi hermano, pero siempre eran los primeros en irse. Alicia y Marcos se pasaban la mitad de la noche liándose en algún rincón y la otra mitad discutiendo por cualquier cosa; aunque él era de pocas réplicas, así que podría decirse que Alicia discutía consigo misma.

Yo me divertía con chicas que también buscaban pasar un buen rato sin complicaciones. Noches esporádicas o relaciones intermitentes que se avivaban tan rápido como volvían a caer en el olvido; estaba abierto a cualquier distracción placentera que no supusiese comerme el coco.

Cuando quisimos darnos cuenta, habíamos dejado atrás el 77 y en algunos conciertos el público empezaba a corear el estribillo de las canciones. Era alucinante. No habíamos fichado con ninguna discográfica ni grabado una maqueta decente que poder enviar a las radios, pero la gente ya se sabía las letras y nuestros nombres.

Mi familia no entendía bien de qué iba todo el rollo. Samuel era el único que había ido a vernos en un par de directos y se mostraba tan entusiasmado como si acabase de llegar a la Luna en plena expedición. Juliette me dijo años después que «la admiración es el abono del que se nutre una buena relación», y mi hermano y yo siempre tuvimos eso.

—Pero ¿te pagan por tocar? —Mi madre sirvió el guiso.

—Se hacen cargo de los gastos del equipo.

—¿Y entonces qué ganas? —Papá estaba indignado.

—Es divertido. Y nos estamos dando a conocer.

—¿Tú crees que un agricultor iría al campo a recoger gratis la cosecha durante meses para «darse a conocer»? —Se metió una cucharada del guiso en la boca y masticó con parsimonia, como si siguiese dándole vueltas—. Menudos aprovechados. Eso es lo que son.

Ayudamos a retirar los platos cuando terminamos de comer, mientras él se sentaba en su sillón delante del viejo televisor de segunda mano que le había cedido mi tío por cuatro duros. Era en blanco y negro, y las imágenes se veían distorsionadas. Me encendí un cigarro y pasé por mi antigua habitación unos segundos antes de irme. Buscaba una letra antigua que años atrás había escrito en una servilleta cuando me fijé en el coche reluciente y verde que estaba sobre la única balda que tenía. Mi hermano y yo habíamos jugado a diario con ese coche que nuestro padre nos regaló unas Navidades, pero lo cuidamos tanto que seguía estando casi intacto. Lo cogí y deslicé lentamente los dedos por la parte delantera del vehículo.

Aquel coche y tres canicas simbolizaban mi infancia.

Volví a dejarlo en su lugar, busqué sin éxito esa servilleta que estaba seguro de que había guardado en su momento (tan seguro como de que mi madre la habría tirado a la basura hacía siglos) y después me despedí de mis padres y me marché.

Acababa de llegar la primavera cuando Jesús nos propuso que su primo Fran fuese nuestro mánager. El chico había estudiado empresariales, tenía contactos y ganas de trabajar. Me pareció un buen tipo cuando vino a vernos una tarde al taller: formal, un poco frío pero inteligente. En aquel momento, pensamos que era una idea cojonuda, claro que entonces no sabíamos que sería el principio del final y que abriría una brecha en Los Imperdibles Azules. Ocurrió rápido, no hicieron falta años para que el desgaste empezase a notarse. La situación era la siguiente: Fran y Jesús formaron un equipo, y Marcos y yo hicimos otro.

He reflexionado a menudo sobre por qué resulta tan complicado que los grupos de música consigan mantener una buena relación mucho tiempo. Y la conclusión a la que he llegado es que, si ya es difícil soportar a toda tu familia tan solo durante las horas que dura la comida de Navidad, imagínate lo jodido que puede ser hacerlo con gente a la que no te une ningún lazo sanguíneo, a la que ves a diario en los ensayos y con la que viajas varios meses cuando hay bolos o giras. Añade a ese cóctel la toma de un montón de decisiones y el ego inflado cuando se empieza a saborear el éxito.

El fracaso está asegurado.

El nuestro, desde luego, estaba claro casi antes de que empezásemos. Después la cosa fue a peor y coincidió con la llegada de Fran y esa división natural que surgió en el grupo. Conforme el entusiasmo del público aumentó en los directos, más locales se interesaron en nosotros. Fran comenzó a gestionarlo. Más allá de nuestras diferencias musicales o ideológicas, los problemas se agravaron cuando intentaron que cambiásemos.

La actitud en el escenario era nuestra mejor virtud.

La gente seguía diciendo que éramos explosivos y se divertían tanto como nosotros. Una vez, en medio de una actuación, dejé de tocar, tiré la guitarra al suelo y salté entre el público aglutinado. Cuando terminamos y nos reunimos detrás, Jesús estaba enfadado: dijo que no era serio y que le restaba caché al grupo. Pero, sinceramente, no sabía que tres tipos de Vallecas que no tenían ni puta idea de tocar tuviesen que preservar ningún caché. Y como de costumbre, Fran lo apoyó.

—¿Quieres seriedad? ¿Me pongo un esmoquin para tocar?

—No, quiero que no hagas el gilipollas.

—¿Qué me has llamado? ¡Te voy a partir la cara!

Marcos tuvo que separarnos. Tampoco ayudaba que todos nos pusiésemos finos antes de tocar, aunque no es una excusa ni la razón por la que no conseguíamos entendernos. En otra ocasión, Marcos contó un chiste en mitad de la actuación y también fue un problema, pese a que al público le encantó, no paraban de reírse y de pedir más entre canción y canción.

¿Sabes lo que ocurre cuando un pelo se enquista y la piel se empieza a inflamar alrededor? Se infecta. Y se llena de pus. Pues Jesús era un puto pelo enquistado.

Una noche, salimos todos juntos. Jesús estaba de buen humor, cosa rara en él, y el ambiente en El Penta era animado. Me acerqué a la barra para pedir otra copa y entonces, justo entre el final y el comienzo de una canción, escuché una voz femenina y fuerte, y sentí un cosquilleo, como un zumbido en el estómago, porque la piel siempre va por delante de la cabeza. Seguí el rastro de aquel sonido hasta la chica que estaba a mi derecha.

Tenía el pelo de un dorado oscuro, con el flequillo suspendido justo encima de unos ojos perspicaces que contemplaban absortos los movimientos del camarero. Los pómulos marcados destacaban en aquel rostro tan peculiar de labios gruesos y nariz llamativa; al contemplarla de perfil, se vislumbraba una pequeña desviación. Vestía una minifalda que dejaba a la vista sus largas piernas y un top blanco con una ristra de botoncitos delanteros, como si fuesen un camino que conducía directo hacia su escote.

No sé cuánto tiempo estuve mirándola embobado.

Tenía la boca seca cuando le toqué el hombro.

—Te invito a una copa —dije decidido.

Su mirada me atravesó como un cuchillo.

—Gracias, pero ya estoy servida.

—¿Has probado el uranio?

—¿Qué? —Alzó las cejas.

Cambié de táctica sobre la marcha.

—Me llamo Lucas Martínez.

Le ofrecí la mano, como en las películas. Ella debería haber alargado también la suya y entonces nuestros dedos se hubiesen rozado y, ¡chas, magia! Pero no lo hizo. Se quedó mirándome la palma extendida antes de alzar la vista de nuevo haciéndome sentir como un idiota. Un apunte importante: ella era la única persona por la que me daba igual sentirme exactamente así. El orgullo no sabe nada sobre el amor.

—Lo siento, pero estoy con una amiga... —Giró la cabeza como para corroborarlo y entonces descubrió que su acompañante estaba la mar de entretenida hablando con un par de chicos. Dejó escapar un suspiro y se encogió de hombros—. Está bien. Quiero esa copa.

Sonreí, llamé al camarero y pedí un par de chupitos.

—Por los comienzos —le dije antes de brindar.

Ella se lo bebió de un trago y luego, con una confianza que me pilló desprevenido, me quitó de las manos el cigarro que acababa de encenderme y le dio una calada. Voy a reconocerlo: me excitó su seguridad. Podría haberme resultado soberbia, pero de pronto sonrió casi con un aire tímido, quizá fingido, y el efecto se disipó. Creo que eso era lo que enganchaba tanto de ella: la mezcla entre dulzura y frialdad. Tan pronto te mostraba un gesto más cálido que el caramelo fundido como te fulminaba con la mirada.

Siempre me ha gustado jugármelo todo a un solo número.

Así que me incliné y le susurré al oído:

—Aún no me has dicho tu nombre.

Su pelo me rozaba la mejilla y se interponía entre los dos. Y menos mal, porque podría haber cometido la locura de besarla sin saber cómo se llamaba y, cuando lo apuestas todo a una, debes tener cuidado y pensar bien en qué estrategia seguir, porque si das un paso en falso todo puede terminar antes de que suene el pistoletazo de salida.

—Juliette Allard. Pero todo el mundo me llama Julie.

—Comprendo. —Le sonreí—. Así que..., Juliette.

Quise dejarle claro que no pensaba ser como «todo el mundo» para ella. Lo pilló y se echó a reír. El sonido ronco me pareció la melodía más extraordinaria que había oído jamás.

Y fue entonces cuando supe que me casaría con Juliette.

1978

9

JULIETTE
¿QUÉ HACE UNA CHICA COMO TÚ EN UN SITIO COMO ESTE? (BURNING)

Admito que me atrajo desde el principio su mirada. ¿Has visto la expresión de un niño de seis años la mañana de Navidad al descubrir los regalos bajo el árbol? Pues esa emoción era la que se reflejaba en los ojos de Lucas cuando pronunció mi nombre por primera vez.

Juliette. No Julie, no quiso conformarse con eso.

—Está bueno. —Señalé el vaso vacío y me relamí mientras él seguía con atención el lento recorrido de la punta de mi lengua—. ¿Pedimos otro?

—¿Invitas tú a este? —preguntó con descaro.

Me hizo gracia. Fue una tontería, pero ningún hombre me había exigido antes que lo invitase a una copa, siempre se desvivían por sacar la cartera y poner el dinero sobre la mesa como pavos reales. Cada uno expone sus cartas como puede: «Tengo trabajo, puedo ofrecerte una estabilidad, no tendrás que preocuparte por nada». Ese era el mensaje implícito. En el caso de Lucas, puede que no tuviese donde caerse muerto, que fuese justo o sencillamente un poco rata. Decidí que me apetecía averiguarlo.

—Me parece razonable. —Busqué mi cartera.

El camarero nos sirvió otros dos chupitos de uranio.

Después, con el regusto dulce aún en la garganta, lo estudié en silencio mientras un chico de ojos rasgados se acercaba para decirle algo al oído.

Lucas tenía el cabello oscuro y se ondulaba un poco en la zona de las orejas, probablemente porque debería habérselo cortado hacía tiempo. No encontré nada especial en su rostro: dos ojos marrones, una nariz recta, la mandíbula marcada tras un afeitado rápido que le había dejado un par de cortes de recuerdo, los labios insolentes por culpa de esa sonrisilla burlona que los curvaba. Pero, pese a no destacar, supe que no podría olvidar esa cara fácilmente.

Vestía vaqueros y llevaba un imperdible ridículo clavado en el lateral de la chupa de cuero. Daba la impresión de que la moda le importaba lo mismo que el destino de un garbanzo de lata y parecía cómodo en su propia piel.

Volvió a girarse hacia mí cuando su amigo se marchó.

—¿A qué te dedicas? —le pregunté.

Lucas alzó las cejas sin dejar de mirarme.

—¿En serio? Piénsatelo bien: ¿Quieres que esa sea tu primera pregunta? Te lo digo porque dentro de muchos años, cuando le contemos a nuestros hijos cómo nos conocimos, sonará muy poco interesante. Ya sabes, aburrido.

No pude evitar echarme a reír. Era un macarra de barrio muy divertido, eso no iba a discutírselo. Empecé a sentirme más cómoda con él casi sin darme cuenta, mientras pedíamos un par de cervezas y Lucas me tendía un cigarro antes de acercarme el mechero. Hay personas capaces de atraparte en su tela de araña sin que te des cuenta de que lo están haciendo. El humo nos envolvió y, durante un instante, me debatí sobre si seguirle el juego o parar aquello. Pero ¿qué narices? Me gustaba. Lucas me gustó desde que me miró como si fuese un regalo navideño.

—¿Le has dicho eso mismo a muchas otras chicas?

—Tú eres la tercera de la noche. Aún son las doce.

Siempre fue igual de idiota, en eso nunca cambió demasiado. Quizá fue precisamente lo que me atrajo de él desde el principio: que era diferente, para bien y para mal. No hubo un coqueteo sutil de miradas en la distancia antes de acercarnos, no me invitó a copas durante toda la noche mientras hablábamos de nuestros respectivos trabajos o cosas por el estilo, ni intentó complacerme en todo. Estaba acostumbrada a que ligar fuese A, más B, más C. Era fácil, estimulante y divertido. Pero con Lucas se convirtió en un deporte de alto riesgo.

—¿Y te suelen contestar que eres patético?

Él se rio despreocupadamente y le dio una calada a su cigarrillo. Me contemplaba con descaro, nada de miradas de reojo. Fui testigo del momento exacto en el que sus ojos se posaron en mis piernas desnudas, casi lo sentí recorriendo el borde del bajo de la falda.

—Empecemos de nuevo, Juliette.

—Me parece una buena estrategia.

—¿Es la primera vez que vienes por aquí? No te había visto antes. —Apoyó el codo en la barra y entrecerró los ojos—. Pero el caso es que... tu cara me suena.

Decidí seguirle el juego y bromear:

—Quizá me has visto en tus sueños.

—Yo prefiero llamarlos «fantasías».

No quise decirle que era «la chica de los pantalones amarillos» porque me gustaba que jugásemos en igualdad de condiciones y aquello hubiese sido una ventaja para él. Tener delante a un desconocido era como mirar un lienzo lleno de colores y trazos e intentar descubrir qué significaba cada línea, las salpicaduras y las sinuosas formas. En mi cabeza me imaginaba a Lucas como una obra muy caótica pero cautivadora. Y los tonos eran sin duda cálidos; el fuego de la chimenea, una puesta de sol, una granada madura de sabor intenso...

—Nunca había estado aquí —le contesté, porque me apetecía hablar con él y que nos dejásemos de tonterías—. ¿Tú sueles venir a este sitio?

—Podría considerarlo mi segunda casa.

—Un animal de costumbres.

—Culpable. —Sonrió.

Es fascinante conocer a alguien y verlo lleno de capas antes de ir quitándoselas una a una como al pelar una cebolla para hacer una tortilla de patatas: primero las más tiernas y finalmente la corteza dura que protege el débil corazón. Una vez lo despojamos de toda protección, troceamos sin miramientos y sofreímos en la sartén.

Le di una calada al cigarro y expulsé el humo.

—Entonces, ¿qué quieres saber de mí?

—Tres cosas que te gusten —contestó.

Lo pensé durante unos segundos tras darle un sorbo a la cerveza. Lucas esperaba sin prisa, mirándome con los ojos brillantes y ávidos de más: de algún detalle, de una pista que le dijese quién era, qué hacía allí, hacia dónde me dirigía.

—Los colores cítricos.

—Interesante.

—Los anillos —le mostré mis manos llenas de ellos, algunos sencillos y finos, otros con pequeñas piedras de colores incrustadas que brillaron en la penumbra del lugar.

—Te quedan bien.

—Y la nata.

—Deliciosa.

Me recorrió con la mirada y supe que se refería a mí. Me reí, porque aquello me parecía divertido y porque, aunque nunca lo admitiría, me puso nerviosa sentirme observada por él. No era precisamente el tipo de chica que se sonrojaba con facilidad, pero Lucas supo dar con la tecla. Me hacía oscilar constantemente entre «este tío es imbécil» y «creo que me apetece besarlo». ¿Puede la incertidumbre ser sugestiva? Quizá, en el fondo, a las personas nos guste tener dudas. ¿Resultaría tan atrayente el cielo si la galaxia no guardase secretos?

Para compensar, quise ganar el siguiente asalto.

Señalé el imperdible azul de su chupa de cuero.

—¿No consideras que esto es un poco cutre?

—Lo considero. Pero siempre he sido un hortera. ¿Has oído hablar de esas personas que son como las urracas y les atrae todo lo que brilla? Pues tienes a una delante.

Cuando años después me preguntaban en alguna entrevista qué fue lo que me conquistó de Lucas, siempre respondía lo mismo: su seguridad. Dale a un hombre confianza en sí mismo y será irresistible. Él supo desde el principio la clave de todo: quién era. Lucas tenía claro que sus cimientos estaban en Vallecas, que lo más importante era su familia, que a sus amigos les debía lealtad y que no tenía grandes aspiraciones musicales.

Y con todo eso a cuestas, caminaba orgulloso por el mundo.

Tan sencillo. Tan increíblemente complicado.

—Así que te gustan esas tres cosas y, por lo que veo, vives en alguna zona bonita de la ciudad —añadió fijándose en mi bolso—. Probablemente tienes una vida apacible, de la universidad a casa y de casa a la universidad. —Sonreí sin sacarlo de su error—. Y los fines de semana te pones guapa y sales con tus amigas a tomar una copa. Es una buena fachada, pero, dime, Juliette, ¿qué oscuros secretos escondes?

Me atraganté porque me pilló de improviso.

No me esperaba aquello. Y supongo que la pregunta no era literal, sino que formaba parte del juego que nos traíamos entre manos, pero, en lugar de responderle con algún gesto coqueto, me incliné lentamente hacia él y acerqué mis labios hasta su oreja.

—Tengo un gusano ovillado que vive en mi cabeza —le susurré.

Lucas mantuvo una expresión inescrutable mientras me separaba de él, pero sus ojos siguieron fijos en los míos. Fue la primera vez que conectamos, como si un enchufe encajase en la caja de la pared. Yo era el enchufe, sin duda, siempre colgando de un cable. Él la caja que tiene claro dónde está su lugar, anclado en la esquina de un salón con muebles clásicos.

—¿Y es muy largo? —contestó.

—Lo suficiente como para resultar peligroso.

—Estoy dispuesto a averiguarlo —aseguró antes de tirar la colilla al suelo y aplastarla con la punta de su zapatilla. Después me miró—. ¿Vas a darme tu teléfono?

Le sonreí seductora, aunque seguía teniendo un nudo en la garganta después de hablarle de mi gusano, de ese huésped oscuro que todos llevamos dentro y que nos esforzamos por mantener escondido. Quise ponerlo a prueba. Fue la excusa perfecta para compartir con él todos mis temores sin decirle que lo estaba haciendo.

—Depende. Tendrás que ganártelo.

—Me parece justo —accedió Lucas.

—Te regalo el primero. —Llamé la atención de uno de los camareros y le pedí un bolígrafo. Después me incliné sobre la mano que Lucas tenía apoyada en la barra y tracé el primer número en su piel—. Si quieres más, tienes que ir respondiendo.

Lucas tenía la vista clavada en nuestras manos.

—Adelante.

—¿Has sido infiel alguna vez?

Alzó las cejas un poco sorprendido.

—No.

Tracé el número nueve.

—¿Eres celoso?

73

—Solo si tengo razones.

Dudé unos segundos antes de escribir en su piel el siguiente número. Mientras lo hacía, me fijé en una pequeña cicatriz junto al pulgar y en que tenía las uñas muy cortas y mordidas.

—Imagina que somos pareja y entonces me cruzo con un cazatalentos en la carnicería y me ofrece salir desnuda en la portada de una revista de tirada nacional, ¿qué opinarías?

—Enmarcaría esa foto y la colgaría frente a mi cama.

Se me escapó una sonrisa y añadí un número más. Tenía la mano cálida y áspera, ¿cuánto podría decir sobre su dueño con todas esas cutículas poco cuidadas y durezas a la vista?

Nunca había analizado tanto una mano.

—¿Piensas que soy perfecta?

—No. Pero sí para mí.

—¿Te gusta la nata?

La comisura de su boca se alzó.

—Con fresas y sin ropa.

Mis dedos presionaron con más fuerza el bolígrafo cuando me atravesó un escalofrío. Coquetear era lo mío, eso lo sabía bien; sin embargo, por primera vez lo único que deseé fue dejar atrás los preliminares y avanzar un paso más. Me incliné hacia él. Unos cinco o seis centímetros separaban su boca de la mía. Le estaba enviando todas las señales posibles para decirle sin palabras que quería que me besase, pero Lucas ni se inmutó. O bien era corto de entendederas o estaba pasándoselo en grande jugando conmigo.

Le lancé la última pregunta:

—¿Crees en el amor?

—Sí, joder.

Me hizo gracia que respondiese casi con indignación, como si la posibilidad de que el amor fuese una patraña no tuviese cabida en su mundo. Yo, en cambio, tenía mis dudas. Pero le di el número que faltaba para completar el teléfono de la casa que compartía con Martina.

Muy a mi pesar, solté su mano.

Él se terminó de un trago la cerveza que le quedaba y deslizó el botellín por la barra para apartarlo. Se irguió y se colocó bien la chupa de cuero sobre los hombros.

—¿Te marchas? —No logré ocultar mi sorpresa.

—¿Ya estás echándome de menos?

—Eres un imbécil.

Como venganza, le robé unos cuantos cigarrillos y él se rio cuando vio que me los guardaba en la pitillera que llevaba en el bolso. Cogió el bolígrafo que antes estaba usando y escribió algo en la cajetilla de tabaco casi vacía. Cuando me miró, en sus ojos encontré una mezcla de diversión, anhelo y curiosidad mal disimulada.

Entonces, se frotó la mano y la tinta se emborronó.

A esas alturas, estaba tan alucinada que ni me percaté de que Martina se había alejado con un par de chicos. Toda mi atención estaba puesta en el hortera que tenía delante.

—Voy a explicarte qué es lo que está pasando —dijo Lucas con esa seguridad que tanto me gustaba y me irritaba al mismo tiempo—. Tú no quieres que te llame, Juliette. ¿Qué gracia tendría eso para ti? Sería demasiado sencillo, ¿no? Como ir a comprar gominolas una tarde cualquiera. Uno se aburre pronto de las cosas que tiene delante de las narices. Así que voy a dejarlo en tus manos. Tú eliges. Aquí tienes mi teléfono —añadió dándome la cajetilla de tabaco con unos cuantos números garabateados en el lateral. Su letra podría pasar perfectamente por la de un niño de cinco años no demasiado aplicado.

Y luego el muy idiota se fue sin mirar atrás y dejando un rastro electrizante a su paso.

10

LUCAS
ME DUELE LA CARA DE SER TAN GUAPO
(LOS INHUMANOS)

—¡Me cago en la puta! ¿Qué pone ahí?

—¿Ahí? ¿Dónde? —Jesús cerró la puerta del local al salir y el aire frío nos golpeó cuando echamos a caminar calle abajo—. ¿Qué te pasa?

—Joder, ¿es un cinco o un dos?

Marcos se echó a reír mientras le pasaba un brazo a Alicia alrededor de los hombros. Hacía horas que la noche había caído sobre Madrid cuando pasamos por delante de un grafiti en un callejón oscuro y Koke nos pidió que nos pusiésemos delante. Yo no lo escuchaba. No lo escuchaba porque estaba intentando adivinar cada número que había emborronado minutos atrás para atraer su atención. Pero Alicia me cogió de la manga de la chupa y posé junto a los demás evitando que nadie me tocase la mano. Olvido, a la que ya todo el mundo empezaba a conocer como Alaska, se rio de mí mientras sonaba el clic de la cámara que nuestro amigo siempre llevaba colgada del cuello, dispuesto a capturar cualquier instante fugaz. Así que tengo una fotografía de la noche que conocí a Juliette y aparezco como un imbécil con el brazo extendido y alejado un poco de todos como si fuese un leproso.

Marcos se me acercó con un cigarrillo entre los labios.

—A ver, ¿a ti qué cojones te ocurre?

—Intento recuperar el número de la chica.

—Podrías haber ido con más cuidado —dijo Jesús, y yo resoplé y lo miré como si no se enterase de nada y acabase de llegar de otro planeta.

—Si lo borré yo, joder. ¿Eso es un cinco?

—¿Por qué lo hiciste? —preguntó Alaska.

—Tenía que hacerme el interesante.

—Hombres... —Alicia y ella intercambiaron una mirada que decía «pobres infelices», pero no me importó, estaba demasiado concentrado en mi propio brazo.

—Yo digo que eso es un dos —Koke parecía seguro.

—A mí me parece un cinco —replicó Marcos entornando los ojos.

Como nadie llevaba un bolígrafo encima, memoricé el teléfono por si ella nunca llamaba, dispuesto a probar con todas las combinaciones posibles de los números dudosos. Eran los riesgos de apostarlo todo en una partida. Y de ir de chulo por la vida. Tendría que hacerle más caso a mi madre, que desde que tenía los dientes de leche me pedía que me pensase las cosas dos veces antes de hacerlas: «Cariño, tú respira fuerte, ¿vale? Coges mucho aire y entonces cuentas hasta diez. ¿Qué digo diez? ¡Hasta cincuenta! Y cuando termines, te preguntas si lo que tenías en mente hacer es la mejor opción, ¿lo has entendido?».

Joder, no. Nunca lo entendí. Es evidente.

—¿Y todo esto es por la chica de la barra? —Jesús me mostró una sonrisilla que me dieron ganas de borrarle de dos leches—. Admito que estaba buena. ¿Cómo se llamaba?

—Se llama cierra-la-puta-boca.

En ese momento cometí el primer error, cuando le dejé percibir a Jesús que ella iba a ser mi debilidad. Todas las cosas que amamos nos hacen vulnerables, porque solo sentimos miedo cuando tenemos algo que perder, es así de simple. A lo largo de la vida vamos encontrando zafiros, rubíes y esmeraldas; las piedras preciosas nos hacen felices, pero las llevamos a cuestas. Es una carga pesada y, sin embargo, nadie quiere renunciar a tener un puto diamante. ¡Qué demonios! ¡Ponme una docena! El brillo no nos deja ver que con todo eso encima nos convertimos fácilmente en presas apetecibles para nuestros enemigos. La manera más sencilla de alejarse del peligro es llevar en los bolsillos tan solo un poco de gravilla; entonces, nadie se molestará en mirarte más de dos veces.

Esa noche, cuando me metí en la cama, soñé con ella. Se alzaba gloriosa en la cima de la montaña que intentaba escalar roca a roca. Quería averiguar la longitud del gusano oscuro que tenía en su interior. Quería descubrir todas sus esquinas, las calles sin salida, los recovecos perdidos. Quería que fuese mía. Pero Juliette era inalcanzable.

Fran había movido algunos hilos para que tocásemos en la apertura de un local que estaba en Chamberí. De pronto, cuando quisimos darnos cuenta, teníamos tres actuaciones apalabradas. Ninguno esperábamos que de la noche a la mañana nos buscasen y empezasen a pagarnos por subir al escenario. Pero ocurrió. Si no fuese porque llevaba toda la semana deseando oír la voz de Juliette al otro lado del teléfono, en esos momentos hubiese sido el tío más feliz de la ciudad. Estábamos en el taller de coches de los Alcañiz, a punto de empezar el ensayo después de un día largo de trabajo. No conseguía quitarme la grasa de las manos, era un puto incordio, por eso siempre llevaba las uñas tan cortas. Cerré el grifo del cutre lavabo que teníamos dentro y fui junto a los demás.

—¿Se hacen cargo del equipo? —preguntó Marcos.

—Sí, lo tienen todo preparado —nos aseguró Fran.

Marcos seguía inspeccionando el interior del capó de un coche.

—¿El ensayo es para hoy? —se quejó Jesús.

—Relájate, joder, que acabamos de terminar.

—Siempre hay alguna puta excusa.

Me estaba tocando los cojones; para empezar, porque de los tres Jesús era el que más ensayos se había saltado hasta la fecha. Marcos me dirigió una mirada significativa desde el otro lado del taller. Raro era el día que no teníamos algún roce por cualquier cosa, pero esa tarde de finales de marzo fue la primera vez que comprendimos que estábamos en un callejón sin salida y que íbamos a tener que reventar alguno de los muros que nos rodeaban si queríamos salir de allí. Éramos una ecuación equivocada.

—Vale, ¿qué es lo que tienes? —le pregunté cuando cogí la guitarra y me acerqué hasta el rincón donde Jesús estaba sentado tras la batería.

—Escuchad con atención —pidió.

Pum, pum, pum. Y entonces empezó a cantar, tan solo acompañado por el leve repiqueteo de uno de los platillos. Era otra maldita balada igual de insulsa que las anteriores.

—No me convence —dije cuando acabó.

—¿Bromeas? ¡Es una maravilla!

—Es una canción que podría cantar Serrat.

—¿Y eso no es bueno? —replicó enfadado.

—¿Tenemos nosotros pinta de cantautores?

—Quizá se le podrían hacer unos cambios... —propuso Fran, porque hasta su primo era consciente de que esa canción estaba bien para bailar en una residencia de ancianos, pero no para un grupo que pretendía ser una mezcla del punk que empezaba a abrirse paso y el estilo desenfadado que cada vez cogía más peso en el ambiente donde nos movíamos.

—Yo creo que es perfecta tal y como está —insistió.

—Entonces tenemos un problema. —Marcos hablaba poco y evitaba meterse en trifulcas, pero cuando lo hacía no se andaba por las ramas.

—¿Y qué hacemos? El grupo es de los tres.

—¿Lo echamos a suertes? —propuso Fran.

—Los que hablaban de seriedad... —espeté cabreado—. No voy a jugármela cuando se trata de algo así. Tenemos que ir todos a una, tenemos que creer en lo que estamos haciendo y ser un equipo.

Fran suspiró y decidió intervenir de forma más sensata.

—Hagamos una cosa: vamos a dejarlo en el aire. No tenemos por qué tomar ahora una decisión, tenéis canciones suficientes para las próximas actuaciones con vuestro repertorio y las versiones, ¿de acuerdo? Tengamos la fiesta en paz.

Al volver a casa aquel día, Toni estaba preparando la cena en la cocina: un guiso de patatas y col que su madre solía hacer cuando vivía en Cádiz. Estaba de muerte. Nos terminamos toda la olla los tres sentados a la mesa del salón mientras veíamos en la televisión *Starsky y Hutch*. Por aquel entonces, ese momento era sagrado y nadie hablaba cuando se emitía algo interesante, si te perdías una escena no había vuelta atrás. Después todo cambió con la llegada de muchos más canales y las cintas para grabar.

Cuando el capítulo terminó, Toni se fue a su habitación para seguir estudiando y Marcos y yo nos quedamos en el salón tirados en el sofá. Él se lio un canuto con parsimonia.

—¿Qué vamos a hacer? —preguntó.

No le hizo falta entrar en detalles para que lo entendiese. Los dos sabíamos que teníamos un problema y no había una solución fácil. Si cedíamos nosotros, estaríamos haciendo un tipo de música que no nos gustaba. Si cedía él, más de lo mismo. Además, las canciones no encajaban, no había un hilo conductor. Las suyas eran dulces. Las nuestras, ácidas. Las suyas tenían un aire melancólico. Las nuestras desprendían provocación, diversión y buen rollo. Era como intentar hacer un pastel con pescado y chocolate: no iba a funcionar.

—No tengo ni puta idea. —Me encendí un cigarro.

Y justo entonces, sonó el teléfono de casa. Rinnnng.

Me levanté como si hubiese un puto clavo en el sofá y fui hasta la mesilla donde teníamos el aparato. Podría ser mi hermano Samuel, que me llamaba a menudo. O la madre de Toni, que vivía pegada al auricular. O algún colega de cualquiera de los tres.

Pero sabía que era ella. Lo sabía.

—¿Quieres cogerlo de una vez?

Miré a Marcos y luego volví a fijar la vista en el teléfono. Cogerlo al primer tono me haría parecer demasiado desesperado, así que aguanté las ganas.

—Espera. Uno, dos, tres...

Y entonces descolgué la llamada.

11

JULIETTE
SOBRE UN VIDRIO MOJADO (LOS SECRETOS)

—Llévate la comida que ha sobrado.

—No te preocupes, abuela, quédatela tú.

—Deja de discutírmelo todo. Ven, toma.

Me dio la bolsa con una fiambrera dentro y me colocó un mechón de cabello tras la oreja antes de despedirse con un beso en la mejilla. Hacía eso desde que era pequeña: con dedos trémulos me apartaba el pelo del rostro y luego sonreía satisfecha.

Al dejar atrás el portal de la casa de mi abuela, me entretuve echándole un vistazo al escaparate de la galería de arte y después enfilé la calle paralela. Era una tarde agradable de marzo, así que decidí dar un paseo largo y acabé delante del edificio donde vivía Pablo. Llamé al timbre y me abrió. Subí por las escaleras, como de costumbre. Los ascensores siempre me han resultado espacios asfixiantes y un poco tétricos: no es agradable estar dentro de un cubículo colgando a varios metros de altura. Un fallo técnico y adiós.

Pablo me esperaba en la puerta con un batín granate.

—No sabía que ibas a venir —dijo cuando entré.

—Yo tampoco, pero pasaba por aquí.

Acababa de sentarme en uno de sus sillones orejeros cuando escuché un ruido que provenía de su dormitorio y alcé una ceja. Pablo se encogió de hombros con una sonrisa; parecía mucho más joven sin sus pulcras camisas planchadas y los zapatos brillantes que siempre relucían en sus pies. El misterio quedó resuelto cuando un hombre salió de la habitación contigua mientras se ajustaba bien la chaqueta del traje.

—Buenas tardes —lo saludé divertida.

—¡Joder! —El tipo dio un respingo al verme—. Esto..., hola. Encantado. Estaba a punto de irme... —añadió titubeante.

—Ya sabes dónde está la salida —le dijo Pablo.

—Sí. Claro, claro. Hasta la próxima.

Desapareció más rápido que un billete de mil pesetas en medio de la acera. Mientras Pablo iba a la cocina para traerme un cenicero y algo de beber, alargué la mano y cogí uno de los libros que abarrotaban sus estanterías. Le eché un vistazo a las primeras páginas sin mucho interés hasta que él regresó.

—Creí que dijiste que ibas a dejar de acostarte con idiotas.

—Fue un pequeño desliz.

—¿Qué le pasa a este?

—Casado. Tres hijos.

—Menuda joya.

Me acercó un vaso de zumo y yo saqué la fiambrera que mi abuela me había dado con un trozo de tarta de nata y fresas que hacían en la pastelería del barrio. Pablo me lo arrebató antes de que pudiese decir nada y fue a por un par de tenedores para hincarle el diente.

—Está divina. —La saboreó con los ojos cerrados.

—¿Has hablado con la agencia de aquel asunto?

«Aquel asunto» era que semanas atrás había decidido que no quería ser solo modelo de catálogo. Habían empezado a interesarme las pasarelas: ocurrió cuando fui a ver una exposición de arte el mismo día que en la galería se celebraba un desfile. Me atraía la idea de que la gente no las mirase a ellas, sino a la ropa que lucían. No estaba segura de si me gustaría en la práctica, pero mi insaciable curiosidad me empujaba a probar todas las vertientes posibles. Además, la moda era un poco como el arte: atrevida y compleja. Un vestido podía decir más cosas sobre la persona que lo llevaba puesto que las que descubrirías en una primera cita: ¿era largo o corto?, ¿el cuello cerrado hasta el último botón o escotado?, ¿de lánguidos colores pasteles, vibrantes tonalidades o tonos neutros y más oscuros?, ¿ajustado o suelto para no revelar la silueta del cuerpo?, ¿de tela lisa o con algún estampado divertido? En ocasiones, solo hace falta observar aquello que alguien desprende sin darse cuenta de que lo hace.

—Sí, pero debes tener paciencia.

—Sabes que eso no es mi fuerte.

—Querida Julie, te recuerdo que un paso en firme es más importante que una carrera tambaleante. Confía en mí, ¿no te he demostrado este último año que puedes hacerlo? Todo va bien, estás creciendo, tu caché ha aumentado considerablemente...

—Lo sé, lo sé. —Lancé un suspiro.

Pablo tenía razón. Desde que trabajaba para la agencia Salvador Models las cosas me habían ido muy bien. Sabía que era cuestión de tiempo (y suerte) que algo hiciese clic y volviese a presentarse ante mí una oportunidad como la del anuncio de los pantalones amarillos, pero, esta vez, sin sorpresas de última hora. Pablo solía decir que, si no lo hubiesen retirado por aquel problema de patentes, ahora mismo todo el país reconocería mi cara. Aun así, era algo que había empezado a ocurrir de vez en cuando tras protagonizar en prensa un anuncio de brochas de maquillaje. A veces notaba que alguien se me quedaba mirando unos segundos de más al cruzar la calle o al esperar en la cola del supermercado.

Y disponía de un sustento estable para ser independiente.

—Te noto un poco dispersa —comentó tras ofrecerme el último bocado del pastel y, cuando negué con la cabeza, se lo metió en la boca sin miramientos. Era un goloso elegante.

—No, es que ha sido una semana aburrida.

—¿Seguro? El otro día, cuando te fuiste al baño, Martina comentó algo sobre cierto hortera que te traía de cabeza, ¿quieres contármelo? —preguntó con una sonrisa lobuna.

Maldita bocazas. A Martina no podía confiarle ni el color de mis bragas, era incapaz de guardar un secreto. Eso debería haber sido como un cartel brillante de neón, una especie de advertencia, pero no supe verla. Estaba demasiado distraída por culpa de Lucas.

—No hay nada que contar —contesté.

Si no le daba importancia, dejaría de tenerla.

Si fingía que no pensaba en él, acabaría por esfumarse.

Pablo no insistió, porque a esas alturas me conocía lo bastante como para intuir que si hubiese querido decirle algo ya lo hubiese hecho. Así que pasamos el resto de la tarde hablando de la nueva sastrería que había abierto a unas calles de distancia y que ahora era su santuario, y del trabajo de la próxima semana: una sesión para un fotógrafo malagueño.

Había empezado a anochecer cuando me levanté.

—Recomiéndame algún libro —le pedí.

—Toma, llévate este. —Me dio un ejemplar de Dickens que era precioso, ribeteado por un fino hilo dorado que enmarcaba la portada encuadernada.

La casa que compartía con Martina quedaba apenas a veinte minutos a pie, así que fui dando un paseo. Hacía ya unos meses que me había mudado a la habitación que tenía libre. El apartamento era pequeño pero cálido. Muy femenino. Siempre pensaba que, si se cometiese un crimen en aquel lugar, el inspector de policía que entrase por la puerta tardaría menos de un segundo en descubrir que allí vivían dos chicas jóvenes.

Martina estaba tirada en el sofá comiéndose una manzana verde; probablemente, esa sería su cena. La saludé y fui a prepararme algo rápido y sencillo, porque la cocina nunca ha sido lo mío. Pollo con verduras salteadas y aliño de limón. La miré cuando regresé al salón.

—Si te apetece, ha sobrado un poco.

—No, gracias. —Me sonrió, y se estiró para empezar a pintarse las uñas de los pies, se había puesto entre los dedos pequeños algodones para evitar que se le juntasen.

—¿Qué tal te ha ido? —le pregunté.

—El fotógrafo era idiota y no sé cómo me han maquillado, pero te juro que parecía que me hubiese salido un sarpullido. Vamos, un desastre de sesión.

Me reí mientras pinchaba las verduras con el tenedor.

—Enciende la tele, estarán haciendo *Starsky y Hutch*.

Martina alargó la mano para pulsar el botón de la televisión y luego nos sumimos en un silencio apacible mientras disfrutábamos de las aventuras de los dos detectives que recorrían el distrito de Bay City en su famoso Ford Gran Torino. Cuando el programa terminó, me quedé mirando por la ventana las luces de la ciudad de Madrid, que se extendían como un enjambre de luciérnagas. Me pregunté qué estaría haciendo Lucas. Seguramente alguna idiotez. No me gustaba haberme quedado con tantas dudas después de verlo marchar, estaba convencida de que esos interrogantes tenían la culpa de que no pudiese dejar de pensar en él. ¿A qué se dedicaría? ¿Tendría hermanos? ¿Preferiría el regaliz rojo o el negro?

—¿Quieres llamarlo de una vez?

—¿A quién? —Me hice la tonta.

—Mira, o lo llamas tú o me das su teléfono y lo hago yo. Era muy mono, ¿sabes? Justo mi tipo, moreno y con esa sonrisa de listillo que prometía lo suyo...

—Cállate ya —espeté malhumorada.

—Entonces, toma. —Se levantó y alargó el cable del teléfono para dejarlo sobre la mesa del salón, justo delante de mis narices. Cada uno de los agujeros que rodeaban los números parecía desafiarme con cierta burla, pero ya había tomado una decisión.

Fui a mi habitación en busca de la cajetilla de tabaco. La había guardado en la mesilla de noche y en dos ocasiones había abierto el cajón para cogerla y echarle un vistazo a los números irregulares. Yo solía ser práctica y directa, no sé por qué le di tantas vueltas al hecho de llamarle o no hacerlo; probablemente, porque en algún lugar recóndito de mi alma ya sabía que Lucas supondría un antes y un después.

Martina me miró sonriente mientras marcaba el teléfono.

Quise gritarle a mi corazón que dejase de latir tan rápido.

Descolgó al quinto tono, cuando ya estaba a punto de cortar la llamada. Su voz un poco ronca llegó clara a través del auricular y supe que ya no había marcha atrás.

—¿Diga?

—Soy Julie.

—Julie, Julie... Me suena.

Pensé: maldito-gilipollas.

—Nos conocimos en El Penta.

—¡Ah, esa Julie! Justo estaba pensando en ti.

Me faltó apenas nada para mandarlo a la mierda y colgar. Pero, entonces, como si él comprendiese que había tirado demasiado de la cuerda, dijo:

—¿Haces algo mañana por la noche?

—¿Qué propones?

—Madrid, tú y yo.

—Un poco ambiguo.

—¿Me das tu dirección para que pase a recogerte o tengo que responder antes una ronda de preguntas? —preguntó burlón.

—¿Tienes a mano papel y lápiz?

12

LUCAS
EL CALOR DEL AMOR EN UN BAR (GABINETE CALIGARI)

Tenía tantas ganas de verla que a las siete y cuarto ya estaba delante de su portal, a pesar de que habíamos quedado a las ocho. Di una vuelta por la calle, me fumé un par de cigarros e hice tiempo pensando en las musarañas, pero al final llamé al timbre antes de lo previsto.

Me recibió la chica que estaba sentada a su lado la noche de El Penta y que se presentó como Martina. Era guapa, quizá incluso más que Juliette, pero no tenía ni un ápice de misterio. Era como mirar un lago cristalino y descubrir de un vistazo rápido todo lo que había en el fondo; nada de rincones ocultos, remolinos o corrientes de agua.

Me acompañó hasta un pequeño salón y me invitó a sentarme.

—Julie estará lista enseguida.

Casi no había terminado de hablar cuando ella apareció por la puerta y yo me quedé sin respiración. Vestía unos vaqueros ajustados de campana y una blusa amarilla corta y escotada. Me miró de tal forma que no supe si se alegraba de verme o le jodía mi presencia.

—Estás preciosa —le dije.

—Vámonos ya —masculló.

—Eres un encanto, siempre tan dulce —ironicé mientras dejábamos atrás su apartamento y la seguí escaleras abajo—. ¿Qué pasa con el ascensor? Eh, espera.

No me esperó, así que fui tras ella.

Una metáfora del resto de mi vida.

Juliette se encendió un cigarro al tiempo que echaba a andar calle abajo y yo la imité. Caminábamos sin rumbo. Parecía un poco agobiada cuando expulsó el humo hacia arriba y se quedó unos instantes observando el cielo que había oscurecido.

—¿Vas a decirme por qué estás enfadada?

—No lo estoy. —Me miró indignada, pero luego algo cambió en su expresión cuando nuestros ojos se encontraron y se suavizó—. Quizá un poco sí, no estoy segura. Es que aún no he decidido si me convenció eso que hiciste..., ya sabes, lo de vacilarme para que te diese mi teléfono y luego borrarlo así y largarte. Me van las cosas claras, Lucas.

Suspiré, tiré la colilla y paré de caminar. Alcé las manos para posarlas en sus hombros mientras la miraba fijamente. Noté que Juliette se estremecía.

—Está bien, pues voy a serte claro: me gustas mucho.

Juliette sonrió lentamente. Me recordó a los pétalos de alguna flor silvestre abriéndose tras un día primaveral lluvioso. Supe que era peligrosa cuando comprendí que estaba dispuesto a hacer lo que fuese para conseguir que volviese a curvar los labios así.

—¿Contenta? —Ella asintió—. Bien, ahora vamos a divertirnos.

Siempre fue igual de caprichosa, pero disfrutaba complaciéndola.

Esa noche fuimos al Parador, un bar que estaba en la plaza Mayor de Madrid. Allí, en pleno barrio de Sol, hacían el mejor bocata de calamares que había probado jamás. La puerta se cerró con un golpe seco cuando entramos y avanzamos hasta una de las mesas del fondo. A última hora de la jornada, el suelo era una alfombra llena de cáscaras de cacahuete, colillas y chicles pegados. Juliette miró a su alrededor con curiosidad, fijándose en las fotografías enmarcadas que vestían las paredes, casi todas de famosos toreros, cantantes o actores que habían pasado por el lugar. Un camarero se acercó para limpiarnos la mesa.

—¿Tenéis claro qué vais a pedir?

—Sorpréndeme —me dijo ella.

—Dos cervezas y dos bocatas de calamares.

—Marchando.

Nos miramos nerviosos e ilusionados como niños. A Juliette le brillaban los ojos, creo que es el recuerdo más nítido que tengo del principio de esa noche: un prado verde intenso alrededor de sus pupilas. ¿Cómo no iba a enamorarme de ella? Qué remedio.

—El otro día te equivocaste —comentó distraída mientras empezaba a doblar una servilleta entre sus manos—. No estudio en la universidad.

—¿Y a qué te dedicas?

—¿Ahora sí quieres saberlo?

Lo dijo con cierto retintín. Por lo visto, íbamos a estar jugando al gato y al ratón hasta el fin de nuestros días. Estiré las piernas bajo la mesa hasta rozar las suyas.

—¿Eres actriz? —tanteé.

—No, soy modelo.

Y entonces llegó a mí como una especie de fogonazo: la imagen de una chica caminando por una carretera desierta balanceando su trasero enfundado en unos pantalones amarillos.

—¡Me cago en la puta! ¡Eres la del anuncio!

Sonrió con cierto misterio.

—Ahora te toca a ti.

—Trabajo en un taller de coches. —Nos sirvieron cacahuetes y me llevé un par a la boca para morder la corteza—. Y también tengo un grupo de música.

—Vaya, ¿qué tipo de música?

—Ni idea. Pop, *rock*, punk, de todo un poco.

—¿Eres igual de caótico para todo?

—Sí.

—Prometedor.

—Nos llamamos Los Imperdibles Azules.

Juliette sonrió mientras el camarero colocaba frente a nosotros dos bocatas humeantes y deliciosos. Le di un sorbo a mi birra sin dejar de mirarla, porque de verdad que era incapaz de hacerlo; temía perderme algo interesante, un gesto, un detalle, cualquier cosa.

—¿Cantas? —Quiso saber.

—No, toco la guitarra. De hecho, actuamos mañana por la noche, por si no tienes nada mejor que hacer y te apetece venir a vernos.

—Me lo pensaré —contestó coqueta.

Me gustaba permitirle que se riera de mí.

—¿Has probado un bocata mejor?

—Nunca —admitió tras saborearlo.

—Un par de veces al año, mi padre nos traía aquí a mi hermano y a mí cuando éramos pequeños. Siempre pedíamos el de calamares y nos lo comíamos en silencio antes de dar un paseo por el barrio. No es que fuese nada del otro mundo, pero para nosotros era especial, una tradición. Luego, en San Isidro, venía también mi madre, aunque ella odia los bares.

—¿Por qué?

—Dice que son ruidosos y están llenos de borrachos.

—Un poco de razón tiene.

—¿Y qué hay de ti?

—Digamos que mi familia no es precisamente tradicional.

Fue entonces cuando me habló de su abuela Margarita, de Susana y de su padre francés, ese con el que apenas tenía relación. Pero pronto redirigió la conversación hasta terminar preguntándome cosas sobre mi hermano o mis padres. Y, mientras hablaba de ellos, me di cuenta de que había algo diferente en su mirada; una mezcla de fascinación y envidia, quizá era la cola del gusano ovillado. Le conté que me había criado en Vallecas, que Samuel estudiaba Medicina y que mi mejor amigo era el chico de ojos rasgados que la otra noche iba conmigo. Juliette evitaba hablar de sí misma, pero no dejaba de hacer preguntas.

Al salir del bar, como si fuese algo natural, nos cogimos de la mano. La noche de Madrid nos arropaba mientras recorríamos sus calles a paso lento.

—¿Qué esperas de la vida? —le pregunté.

—Viajar, volar alto, experimentar. ¿Y tú?

—¿Yo? Pues casarme, tener hijos, ser feliz.

Probablemente eran nuestras diferencias lo primero que llamaba la atención, pero, en el fondo, se encontraban en la punta del iceberg. Y abajo, a mucha más profundidad, estaba aquello que nos conectaba. La atracción, el deseo, el amor. En apariencia, éramos dos trozos de hielo separados por varios metros, pero en realidad estábamos a punto de colisionar.

Paramos en una discoteca de mala muerte que encontramos abierta. Tanto la música como el ambiente dejaban bastante que desear, pero a ninguno de los dos nos importó, estábamos demasiado ocupados comiéndonos con la mirada. Nos tomamos un par de copas mientras desgranábamos nuestras vidas y tuve la sensación de que la de ella estaba a años luz de la mía. Acababa de cumplir los veintidós, era independiente, preciosa, y tenía clase. También cultura. Se notaba por su forma de hablar, las palabras que elegía con cuidado. «Maravilloso» en lugar de «molón», «fantástico» y nada de «dabuten». En algún momento entre la primera y la segunda copa, empezó a hablarme de arte y después de un libro sobre moscas que había escrito un tío llamado William Golding, y yo asentía sin parar, aunque no tenía ni idea de qué era lo que intentaba decirme. Nunca me había sentido inseguro en ese sentido, pero en aquel momento me arrepentí de no haber atendido más cuando iba a clase.

—¿Te apetece bailar?

—Claro —contesté.

No recuerdo qué canción estaba sonando, pero sí que al principio pensé que era horrible y que solo la presencia de Juliette pegada a mí pudo lograr que al final me pareciese casi mejor que estar escuchando a los Rolling Stones en directo. Su cuerpo encajaba con el mío. Y era fácil. Se movía con esa gracilidad que viene de fábrica y que da igual cuánto se esfuerce uno por aprender: no quedará igual de natural. Se reía. Iba achispada.

Deslicé las manos por su cintura y ella me rodeó el cuello con las suyas.

Quería que la besara. Su mirada me atravesó y bajé la vista unos segundos hasta sus labios entreabiertos, esos que estaban tan cerca de los míos que casi podía saborearlos.

Pero tenía la sensación de que si le daba lo que estaba buscando todo terminaría tan rápido como un pestañeo. Y no podía permitirlo. No podía, joder.

Me gustaba demasiado.

Así que me esforcé como nunca en mi vida por mantener las distancias. Y ella hizo todo lo posible para volverme loco, como rozarme con el trasero al bailar o abrazarme y respirar contra mi cuello. No estaba seguro de conseguir escapar vivo de esa discoteca. Me sentí como un héroe de guerra cuando salimos y el aire frío de la madrugada nos recibió. Juliette me cogió de la mano mientras caminábamos hacia su casa, pero parecía distraída, perdida en su propio mundo. Paramos delante del portal de su casa. Las luces de las farolas dibujaban sombras en su rostro.

—¿Volveremos a vernos? —inquirió.

—Claro, joder. ¿Acaso no te apetece?

—A mí, sí. No estaba segura de que fuese lo que tú quisieses. —Buscó en su bolso las llaves y volvió a mirarme cuando las encontró—. ¿Puedo hacerte una pregunta?

—Adelante. —Me metí las manos en los bolsillos.

—¿No piensas besarme esta noche?

Juliette siempre iba a la yugular sin rodeos.

—Quizá en la siguiente cita... —bromeé.

Veamos, ¿cuántos libros puede leerse alguien en una semana? Descarté la idea un segundo después. Pero cavilé que podría pedirle a mi hermano que me hiciese un resumen de algo que fuese interesante, con eso tendría que bastar.

Parecía decepcionada cuando dijo:

—Buenas noches, Lucas.

A tomar por culo, pensé.

—Oye, no tengo ni puta idea de libros. Ni de arte. Y esta noche has usado alguna palabra que seguro que buscaré en el diccionario cuando llegue a casa. Bueno, quizá ni siquiera lo haga. Puede que esté cansado, me tire a dormir y mañana lo haya olvidado todo. Y claro que recordaba tu nombre cuando me llamaste. Joder, ¿cómo no iba a hacerlo? Estuve a punto de tatuármelo la noche que te conocí.

—Lucas...

Di un paso hacia ella.

—Así que lo que ves es lo que hay.

Y luego sujeté su rostro entre mis manos y la besé.

13

JULIETTE
BECAUSE THE NIGHT (PATTI SMITH)

Nadie me había besado antes así.

La boca de Lucas era cálida y yo me sentía como una cerilla que alguien acabase de prender. De repente, sus manos estaban por todas partes. Conseguí encajar la llave en la cerradura mientras él posaba sus labios en mi nuca. No encendimos la luz del portal.

—Por las escaleras —logré decir jadeante.

—No, no pienso dejar de besarte.

Así que subimos en el ascensor. Los cinco pisos se convirtieron en una tortura deliciosa mientras Lucas me acariciaba y yo colaba las manos bajo su camiseta para sentir la piel de su espalda. Nos encontrábamos en el momento ascendente, el más excitante, el más divertido. Me preparé para el descenso abrupto en cuanto empezásemos a quitarnos la ropa. Nos colamos dentro de mi apartamento a trompicones. La chupa de Lucas acabó en el pasillo, junto a mis zapatos. Logramos llegar medio vestidos hasta mi habitación. Él estuvo un minuto forcejeando con el botón de mis vaqueros y yo me despojé de la blusa y el sujetador.

—Joder —masculló cuando alzó la vista.

—Ahora tú. Espera. —Le quité la ropa.

Nos quedamos mirándonos en silencio unos segundos, anhelantes. No recordaba haber deseado tanto a ningún hombre. Quería sentirlo, morderlo, acariciarlo por todas partes.

—¿Llevas algo encima...?

—Sí, pero no vayas tan deprisa.

Caímos en la cama y la boca de Lucas se deslizó por mi barbilla y más abajo, rozando la clavícula. Le insistí otra vez, alcé las caderas para tentarlo, pero él no parecía escucharme mientras continuaba trazando un sendero de besos hasta mi ombligo. Entonces levantó la cabeza, me separó las rodillas con las manos y sonrió de tal forma que sentí un latigazo de placer incluso antes de que posase su boca entre mis piernas.

Recuerdo que grité. Y pensé «estoy en la maldita cima».

Fue la primera vez que tuve un orgasmo con un hombre. Hasta entonces, nadie se había preocupado nunca de mi placer, nadie le había dado importancia y nadie me había mirado con el deseo que había en los ojos de Lucas cuando se tumbó sobre mí y encajamos al fin. Mientras me besaba y se movía, comprendí el significado de la palabra «perfección» en toda su extensión. Al acabar, le dejé la señal de mis uñas en la espalda. Lucas se derrumbó y necesitó un largo minuto antes de incorporarse y mirarme con cierta languidez, como un gato desperezándose tras una siesta.

—El cuarto de baño es la primera puerta a la derecha —logré decir.

Se subió los vaqueros y desapareció sin abrochárselos.

Yo llevaba puesta la ropa interior cuando regresó a la habitación. Abrí la ventana porque tenía la sensación de que dentro aún palpitaba esa electricidad vibrante que creábamos juntos. Luego me encendí un cigarrillo y me giré para contemplar la oscuridad densa de aquella noche. Me estremecí al notar su pecho contra mi espalda y sus manos rodeándome. Lucas apoyó la barbilla en mi hombro. Me pregunté qué iba a hacer con él. O, mejor dicho, qué podría hacer contra él. Y comprendí que había perdido esa batalla cuando sus labios rozaron mi piel. Cerré los ojos.

—¿Vas a irte? —pregunté con brusquedad.

—No, quiero quedarme a dormir contigo.

Y una sonrisa estúpida de quinceañera se apoderó de mis labios. ¿Qué puedo decir? Me enamoré. Casi cuando había perdido la esperanza de que eso ocurriese, apareció Lucas y lo puso todo patas arriba. Lanzó mis convicciones por los aires. Cogió todas las dudas que había albergado hasta entonces y las hizo desaparecer como una bengala iluminando el cielo.

¿Cuántos libros se han escrito sobre el amor? ¿Cuántas películas se han rodado? ¿Cuántas canciones se han cantado? ¿Cuántas declaraciones se han escuchado a lo largo de la historia? ¿Cómo es posible que algo tan desgastado hasta encontrar en la palabra cierta vulgaridad siga pareciéndonos tan absurdamente fascinante cuando nos alcanza? Cupido con sus flechas sembrando el caos. Tiene sentido, porque el amor es irreflexivo, intenso y violento como si te acabasen de atravesar el pecho con algo candente. Si intentas sacarlo de cuajo, quedarán esquirlas que lo infectarán todo a su paso. Es mejor rendirse ante lo inevitable. Pero qué sensación más rara; tan efervescente como una lata de Coca-Cola recién abierta y tan cálida como un día tórrido en pleno agosto.

Caí rendida ante todo lo que tuviese que ver con Lucas. Me gustaban sus manos llenas de durezas y las uñas un poco feas y mordidas de sus dedos. Me gustaba la línea de pelo que recorría su estómago y trazaba un camino hasta el borde de los pantalones. Me gustaban sus rodillas huesudas. Me gustaba la forma recta de su mandíbula, esos labios entreabiertos que instantes antes habían estado entre mis piernas, y la nariz ridículamente perfecta que no parecía encajar en su rostro de ángulos duros. Me gustaba su sonrisilla de idiota, porque también era dulce como la de un niño. Me gustaba su voz áspera como una lija. Me gustaba el remolino que tenía en el lado derecho de la cabeza y la cicatriz triangular de su ceja izquierda. Me gustaba que dibujase círculos sobre la piel de mi cintura y que su cuerpo se acoplase fácilmente al mío, como si hubiese sido moldeado para complacerme. Me gustaba sentir el peso de su respiración en mi mejilla. Y su olor: una mezcla de sudor, colonia y cigarrillos. Pero, sobre todo, me gustaba cómo mi corazón latía por él.

Ninguno de los dos durmió esa primera noche que pasamos juntos. Nos quedamos despiertos hasta que el alba nos sorprendió. La luz anaranjada se alzaba fulgurante tras los edificios de la ciudad mientras compartíamos un pitillo.

Tumbada en la cama a su lado, lo miré fijamente.

—Quiero abrirte el pecho y ver qué tienes dentro.

Lucas se echó a reír y tosió un poco. Me pasó el cigarro y luego me apartó el pelo de la cara con ternura, como si estuviese viendo algo especial dentro de mí.

—Yo quiero seguir conociendo a ese gusano tuyo.

Se inclinó para darme un beso antes de levantarse.

—¿Ya te marchas?

—Entro a trabajar dentro de nada —dijo mientras buscaba la camiseta que había terminado en el suelo de la habitación, y después se la puso y empezó a recoger sus cosas: la cartera, el paquete de tabaco, un mechero—. ¿Vendrás esta noche a vernos?

—Allí estaré —le aseguré sonriéndole.

Se fue y se llevó con él una parte de mi corazón sin avisar. Estoy segura de que me lo robó aquel día, porque la primera vez que nos cruzamos estaba aturdida, pero no lo suficiente como para bajar tanto la guardia. Sin embargo, esa noche..., esa noche me conquistó con un bocata de calamares, un par de copas y una declaración delante de mi portal que, aunque sincera, no puede decirse que fuese brillante por su agudeza.

Pero así era Lucas, capaz de seducir al mundo entero sin disfraces ni complejidades. Por eso terminó rozando el cielo con los dedos casi sin tener que esforzarse, porque igual que enamoraba con su aplastante sencillez a cualquier mujer, conseguía que el público enloqueciese en cuanto saltaba al escenario o captaba la atención del periodista de turno al llegar sonriente a una entrevista con la marca de las sábanas todavía en la mejilla.

Lástima que al final decidiese tirarlo todo por la borda.

14

LUCAS
SABOR DE AMOR (DANZA INVISIBLE)

Aún no habíamos terminado de montar el equipo y ya íbamos tan colocados que estuve a punto de confundir el bajo de Marcos con mi guitarra. Jesús dijo algo gracioso que no recuerdo y yo me eché a reír. Un apunte: los únicos momentos en los que nuestro batería me caía bien era cuando todos nos habíamos metido algo. Entonces el grupo funcionaba a las mil maravillas, como un engranaje que se ponía en marcha.

En un momento dado, me di cuenta de que el local ya estaba abarrotado. Antes era así, la gente apoyaba a los grupos que estaban empezando, no les importaba tanto el tipo de música como el hecho de divertirse. Querían algo fresco. Resultaba sencillo llenar una sala incluso sin haber grabado ni una miserable maqueta. Todo era mucho más auténtico.

—¿Empezamos? —Jesús me miró.

—Pregúntalo. Y que suban el volumen.

No dejaba de buscarla entre el público. Hacía unas horas que me había despedido de ella en la puerta de su casa, pero tenía la sensación de que llevaba años sin verla. Me había colado hasta las trancas, era inútil fingir lo contrario. El día había sido una nebulosa a medio camino entre la fantasía, recordando cada segundo junto a Juliette, y el hecho de no haber pegado ojo. Todavía no había tocado una cama, cosa a la que le puse remedio comiéndome un par de anfetas más que Marcos me ofreció. Me daba igual. No tenía sueño. Nada de sueño. Tan solo hambre de ella. Y estaba seguro de que esa noche aparecería. Ni siquiera había pensado en la posibilidad de que no lo hiciese, porque, joder, había sido perfecto.

El público estaba empezando a impacientarse y nos lanzaron

algunos vasos y otras mierdas sobre el escenario. Como digo, era entusiasta en todas sus facetas, para bien y para mal, nada de medias tintas. La costumbre de escupir también estaba bastante extendida.

—Ya va, calma y buena letra —dijo Marcos cogiendo el micrófono, y después sonrió como el gañán que era—. ¡Es broma, joder! ¡Sexo, drogas y *rock and roll*!

Hubo algunas risas y nosotros comenzamos a tocar.

Abrimos con una versión de The Who que era tan diferente y mediocre en comparación con la original que lo raro era que alguien la reconociese. Pero a la gente le daba igual. El ambiente se animó en cuanto toqué los primeros acordes y luego ya todo fue como la seda, a pesar de que Marcos se equivocó dos veces con la letra de una canción y terminó improvisando y cantando algo sobre «la morena que salta en la primera fila».

Cuando llegó el turno de *El amor es radiactivo* el público enloqueció. Entonaban el estribillo, gritaban, y un par de chicas se subieron al escenario a bailar. Eso era lo que más nos gustaba de todo aquello: la improvisación. Siempre nos sentíamos como si estuviésemos en casa y tocásemos delante de unos cuantos colegas con ganas de divertirse.

Marcos hizo un descanso poco después y le dio un trago a la cerveza que le tendió un tío que se encontraba entre el público. Luego se acercó al micrófono y sonrió al escuchar que empezaban a corear el tradicional «¡Explo-Explosivos!».

—Venga, ahí va un chiste. —Marcos cogió aire y yo miré a Jesús por encima del hombro—. ¿Por qué se suicidó el libro de matemáticas? ¡Porque tenía muchos problemas!

Las risas llenaron el local.

—¡Otro, otro, otro...!

—Va, el último. ¿Qué es un pez en el cine? ¡Un mero espectador!

Y acto seguido arrancamos de nuevo con *Mi rubia*. Siempre dejábamos esa canción para el final, cuando ya todo el mundo iba borracho y entonaban aquella oda a la cerveza cerrando los ojos emocionados. Me acerqué al micrófono y canté algunos coros junto a Marcos, porque a última hora ya habíamos perdido cualquier resquicio de sentido común y hubiese sido capaz de sentarme incluso delante de la batería para hacer un poco de ruido.

Entonces, la vi. Estaba entre el público, cerca de una de las paredes oscuras de la sala. A pesar de la distancia, sentí que Juliette me atravesaba con la mirada. Resplandecía. Lo digo en serio: no había nadie a su alrededor que pudiese hacerle sombra. Era como si un foco imaginario de luz estuviese justo sobre su cabeza haciéndola brillar.

Le sonreí y me faltó poco para dejar de tocar e ir a por ella.

Logré contenerme hasta que terminamos la actuación. Los asistentes nos pidieron que repitiésemos un par de canciones y los complacimos. Es una de las primeras reglas que aprendí del negocio: sé amable con los periodistas, sé simpático con los que trabajan a tu alrededor y sé generoso con aquellos que te dan de comer. A fin de cuentas, la taquilla de la noche se repartía a medias entre el local y el grupo, menos el veinte por ciento que le correspondía a Fran. Satisfacer sus deseos era lo justo.

Tiré la guitarra a un lado en cuanto tocamos el último acorde y fui a buscarla. Juliette no se movió, me esperó porque le gustaba que tuviese que alcanzarla. Llevaba una falda negra tan corta que me pregunté si se la habría puesto para castigarme por algo.

Sostuve sus mejillas entre mis manos y la besé. Ella enredó los dedos en mi pelo y el resto del mundo desapareció de un plumazo. Estuvimos enrollándonos un buen rato en aquel rincón de la sala, ignorando lo que ocurría alrededor. Es un misterio cómo es posible que, cuando te enamoras, el tiempo adquiera ritmos tan distintos: una eternidad si esa persona está lejos, un pestañeo al tenerla delante. Y puedes pasarte horas, días o semanas mirándola, hablando de cualquier cosa, porque hasta la tontería más insignificante, como si le gustan los colores cítricos, te parece la leche.

Hubiésemos seguido el resto de la noche perdidos el uno en el otro si no nos hubiesen interrumpido. Pero pronto nos vimos rodeados por nuestros amigos.

—Me llamo Marcos. —Se presentó él ante Juliette. Y bastó una mirada para saber que iban a llevarse bien.

Jesús la saludó con un gesto de cabeza y luego centró su atención en Martina, que no dejaba de reírse de algo que Fran le estaba diciendo al oído. Y así, sin pretenderlo, nos convertimos en una piña. Más tarde aparecieron Inés, Koke y Alicia. Fue una velada cojonuda. Nos quedamos dentro después de que el local echase el cierre porque todavía teníamos que recoger los instrumentos y porque el dueño, un tal Gonzalo, estaba más colocado que nosotros y quería continuar la fiesta un poco más.

—Vente a dormir a mi casa —le susurré al oído.

Juliette estaba sentada en mi regazo, con los ojos brillantes y la camiseta un poco levantada porque le había metido la mano por debajo instantes antes.

—Esto se está empezando a poner serio...

—Creía que ya lo era —repliqué.

Ella sonrió porque le encantaba jugar. Deslizó los dedos por mi garganta y subió lentamente hasta pellizcarme los labios entre el índice y el pulgar. Acabaría conmigo.

—Vale. ¿Y luego qué pasará con nosotros?

—¿Puedo pensármelo unos días más antes de pedirte matrimonio?

Se echó a reír, probablemente porque no imaginaba que lo decía en serio. Quería casarme con ella y que juntos repoblásemos el mundo. Quizá influía en mi sentido común ir tan colocado, pero de verdad estaba convencido de que lo que teníamos era especial. ¿No es eso lo que piensa todo el mundo cuando conoce al amor de su vida? Y, sin embargo, nos parece una emoción única, como si nadie la hubiese experimentado antes y no hubiese influido en la historia de la humanidad desde el mito de Adán y Eva.

—Te doy tres meses —bromeó.

—De acuerdo. ¿Qué día es hoy?

Cuando llegamos a casa más tarde, después de desnudarla, besar cada centímetro de su piel y dejarla durmiendo en mi cama, me levanté y busqué un calendario para tachar la fecha.

Tenía noventa y dos días por delante.

15

JULIETTE
¡CHAS! Y APAREZCO A TU LADO (ALEX Y CHRISTINA)

Mi abuela Margarita murió el 13 de mayo de 1978.

No sufrió, fue una muerte dulce mientras dormía.

Lo único que me llevé de su casa cuando fui con mi madre al día siguiente del entierro fueron sus anillos, el cuadro de Angélica Vázquez que seguía en su tocador y unos zapatos de tacón de color azul pastel con los que jugaba desde que era pequeña calzándomelos para caminar por el pasillo. Fue la primera vez que Susana se comportó como una madre, precisamente cuando a la suya dejó de latirle el corazón. Tiempo después comprendí que ella solía crecerse en las situaciones difíciles. Algunas personas solo hacen su aparición estelar en momentos muy concretos, como si su función en el guion de la vida fuese un cameo espontáneo. Así que llegó de pronto y luego volvió a marcharse, como siempre, pero supe valorar que aquellos días se hiciese cargo de todo y me llamase a menudo.

No sé por qué lo hice, pero me refugié en casa de Pablo.

Supongo que me sentía sola, sobre todo porque Martina estaba en Galicia visitando a su familia, y necesitaba sentirme arropada. Susana me ofreció su casa, pero no me apetecía estar allí con su novio. Y Pablo simbolizó para mí desde el principio ese pilar al que aferrarme cuando todo se tambaleaba. Así que metí algo de ropa en una mochila y me quedé con él. Estuve días sin hacer nada, tan solo durmiendo, delante del televisor o leyendo algo.

Apenas lloré. Nunca he sido una de esas chicas que se emocionan con facilidad, algo que me frustraba cuando era más joven. Llevaba la fragilidad en el alma, pero nadie podía verla. Por dentro, mis huesos eran quebradizos como la cáscara de un huevo.

«Guardarse los sentimientos es peligroso», decía siempre Margarita.

Qué razón tenía. Ojalá entre el pescado y la carnicería del mercado pudiésemos comprar también un poco de experiencia. Entonces todo sería mucho más sencillo: relativizar, pensar las cosas antes de hacerlas o no dejar que el odio te corrompa y le gane la batalla al amor.

—Deberías llamarlo —me dijo Pablo dos noches atrás.

No contesté. Cuando no estás segura de qué decir, lo más inteligente siempre es guardar silencio. Debo aclarar que Pablo casi siempre tenía razón, pero es algo de lo que me fui dando cuenta con el paso del tiempo, cuando acertó en cada cosa que predijo.

Lucas no sabía nada de mí desde hacía seis días. Las razones eran múltiples y variadas. La más sencilla de todas: su número de teléfono lo tenía en la cajetilla de tabaco que guardaba en la casa que compartía con Martina y no había vuelto allí desde el día del entierro. Y puesto que esa excusa era tristemente pobre, tenía otra más compleja: no quería decírselo a Lucas. Quizá «querer» no era el verbo más adecuado. No «podía». Miento. No «sabía» cómo hacerlo. Nos conocíamos desde hacía poco más de dos semanas y, aunque había sido intenso y platónico y apasionado, no estaba segura de que a él le apeteciese verme en aquel estado. Yo tampoco estaba preparada para dejarme consolar. Si hubiese ocurrido cuando lo nuestro fuese algo sólido... Si tuviésemos esa clase de intimidad... Si hubiese podido conocer a Margarita... Pensaba mucho en eso durante las horas muertas. A pesar de sus modales o esa apariencia de dejadez, creo que a mi abuela le habría gustado, porque podía percibir el alma de las personas.

Pero así estaban las cosas. No tenía ni idea de qué le diría a Lucas cuando saliese de aquel trance y regresase a mi vida normal. Con la distancia que había tomado, dudaba hasta de mi propia percepción. ¿Y si había sido una locura transitoria? ¿Y si a esas alturas él ya estaba por ahí divirtiéndose con cualquiera? Era lo más probable. Se lo dije a Pablo el sábado por la noche, cuando escuché las voces de un grupo de jóvenes que salían a divertirse colándose por la ventana del comedor donde estábamos sentados después de cenar.

—No creo que vuelva a verlo.

Pablo suspiró y estiró las piernas.

—Lo cierto es que depende de ti.

Para ser sincera, no estaba escuchándolo, tan solo hablaba conmigo misma en voz alta. Estaba cansada después de aquellos días de desgaste y tristeza. Me sentía vacía.

—Los hombres no saben esperar.

Justo entonces llamaron al timbre de la puerta. Pablo alzó las cejas sorprendido y se levantó apoyando las dos manos en los brazos del sillón tapizado con un estampado excéntrico. Salió del comedor, escuché el ruido al abrir la puerta y unas voces antes de verlo regresar.

—¿Qué pasa? —pregunté distraída.

—Julie, hay alguien que quiere verte.

Me incorporé y fui a descubrir quién era.

Y allí estaba él parado en el umbral de la puerta como si no se atreviese a entrar sin permiso, ojeroso y con el ceño un poco fruncido. Pero sus gestos se suavizaron en cuanto alzó la vista y me vio. No dijo nada. Yo tampoco. Sencillamente extendió los brazos ofreciéndome cobijo y no dudé antes de dar un paso hacia él y abrazarlo.

Entonces me eché a llorar.

Fue un llanto silencioso, casi sereno. Estuvimos tanto rato ahí parados que al final Pablo se acercó para asegurarse de que todo iba bien. Me separé de él con lentitud y los presenté. Se evaluaron el uno al otro durante unos segundos antes de que Pablo lo invitase a entrar y le preguntase si había cenado ya o quería picar algo.

—Estoy servido, gracias —aseguró Lucas.

—Vale, tú como si estuvieses en tu casa.

Pablo se quedó un rato charlando con nosotros mientras Lucas contemplaba admirado las hileras de libros y los cuadros que vestían las paredes del salón, pero no tardó en excusarse diciendo que estaba cansado y nos dejó intimidad.

Él fue el primero en romper el silencio:

—Deberías habérmelo dicho, Juliette.

—No quería... No sabía... —suspiré.

—Lo siento mucho. —Se acercó hasta el sofá donde estaba

sentada y se agachó enfrente, mirándome a los ojos con compasión—. ¿Cómo te encuentras?

—No lo sé —gemí.

—Pobre Juliette...

Me acarició la mejilla con los nudillos.

—Quédate esta noche, por favor.

Cuando nos metimos en la cama y nos abrazamos, sentí una inexplicable paz. Él parecía pensativo mientras trazaba círculos sobre mi espalda y me contaba que había estado a punto de enloquecer tras tantas llamadas sin respuesta. Estaba tan preocupado que fue a buscarme. Nadie le abrió la puerta hasta que Martina lo hizo esa misma tarde, justo cuando acababa de regresar de su viaje. Fue quien le dio la dirección de Pablo.

—No vuelvas a desaparecer así.

Respondí dándole un beso dulce.

Estuvimos en silencio hasta que se me agolparon las palabras en la punta de la lengua. Probablemente, después de que Margarita se fuese, me sentía tan sola que necesitaba saber que en algún lugar de aquel mundo salvaje existía alguien que pudiese comprenderme.

—Siempre tuve la sensación de que mi abuela era la única persona que me veía de verdad. Cuando era joven me sentía como un fantasma: la gente me hablaba y me miraba, pero se quedaban en la superficie. Después dejó de importarme. Pero ella..., ella me hacía preguntas, quería saber con qué soñaba, qué buscaba o qué se me pasaba por la cabeza. ¿Sabes lo complicado que es eso? Dentro de una galería de arte puedes encontrar a dos tipos de personas: están las que miran los cuadros, pero en realidad no los están viendo, así que pronto pasan de largo al siguiente, y luego están las que consiguen encontrar algo hermoso más allá de los trazos que quedan a la vista; no tiene nada que ver con el tiempo o cuánto sepas sobre arte, no es eso, se trata de algo mucho más primario: evocar una emoción.

—Yo te veo —me aseguró Lucas.

Y abrigada por su voz, me quedé dormida.

Cuando me desperté estaba sola en la cama. Me puse una chaqueta fina encima del pijama y salí del dormitorio para buscar a Lucas. Estaba junto a Pablo, inclinado delante del tocadiscos de última generación que este se había comprado el año anterior: el plato traía incorporado el altavoz en la tapa y tenía dos velocidades, a 45 r. p. m. para los *singles* o EP y 33 r. p. m. para los álbumes. Parecían niños disfrutando de un juguete nuevo. Lucas le estaba echando un vistazo a su colección de discos mientras el otro lo escuchaba con interés.

—Buenos días —saludé.

—No queríamos despertarte. —Pablo me sonrió al tiempo que Lucas levantaba la aguja para cambiar el vinilo—. Te hemos dejado café y tostadas en la cocina.

Desayuné en el sofá mientras ellos seguían a lo suyo un rato más. Me gustaba cuando Lucas charlaba de música; se emocionaba tanto que hablaba más rápido de lo habitual, como si intentase comprimir las palabras. No había tenido ocasión de decírselo, pero la noche que lo vi sobre el escenario supe que podría conseguir todo lo que se propusiese. El grupo no era especialmente virtuoso, pero tenían alma. Y desde que empezaba la música, era imposible apartar la vista de ellos. Resultaban adictivos. Daba igual cuántas canciones tocasen, te dejaban con ganas de más. Eran divertidos, provocadores y gamberros. Se palpaba que improvisar se les daba bien y lo habían convertido en su punto fuerte; nadie quiere ver un espectáculo rígido porque recuerda al cartón piedra y a la falsedad. Prevalece lo auténtico.

—Ven a vernos la próxima vez —lo invitó Lucas.

Pablo me miró antes a mí, como si necesitase cerciorarse de que la idea me parecía bien, y luego asintió sonriente. Decidí no intervenir para decirle que Los Imperdibles Azules no solían actuar en los ambientes por los que él se movía, restaurantes o locales de moda mucho más sofisticados; pensé que sería divertido ver su cara cuando llegase el momento.

—Tengo que irme ya, chicos. —Todos los domingos, Pablo quedaba con un grupo de amigos para jugar al ajedrez. Las partidas duraban una eternidad, así que rara vez acababan antes del anochecer—. Pero, tranquilos, podéis quedaros aquí. La nevera está llena.

Cuando desapareció para darse una ducha, Lucas dejó puesto un vinilo de Neil Young antes de sentarse a mi lado. Me cogió de la mano y me preguntó qué pensaba hacer. Le dije que el plan de quedarme en casa de Pablo sin ningún propósito a la vista era bastante apetecible y que podíamos preparar patatas y huevos fritos para comer, mi perdición y una de las pocas cosas en la cocina que me salían bien, porque me gustaba que la yema quedase justo en su punto para mojar el pan.

—¿Qué te parece?

Se mordió el labio pensativo.

—Perfecto, pero hay un problema. Había olvidado que tengo comida familiar. Nos reunimos todos los domingos.

—Pues ve, me irá bien estar sola.

Era mentira. No-quería-estar-sola.

—¿Te apetece venir conmigo?

Yo odiaba las comidas familiares, principalmente porque nunca había disfrutado de una. En las contadas ocasiones en las que había ido a visitar a mi padre, no era cómodo estar rodeada de abuelos, tíos y primos cuyos nombres no recordaba. Me sentía como un fraude en medio de toda esa gente que hablaba con un exquisito francés y fingían que era una más entre ellos. Y como mi madre había sido hija única, en Madrid tampoco tenía mucha familia. Desde la muerte de mi abuelo, comer con Margarita, Susana y su novio de turno no podía considerarse precisamente una jornada festiva. Así que, con el paso del tiempo, había llegado a la conclusión de que todo aquello no iba conmigo: los días de Navidad llenos de jolgorio, los cumpleaños multitudinarios o las tradiciones familiares.

Por eso me sorprendió contestar:

—De acuerdo, iré contigo.

La sonrisa de Lucas iluminó el salón y, unas horas más tarde, dentro del autobús atestado de gente que nos conducía hasta Vallecas, me di cuenta de que aquel impulso tenía mucho que ver con lo que sentía por él. Quería descubrir de dónde venía y conocer ese pasado suyo que lo había convertido en el hombre que era entonces.

Así que fuimos juntos hasta la raíz.

Y llegamos a una casa maltrecha de una sola planta delante

de una calle con un trazo irregular. La pintura de la fachada estaba desconchada y tan vieja como el tejado. No creo que Lucas viese nada de todo eso cuando miraba su hogar, porque se mostró orgulloso al cogerme de la mano antes de llamar a la puerta. No se avergonzaba de sus orígenes y pronto comprendí la razón: su familia era tan cálida como el sol y te curaban la tristeza en menos de un suspiro. O eso fue lo que me ocurrió a mí aquel día, cuando su madre me recibió con un abrazo más largo que cualquiera que me hubiese dado Susana en toda mi vida. Y Ángel, su padre, me trató como si fuese la mismísima reina doña Sofía visitando sus aposentos; sacudió la silla en la que me invitó a sentarme, se ofreció a colgarme la chaqueta y me preguntó qué quería beber, diciendo que no tenían gran cosa porque no me esperaban, pero que se acercaría al bar del barrio para traerme lo que me apeteciese.

Estaba tan abrumada que volví a tener ganas de llorar.

—Un poco de agua estará bien —respondí.

—¿Estás segura? —Ana parecía afligida y azotó a su hijo con el trapo de cocina que llevaba en la mano—. ¡Habría intentado preparar algo especial si hubieses avisado!

—Todo está perfecto así, de verdad —intervine.

Su hermano fue el único que no se puso nervioso al verme. Me saludó con cortesía y se acomodó a mi lado mientras sus padres cuchicheaban con Lucas en la cocina, agobiados por mi inesperada presencia. Por lo visto, Samuel ya sabía bastantes cosas sobre mí y pronto estuvimos hablando de sus estudios y de los míos, de algunos libros que había cogido de la biblioteca y que estaban sobre la mesa y, al final, de Lucas.

—Menos mal que apareciste, estaba inaguantable.

—Oye, te estoy oyendo. ¡Cierra la boca, Samuel! —le gritó su hermano desde el umbral de la puerta antes de alejarse de nuevo. Nos miramos y nos echamos a reír.

Comimos potaje de garbanzos y, de postre, un arroz con leche que estaba delicioso. Ana me explicó la receta paso a paso mientras su marido me ofrecía su parte por si me había quedado con hambre de más. Eran encantadores. Fue fácil sentirme parte de esa familia desde el primer día, sobre todo porque ya no tenía ninguna otra que pudiese hacerles sombra y simbolizaban la típica estampa que habitualmente se veía en televisión: la madre entregada y entusiasta, el padre bonachón, pero al que todos respetaban, y dos hijos que eran tan diferentes que resultaba sorprendente que se hubiesen criado bajo el mismo techo. Pero lo más curioso de todo era que los cuatro encajaban a la perfección, cada uno sabía cuál era su lugar y pronto todos se hicieron a un lado para dejarme también un hueco. Me sentí arropada después de años a la intemperie con tan solo un paraguas salpicado de margaritas.

Así que puede decirse que aquella fatídica semana en la que mi abuela murió, como si el destino intentase poner una tirita en la herida, empecé a formar parte de la familia Martínez.

Y Lucas y yo nos volvimos inseparables.

16

LUCAS
BAILARÉ SOBRE TU TUMBA (SINIESTRO TOTAL)

Todo se fue al traste a principios de mayo.

Habíamos tenido que pedirle al padre de Marcos que contratase a otra persona en el taller para poder acabar un poco antes de trabajar. Como estábamos consiguiendo algo de pasta por las actuaciones y cada vez teníamos más, decidimos que había llegado la hora de buscar un lugar apropiado para guardar el equipo y ensayar, así que nos fuimos a La Nave, que estaba cerca de Vallecas. De pronto, todos los fines de semana tocábamos en algún sitio, así que, en resumen, dormíamos poco y bebíamos demasiado. Además, como era de esperar, pasar más tiempo juntos tan solo empeoró las cosas en el grupo.

Casi siempre nos acompañaban a todas partes unos cuantos colegas y Juliette. A veces, acudía con Martina. En un par de ocasiones, lo hizo con Pablo, que tras el susto inicial supo disfrutar del espectáculo. E incluso hubo una noche que se divirtió de lo lindo con Toni y mi hermano Samuel mientras nosotros lo dábamos todo sobre el escenario. Reconozco que me motivaba cuando la veía bailando, saltando y cantando a voz en grito; cuando se dejaba llevar así, era como contemplar una luciérnaga acaparando la atención de la noche. Todo el mundo la miraba, aunque ella no parecía darse cuenta. Y me sentía un privilegiado, como si me hubiesen dado una parte más grande del pastel sin siquiera luchar por el glaseado.

Aquel sábado tocábamos en la discoteca M&M, que organizó una serie de conciertos con Kaka de Luxe, Zombies y varios grupos más que estaban en pleno auge.

Estábamos tomándonos una copa mientras el local se llenaba cuando ya empezó a torcerse la noche. Jesús, que no sé qué cojones se había tomado, estaba insoportable. Cuando Juliette pasó por delante de él con una cerveza en la mano, sonrió contemplando su trasero.

—Oye, preciosa, ¿dónde hay más como tú? Ya sabes: modelos, defensoras de las minifaldas y dispuestas a salir con cualquier pardillo. No te ofendas, Lucas.

Me sentó como la mierda lo que dijo, pero lo que de verdad me cabreó fue que la mirase como si fuese un trozo de carne. Quise darle un puñetazo en la nariz.

—Lo siento, fui una edición limitada —bromeó Juliette.

—Me conformaría con algo de segunda mano.

—Cállate ya —espeté malhumorado, y me busqué el mechero en el bolsillo porque necesitaba tener algo en las manos para evitar abalanzarme sobre él. Las últimas semanas habían sido duras con tantos bolos y tantos roces, siempre estábamos discutiendo por algo, pero al menos hasta esa noche se había mostrado respetuoso con Juliette.

—Eh, ¿qué te pasa? ¿Estás celoso?

—Me estás tocando los cojones, Jesús.

Él se echó a reír y Fran le puso una mano en el hombro y le dijo algo al oído, imagino que intentando calmar los ánimos. Últimamente su función se limitaba a procurar que no nos diésemos de hostias y el tío se llevaba un veinte por ciento de los beneficios por eso.

Marcos me lanzó una mirada significativa.

Éramos una olla hirviendo a punto de reventar.

Pasado un rato, Juliette consiguió que se me fuese un poco el mal rollo con sus besos y carantoñas. Insistió en bailar conmigo la canción que sonaba por los altavoces y luego sacó de su bolso un par de pastillas, se las metió en la boca y me pasó una con la lengua mientras se reía. Los efectos no tardaron en llegar y todo se volvió más nítido, más divertido, más liviano. A la mierda Jesús. Y Fran. Y todo. Tenía a mi chica delante y en breve empezaríamos a tocar para esa gente que nos rodeaba. Me sentía poderoso, en la cima del mundo, y se lo dije a Juliette al oído. Ella pegó sus labios a los míos:

—Es que juntos somos invencibles.

Sus palabras se me quedaron grabadas porque me gustó la

idea de que por separado tuviésemos debilidades, pero que, unidos, fuésemos más fuertes.

Media hora más tarde, subimos al escenario donde estaba todo preparado. Marcos se tambaleaba cuando se acercó al micrófono, pero le sobró contar un chiste malo y dedicarle la canción a una de las camareras para meterse al público en el bolsillo. Abrimos con el repertorio habitual. Todo iba como la seda, exceptuando que ninguno estaba muy fino en lo suyo, pero nadie parecía fijarse en eso. La gente enloqueció cuando llegó el turno de *El amor es radiactivo*. Era alucinante la vibración bajo nuestros pies mientras cantaban al unísono.

Pero después, en lugar de tocar *Ella es Diana*, Jesús comenzó con el solo de batería que iniciaba *Mi rubia*. Lo miré sin comprender nada, pero no nos quedó más remedio que seguirle el ritmo. Era eso o detener el concierto. Al acabar, no siguió con la balada romántica que había escrito él mismo, sino que continuó con una versión de Dr. Feelgood.

Y ahí sí que decidimos parar para averiguar qué narices pasaba.

El público empezó a protestar en cuanto el sonido cesó. Me giré para acercarme a Jesús, que nos miraba acusadoramente por no continuar.

Marcos lo señaló:

—¿Qué demonios haces? Estás cambiando todo el puto orden de las canciones. Limítate a seguir el plan de siempre y tengamos la fiesta en paz.

—Creo que este orden es mucho mejor.

Lo miré alucinado. No podía ser tan idiota.

—¿Quieres tocar *Ella es Diana* al final?

—Sí, eso es justo lo que había pensado.

—¿Te has vuelto loco? ¿Una balada para despedirnos?

Era la peor idea que nadie había tenido jamás. No solo porque lo hubiese decidido por libre, sin consultarnos e improvisando, sino porque siempre tocábamos para acabar *Mi rubia* precisamente porque era divertida y gamberra, y al público le encantaba el regusto que dejaba.

—Para de jodernos la noche.

La cosa podría haberse quedado ahí. Pero, entonces, cuando

me di la vuelta dispuesto a seguir tocando, noté que un objeto me golpeaba la cabeza por detrás.

Jesús me había lanzado una puta baqueta.

Miré su sonrisa de idiota y algo se desconectó en mi cerebro, porque lo siguiente que recuerdo es estar encima de él dándole de leches. Rodamos por el suelo, cayeron un par de platos de la batería y tuvo que intervenir la seguridad de la discoteca para lograr separarnos.

¿Resultado? Una nariz rota, la suya. Un labio partido, el mío.

Y lo más importante: un grupo que había llegado a su fin.

Esa noche terminó la primera etapa de Los Imperdibles Azules. Visto desde una distancia prudencial, no todo fue malo, aunque como los recuerdos son engañosos me cuesta escarbar entre ellos y no quedarme tan solo con la parte amarga de aquella época que vivimos con Jesús. Supongo que fueron unos años de aprendizaje, funcionando a base de prueba y error. Pero, pese a todo, se convirtieron en los cimientos de lo que construiríamos.

Aún no había conseguido que dejase de sangrarme el labio cuando llegamos a casa de madrugada. Juliette no se había despegado de mí en toda la noche y se quedó a dormir. Estaba tan hecho mierda que no pude ni desnudarla, así que la abracé y no tardó en caer rendida. Yo, en cambio, no podía pegar ojo, mezcla de la tensión y las pastillas.

Me levanté para ir al salón. Marcos estaba allí. Sonrió al verme y me pasó el canuto que acababa de liarse. Antes de sentarme junto a él en el sofá, abrí la ventana porque la noche era templada. El salón tenía una decoración un poco «de abuela» porque al ser de alquiler no habíamos cambiado los muebles y, además, la madre de Toni siempre que venía a visitarlo traía cosas como cortinas con flores estampadas o manteles de canalé. Ninguno tuvo nunca los cojones suficientes como para decirle a la señora que todo nos parecía un horror.

—Así que nos hemos quedado sin batería y sin mánager.

—Lo siento, joder. No sé qué me pasó...

—¿Qué coño vas a sentirlo, Lucas?

Marcos siempre fue un escudero leal. Nos terminamos el canuto mientras las primeras luces del alba despuntaban tras los edificios de Madrid. Para ser sincero, estaba convencido de que el grupo acabaría por sufrir cambios en algún momento, pero no esperaba que fuese tan pronto, justo cuando empezábamos a despuntar y a llamar la atención de algunas salas y locutores de radio. Era un golpe inesperado. Suspiré y dije:

—Va a ser como dar un paso atrás.

—Pues quizá nos sirva para tomar impulso.

Todavía estaba un poco descolocado como para verle el lado positivo a aquella situación. Para empezar, ¿qué haríamos con las próximas actuaciones? Necesitábamos encontrar a un batería con urgencia. Y después de la experiencia con Jesús tampoco quería que entrase en el grupo cualquier gilipollas; tenía que ser alguien que respetase la esencia de la música que hacíamos, pero que tuviese personalidad. Un equilibrio difícil.

—¿Recuerdas aquel día en segundo curso cuando jugábamos a escupir en el capó del coche del director para ver quién llegaba más lejos? La profesora Ramírez me pilló a mí, me cogió de la oreja y me llevó a su despacho. Pero entonces tú apareciste diciendo que también era culpa tuya. Eso no iba a librarme del castigo, así que, ¿por qué hacerlo?

Estaba fumado, hablando casi para mí mismo, pero Marcos contestó:

—Joder, porque pensé que si te metían algún castigo lo pasarías mejor con un colega al lado. No iba a dejarte en la estacada. Fueron tres tardes ordenando los archivos de la biblioteca, ¿recuerdas? Al final, fue divertido. ¿Cuántos años teníamos? ¿Nueve? ¿Te acuerdas de aquel libro que encontramos en el que salía el aparato reproductor de la mujer y le habían dibujado dos tetas a la tía? Nos parecía la hostia.

Expulsé el humo de la última calada y me reí. De pequeños, estábamos desesperados por cualquier cosa que pudiésemos asociar al sexo, incluso cuando aún no sabíamos bien qué significaba en toda la extensión de su palabra. Una ligera porción de piel nos daba para fantasear durante semanas, ¡qué digo!, ¡meses!

Lo miré en la penumbra del salón.

—Somos un equipo —constaté.

—Siempre. —Marcos me sonrió.

17

JULIETTE
LA CHICA DE PLEXIGLÁS (AVIADOR DRO)

Aunque él se había negado a hacer nada especial, terminé convenciéndolo de que fuésemos a comer a El Buda Feliz para celebrar que Lucas cumplía veintitrés años. Aquel local que estaba en la zona de Malasaña, a dos pasos de la plaza de la Luna, fue el primer restaurante chino que abrió sus puertas en Madrid y lo hizo antes de que acabase la dictadura. Me gustaba porque, por aquel entonces, un poco de cerdo agridulce o arroz con salsa de curry resultaba algo de lo más exótico e innovador. Y me fascinaba probar cosas nuevas, no me importaba su procedencia ni detalles menores. Lucas, en cambio, estuvo haciéndoles preguntas sobre los ingredientes que llevaba cada plato a los dueños del local, el matrimonio Wang.

—¿Qué más te da? —le dije riéndome.

—Esto no es como una tortilla de patatas, sino un mejunje de cosas. Me gusta saber qué estoy metiéndome en la boca. —Alargó la mano por encima de la mesa hasta alcanzar la mía y nos hicimos algunas carantoñas. Hasta nosotros mismos éramos capaces de ver desde fuera que éramos absolutamente insoportables, pero ¿qué puedo decir? Así es el amor cuando te alcanza de lleno—. Juliette, pasa el resto del día conmigo.

—Hace días que no piso mi casa.

—Ya, pero es mi cumpleaños...

Sonreí. Era incapaz de resistirme.

Así que cuando terminamos de comer nos encaminamos hacia su apartamento. Era un día caluroso y Lucas sostenía mi mano mientras recorríamos las callejuelas de Madrid. Parecía un jueves normal como otro cualquiera, pero la maquinaria que llevaba tiempo en marcha cambió de ritmo en cuanto entramos en su casa y Marcos me dijo:

—Pablo te ha llamado cuatro veces. Me da que es importante.
Fui a por el teléfono sin siquiera dejar el bolso que llevaba colgado al hombro. Aunque Pablo era mi mejor amigo, siempre iba muy a la suya y precisamente por eso nos entendíamos bien; sabía que si había insistido tanto no sería por una tontería. Me temí lo peor. ¿Le habría pasado algo a mi madre? Era la única persona de mi familia que seguía importándome. Pese a nuestra inusual relación, no estaba preparada para enfrentarme a otro golpe después de la pérdida de mi abuela. ¿Sería Martina? Por primera vez, había llegado a crear un vínculo real con una amiga; de Laura y la gente del instituto hacía una eternidad que no sabía nada.

—¿Pablo? ¿Qué ocurre? —pregunté cuando descolgó.

—¿Estás sentada? Porque tengo buenas noticias. —La tensión se desinfló como un globo y cerré los ojos—. ¿Recuerdas la marca que te contrató hace años para aquel anuncio?

—Claro. —Había sido lo más relevante de mi carrera.

—Pues después de pasar una buena temporada en los juzgados han ganado el caso. Y eso significa que vuelven a estar en el mercado. Quieren relanzar la marca por todo lo alto: han contactado con la agencia porque te buscan a ti. La idea es partir exactamente del punto en el que se quedaron, así que pretenden adaptar el anuncio que hiciste en su día. La gente aún lo recuerda y será la manera de que todo el mundo sepa que han regresado. —Hizo una pausa para dejarme asimilar la noticia y luego añadió—: Julie, espero que seas consciente de que, si cerramos esta oferta, tu vida cambiará para siempre.

—¿Cuándo empezamos a grabar?

Cuatro días más tarde estaba dentro del Citroën CX de Pablo. Llevábamos las ventanillas bajadas y el pelo revuelto por culpa del aire cálido que entraba en el coche. Los dos con gafas de sol a juego, él con una camisa blanca impoluta y yo con un vestido floreado de color verde lima. Habíamos salido antes de que amaneciese, pero aún nos encontrábamos a mitad de camino. El anuncio se rodaba en Barcelona, por lo que íbamos a quedarnos unos días en la ciudad. Los seiscientos kilómetros de distancia se hacían por una carretera de dos direcciones, así que tuvimos que hacer varias paradas y cuando llegamos ya había empezado a anochecer. Nos alojamos en un hotel bastante céntrico.

—¿Por qué no te das una ducha y te relajas? —le dije a Pablo.

—Sí. —Se frotó los ojos y luego abrió la maleta para buscar algo de ropa limpia. Antes de meterse en el baño, señaló el teléfono—. Si vas a llamar a Lucas, hazlo ya, porque me niego a quedarme toda la noche aquí descubriendo quién cuelga primero.

Le lancé uno de los almohadones que había en la cama, pero no atiné a darle porque Pablo cerró antes. Fui a por el teléfono como una adicta en cuanto escuché correr el agua caliente. Lucas descolgó al segundo tono y sentí un cosquilleo al oír su voz ronca preguntándome qué tal había ido el viaje. Estuvimos hablando como dos colegiales hasta que Pablo salió de la ducha y me despedí de él lo más rápido que pude; es decir, que la llamada se alargó todavía unos diez minutos más.

—¿Lista para dar una vuelta?

—Sí, deja que me cambie los zapatos.

Pablo conocía bien Barcelona porque la agencia Salvador Models estaba asentada allí y viajaba a menudo a la ciudad. Me llevó al Drugstore de paseo de Gracia, un lugar que me maravilló en cuanto puse un pie en él. Estaba abierto veinticuatro horas y había tiendas y, al fondo, un restaurante de dos pisos que daba al pasaje Domingo. Fuimos allí y nos sentamos a una de las mesas.

—Me encanta este sitio —le dije.

—Sabía que te gustaría. Abrió hace ya años, en 1967, y acudieron a la inauguración Georges Hamilton y Salvador Dalí. Luego, si te apetece, pasamos por la librería. Pero ahora vamos a picar algo y a pedir una botella de champán.

—¿Qué celebramos? —Le sonreí.

—Que tengo delante a la chica del momento. Dentro de unos meses, no podremos estar sentados aquí sin que todo el mundo te mire o se acerque a pedirte un autógrafo.

—Estás exagerando...

—No lo hago. Lo sé.

Así que esa noche brindamos con champán, comimos hasta quedarnos saciados y dimos una vuelta por esa librería que tenía las paredes de cristal antes de tomarnos una copa. Más tarde, de camino al hotel, iba colgada de su brazo y no podía parar de reír. No recuerdo exactamente de qué, pero Pablo y yo teníamos nuestro propio idioma, uno un poco cínico a veces y que al resto del mundo no le hacía ni pizca de gracia.

Ya en la habitación, nos desplomamos en la cama.

El techo daba vueltas sin cesar.

—Pablo, ¿estás despierto?

—A medias... —gimió.

—¿Te has enamorado alguna vez?

—¿Crees que este es el mejor momento para hablar de algo así? —Encendió la luz de la lamparilla de noche y empezó a aflojarse la corbata—. Son las dos de la mañana y no estoy seguro de recordar contar hasta cien. Si la agencia se entera de que no te he obligado a descansar como a una princesa el día antes del rodaje, me echan.

Volvimos a reírnos tontamente, pero luego me puse seria y me giré en la cama mientras él se quitaba la camisa y se ponía algo más cómodo. Teníamos una confianza tan familiar que ninguno de los dos se había planteado la posibilidad de no compartir habitación.

—Es que le quiero —admití en un susurro.

—Lo conoces desde hace un mes y medio.

—Ya, por eso me preocupa quererlo así...

Pablo sacó de la maleta un antifaz para dormir.

—Creo que hacéis una buena pareja —dijo al tiempo que volvía a la cama y el colchón se hundía bajo su peso—. Parece un buen tipo y está loco por ti, ¿cuál es el problema?

Ninguno, en apariencia. Pero, si rascaba con la uña la superficie, afloraban dudas y miedos. ¿Qué ocurriría si se lo entregaba todo?, ¿qué me quedaría a mí?, ¿podía confiar plenamente en él?, ¿sabría querer todas mis aristas, las partes más afiladas y oscuras?, ¿sabría quererlo yo como se merecía?, ¿cuál era el secreto para que una relación funcionase? Porque nunca había tenido una, no tenía ni idea de lo que significaba compartir mi vida con otra persona e ir de la mano en una misma dirección. ¿Y si uno de los dos tropezaba?

A la mañana siguiente, a punto de empezar la grabación, Pablo me dio un vaso de agua y una pastilla para el dolor de cabeza. En lugar de rodar el anuncio en una carretera desierta y árida, nos encontrábamos en un paraje precioso frente al mar, rodeados de árboles y un intenso olor a salitre. El horizonte azul se extendía a lo lejos y yo tenía que caminar por un sendero vestida con unos ajustados pantalones amarillos de vinilo en los que se reflejaba la luz del sol. El tejido era tan llamativo como el top de croché que me dejaba la cintura al aire. Llevaba el pelo suelto y al natural, aunque había estado más de una hora peinándome y maquillándome para la ocasión.

—¿Lista? —preguntó el director, y asentí.

Caminé decidida moviendo las caderas, un paso tras otro. Tras unos segundos con la vista al frente, miré por encima del hombro hacia una de las cámaras que me seguía. Ese instante era determinante. Tenía que evocar sensualidad, que me sentía segura dentro de esos pantalones amarillos, pero también frescura. «Sé libre» era, de hecho, uno de los emblemas de la marca de ropa, impulsora años atrás de la llegada de la minifalda y el uso extendido de pantalones entre las mujeres. Pisando fuerte, quería decirle al mundo: «Vístete como te dé la gana», porque, aunque la moda estaba en pleno auge con sus colores chillones, los pelos extravagantes, las medias rotas y escotes imposibles, todavía había mucha gente reprimida. ¿Cuántas chicas se ponían un vestido recatado por debajo de las rodillas cuando en realidad deseaban enfundarse una chupa de cuero antes de salir de casa?

—¡Corten! Estupendo, Julie. Repetimos una vez más.

Terminamos tarde de grabar, así que esa noche nos quedamos en Barcelona y salimos a tomar algo con parte del equipo. A la mañana siguiente pusimos rumbo a Madrid. Pablo estacionó el Citroën CX delante de la puerta de mi casa y me ayudó a bajar la maleta de mano que me había llevado al viaje. Ya estábamos delante del portal cuando dijo:

—Por cierto, ¿siguen buscando un batería para el grupo?

—Sí, todavía no han encontrado a nadie que les guste.

De hecho, Lucas había estado toda la semana anterior de morros, quejándose de que ninguno de los que se habían acercado a hacer una prueba de sonido al local de ensayo les convencía.

En ocasiones, ni siquiera sabía la razón; «es una sensación —me decía—, como que no me termina de encajar». Yo pensaba que temía volver a equivocarse.

—Te lo digo porque sé de alguien que creo que es bueno. Es el hermano pequeño de un compañero de clase con el que fui al Liceo Francés. No lo conozco personalmente, pero me han hablado bien de él gente de confianza.

—Vale, díselo a Lucas.

18

LUCAS
BLITZKRIEG BOP (RAMONES)

Miré el reloj y comprobé que habían pasado diez minutos de la hora acordada. «Poco serio», dije para mis adentros. Cuando se lo comenté a Marcos, resopló y le dio una calada al canuto que tenía entre los dedos. Si dependiese de él habríamos encontrado un batería días después del altercado con Jesús, pero por alguna razón yo no dejaba de verles defectos e inconvenientes a todos. No sé por qué me lo estaba tomando tan en serio cuando siempre nos habíamos dejado llevar en lo referente al grupo. Pero me importaba. Cada vez me importaba más. Y, sobre todo, quería que el ambiente fuese bueno. Así que, mientras esperábamos en el local, me estaba tocando los cojones que el tal Carlos Rivas llegase tarde.

Justo cuando estaba a punto de mandarlo a la mierda y proponerle a Marcos que nos fuésemos a tomar unas birras al bar de enfrente, llamaron a la puerta. Abrí con brusquedad.

Primer punto positivo de Carlos: era un valiente. Tenía que serlo para presentarse con esas pintas en Vallecas a tocar en un grupo con un marcado sonido punk. Llevaba la raya del pelo a un lado de la cabeza y más gomina de la que yo había visto en toda mi vida; una camisa con una corbata de terciopelo granate y unos pantalones con el bajo arremangado para dejar a la vista con orgullo la moda de mostrar los calcetines blancos. Sus zapatos relucían tanto que podrían haber provocado un accidente de tráfico. Todo él era brillante y pomposo; de primeras, me recordó a uno de esos jóvenes de las casas reales que en la antigüedad alguien retrataba en un cuadro con perros de caza y caballos.

Tenía cara de niño pijo que no ha roto nunca un plato.

—¿Carlos? —pregunté dubitativo.

«Que se haya equivocado, por favor».

—Sí, imagino que vosotros sois Lucas y Marcos. Perdonad por el retraso, era la primera vez que cogía el metro y he bajado en la parada que no tocaba.

A mi espalda, el cabrón de Marcos empezó a descojonarse y le di un codazo.

—Así que eres amigo de Pablo...

—Es mi hermano quien lo conoce.

—¿Sabes por qué estás aquí?

—Buscáis un batería para Los Imperdibles Azules, ¿no? —Nos miró alternativamente como si fuésemos gilipollas, algo de lo que no podía culparle.

—Sí. ¿Y qué edad dices que tienes?

—No lo he dicho. Cumplo dieciocho este verano.

—Ya veo. Pues, si te parece, vamos a hacer una prueba.

Accedí porque no quería quedar mal con Pablo y tener que decirle al chico que se fuese por donde había venido después de su peligrosa aventura montando en metro. Me aparté a un lado y le señalé la batería que había al fondo del local de ensayo.

Tras negociar con Jesús y Fran, habíamos acordado que él se llevase las canciones que compuso y, además, le pagamos un buen pico para quedarnos con el material que habíamos reunido hasta el momento. Por lo que había llegado a mis oídos, había empezado a tocar con otro grupo llamado Doble Ronda. Esperaba no tener que cruzármelo, aunque la última vez que nos vimos en un bar para aclarar cómo íbamos a repartirnos las cosas, terminamos despidiéndonos con un apretón de manos.

Carlos estuvo a punto de tropezar con el cable de uno de los amplificadores. Cuando volvió a guardar el equilibrio ante la mirada fascinada y jocosa de Marcos, que iba tan fumado como de costumbre, se quitó la mochila que llevaba colgada en la espalda, la abrió y empezó a revolver el contenido sacando unos cuantos papeles.

—¿Queréis que toque algo especial? Tengo las partituras de...

—Improvisa —lo corté, porque no quería perder más el tiempo.

—De acuerdo. —Carlos asintió y se sentó detrás de la batería.

Me encendí un cigarro intentando no mirar a Marcos, porque sabía que si lo hacía me entraría la risa y de verdad que no quería burlarme del pobre chaval. Era joven, cinco años más que nosotros, pero parecía un buen tío y probablemente estaría asustado viendo dónde había acabado. Pensaba decirle cuatro cosas a Pablo cuando nos cruzásemos.

Entonces va y el colega empezó a tocar *Blitzkrieg Bop* de Los Ramones.

Probablemente, era mi canción punk preferida: divertida y enérgica.

Lo hacía de maravilla. Sonaba seco pero contundente. Dominaba la batería y el ritmo sin ningún tipo de esfuerzo, como si estuviese lavándose los dientes recién levantado de la cama. Y tenía garbo, se notaba que sabía de qué iba el asunto.

—Me cago en la puta. —Marcos se atragantó con el humo y tosió.

Cuando terminó de tocar la canción y se levantó, tardé unos segundos en conseguir salir de mi asombro y dar un paso hacia él para tenderle la mano y anunciar:

—Bienvenido a Los Imperdibles Azules.

—Gracias. —Parecía un crío ilusionado.

—Ensayamos por las tardes —le dijo Marcos—. Y tenemos actuaciones cerradas para los próximos fines de semana, ¿crees que podrás ponerte el día?

El chico asintió y yo lo observé mientras Marcos le explicaba la dinámica.

Entonces todavía no sabía que Carlos sería la luz del grupo y que, bajo aquella apariencia de niño de mamá, tenía más personalidad que nosotros dos juntos. Durante las siguientes semanas, fuimos conociéndonos. Pronto supimos que su familia poseía una empresa de productos lácteos, que era aficionado a coleccionar sellos y que había estudiado en el Liceo Francés y conocía a varios miembros de Nacha Pop porque coincidieron en algunos actos escolares. Había desarrollado su amor por la música desde pequeño debido a que su tía era una conocida pianista, pero, gracias a los viajes que hizo con su hermano mayor a Londres, él se interesó por grupos más extravagantes y desenfadados. De los tres, pronto quedó claro que era el único que de verdad sabía algo de música y, con el paso del tiempo, su opinión pasó a ser la que más se tenía en cuenta porque se lo ganó a pulso.

Bastante después, nos enteramos de que Carlos dejó de hablarse con su padre cuando empezó a formar parte del grupo. La situación fue la siguiente: al contarle a su viejo que quería tocar la batería, este le dijo que si lo hacía no se molestase en volver a casa. Así que el día que le dimos la bienvenida, él recogió sus cosas y se fue a vivir con su abuela, que tenía un piso a las afueras de Madrid, a tomar por culo. Cada día hacía más de hora y media de ida y otro tanto de vuelta para venir a ensayar. No tardé en darme cuenta de que, bajo aquella apariencia endeble, se escondía el tío más testarudo que he conocido jamás. Si algo se le metía entre ceja y ceja, no había vuelta atrás. Años más tarde, en una entrevista me pidieron que contase alguna anécdota y le expliqué al periodista que, una vez, en plena gira, Carlos dijo que le apetecía un chicle de menta. Tocábamos en un pueblo pequeño, no había ningún local abierto donde los vendiesen. Pero a las tres de la mañana, cuando terminamos, cogió la furgoneta con todo el equipo dentro y se fue hasta el quinto pino para encontrar una gasolinera donde tuviesen los malditos chicles. Apenas durmió esa noche.

En realidad, dormía poco en general. Y tenía mucho aguante, sobre todo porque era el único que no se metía nada. Marcos y yo dejamos de ofrecerle pronto, pero cuando algún compañero de otro grupo lo tentaba con algo, Carlos respondía con un seco «no, gracias». Ni siquiera fumaba. Nosotros sobrevivíamos alternando entre anfetas y váliums, pero él se mantenía a flote sin nada durante los largos viajes en carretera sin pegar ojo.

Pero lo que marcó la diferencia fue que con Carlos no solo encajamos en lo personal, sino también en lo musical. Él le sacaba brillo a las ideas toscas que nosotros teníamos. Nos hacía mejores, aunque nunca intentó cambiar la esencia del grupo porque también era la suya. En los directos se divertía como el que más, hacía redoble de tambores con la batería antes de que Marcos contase uno de sus chistes y al público le encantaba la mezcla que ofrecíamos, porque si algo tuvo aquella época fue que no importaba si eras roquero, punk, mod o que te pusieses un gorro lleno de plumas en la cabeza; por primera vez, todos convergíamos en el mismo ambiente. Había unión entre los jóvenes, tanto en la vida nocturna como en las calles.

Decidimos presentarlo en sociedad unas semanas más tarde, tras un concierto en el Ateneo Libertario del barrio de Prosperidad que fue sorprendentemente bien para el poco tiempo que habíamos ensayado desde la llegada de Carlos al grupo.

Fuimos a El Penta para disfrutar de lo que quedaba de noche. Nos acompañaba Juliette, Martina y mi hermano, pero una vez allí nos encontramos con más amigos. El local estaba siempre lleno de artistas de todo tipo, veíamos habitualmente a Alaska con Kaka de Luxe, a los tíos de Burning, Las Chinas, Paraíso, Mamá o los Nacha Pop, que aquel viernes saludaron a Carlos y se quedaron a tomar una copa con nosotros. Estaban comentando que un tal Jesús Ordovás que trabajaba en la revista *Disco Expres* estaba por el local, pero aquel día no coincidimos con él; poco después, se convertiría en uno de nuestros grandes impulsores.

—Oye, Carlos, ¿una de uranio? —le preguntó Marcos.

—¿Uranio? —Se le veía algo perdido en medio de aquel ambiente lleno de gente con ropas llamativas, pero, al mismo tiempo, parecía tranquilo, como si hubiese decidido que aquel iba a ser su sitio y viniese a reclamarlo sin dudar.

—¿No sabes lo que es?

—Sí, un elemento químico metálico de la serie de los actínidos y que tiene el mayor peso atómico de entre todos los elementos que se encuentran en la naturaleza.

Hubo un silencio sepulcral a nuestro alrededor. Marcos pestañeó confuso antes de echarse a reír y palmearle la espalda con ímpetu. Decidió ponérselo más fácil:

—¿Un chupito?

—No bebo, gracias.

—¿No bebes? —No recuerdo quién gritó aquello, pero sí que todo el mundo lo miró como si fuese un puto extraterrestre al que acabasen de salirle dos cabezas. Así que le rodeé los hombros con un brazo y lo atraje hacia mí, porque por aquel entonces ya había decidido que el chaval me caía demasiado bien como para dejar que nadie de fuera del grupo se metiese con él. Solo entre los miembros de Los Imperdibles Azules estaba permitido putearse.

—Os presento al tío más inteligente y útil que conozco. Se asegura de no hacer el ridículo y de que a los demás no nos roben la cartera cuando vamos borrachos.

—¡Por Carlos! —Marcos levantó su copa.

No sé por qué, pero acabó brindando media sala.

Y, así, de la noche a la mañana, los tres nos convertimos en un equipo que iba mucho más allá del grupo, del momento y de la edad, porque esa amistad perduraría para siempre.

19

JULIETTE
JARDÍN DE ROSAS (DUNCAN DHU)

Estábamos a finales de agosto cuando Lucas apareció una mañana sin avisar en la puerta de mi apartamento. Yo llevaba puesta encima una camiseta vieja que no llegaba a cubrirme los muslos y su mirada resbaló por mis piernas antes de esbozar una sonrisa traviesa.

—Quizá podamos salir un poco más tarde.

—¿De qué estás hablando? —bostecé.

—Da igual, ya nos divertiremos en el hostal. Recoge tus cosas, ¿tienes alguna bolsa de viaje pequeña? Necesitarás un bañador, el cepillo de dientes y ropa. Nos vamos de escapada.

Me acababa de despertar, así que estaba todavía algo confusa mientras Lucas se dirigía a mi habitación y revolvía en mi armario hasta sacar un par de vestidos.

—No me dijiste nada de esto...

—Es la gracia de las sorpresas.

Se giró hacia mí, deslizó los dedos por mi nuca y me dio un beso largo. Él, desde luego, estaba muy despejado y a mí me espabiló el contacto con sus labios. Así que, media hora más tarde, le dejé una nota a Martina y el sol reluciente de verano nos recibió al salir al portal. Justo delante había aparcado un Renault 5 de un verde desgastado que Lucas palmeó con cariño. Mientras se incorporaba a la carretera, me contó que había sido una ganga de segunda mano y que había decidido que teníamos que estrenarlo juntos. Era un día espléndido, de esos en los que el cielo es de un azul profundo, las nubes parecen de algodón y los pájaros cantan alrededor como si todo fuese una película de dibujos animados. O así era como vivía las cosas entonces, cuando tener a Lucas al lado me hacía sentir pletórica. Iba sin peinar y no me había maquillado, pero no solía preocuparme por mi aspecto estando con él, porque en el reflejo de sus ojos me veía grandiosa. Paramos a repostar un rato más tarde y acabamos en un bar de carretera que estaba en tal estado de decadencia que parecía casi abandonado. Comimos algo antes de seguir.

—Juliette, coge el mapa de la guantera.

Lo busqué y luego lo desdoblé con cuidado.

—¿Qué necesitas que mire? —pregunté.

—Hay un punto señalado en rojo, comprueba si me he pasado la entrada o todavía nos falta para llegar. —En el interior del coche hacía un calor sofocante y los dos estábamos sudorosos—. ¿Lo encuentras o no?

—Mierda, Lucas, ¿quieres esperarte? —gruñí.

—¿Sabes quién no va a esperarnos? Ese desvío.

—¿Tú eres idiota o qué te pasa?

—¿Me has llamado idiota?

—Te estoy diciendo que no encuentro la maldita carretera que dices, quizá si te lo hubieses preparado antes de salir no estaríamos ahora así.

—¡Es un mapa, no un puto crucigrama!

—¿Quieres cerrar la boca?

—¡A la mierda!

Lucas se metió en el primer desvío que apareció. El coche chirrió por el brusco giro y, como era una carretera vieja y llena de baches, dimos varios botes. Lo fulminé con la mirada.

—Ve-más-despacio —siseé.

Él resopló malhumorado antes de frenar a un lado del arcén. Me quitó el mapa de las manos, cogió un cigarrillo y salió del coche. Se lo fumó con parsimonia mientras comprobaba la ruta con el mapa extendido sobre el capó. Yo me quedé dentro a pesar del asfixiante calor tan solo para dejar claro que seguía enfadada.

Sí, esa parte era la otra cara de la moneda. Pero ¿qué relación no la tiene?

Que estuviésemos locos el uno por el otro no tenía nada que ver con nuestras discusiones, aunque sí con lo mucho que nos gustaba reconciliarnos después. Teníamos roces que hacían saltar alguna chispa, temporadas peores que otras y cosas en las que no estábamos (ni estuvimos nunca) de acuerdo. Los dos éramos testarudos y rencorosos; si he de ser sincera, especialmente en mi caso. Él les daba menos importancia a las cosas, pero a mí se me enquistaban en lugares que luego no conseguía alcanzar para sanarlos. Su impulsividad era en ocasiones el detonante para que todo saltase por los aires.

Cerró la puerta con fuerza al entrar en el coche.

—¿Borrón y cuenta nueva? —preguntó.

—Ya veremos... —Me puse con dignidad las grandes gafas de sol y continué mirando al frente—. Arranca y me lo pienso por el camino.

Unas horas más tarde, nos adentramos en la Tinença de Benifassà y nos recibió un entorno salpicado de tejos, hayas, acebos y pinos negrales sobre los que planeaban un par de águilas. Las montañas parecían abrigadas por espesas bufandas verdes.

Me asomé por la ventanilla.

—Ten cuidado, Juliette.

Cogí su mano, que estaba sobre el cambio de marchas; un gesto bastó para que volviésemos a estar en sintonía y disfrutásemos juntos del paisaje. El agua del embalse de Ulldecona centelleaba bajo el sol del atardecer cuando lo dejamos atrás; allí el viento que se colaba dentro del coche olía a verano, tierra húmeda y libertad. No nos habíamos cruzado con ningún otro vehículo desde hacía un buen rato y daba la sensación de que aquel lugar estaba perdido entre las montañas que lo rodeaban, aislado del resto del mundo. Me gustaba ese aire salvaje y misterioso que se respiraba en cada curva que dejábamos atrás. El camino era demencial. Lucas no dejaba de maldecir por lo bajo porque el coche se ahogaba cuando había pendientes muy pronunciadas. Dejamos atrás un cartel donde se leía «Ballestar» y que conducía a una pequeña aldea de casas de piedra que se alzaba en una llanura. Continuamos hasta llegar a La Pobla de Benifassà y aparcamos en la entrada del pueblo.

No tardamos en encontrar el único hostal que había y preguntamos si quedaba alguna habitación libre. La mujer, rechoncha y vestida con una bata de color azul marino y lunares blancos, nos miró con cierta desconfianza como si fuésemos dos forasteros de tierras lejanas y, finalmente, dijo que le quedaba una libre, pero que tendríamos que pagarle por adelantado. Era evidente que no se fiaba de nosotros. Lucas sacó el dinero de la cartera mientras yo le preguntaba por la zona y ella me informaba de que en veinte kilómetros a la redonda tan solo existía un bar, así que no teníamos que molestarnos en tomar ninguna elección.

La habitación era austera y minúscula, pero me maravillaron las paredes de piedra de aquella casa de pueblo y el cambio de temperatura al entrar, como si penetrases en una cueva. La cama de matrimonio estaba vestida con la colcha más fea que he visto jamás y el baño era tan pequeño que no cabían dos personas dentro.

—¿Y si no llega a tener habitaciones libres?

Lucas alzó una ceja como si no entendiese de qué estaba hablando, pero al ver mi ceño fruncido al final se acercó y me meció entre sus brazos con su habitual sonrisilla, esa que siempre lograba que pasase por alto todo lo demás.

—Es parte de la aventura —replicó.

—Tienes suerte de que me encante.

Él se inclinó para buscar mis labios.

—Deberíamos estrenar esta cama.

No le discutí eso. Caímos sobre la colcha y nos desnudamos el uno al otro con prisa. Fue como siempre con Lucas: intenso, placentero y divertido. El sexo había adquirido otros matices desde que estábamos juntos. Y había cambiado mi forma de enfrentarme a él. Ya no se trataba de un trámite ni de algo vacío. Era fascinante. Más allá de las hormonas disparándose, nuestras manos buscándose y un intercambio de saliva, aquello era un instante de conexión sin interferencias. Entonces, no había nada más alrededor que ocupase mi cabeza, el gusano estaba lejos, las ganas no le permitían el pase a ninguna otra emoción, y su piel rozando la mía me hacía sentir en la cima del mundo.

Al caer la noche, bajamos a cenar al bar del pueblo. No había mucho donde elegir: o chuletas de cerdo o chuletas de cordero; le pedí que estuviesen muy hechas y me sirvieron un trozo de carne carbonizada. Lucas se echó a reír mientras me veía quitarle la parte churrascada con el cuchillo. Había una radio encendida y estaban retrasmitiendo un partido de fútbol, pero ninguno de los dos sabíamos quién jugaba; los hombres sentados en la barra sí parecían atentos al resultado y blasfemaban cada vez que el árbitro paraba el juego.

Al acabar, Lucas me dio las llaves de la habitación.

—Ve subiendo, ahora te alcanzo.

Estaba tan cansada que no se lo discutí. Me puse algo de ropa cómoda, cogí un libro que había metido en la bolsa y me tumbé en la cama. Lucas apareció casi veinte minutos más tarde con un cuenco en las manos y una sonrisa satisfecha.

—¿Qué es eso?

—Medio pueblo se ha reído de mí cuando he preguntado en el bar y, tras dejar una propina más que generosa, me han mandado a casa de la Bernardina, una vecina que por lo visto es la pastelera y estaba dispuesta a echarme una mano...

Se dejó caer a mi lado y me ofreció el cuenco lleno de fresas con nata. Se me escapó una carcajada ronca. Años más tarde, una jovencita llamada Lulú a la que quise mucho me preguntó cómo podía saber si estaba delante del amor de su vida y le contesté sin dudar: «Porque te hará reír hasta que te vuelvas adicta a ese golpe de felicidad. Y notarás la complicidad; le mirarás, te mirará y los dos os entenderéis sin palabras».

Nos comimos las fresas en aquella habitación cutre.

—Mirarte ahora mismo es como abrir la *Interviú*.

—Eres un payaso. —Le di un codazo y forcejeamos entre risas antes de que Lucas consiguiese trepar por mi cuerpo y me apartase el pelo revuelto de la cara.

—Lo digo en serio, Juliette. Eres preciosa.

Tragué saliva al ver su mirada de adoración.

—Antes odiaba mi nariz.

—¿Por qué? —Lucas me la tocó con los dedos, primero la punta, luego subió por el puente algo desviado hasta el entrecejo y volvió a bajar lentamente.

—Es grande y vulgar.

—No sabes lo que dices.

Me besó la nariz con ternura y nos miramos en el silencio apacible de la habitación. Mechones de cabello oscuro se le escurrían por la frente y la barba incipiente dibujaba sombras en su mentón; se lo acaricié con las manos porque me gustaba el tacto punzante.

—¿Nunca te has sentido inseguro?

—Sí, muchas veces. —Bajó el tono de voz como un niño revelando un secreto—. Cuando era más joven me daban miedo las peleas, a pesar de ir de chulo por el barrio. Así que, una noche, estando en el bar Leandro con unos colegas, busqué adrede un enfrentamiento con un macarra borracho que siempre andaba liado por ahí en alguna movida. Le estuve picando hasta que me partió la nariz.

—¿Por qué hiciste eso?

—Porque quería saber qué sentiría y quitarme ese miedo de una vez por todas. Al fin y al cabo, solo tememos lo que desconocemos. Como la muerte, por ejemplo. Si supiésemos exactamente qué ocurre cuando la palmamos, dejaría de importarnos tanto.

Hundí los dedos en su pelo oscuro.

—Lucas... Creo que te quiero.

Sonrió como si acabase de tocarle la lotería. Nunca se lo había dicho antes, ni siquiera cuando él me lo susurró semanas atrás después de hacer el amor. Estaba asustada, pero la ilusión ganaba la batalla, aunque, como Lucas bien había dicho, es pura supervivencia temer aquello que no conocemos y hasta ese momento había querido a muy pocas personas, casi me sentía como si estuviese haciendo prácticas y necesitase que me convalidasen algunas asignaturas. Pero con él..., con él bajé todas mis murallas.

Sentí vacío cuando se separó de mí para levantarse y buscar algo en su bolsa de equipaje. Tumbada en la cama, distinguí cierta inquietud en sus ojos cuando se incorporó.

—No pensaba hacer esto hoy... —Tragó saliva—. Quiero decir, que tenía previsto que fuese mañana, ¿sabes? Quería llevarte al pantano y preparar un pícnic para comer algo después de darnos un baño y..., bueno... —Se acercó y abrió una caja pequeña que tenía en las manos hasta descubrir un anillo de plata—. Te pedí que me dejases tres meses para pensármelo, aunque me hubiese bastado con un par de semanas... Y el anillo es de mi madre, pero te prometo que te compraré uno mucho mejor...

—Lucas... —No me salía la voz.

—Cásate conmigo, Juliette.

Estaba loco. Estaba completamente loco si pensaba que podía plantarse así delante de mí y pedirme que me casase con él cuando tan solo llevábamos tres meses saliendo juntos, menos de lo que duraba cualquier cursillo básico de repostería.

Pero ¿sabes qué? Yo estaba todavía más loca que él.

Porque fui la chica más feliz del mundo al decir «sí».

MATERIAL DE ARCHIVOS: 1978

Artículo revista **Disco Expres,** *diciembre 1978.*

Los protagonistas de la nueva ola

Algo se está cociendo entre las calles de Madrid desde hace un tiempo. Grupos nuevos que pisan con fuerza y llegan dispuestos a reivindicar su lugar en medio del panorama musical. Tras unos años llenos de rock *que han dado paso a Ñu, Paracelso, Leño, Burning o Mermelada, por citar a un puñado de ellos, empiezan a surgir canciones gamberras e insolentes, tan provocativas como aquellos que las entonan; es el caso de Kaka de Luxe, formado por un conjunto de jóvenes que, si bien no son especialmente virtuosos, suplen con creces ese escollo con un aspecto extravagante no lejos de su actitud. Mención especial merecen Radio Futura y Nacha Pop, dos grupos que prometen sorprendernos y que parecen tener claro hacia dónde se dirigen sin que les tiemble el pulso. Y no me olvido de Los Imperdibles Azules: descarados y tan divertidos sobre el escenario que es imposible ir a verlos y no rendirse ante el grito de «¡Explo-Explosivos!». Además, corre el rumor de que han fichado por Polydor, ¡no les perderemos la pista!*

¿Quién es la chica de los pantalones amarillos?

Quedamos en el Café Barbieri para entrevistarnos con Julie Allard, la joven del momento que ha conquistado con una mirada a los espectadores de todo el país. Ella se sienta en uno de los sillones rojos, pide una manzanilla y se echa dos de azúcar antes de mirarme expectante. Me dice que esta es su primera entrevista, así que le pregunto si está nerviosa, pero niega enfáticamente con la cabeza. En persona, resulta todavía más fascinante y misteriosa de lo que se deduce en pantalla. Es innegable que tiene algo especial.

Entrevistador: ¿Quién se esconde tras ese nombre tan exótico?

Julie: En realidad, en Francia es de lo más común. Significa 'la que es fuerte de raíz'.

Entrevistador: ¿Te consideras una mujer fuerte?

Julie: (Sonríe) Sí, mi abuela solía decir que desde pequeña tenía las cosas muy claras, porque cuando me daban el biberón me negaba a tomármelo si la leche estaba caliente o fría, la prefería templada. Creo que la fortaleza tiene mucho que ver con la determinación.

Entrevistador: ¿Siempre quisiste ser modelo?

Julie: No, fue algo inesperado. Estaba visitando una galería de arte, el dueño me preguntó si me gustaría posar para el pintor Benjamín Pérez y dije que sí. Cuando terminó el retrato, me dio la tarjeta de un agente y ahí empezó todo.

Entrevistador: Deduzco que te gusta el arte...

Julie: Soy una admiradora de Dalí, Miró o Tàpies, pero también me interesan artistas menos conocidos, como Angélica Vázquez o las Costus, su técnica del collage *me resulta muy llamativa. Y admiro el trabajo de Guillermo Pérez Villalta o Quico Rivas. En este país, el problema no es el talento, sino qué se hace con él.*

Entrevistador: *¿Qué quieres decir?*

Julie: *El arte puede llegar a ser un negocio, pero necesita apoyo y proyección. Por ejemplo,* Trazos, *dirigido por Paloma Chamorro, era un programa de actualidad artística, pero por desgracia dejó de emitirse hace algunos meses. Su trayectoria fue cortísima. Y son imprescindibles más galerías como Vandrés o Juana Mordó.*

Entrevistador: *Así que no eres solo una cara bonita...*

Julie: (me mira desafiante) *¿Lo eres tú?*

Entrevistador: *Por lo que veo, «la chica de los pantalones amarillos» también tiene un gran sentido del humor y un ingenio agudo. ¿Qué puedes contarnos sobre el anuncio?*

Julie: *Fue la oportunidad de mi vida hace años, aunque debido a una serie de problemas tuvo que retirarse. No esperaba tener la misma suerte, pero la marca quiso volver a contar conmigo y acepté sin dudar. Les agradezco su confianza.*

Entrevistador: *¿Alguna anécdota durante la grabación?*

Julie: *Los pantalones eran de vinilo, ese día hacía muchísimo calor y me picaba todo el cuerpo, pero no me dejaban rascarme porque arrugaba la tela.* (Risas)

Entrevistador: *En el último mes, te ha fichado una marca de cosmética y estás en boca de todos. ¿Con qué sueña Julie Allard? ¿Qué aspira conseguir?*

Julie: (Se lo piensa) *Quiero dejar huella.*

Entrevistador: *¿En el mundo?*

Julie: *No. En alguien.*

1979 - 1981

22

JULIETTE
EL IMPERIO CONTRAATACA (LOS NIKIS)

Mi abuela solía sentarse en el sillón que estaba al lado de la ventana del salón para ponerse a tejer. Lo hacía con manos hábiles. Las agujas se deslizaban con suavidad movidas por esos dedos expertos y arrugados; a sus pies descansaba una bolsa de tela con los ovillos de lana que iban convirtiéndose en bufandas o diminutas prendas para bebés que luego repartía entre los hijos o nietos de sus amistades. Una vez, contemplándola absorta mientras el sol le acariciaba la cara, pensé que la vida era un poco como ese trozo de lana que tenía encima del regazo. En primer lugar, todavía no estaba muy claro qué era, ¿un gorrito?, ¿el comienzo de un suéter? ¿unos patucos? Probablemente aún estaba a tiempo de decidirlo. Los inicios son así, abiertos, un camino amplio que más tarde se va estrechando lentamente hasta que, un día, terminas dentro de un túnel y el lugar es tan estrecho que apenas puedes moverte.

Y punto, punto, punto, hasta que ¡zas!, te saltas uno. No te has dado cuenta, estabas distraída pensando en tus cosas, pero de repente tienes un agujero irreparable.

Por aquel entonces, mi historia de lana parecía compacta. Aún no sabía que, cuando años más tarde echase la vista atrás, encontraría todos esos huecos entre la tela de colores. Aquella fue una época dulce, no tenía tiempo para detenerme porque estaba demasiado ocupada viviendo junto a Lucas en un tren que iba a toda velocidad. Supongo que, en el fondo, siempre fue evidente que terminaría descarrilando. Pero en esos momentos aún estábamos sobre las vías y, a finales de 1978, nos enfrentamos a numerosos cambios: la compañía discográfica Polydor había fichado al grupo, y un poco antes, con la llegada del otoño, se lanzó el anuncio que grabé meses atrás.

Tuvo un impacto arrollador.

Fue así de simple: cualquier persona que tuviese televisor conocía mi cara. «La chica de los pantalones amarillos» dejó de poder ir a tomarse un café, comprar o visitar una galería sin sentir las miradas curiosas de la gente de alrededor. La gran mayoría no decían nada, tan solo observaban. Los más atrevidos se acercaban a preguntarme si estaban en lo cierto o tan solo guardaba un gran parecido con la joven del anuncio. En un par de ocasiones contesté: «Je ne comprends pas» antes de salir corriendo. Porque mi relación con la fama fue igual que casi todos mis demás vínculos: tóxica y tan caótica como incomprensible.

A una parte de mí, quizá la que estaba llena de luz, le gustaba el reconocimiento que leía en los ojos de los demás. Ya no era transparente ni Julie el espagueti, sino Julie Allard, la chica que empezaba a hacerse un hueco en el panorama nacional. Mi padre, que había estado ausente durante los últimos años, me llamaba con más frecuencia, una de mis primas francesas comenzó a escribirme cartas y cada domingo, cuando iba a comer a casa de los padres de Lucas, ellos me miraban con orgullo.

Es fácil acostumbrarse a ser el centro de atención.

Pero ¿sabes a quién no le gusta ni una pizca? Al gusano ovillado que seguía viviendo en mi cabeza. Ese lado de mi alma nunca se llevó bien con el éxito, la fama y las expectativas. Me gritaba cosas como: ¿Por qué no deja de mirarte toda esta gente?, ¿por qué tienes que sonreír a un montón de desconocidos?, ¿por qué no puedes hacerles una peineta y largarte?, ¿por qué creen conocerte cuando jamás han hablado contigo?, ¿por qué deberías dar ejemplo, estar siempre impecable, responder correctamente en las entrevistas y ser perfecta?

Lucas jamás tuvo ese problema: él adoraba a la gente. O, dicho de otra manera, aceptó los cambios con naturalidad: terminaba de dar un concierto y se tomaba una copa con cuatro del público o le pedía un cigarrillo a la chica de la primera fila que gritaba su nombre. Se permitió ser transparente delante de la multitud; algo que, en mi caso, estuve lejos de conseguir. Era más reservada, más cauta, más introspectiva.

Pero, por aquel entonces, cuando brindamos celebrando la llegada del nuevo año, todo eso aún me importaba bien poco.

Estaba borracha de Lucas. Junto a él me sentía exactamente como el champán burbujeante que bebimos. La pasión no había disminuido ni un ápice durante los meses que llevábamos prometidos. El amor que sentía por él comenzó a madurar; sus raíces dejaron de ser endebles y se extendieron hasta alcanzar órganos vitales.

Una noche de enero, tumbados en la cama, le dije:

—Voy a empezar a tomar la píldora.

La habían legalizado meses atrás.

Lucas sonrió y se encendió un cigarrillo. Parecía relajado, con el pecho desnudo a pesar del frío. Habíamos salido a tomar algo antes de acabar en su casa, así que los dos estábamos un poco idos. En esa época, a decir verdad, era lo habitual. Cuando te acostumbras a vivir con la sensación de tener la cabeza en las nubes, es difícil renunciar a eso y bajar los pies al suelo. Ahí arriba todo es mucho más liviano; puedes ser etérea y dejarte llevar por suaves corrientes de aire.

—Vale, aunque quizá pronto no te haga falta.

—¿Por qué dices eso? —Me eché a reír.

—Tendremos hijos, ¿no? —Lucas apagó la colilla en el cenicero de la mesilla y luego ahuecó la almohada sin siquiera mirarme, como si fuese una pregunta retórica.

La idea flotó por encima de mi cabeza como una pompa de jabón y se quedó suspendida ahí durante un largo minuto hasta que de pronto estalló. Parpadeé confusa. Tener hijos. Tener-hijos. Tenerhijos. Repetí mentalmente esas dos palabras con distintas entonaciones, como si así pudiese valorarlas desde varios ángulos. Jamás me lo había planteado en serio hasta ese momento. A decir verdad, los niños en general no me gustaban; me parecían un incordio, y siempre estaban llenos de mocos y babas y todo tipo de sustancias no identificables. Pero en esa ecuación mental nunca había entrado Lucas. Entonces, con él sumando, pensé que quizá sería agradable. ¿O no? Tenía muchas dudas.

—¿Cómo puedes tenerlo tan claro?

—Porque siempre he querido ser padre. Y ahora sé que quiero serlo contigo. Si dependiese de mí... —siguió diciendo al tiempo que sus dedos se colaban por debajo de mi camiseta—, empezaríamos hoy mismo. Así a lo loco.

—Sería la guinda del pastel para darles la razón a todos los que piensan que hemos perdido la cabeza. —Me reí retorciéndome cuando me hizo cosquillas en la tripa.

—Me la suda lo que crea la gente.

—Y a mí. —Lo abracé.

Los comentarios llegaron poco después de nuestro compromiso. Primero fueron los padres de Lucas quienes se mostraron un tanto sorprendidos por lo repentino que había sido todo, pero semanas más tarde, cuando asimilaron la noticia, su madre estaba tan emocionada que empezó a agobiarme la idea de hablar todo el día de velos, vestidos, banquetes y cosas por el estilo, razón por la que decidí drásticamente que sería una ceremonia sencilla e íntima. Y fijamos la fecha para finales de marzo, coincidiendo con nuestro primer aniversario. Si hubiese dependido de Lucas, habría aspirado a celebrar una boda por todo lo alto, con fuegos artificiales incluidos, porque a él le gustaba hacer las cosas a lo grande, en plan hortera.

Martina había sido la primera en dejar caer indirectas.

«Pasas demasiado tiempo con Lucas».

«Te destrozará el corazón, ¿lo sabes?».

«Ten cuidado, Julie. Es un hombre. Y los hombres piensan con la polla. ¿Qué ha pasado con la chica que conocía y que decía que jamás caería en ese juego?».

Pasaba que me había enamorado. Eso era algo que Martina no entendía. Ella seguía tonteando con chicos distintos cada vez que salíamos y acostándose de vez en cuando con su agente, así que le parecía de lo más aburrida mi historia con Lucas. «¿No te cansas de ver siempre lo mismo cuando lo desnudas? Tiene que ser soporífero». Yo me reía para quitarle importancia, pero me molestaba su actitud. Alegrarse por la felicidad ajena debería ser un requisito fundamental en la primera línea del currículum de la amistad.

No mucho después, una noche que estábamos en El Penta celebrando la mayoría de edad de Carlos, todos se rieron cuando alguien preguntó dónde se había metido Lucas y Marcos contestó: «La mejor forma de encontrarlo siempre es buscando una melena rubia». Desde entonces, se convirtió en la gracia habitual del grupo cada vez que le perdían la pista.

Y el día que le conté a mi madre que iba a casarme, se le cayó de las manos el cuenco de cerámica y la sopa de tomate salpicó toda la cocina. Un momento inolvidable, desde luego. Llamó a la asistenta para que lo limpiase todo, cogió su paquete de tabaco con cigarrillos franceses largos y carísimos y me pidió que la siguiese hasta el saloncito de aquel piso céntrico donde vivía con su pareja actual, un hombre adinerado y amable llamado Rafael.

—¿Has perdido la cabeza?

—No.

Abrió la ventana y se puso de puntillas para tirar el humo hacia la calle, porque Rafael no soportaba que fumase y, en teoría, ella lo había dejado hacía meses.

—Ni siquiera sabía que salieses con nadie.

—Te hablé de Lucas...

—¡No pensé que fuese algo serio!

—Pues lo es.

—Julie, cariño...

Y me miró como si fuese mi madre. No debería sorprenderme algo así, dado que técnicamente lo era, pero me dejó clavada en el sitio.

—Eres demasiado joven... —prosiguió.

—No tanto.

—Y lleváis juntos poco tiempo.

—Aún no vamos a casarnos.

—Ni siquiera sabes lo que es el amor.

—¿Y acaso tú sí? No me hagas reír.

—Sigo intentando descubrirlo, eso es cierto, pero tengo mucha más experiencia que tú. Y lo único que sí tengo claro es lo que no es amor. La pasión, por ejemplo. ¿Sabes de lo que hablo? Dos cuerpos atrayéndose como imanes hasta chocar; a veces, no es solo cosa de la carne, va más allá, una conexión mental. ¿Entiendes por qué lo sé? —Negué con la cabeza y ella alzó la barbilla para tirar otra vez el humo del cigarrillo mientras movía la mano en el aire intentando dispersar inútilmente el olor—. Porque te tengo delante de mis narices.

—¿Y eso qué tiene que ver?

—Todo el mundo piensa que su pasión es «única», pero déjame decirte que es una historia que se repite una y otra vez, da

igual los siglos que pasen, en la antigua Grecia ya había desenga-
ños, traiciones, amantes y guerras por amor. No vas a inventar
nada nuevo, Julie. Créeme, sé lo que es enamorarse locamente de
alguien. Y también sé lo que es que después ese alguien te aban-
done con un bebé de dos meses. Y colorín colorado este cuento
se ha acabado. —Apagó la colilla en el agua de un jarrón con
flores y después la enterró en un macetero cercano como una
chiquilla que disfruta saltándose las reglas.

—¿Qué opina Rafael sobre el nuevo abono?

—Piensa que es cosa de su hijo adolescente.

—La cuestión es... que le quiero —admití.

—¿Y acaso crees que yo no quise a tu padre? ¡Maldita sea,
Julie! Tenía dieciséis años y me fugué con él. Podría haberme
echado atrás. Tu abuelo no habría dudado ni un segundo en
llevarme a una de esas clínicas para abortar. Borrón y cuenta
nueva, la niña arreglada.

Nunca habíamos hablado del tema con tanta franqueza. En
general, Susana no solía sacar el pasado a la luz si no era para
despotricar contra mi padre. El insulto que más le gustaba de
todos era «ese desgraciado», lo pronunciaba con un deje de desdén en la «d» inicial.

—¿Por qué no lo hiciste? —pregunté.

—Admito que me lo planteé, pero tan solo durante un segundo. ¿No lo entiendes, Julie? Aunque fuiste un imprevisto, creía
en nosotros como familia. Pensaba que podríamos sobreponer-
nos a cualquier problema siempre y cuando estuviésemos juntos.
Era una cría. Cuando llegué a Francia, me di cuenta de las pocas
nociones que tenía del idioma. Tu padre intentó que me integra-
se al principio, pero pronto se cansó y empezó a salir con sus
amigos y otras mujeres. Nunca me he sentido tan sola como en
los últimos meses de embarazo.

«Lucas jamás haría algo así», quise decirle.

—No me lo habías contado.

—Digamos que no fue una etapa agradable que me guste recordar. La cuestión es que cuando llegaste tú todo cambió. De
no ser por ti, creo que le habría perdonado cualquier cosa a ese
desgraciado, la idiotez es un efecto colateral del amor. —Cerró la
ventana y luego, como si no pudiese mantenerse quieta, empezó

a recolocar los almohadones de los sofás. El gesto me recordó a la abuela Margarita—. Al verte, supe que no podía condenarte a eso. Sabía que estarías mejor con los abuelos. Sin él. Y también sin mí.

—Mamá...

Rara vez la llamaba así, pero la palabra pareció escurrirse entre las dos como un bálsamo inesperado. Susana me miró emocionada antes de negar con la cabeza y suspirar.

—Lo que intento decirte es que las historias apasionadas siempre terminan en tragedia. Fíjate en Cleopatra y Marco Antonio, Bonnie y Clyde o Romeo y Julieta. El único amor que perdura en el tiempo es calmado, amable, casi silencioso.

Aquel día nos despedimos con la promesa de que la próxima semana le presentaría a Lucas. Y así lo hice. Nos invitaron a comer en un restaurante que estaba cerca del Parador y que tenía una extensa carta de arroces. La conversación fue fluida desde el principio: Rafael se interesó por la música que tocaba Lucas y Susana cayó rendida ante su encanto. Cuando decidimos marcharnos tras dar un paseo ya era media tarde. Nos acompañaron hasta el lugar donde habíamos dejado el coche aparcado y, mientras ellos se despedían, mi madre se acercó a mí y me colocó bien el pañuelo de lunares que llevaba anudado en el cuello. Fue un gesto extrañamente maternal que me hizo contener la respiración.

—¿Sabes una cosa? Quizá sea una locura tu historia con Lucas, pero... será tu locura, Julie, y nadie excepto tú misma debería decidir si vale la pena intentarlo. —Bajó el tono de voz hasta convertirlo en un susurro—. Y si al final sale mal y descubres que no existen los cuentos de hadas, príncipes y castillos, mi puerta siempre estará abierta para ti.

Aquello fue lo más bonito que mi madre me dijo en toda mi vida.

23

LUCAS
EL RITMO DEL GARAJE (LOQUILLO
Y LOS TROGLODITAS)

Entramos en el estudio en enero para grabar las maquetas del primer LP tras conseguir reunir un puñado de canciones que mereciesen la pena. Habíamos fichado a finales del año anterior con Polydor, sello filial de Phonogram; en lugar de firmar un contrato de tres discos con posible ampliación, como solía hacerse por aquel entonces, lo dejamos en uno porque ni nosotros ni ellos estábamos seguros de qué saldría de allí y si iba a merecer la pena. Dicho de otra manera: que no apostaban ni un duro por el grupo y, por nuestra parte, tampoco teníamos claro que quisiésemos comprometernos a largo plazo.

Fue todo muy rápido y atropellado.

Una noche, después de actuar en la sala Carolina, se nos acercó un hombre bigotudo llamado Agustín, nos dijo que trabajaba en una discográfica y nos dio su tarjeta:

—Tenéis potencial. Hace falta pulirlo, pero está ahí.

—¿Qué narices tenemos que pulir? —Marcos se tambaleaba—. Pulir se pulen los faros de un jodido coche, pero nosotros sonamos de puta madre y, además, no creo que...

—Claro. ¿El martes a las once estaría bien? —lo cortó Carlos.

Y tres días después nos plantamos en los estudios. El único que parecía controlar la situación era Carlos, así que le dejamos tomar las riendas. Llevaba más de medio año en el grupo, nos había demostrado con creces que era legal. Confiábamos plenamente en él. Supo responder cada una de las preguntas que nos hicieron en aquella primera reunión; sobre todo, dejó clara cuál era la esencia de Los Imperdibles Azules.

—No somos un grupo de pop.

—Vale —contestó Agustín.

—Ni de *rock*.

—Bien.

—Ni de punk.

—Comprendo...

—Y queremos que siga siendo así.

—Veremos lo que podemos hacer...

Así que, unos meses después, allí estábamos trabajando junto a Juanma, el productor que nos habían asignado. Era un hombre cordial que desde el principio nos ayudó a corregir algunos errores y que cedió cuando nos negamos a incluir músicos de estudio y una guitarra más, precisamente porque nuestro sonido se caracterizaba por ser muy visceral, pero, además, Marcos nunca se limitó a marcar el ritmo con el bajo, le daba protagonismo.

La maqueta del LP debut constaba de tres canciones: *Mi rubia*, *El amor es radiactivo* y *Avísame cuando amanezca*. De inmediato empezaron a sonar en la radio en los programas de Mario Armero, Jesús Ordovás y Rafael Abitbol.

El proyecto funcionó desde el principio y me gustaría pensar que tan solo por la música que hacíamos, pero, en realidad, también tuvo que ver que estuviese saliendo con «la chica de los pantalones amarillos» y que todo Madrid se girase a mirarla cada vez que íbamos cogidos de la mano o que asistía a uno de nuestros conciertos. Empezaron a llegarnos ofertas para que actuásemos en numerosas salas y nuestro caché aumentó tanto como nuestras cuentas corrientes. Como no habíamos buscado un nuevo mánager ni teníamos oficina de contratación, le preguntamos a Pablo si podría encargarse de gestionarlo:

—Pero si no tengo ni idea de todo ese mundillo...

—Ya eres representante, sabes cómo funciona el tema. Basta con que te asegures de que se hagan cargo del equipo y de pagarnos. Y te llevarás el veinte por ciento.

—No es una cuestión de pasta, Lucas.

—Venga, haznos el favor. —Carlos le dirigió una de sus penetrantes miradas, ese crío era capaz de conseguir convencer al presidente de que bailase algo ridículo delante del resto de los diputados—. Será algo temporal. Ya estamos buscando un mánager.

Pablo miró a Carlos dubitativo y al final asintió.

—Pero no quiero problemas, ¿entendido?

—Prometido —le aseguró Carlitos.

Unas semanas más tarde, volvimos al estudio para grabar el LP. Narea, que era el director artístico y quien se encargaba de las decisiones importantes, decidió apostar por nosotros. Había nacido en Chile, pero llevaba unos años viviendo en España. Y era muy joven, así que sabía lo que se estaba cociendo en la ciudad. No tenía nada que ver con los típicos ejecutivos de estudio de ideas conservadoras.

Como no éramos especialmente virtuosos, nos aconsejó que intentásemos destacar nuestras mejores cualidades. Carlos, por ejemplo, le daba consistencia a la base rítmica. Mi guitarra sonaba expresiva con las notas justas. Y la voz nasal de Marcos tenía garra, pero, además, cuando la acompañaba con algunos coros míos, conseguíamos un tono más ronco e íntimo que le restaba frivolidad a las canciones. En conjunto, teníamos fuerza, carisma, y el disco reflejaba lo bien que nos lo pasamos en el estudio durante la grabación, incluso a pesar de todos los problemas que fueron surgiendo sobre la marcha.

El primero de ellos fue culpa nuestra: estábamos muy verdes. Por aquel entonces, ni siquiera sabíamos grabar con una voz dentro del *playback*, Marcos siempre terminaba gritando como loco para hacerse oír por encima de la música.

—¿Funciona esa mierda? —preguntaba confuso.

—Lo estás clavando, tú sigue —le aseguré.

—Vale, es que no quiero cagarla. ¿Repetimos?

El segundo surgió porque nosotros queríamos que sonase como los grupos ingleses que tanto admirábamos y el resultado no se pareció. El ingeniero de sonido no estaba acostumbrado a trabajar con canciones que bebían tanto del punk y los medios técnicos y materiales tampoco daban para más. La acústica era regular y la escucha en el control terminó siendo irreal porque los monitores no mostraban la realidad. La base de mezclas estaba predefinida y así grabamos todo el elepé. La cara A constaba de *El amor es radiactivo*, a la que le habíamos hecho numerosas mejoras con la ayuda del productor y que elegimos de título, seguida de *¿Cómo te llamas?*, *Avísame cuando amanezca* y *Mi rubia* como cierre. En la cara B metimos *Estoy perdiendo el control*, *¡Chas!*, *Vallecas* y *Chica de ciudad*.

Y ahí fue cuando llegó el tercer problema: una vez cortado el acetato, la función más importante de las que desempeñaba el ingeniero de sonido, no nos convenció el resultado. No había graves ni agudos, estaba comprimido, se habían cargado la mitad de las frecuencias. Por aquel entonces, como las agujas eran muy caras, cortaban por arriba y por abajo, así que aquello era una carnicería. Accedieron a prensarlo de nuevo tras mucho insistir.

—Ha quedado bien —nos aseguró Juanma al final.

Carlos terminó asintiendo tras escucharlo a conciencia varias veces. Confiábamos en su criterio porque era objetivo, conocía nuestras limitaciones y sabía de música.

—Suena bastante aceptable —comentó.

Juanma se permitió relajarse un poco.

—¿Estáis listos para despegar?

Marcos imitó la salida de un cohete espacial. Se le daba bien fingir cualquier sonido que no fuese humano: un loro, elefantes, castañuelas, ruidos atmosféricos..., ¡qué sé yo! De no haberse dedicado a la música, podría haber sido cómico profesional.

El toque final de aquel primer trabajo con el que nos dimos a conocer fue, sin duda, la portada. Estoy convencido de que si hubiésemos hecho lo que el estudio quería el resultado no hubiese sido tan bueno. Ellos pretendían que saliésemos los tres posando en una calle de Madrid con mirada melancólica. Me negué desde el principio.

—Es aburrido —repliqué.

—Pero así es como se venden discos. Sois jóvenes y tenéis todos los dientes, tenemos que aprovecharnos de eso. La pose de chico malo nunca pasa de moda. O bien todo lo contrario: ¿creéis que Julio Iglesias triunfaría tanto si tuviese cara de avestruz?

—A mí me falta medio diente —intervino Marcos.

—Pues no sonrías cuando hagamos la foto.

—Tengo una idea mucho mejor —insistí, porque lo había visualizado en mi cabeza y tenía claro lo que queríamos—. Conocemos a un fotógrafo profesional que puede encargarse de esto, así que danos un par de días y lo hablamos.

Cuando aparecimos una semana después con las fotografías reveladas, al estudio no le gustaron. «¿Qué broma es esta?», preguntaron. Pero, finalmente, tras reunirnos con Narea y conseguir el visto bueno del director, accedieron a que el disco saliese con la portada que nos hizo nuestro amigo Koke. Fue rompedora, divertida y provocativa.

Salimos los tres, cada uno con su estilo particular: Marcos con unos vaqueros desgastados y una camiseta sencilla, Carlos vestido como un pijo a punto de asistir a la ópera y yo con mi inseparable chupa de cuero. Estamos en la cocina de la casa que por aquel entonces compartíamos con Toni, con las cortinas de ganchillo de su madre como telón de fondo y un cuenco lleno de fruta fresca sobre la encimera. Carlos mira a la cámara mientras abre la nevera, Marcos sujeta con la mano la sartén que hay al fuego en la que está haciendo una tortilla de patatas y yo salgo mordiendo una manzana ácida.

Y en letras de un verde gelatinoso: «El amor es radiactivo».

24

JULIETTE
VIVIR ASÍ ES MORIR DE AMOR (CAMILO SESTO)

Nos casamos el 27 de marzo. Ese mismo día, exactamente un año atrás, nuestros caminos se habían cruzado en El Penta. La boda fue rápida e íntima, apenas un puñado de invitados entre los amigos más cercanos y la familia, casi toda por parte de Lucas. Mi padre no vino, así que caminé hacia el altar cogida del brazo de Pablo, que rezumaba orgullo. Todo fue bastante atípico; elegí un vestido blanco corto de estilo ibicenco y los zapatos azules de mi abuela Margarita que atraían todas las miradas hacia mis pies. Lucas se pasó la mitad de la ceremonia con los ojos brillantes e intentando no llorar. Yo sonreía tanto que me dolían las mejillas. Estaba guapísimo. A diferencia de mí, él llevaba un traje clásico que le quedaba como un guante y no apartó la mirada de mi rostro en ningún momento, como si temiese parpadear y que todo se esfumase.

Celebramos el banquete en un restaurante de la sierra. Y concluimos el día en el lugar donde nos habíamos conocido. Invitamos a todos los clientes del local a un par de rondas y estuvimos bailando hasta entrada la madrugada. Se suponía que nosotros nos iríamos en algún momento a la habitación de hotel que teníamos alquilada, pero alguien propuso seguir con la fiesta en su casa y acabamos en un apartamento desconocido donde servían barra libre de cubatas y galletas de marihuana y de anfetaminas.

Recuerdo algunas cosas sueltas de esa noche: Marcos paseándose de aquí para allá sin camiseta y con un gato pardo en los brazos, un disco de The Who sonando a todo volumen, Martina bailando con un par de chicas encima de la mesa del salón de forma provocativa y que todo el mundo brindaba sin parar y gritaba «¡Que se besen, que se besen, que se besen!» hasta que, entre vítores, nos dimos el lote encima de uno de los sillones. Pronto la gente dejó de prestarnos atención para seguir a lo suyo. Me reí mientras le mordía el labio a mi marido. La palabra aún me sonaba rara, casi pasada de moda, pero me gustaba lo que simbolizaba. Lucas coló una mano bajo mi vestido y se me escapó un gemido.

—¿Te excita esto? ¿Que te toque delante de todos?

Debíamos de estar muy colocados, porque hundí los dedos en su pelo y lo atraje más hacia mí. Volví a besarlo. Sabía a Coca-Cola con ron. Sus dedos siguieron un camino ascendente y, lejos de avergonzarme, cerré los ojos invitándolo a continuar. Me sentía como si flotase envuelta en una neblina de placer.

—Juliette... —La voz de Lucas sonó ronca.

—¿Qué pasa? —Él tenía la camisa arrugada y sonreí cuando empecé a desabrocharle los primeros botones. A lo largo de la noche había perdido la corbata, porque recuerdo que la hizo ondear en el aire como si fuese un lazo de rodeo—. ¿Vas a echarte atrás, vaquero?

Le cambió la expresión cuando le abrí la camisa.

—Mierda. Nos vamos al hotel.

Se puso en pie levantándome en brazos y cogió un par de galletas de la mesa que se metió en el bolsillo antes de dirigirse hacia la puerta. No podía parar de reírme. Sabía que en el fondo Lucas jamás se atrevería a ir más allá, se le escapaba toda la fuerza por la boca. Y allí estábamos en nuestra noche de bodas, caminando entre carcajadas hacia Sol, donde conseguimos encontrar un taxi libre. Nuestras bocas volvieron a chocar en cuanto aterrizamos en el asiento trasero y el hombre que conducía chasqueó los dedos.

—Nada de tocamientos aquí dentro.

—Es mi esposa —replicó Lucas.

—Por mí como si es la Virgen María. Venga, que en cinco minutos llegamos. Os pongo algo de Camilo Sesto para animar el viaje. —Y empezó a cantar—: «Siempre me traiciona la razón y me domina el corazón, shalalala, y ya no puedo más, ya no puedo más...».

Lucas y yo nos ahogábamos de risa.

Al llegar al hotel, él seguía llevando la camisa desabrochada y la chica que estaba en la recepción alzó una ceja con gesto reprobatorio antes de darnos las llaves de la habitación. Empezamos a meternos mano en el ascensor, así que cuando entramos en la habitación no perdimos el tiempo.

—Nuestra primera noche como marido y mujer.

—Deja de hablar y haz algo —protesté impaciente.

Y lo hizo. Vaya si lo hizo. Si las paredes del hotel no estaban insonorizadas, probablemente fuimos el original despertador de la mitad del edificio. Ya amanecía cuando llenamos la bañera y nos metimos dentro. Habían dejado sales aromáticas que Lucas vació en el agua sin miramientos y una tarjeta felicitándonos por nuestro compromiso. Cada uno ocupó un extremo. Lucas atrapó mi tobillo y me masajeó el pie derecho.

—¿Y si no llego a decirte antes que nos fuésemos?

—Nos habríamos divertido públicamente, sabes mejor que nadie que me gusta probar cosas nuevas. —Reprimí una sonrisa. Me gustaba llevar a Lucas al límite porque, en el fondo, detrás de su chupa de cuero, su música punk y su actitud impostada de macarra, era un antiguo en muchas otras cosas. Yo me consideraba más atrevida y dispuesta a experimentar, aunque tampoco había tenido intención de montar un numerito en aquel apartamento y, en mi defensa, había empezado él—. Eres demasiado tradicional.

—¿No querer tirarme a mi chica en medio de una fiesta es ser tradicional?

—Qué exagerado. Podríamos haber jugado un poco antes de buscar una habitación. Una vez encontré a Martina acostándose con un chico en el salón de casa, ¿y sabes lo que pasó? —Lucas me miró interrogante y alargué la pausa—. Pues nada. Siguieron haciéndolo como locos y a mí me entró la risa y me fui a la cocina a prepararme palomitas.

Lucas frunció el ceño sin soltar mi pie.

—No le encuentro la gracia —dijo.

—La gracia es que no es tan importante. El sexo es sexo. Hasta que te conocí ni siquiera lo valoraba así, como algo íntimo y tan nuestro, ¿lo entiendes?

Nos quedamos sumidos en un silencio plácido tan solo roto por las gotas de agua que caían del grifo. El efecto de los excesos

155

de la noche empezaba a disiparse lentamente, aunque aún notaba la boca espesa y el cuerpo lánguido. Tenía la extraña sensación de que hacía días que nos habíamos casado. ¿Cómo es posible que a veces la vida transcurra tan lentamente y en otras ocasiones sea casi una sucesión borrosa de vivencias fugaces?

—¿Cuál es tu fantasía? —le pregunté.

—Tú eres mi fantasía, Juliette.

—Piensa en algo excitante.

—Yo qué coño sé. —Su risa ronca se quedó suspendida entre la nube de vapor que desprendía el agua caliente—. ¿Por qué me haces estas preguntas?

—Porque quiero saberlo todo sobre ti.

—No se me ocurre nada.

—Mente abierta, Lucas.

Pareció pensarlo en serio.

—Tú y otra tía.

—Interesante...

—¿Y sabes qué otra fantasía tengo? Hacerlo en una bañera.

Sonreí y me moví hasta acabar en su regazo.

—Creo que eso podemos solucionarlo.

Una semana más tarde, salió en una revista una fotografía de nosotros en El Penta celebrando nuestra boda. Fue la primera vez que algo de mi vida privada trascendió a los medios y me sentí tan rara que no supe si me horrorizaba o me halagaba ese inexplicable interés. Cuando lo vi me encontraba demasiado ocupada como para prestarle más atención: Lucas y yo estábamos a punto de firmar los papeles para comprar un piso que habíamos visitado el mes anterior. Estaba ubicado en Malasaña, el entorno en el que más nos movíamos. Los techos eran altos, con antiguas molduras y amplios ventanales. No era nuevo ni tenía más de setenta metros, pero nos pareció perfecto para empezar una vida en común. Los dos estábamos ansiosos por meter nuestras cosas en los armarios, hacer la cena en esa cocina de color marrón que tenía en mente renovar o llenar el balcón con macetas de flores.

—Adelante —me dijo Lucas el día que nos dieron las llaves.

Empujé la puerta para entrar. El piso estaba vacío a excepción de un viejo sofá y las cortinas que los anteriores propietarios habían dejado. Giré sobre mí misma en medio del salón y miré a Lucas, que inspeccionaba uno de los interruptores.

—Nuestra casa. Nuestra —recalqué.

Lucas caminó hacia mí en silencio, pero en su mirada vi algo intenso y profundamente emotivo cuando deslizó una mano por mi nuca y me besó sellando aquel nuevo comienzo.

25

LUCAS
MAGGIE MAY (ROD STEWART)

Fue un año acelerado e intenso. Ocurrieron tantas cosas que no tuvimos tiempo para asimilarlo. La fama de Juliette subió como la espuma, pero, curiosamente, cuanto más cerca estaba del ojo del huracán, parecía sentirse menos satisfecha con su trabajo. Empezó a interesarse por las pasarelas, que a menudo se celebraban en galerías de arte y unían varias de sus pasiones. Tenía una mente inquieta: me obligó a acompañarla a varias exposiciones de fotografía, obras de teatro y diversas tertulias políticas a las que Pablo solía unirse. Pese a que nuestra música buscase provocar, ella siempre fue la más revolucionaria de los dos; opinaba que el arte como expresión era clave para el avance social. «Sin cultura no hay esperanza», solía decir, y yo la creía, porque por aquel entonces Juliette hubiese podido convencerme de que el cielo era verde. Estaba loco por ella. No parecía el tipo de locura transitoria que desaparece tras unos primeros meses pasionales, lo comprendí cuando llevábamos cerca de dos años juntos. Dejó de molestarme que a la gente le hiciese gracia aquello de «para encontrar a Lucas busca una melena rubia», porque, qué demonios, era cierto. Siempre iba detrás de ella. Siempre estaba dispuesto a seguir sus pasos sin mirar el suelo que pisaba. Ya no recordaba la vida antes de conocer a Juliette. ¿Qué tenía dentro del corazón? ¿Cómo era mi existencia sin aquel cosquilleo y el anhelo constante por recibir más? Me convertí en un perro adiestrado que esperaba con ganas la siguiente recompensa.

Desde fuera, parecíamos una de esas parejas idílicas. Pero no lo éramos. Nunca lo fuimos, ni siquiera al principio. Quiero aclarar eso. Discutíamos a menudo por las cosas más estúpidas, como quién había dejado sin fregar el plato que estaba en la pila con alubias resecas o si debíamos pintar las paredes del salón con un tono azul u ocre.

Que fuésemos tan distintos no ayudaba a calmar los ánimos. Yo era impulsivo, la chispa de un mechero prendiendo en el momento más inesperado e incendiándolo todo. Pero luego apagaba rápido el fuego. Juliette, en cambio, era mucho más fría y astuta, además de la persona más orgullosa que he conocido jamás. Había algo terriblemente triste en eso, como un muro que alzaba para protegerse incluso cuando se trataba de mí y en el que podía leerse «no voy a dejar que ganes, no lo haré». Así que éramos como dos coches de choque en medio de la pista, da igual cuánto intentásemos evitarlo, siempre acabábamos colisionando.

Pero luego llegaba la reconciliación. Y disfrutaba tanto de ese instante como de cuando alguno de los dos regresaba de viaje y no tenía tiempo ni de cerrar la puerta antes de que el otro se le abalanzase para recibirlo como se merecía.

Por desgracia, eso cada vez ocurría con más frecuencia porque nunca pasábamos largas temporadas juntos. O bien ella tenía algún trabajo que atender, algo que fue a más cuando quisieron lanzarla internacionalmente, o el grupo actuaba en algún lado.

En pleno auge tras el lanzamiento del elepé debut, teníamos que publicitarlo y la mejor manera de hacerlo era a base de entrevistas en la radio y carretera y manta. Íbamos a cualquier lugar que se interesase por nosotros, desde pueblos pequeños hasta festivales. Además, muchos de esos actos estaban promocionados por ayuntamientos y pagaban muy bien. El año anterior, Tierno Galván había llegado a la alcaldía de Madrid y parecía dispuesto a escuchar a las nuevas generaciones que exigían cambios. Pero, sobre todo, lo que hizo que despegásemos y nos diésemos a conocer fuera del circuito de la ciudad fue que en diciembre actuamos como teloneros de Elvis Costello. Un golpe de suerte. El cartel anunciaba que lo haría Nacha Pop, pero en el último momento dos de sus integrantes enfermaron y la discográfica consiguió colarnos a nosotros. Nos fuimos para Barcelona echando leches. No fue nuestro mejor día sobre el escenario, estábamos nerviosos porque nunca habíamos tocado delante de tanta gente y el Pabellón de Deportes de Badalona nos pareció inmenso en comparación con las salas que acostumbrábamos a llenar. Pero lo hicimos lo mejor que pudimos. El público se divirtió, gritó y cantó, aunque también nos lanzaron algunas botellas de cerveza, una costumbre extendida en aquel entonces.

Así que cuando nos adentramos en los ochenta ya teníamos un nombre. Si estábamos en Madrid, siempre había lugares donde tocar varios días seguidos, sobre todo porque empezaron a abrir nuevas salas como Carolina o Marquee. Actuamos en el concierto homenaje a Canito, que para muchos fue considerado el nacimiento de la movida, y también en la fiesta de la Primavera en la Universidad Autónoma, junto a Aviador Dro, Alaska y Los Pegamoides, Paraíso y Los Nikis. Estábamos en todas partes.

Y ocurrieron dos cosas conforme empezamos a ganar dinero: le dimos la bienvenida a la coca y comencé a hacerle regalos a la gente que quería.

Siempre he tenido una relación complicada con las cosas materiales. En realidad, no me interesan. Es decir, durante esos primeros años de abundancia los únicos caprichos que me di fueron una guitarra nueva, sobre todo porque temía perder la de mi primo en cualquier garito, vinilos a cascoporro y la Atari 2600 con la que Marcos y yo nos pasábamos tardes enteras jugando al *Space Invaders*. El piso que me compré con Juliette no era nada del otro mundo, porque cuando firmamos los papeles el grupo estaba arrancando y ella era la que ganaba más pasta. Decidimos que fuese equitativo para los dos. Ni siquiera tenía un interés especial por comprarme un coche nuevo y despedirme de mi Renault 5, porque para entonces ya me había encariñado con esa lata de sardinas. La cuestión es que nunca tuve muchos antojos para mí mismo, pero la cosa cambiaba cuando se trataba de mi gente. Joder, entonces la pasta volaba. Literalmente. Una vez, hicimos avioncitos de papel con billetes en una discoteca y jugamos a lanzarlos desde la segunda planta. Después, cuando Marcos se despejó un poco y cayó en la cuenta de lo que habíamos hecho, se volvió loco buscando los billetes e increpando a la gente; recuerdo que, literalmente, lloré de la risa.

Y un día fui a una tienda y le dije al dependiente:

—¿Cuál es el mejor televisor que tiene?

Unas horas más tarde estaba delante de la casa de mis padres sujetando con la ayuda de Marcos una caja enorme. Juliette sonrió cuando llamó a la puerta y mi madre abrió.

—Qué sorpresa, Julie, querida. Estás espléndida.

—¿Podemos dejar los halagos para otro momento? —gruñí con la frente perlada de sudor por el esfuerzo—. Mamá, apártate de la puerta, por favor.

—Me debes una por esto —masculló Marcos apretando los dientes—. Una muy gorda.

Cuando mi padre llegó del trabajo se encontró en su salón con un televisor de última generación que fue la envidia de todos los vecinos del barrio. Solían congregarse delante de él para ver los partidos de fútbol y siempre tenía cerca un trapo para sacarle brillo. Cuando nos entrevistaron en *Popgrama*, probablemente medio Vallecas acabó viéndolo allí.

Con Juliette me ocurría lo mismo: a menudo le regalaba anillos que me costaban más dinero del que jamás me había gastado en mí mismo, pero ¿y la satisfacción que sentía al ver la ilusión en su rostro cuando abría la cajita o se lo probaba en el dedo? Y otro tanto con los colegas: nunca me molestó invitar a rondas o pagar las comidas del personal que se encargaba de que cada actuación saliese bien. También les dejé pasta a varios colegas del barrio que tenían problemas, incluso a sabiendas de que era un fondo perdido.

Podría decirse que lo material me hacía feliz a través de otros.

Y también que consideraba a los míos como algo sagrado.

Por eso aquella noche de septiembre me alteré tanto al ver a Juliette en una esquina hablando con Jesús. Por eso y porque acababa de meterme un tiro en el cuarto de baño. Estábamos en La Vía Láctea, uno de los lugares más alucinantes de la época; un local de copas ubicado en una antigua carbonería. La decoración futurista y galáctica recreaba los bares típicos de Nueva York y pinchaban temas extranjeros casi desconocidos.

Recuerdo apartar a la gente que se inmiscuía en mi camino para llegar cuanto antes hasta ellos. Juliette tenía una copa en la mano y asentía con la cabeza cuando los alcancé.

—¿Cómo te va? —Se interesó Jesús mostrándome una sonrisa burlona, y ella me puso una mano en el brazo con ademán tranquilizador—. Por lo visto, habéis tenido suerte.

—No me quejo.

Jesús se encogió de hombros al ver que no pensaba preguntarle qué tal estaba él, porque además ya lo sabía; teníamos colegas en común, en aquel ambiente casi todos nos conocíamos, era fácil seguirle la pista a alguien. Así que se limitó a darle un trago a su copa y se despidió antes de desaparecer entre el mar de gente congregada bajo las luces.

—¿Por qué estabas hablando con él?

—¿Por qué no? Me lo he encontrado, ¿qué querías que hiciese? ¿No saludarlo? Solo nos estábamos poniendo al día. Me ha contado que ahora toca con otro grupo.

—Como si me importase una mierda.

—¿Se puede saber qué te pasa?

—Olvídalo —masculló.

En noviembre comenzamos a prepararlo todo para irnos de viaje a Barcelona. Nos habían contratado en la sala Zeleste para actuar y yo estaba especialmente ilusionado porque en aquella ocasión nos acompañaría Juliette. Rara vez podía hacerlo porque era difícil que coincidiésemos durante varios días. Su éxito nunca tuvo nada que ver con el mío: Juliette era una estrella inalcanzable y querían saberlo todo sobre ella; qué cremas usaba, qué películas le gustaban o cuál era su té preferido. Con nosotros fue diferente: la gente venía a vernos tocar, se lo pasaban en grande y después nos dejaban en paz.

Había excepciones, claro. Conciertos en los que estabas más concentrado en esquivar los objetos que te lanzaban que en tocar el siguiente acorde. Y otros en los que tenías que escapar literalmente de los brazos de alguna tía. Marcos se hartó de follar. En serio. Creo que llegó un momento en el que empezó a aburrirle tener que bajarse los pantalones y hasta las mamadas imprevistas perdieron su gracia. Yo jamás miré a ninguna de esas mujeres. No bromeo. Es decir, las veía, joder, estaban ahí y eran guapas y jóvenes y divertidas, pero nunca toqué a ninguna, ni siquiera cuando casi tenía que luchar para que no me bajasen la cremallera de la bragueta. Estaba enamorado de Juliette. No me interesaba nadie más.

Así que esa mañana me desperté contento porque en menos

de una hora estaríamos de camino a Barcelona. Supe que Juliette se había levantado antes cuando fui al baño y me encontré la puerta cerrada. Me extrañó. Desde el principio habíamos dejado poco espacio para la intimidad, nunca usábamos pestillos y a mí me parecía maravilloso poder entrar a mear mientras, al lado, ella terminaba de maquillarse. El día a día era lo mejor de nuestra relación; esa confianza, esa sensación de estar en casa, esa naturalidad. Siempre había imaginado que el matrimonio sería justo así, una institución de puertas abiertas en la que terminabas reconociendo cada respiración, expresión y los ruidos propios del hogar.

—¿Juliette? ¿Estás ahí?

—¡Salgo en un momento!

Cuando vi que «el momento» iba para largo, fui a la cocina y saqué la leche de la nevera para ponerla a calentar en un cazo. El ruido del tráfico llegaba a través de la ventana y, mientras burbujeaba la capa de nata, me encendí el primer cigarro de la mañana. Supe que pasaba algo en cuanto la vi aparecer. No sabría decir qué fue y quizá por eso no le presté toda la atención que merecía, pero una sombra oscurecía su rostro.

—¿Qué estabas haciendo ahí dentro?

—¿Tú qué crees? —Puso los ojos en blanco y se estiró para coger una taza del armario de la cocina. Se sirvió leche, sopló para enfriarla y me miró—. Al final no voy a ir.

—¿No vas adónde?

—A Barcelona.

—¿Estás de coña?

—Ayer bebí demasiado y tengo resaca.

—Oye, te he apoyado siempre en todo. Al menos, podrías mostrar un poco de interés por el grupo. Ni siquiera hace falta que sea real, me vale que lo finjas.

—Lucas, sabes que me importa.

Estaba más decepcionado que enfadado. Una diferencia relevante. Los enfados pueden esfumarse y olvidarse con facilidad. La decepción, en cambio, termina siendo pegajosa como un caramelo al sol en pleno verano.

—Es que no sé a qué viene esto. Ayer estábamos hablando de ese sitio de Barcelona al que querías llevarme y hoy me mandas a la mierda sin más.

Juliette dejó la taza y se frotó la sien con parsimonia.

—¿Te importaría irte ya? Me duele la cabeza.

Quise gritarle. Quise pedirle una explicación. Quise decirle: «Que te den, Juliette». Pero sabía dos cosas: la primera, que para ella la conversación había terminado y, la segunda, que si abría la boca acabaría suplicándole que me acompañase a Barcelona. Y no me daba la gana hacerlo.

Así que pasé por su lado maldiciendo por lo bajo, me cambié de ropa, cogí la maleta que había preparado el día anterior y, sin despedirme, salí de casa dando un portazo.

A la mierda. Me lo iba a pasar de puta madre sin ella.

26

JULIETTE
TU FRIALDAD (TRIANA)

«Si no quieres dejar que nadie vea tu corazón, compórtate con frialdad». Ese es el mejor consejo que una mujer puede darle a otra mujer cuando se sienta frágil. Piensa solo en ti, no mires alrededor, no es una buena idea cuando caminas por la cuerda floja y estás a punto de caer al vacío. Podrías distraerte con algo y perder el equilibrio.

Había empezado a tener náuseas la semana anterior. «La comida de ese restaurante o los excesos», me dije. Pero la quinta mañana que me desperté con ganas de vomitar empecé a pensar que aquello era algo más. Y entonces conté. Lo hice mientras Lucas estaba en la ducha, ajeno al pánico que se apoderó de todo mi ser. Pánico, sí. Esa es la palabra. No podía estar embarazada. No-quería-estar-embarazada. Tenía una carrera, estaba subiendo hacia la cima, había contratos encima de la mesa de cara al próximo año y, además, me gustaba mi vida con Lucas. Podía trasnochar y despertarme a cualquier hora del día, pasar una mañana entera cuidando de las plantas del balcón y disfrutando de la vida hogareña o salir por ahí a quemar la ciudad de Madrid sin tener que preocuparme por nada ni nadie.

Ser madre no estaba en mis planes. Al menos, no todavía.

Así que aquello fue devastador. No quería ese bebé. No lo quería. Y me bloqueé. Me bloqueé porque comprendí que no podía compartir aquello con Lucas. Para él hubiese sido una noticia estupenda, seguro que sí. Decía a menudo cosas como «cuando tenga una hija le enseñaré a tocar la guitarra» o «compraremos un coche más grande en cuanto tengamos hijos». Yo asentía, pero nunca añadía nada. Seguía tomándome la píldora, aunque no puede decirse que sea muy efectiva cuando terminas vomitando hasta la última papilla detrás de cualquier garito del barrio por culpa de los excesos.

Lucas notó algo. Claro que lo hizo. Entre nosotros siempre hubo una especie de lenguaje silencioso capaz de traspasar las murallas que alzábamos. «¿Te encuentras bien? —me preguntó—. Estos días tienes la cabeza en otra parte», comentó la noche anterior mientras terminábamos de preparar las maletas para ir a Barcelona.

Le había prometido que le acompañaría al viaje antes de saber que estaba embarazada y, cuando me enteré, no quise cancelarlo porque necesitaba estar cerca de él. Quería que me abrazase al caer la noche y que me acariciase el pelo por las mañanas, cuando me daba la vuelta en la cama para dormir un poco más. Necesitaba sentir su calor. Necesitaba que me sostuviese incluso aunque él no supiese que debía hacerlo. Y esa mañana, cuando escuché que cerraba de un portazo y se marchaba, tuve que contenerme para no correr detrás de él por las escaleras y rogarle que cancelase los dichosos bolos y se quedase a mi lado.

«Notevayas-notevayas-notevayas».

Pero no me moví. Esperé delante de la ventana de la cocina hasta que salió del portal y lo vi cruzar la calle. Esquivó a un hombre en bicicleta que pasó muy cerca de él, levantó la bolsa de equipaje para echársela al hombro y se alejó cabreado.

Entonces dejé la taza en la pila y regresé al baño.

Volví a bajarme las bragas, volví a sentarme en el retrete, volví a cerciorarme de que aquello estuviese pasando. Ahí estaba: otra mancha roja e inequívoca.

Alguien me había escuchado, eso era evidente. Alguien me había oído susurrar las noches anteriores que no quería ser madre y me había vaciado por dentro. Un alivio rápido y cruel. Eso fue lo que sentí aquella mañana cuando me levanté antes que Lucas para irnos de viaje y encontré mi ropa interior empapada de sangre.

Así de fácil. Así de inesperado.

Horas antes estaba embarazada.

Y de pronto nada. Pluf. Vacío.

Decidí que no iba a decírselo a Lucas. Estuve a punto de hacerlo, de verdad que sí, pero me eché para atrás en el último momento; podía imaginar sus ojos compasivos, la tristeza inundándolo todo, las conversaciones con el paso de los años porque era un sentimental: «¿Recuerdas lo que ocurrió, Juliette? Si no hubiese pasado ahora tendría... cuatro años. ¿Qué nombre le habríamos puesto? A mí siempre me ha gustado Raúl. Y seguro que se parecería a ti; joder, sería un crimen que saliese con mis ojos pudiendo tener los tuyos».

¿Puede considerarse la omisión una mentira? Si es así, lo hice. Le mentí. ¿Tenía Lucas derecho a saber que un conjunto de sus células y las mías acababan de desaparecer por el retrete de la casa que compartíamos? Quizá sí, pero estaba convencida de que mi decisión era la mejor forma de protegernos a los dos. A él de sí mismo. Y a mí de él.

No pensé que esa pequeña mentira sería el germen de algo mucho peor. No pensé que cuando un matrimonio empieza a coleccionar secretos se va desmoronando el pilar más importante que lo sostiene: la confianza. No pensé que aquello terminaría por hacerse algo grande, un dolor obstruido; es lo que ocurre cuando no lo dejas salir, no lo compartes, no le das voz, no lo sanas. Es como pretender que una herida se cure sin sacar antes el pus.

Fue una semana angustiosa.

Lucas no llamó. Yo tampoco lo hice, aunque empecé a marcar el número un par de veces antes de echarme atrás. Le había pedido a Pablo el teléfono de la sala donde tocaban, porque me imaginaba que la mitad de los días terminarían durmiendo ahí mismo. A menudo, las noches se alargaban hasta el amanecer y cada uno acababa descansando en cualquier rincón antes de empezar un nuevo día hasta arriba de café y anfetas. Los ochenta fueron devastadores por culpa de las drogas, el sida y los accidentes de tráfico. Morir en la carretera era relativamente frecuente entre los músicos de aquel entonces; casi todos se apañaban con sus propios vehículos, tocaban en una ciudad el viernes y el sábado tenían que estar en la siguiente, así que apenas dormían y conducían hasta arriba de estupefacientes. Era un cóctel trágico y peligroso.

Estuve sangrando durante días.

Me atiborré a calmantes y me metí en la cama. No me sentía como si estuviese perdiendo algo, sino como si mi cuerpo necesitase sanar y recomponerse. Solo permití que la cicatriz supurase en una ocasión. Hacía cinco días que Lucas se había ido dando un portazo y ya apenas quedaban restos de aquel problema. Y entonces ocurrió. Zas. Problema. La palabra pareció flotar sobre las demás y elevarse en solitario, como si se soltase de una cadena. Comprendí entonces que ese problema no había sido una ecuación matemática o un debate sobre la abolición de las leyes que habían quedado obsoletas tras la dictadura. De haber seguido adelante, hubiese sido un problema con ojos. Dios mío. Con-ojos. Con-piernas. Con-deditos. Con-pelo. Con-ombligo. Con-corazón. Recuerdo que tuve que encenderme un cigarro mientras permitía que la idea me calase del todo como una llovizna.

¿Y si se hubiese parecido a Lucas?

¿Su primera palabra habría sido «mamá» o «papá»?

¿A qué olería su cabeza redonda?

¿Sabría cómo cortarle las uñas?

¿De qué color le hubiese pintado la habitación?

Frené aquel torrente de preguntas sin respuesta cuando aplasté la colilla contra el cenicero de cristal. La brasa se apagó. Lo que estaba haciendo era precisamente lo que Lucas hubiese hecho, la razón por la que decidí no contarle lo que había ocurrido. Lo que, para él, hubiésemos perdido. Y comprendí que aquello no era una pérdida, sino una liberación. Tenía que ser así. Tenía que serlo. Mi cuerpo era sabio. Me pertenecía.

Quedé con Pablo cuando empecé a encontrarme mejor. Dimos un paseo y acabamos cerca de Sol, en la Chocolatería San Ginés. Íbamos allí a menudo porque nos gustaba charlar entre sus mesas de mármol blanco, las paredes y los sillones de cuero verde. Además, hacían el chocolate más famoso de Madrid.

—¿No vas a contarme qué está pasando?

—Nada que no esté solucionado ya.

—Cuando quieras hablar...

—Lo sé —lo corté.

Debería haberme abierto más, pero ni siquiera conseguí hacerlo con Lucas y Pablo, cuando los dos fueron, cada uno a su manera, los grandes amores de mi vida. Uno porque me ofreció su amistad fiel. Y el otro porque me entregó su corazón sin dudar. Nunca logré deshacerme de esa oscuridad, aquel poso de lodo sobre el que asentaba todo lo demás. Yo quería, de verdad que sí. Quería ser una chica jovial, despreocupada y extrovertida. Y a veces lo era, sobre todo cuando me colocaba. Pero no pude desprenderme del todo de la coraza con la que caminaba a cuestas y que cada vez pesaba más.

Unos jóvenes que estaban sentados en una mesa cercana empezaron a cuchichear mientras nos miraban y me sentí violenta. Oí las palabras clave: «pantalones amarillos». Pablo chasqueó los dedos con impaciencia para captar mi atención.

—Tengo buenas noticias. —Me sonrió.

—Te escucho. —El chocolate estaba ardiendo.

—Tengo que reunirme con el equipo de la agencia en unas semanas para discutir algunos detalles, pero, en resumen, queremos ampliar fronteras y tú eres nuestra mejor opción. Eres medio francesa, dominas el idioma y ya te has hecho un nombre aquí.

¿Quería aquello? Supongo que en ese momento no tenía ni idea, pero es difícil dejar de subir escalones cuando ya estás en la tercera planta. Llegados a ese punto, puedes quedarte ahí indefinidamente, decidir bajar y volver por donde has venido o seguir ascendiendo sin mirar atrás. Y eso fue lo que hice.

No regresé a casa cuando nos despedimos. Continué caminando hasta parar delante de un edificio que ya había visitado antes, aunque hacía muchos años de eso. Llamé al timbre y contestó una mujer que me abrió tras decirle mi nombre. Subí por las escaleras. Benjamín Pérez me esperaba delante de la puerta de su casa vestido con una bata salpicada de pintura. Me dirigió una sonrisa.

—Vaya. Julie Allard. ¿A qué debo el honor?

Me gustó que él no me llamase «la chica de los pantalones amarillos».

—¿Te pillo en un buen momento? ¿Estás ocupado?

—No para ti, querida. —Se hizo a un lado.

Estuvimos en su estudio hasta bien entrada la madrugada, cuando Benjamín llamó a un taxi para que me llevase a casa. Volví a la mañana siguiente. De vez en cuando hablábamos de trivialidades y a veces lo hacíamos del trabajo y de Lucas. Me hizo preguntas sobre él. Preguntas interesantes. «¿Te hace feliz?», «¿es de esos hombres que ofrecen el último trozo de pastel?», «¿imaginas tu vida con él dentro de veinte años?».

Respondí a todo que sí.

Me gustaba conversar con él, pero la verdadera razón por la que había llamado a su puerta era porque necesitaba descubrir cómo me veían sus ojos, cómo me moldeaban sus manos. Tenía una explicación: estaba convencida de que algo había cambiado en mi interior. No sabía qué era: una mancha en el alma, un latido distinto, un dolor en las costillas. Pero sí sabía cuáles eran las razones. En primer lugar, porque fue la primera vez que le mentí a Lucas. La mentira es escurridiza como una serpiente, su lengua bífida podría considerarse un símbolo de esa dualidad y la rotura de algo que antes estaba unido. Y, en segundo lugar, porque sentía un vacío profundo e inexplicable, sobre todo teniendo en cuenta que no quería ser madre. No lo quería. No quería. No.

27

LUCAS
VENENO EN LA PIEL (RADIO FUTURA)

Juliette estuvo más rara de lo habitual durante los siguientes meses y yo no tenía ni idea de qué le ocurría. Quizá influyese que cada vez nos colocásemos con más frecuencia, porque empezó a hacerme preguntas a las que no sabía cómo cojones contestar: «¿Crees en el poder de la mente? Ya sabes, eso que dicen sobre desear algo con mucha fuerza para que ocurra», o «Es imposible que estemos solos en este universo, tú piensas lo mismo, ¿verdad? Debe de haber vida ahí fuera. Extraterrestres. ¿Cómo crees que serán?».

Tres semanas después del intento del golpe de Estado y de que las calles de Madrid se llenasen de incertidumbre y de tíos con metralletas, nosotros estábamos en la fiesta de un colega del que no sabía el nombre y servían en bandejas todo tipo de mierda, desde tiros hasta bizcochos que te hacían flipar en colores con unos cuantos mordiscos.

Fue una noche para olvidar. Alguien se colgó de la lámpara del salón, cayó y se rompió el brazo. Los vecinos llamaron a la policía y tuvimos que salir por patas antes de que llegasen. Juliette estuvo haciendo bromas hasta que entramos en casa, ya de madrugada. Tropezamos con el mueble del recibidor y caímos al suelo entre risas. Nos besamos. Ella me quitó la ropa con prisa y sonreí, porque frenar a Juliette cuando quería algo era como intentar derribar un tanque enemigo con una pistola de agua. Así que me dejé hacer.

—Ven aquí. —Me tumbé sobre ella.

—Sí, pero antes... espera... —Alargó el brazo para alcanzar su bolso, rebuscó en su interior y sacó un condón—. He estado pensando que deberíamos usarlos.

Tardé un largo minuto en asimilar lo que insinuaba.

—Pero ¿qué dices? ¿Crees que te engaño con otras?

—No. Me preocupa que la píldora no sea efectiva.

La miré alucinado. Llevábamos juntos casi tres años.

—¿A qué viene eso ahora, Juliette? —Me puse en pie y, cabreado, empecé a vestirme. Ella se incorporó y se quedó callada. No la entendía. No entendía nada. Y qué cojones, estaba harto de no entenderla y parecer gilipollas—. ¿Qué te pasa últimamente?

—Nada. Pero tú estás siendo inflexible.

—¿Inflexible? Que en mi puto idioma significa que no me estoy comportando como tu esclavo. —Alcé la voz y luego respiré hondo para serenarme. El colocón se me esfumó de pronto—. ¿Quieres que empecemos a usar condones? De acuerdo, lo haremos. Pero dame una explicación. Tomas la píldora casi desde que te conozco y nunca ha habido ningún problema. Y aunque lo hubiese..., aunque existiese esa posibilidad...

—¿Qué insinúas? —Se cruzó de brazos.

—Un hijo no es una mala noticia.

—Para mí sí lo sería.

—¿Por qué?

—No quiero tener hijos.

Y se alejó hacia la cocina sin mirar atrás. Yo me quedé clavado en el sitio antes de seguirla, como siempre. Era la puta estela de la brillante estrella. Vi que Juliette se subía a una silla para coger una botella de licor del mueble más alto y, cuando fue a bajar, tuve que acudir en su ayuda porque empezó a tambalearse. En cuanto tocó el suelo con los pies la solté.

—¿Intentas matarte o qué?

—Lo tenía todo controlado.

Cogió un vaso y se fue directa al comedor. Se quitó los zapatos con soltura y se acomodó en el sofá cual reina de Oriente. Y yo me quedé ahí mirándola como un imbécil, todavía dándole vueltas a lo que había soltado instantes antes.

—¿Qué has querido decir, Juliette?

—Ya lo has oído. He sido bastante clara.

Me senté en el sillón y me froté la cara con las manos.

—Pero ¿hablas de ahora o...?

—Nunca. —Bebió un trago.

—¿No quieres tener hijos nunca?

—Eso es lo que intento que entiendas.

—¿Estás de broma? Hemos hablado de esto otras veces. ¿Se puede saber qué ha cambiado desde entonces? Porque te juro que no lo pillo.

—Tenía dudas, supongo.

—¿Y qué pasa conmigo?

En lugar de contestar, Juliette contempló el fondo de su vaso con la mirada ausente. Cuando comprendí que no diría nada más, la dejé sola y me largué al dormitorio.

Ya estaba medio dormido cuando ella se acostó a mi lado. Pensé que debía de estar amaneciendo. Me rodeó la cintura con una mano y luego sentí sus labios en la nuca. Fue un beso suave, casi tierno. Suspiré dándome la vuelta en la cama. La luz débil se colaba por las rendijas de la persiana medio bajada y creaba dibujos ovalados sobre las sábanas.

No vi que Juliette estaba llorando, lo noté al acariciarle la mejilla.

—Solo quiero entenderte —susurré.

—Eso nunca es fácil..., no es fácil...

—Por lo visto, me gustan los retos.

Juliette se acurrucó más contra mí.

Empezamos a grabar el segundo disco a principios de abril. Fue un proceso distinto porque al tener experiencia éramos más exigentes tanto con nosotros mismos como con el equipo. El resultado fue mucho más punk que el anterior, probablemente nos influyeron los últimos viajes que habíamos hecho a Bilbao, donde el ambiente musical tenía su propio sello y un sonido más duro y visceral. El primer *single* se titulaba *Cuento para adultos* y era una canción muy divertida que hablaba de sexo y drogas. El segundo fue *Una chica como tú*.

Cuando no estábamos tocando en alguna ciudad, salíamos por Madrid; siempre había algún plan, no importaba si era miércoles o sábado. Creo que la máxima aspiración que teníamos por aquel entonces era divertirnos. No había una razón ni un propósito.

Y Juliette se tomaba al pie de la letra lo de darlo todo.

El día que terminamos de grabar en el estudio, montó una fiesta en casa. Había tanta gente que era incapaz de reconocer todas las caras. Nuestra cocina olía a una especie de brebaje que alguien estaba preparando en una olla que nos regaló mi suegra, Carlos pronto se encargó de ofrecer buena música pinchando entre mis discos y un perro apareció en el salón y nadie tenía ni idea de quién era el dueño, aunque imaginábamos que de algún colgado raro que estaría entre los invitados. Mi hermano se pasó un rato a vernos, pero se marchó después de tomarse un par de cubatas y hablarme de una chica llamada Lorena con la que había empezado a salir. Entonces, vi a Marcos sacando mortadela de la nevera.

—Pero ¿qué haces con eso?

—Iba a darle de comer al chucho.

—¿De dónde ha salido? Joder, debe de tener dueño, alguien lo habrá traído. Pregunta por ahí —dije mientras Marcos se metía una loncha en la boca y masticaba enérgicamente.

—Oye, Lucas, ¿tú me quieres?

—¿A ti qué cojones te pasa?

Lo miré entre alucinado y divertido. Marcos tenía la mirada vidriosa y se zampó otra de mortadela mientras me observaba pensativo en la cocina. Un par de tíos que tan solo conocía de vista entraron en busca de bebida y pasaron por nuestro lado.

—Es que me he dado cuenta de que te conozco desde que tengo uso de razón. ¿Recuerdas lo bien que nos lo pasábamos en el recreo jugando con esa pelota de mierda que hacíamos con retales de telas? ¿Y los cromos que me regalaste por mi cumpleaños? ¿O que no solo me jodiste un diente, sino que, por tu culpa, también me partieron la nariz? Y con todo lo que hemos vivido juntos, nunca nos decimos «te quiero».

Parpadeé fascinado sin apartar los ojos de Marcos.

—Esto debe de ser un mal viaje o algo así.

—Venga, joder, dime que me quieres.

—Marcos...

—No pararé hasta oírlo.

—¡Deja de comerte la mortadela!

—Es un vicio.

—Trae eso, coño.

Le quité el paquete y cogí una.

—Venga, Lucas. Suéltalo.

—Te quiero. Tanto como lo que sea que te has metido esta noche y no has compartido conmigo. Y ahora déjame tranquilo y averigua de quién es el perro.

No tenía ni idea de qué hora era cuando me dejé caer en uno de los sillones. Miré a Juliette, que estaba hablando con el cantante de Glutamato Ye-Yé. Llevaba una falda muy corta. En serio, estaba convencido de que conseguiría subir el dobladillo un centímetro más si lo imaginaba con la intensidad suficiente. Gesticulaba en medio de la conversación y sus dedos llenos de anillos relucían bajo la luz de la lámpara del salón, esa que habíamos comprado durante una visita al Rastro. Llevaba el pelo muy largo, casi por la cintura, y a mí me encantaba meter la mano dentro y acariciarle el cuero cabelludo al final del día hasta que ella cerraba los ojos y soltaba un gemido de placer. Era perfecta en su imperfección.

Sonrió cuando notó que la miraba y se acercó hacia mí contoneando las caderas. Soltó una risita mientras se sentaba en mi regazo. Luego me quitó la copa que tenía en la mano y le dio un trago largo antes de poner delante de mis narices un espejito redondeado en el que empezó a pintar un par de rayas que hicimos desaparecer rápidamente.

Nos quedamos un rato abrazados en aquel sillón y disfrutando del espectáculo gratuito que Marcos estaba ofreciendo subido a la mesa del salón:

—Tía Teresa, ¿para qué te pintas? —decía imitando la voz de un niño—. Para estar guapa, contestó la mujer. Y va el crío y responde: ¿y eso tarda mucho en hacer efecto?

Todo el mundo empezó a reírse.

Todo el mundo menos Juliette, que, todavía sentada encima de mí, alzó en alto su mano derecha, girándola, y comenzó a analizarla desde diferentes ángulos.

—¿Qué haces? —le pregunté.

—Pensaba en cómo sería tener membranas.

—¿Qué? —Parpadeé confundido.

Juliette me miró como si fuese idiota.

—Sí, como las ranas, ya sabes.

—¿Ese es tu mayor deseo?

—Solo me produce curiosidad...

Colocarse con ella era increíble, de verdad. No recuerdo ninguna experiencia igual. No digo que esté orgulloso de la vida que llevábamos, pero en aquella época no había un rechazo tan extendido a las drogas, la juventud no estaba concienciada. Unos años más tarde, participamos en un festival de música en el Palacio de los Deportes de Madrid y allí Tierno Galván, el alcalde de Madrid, dijo una frase que pasaría a la historia: «El que no esté colocado, ¡que se coloque... y al loro!».

—Joder, de todos los animales que hay en el mundo..., no me gustaría tener las manos de una puta rana. No sé, hay opciones mejores.

—¿Como cuáles?

Intenté recordar algún episodio interesante de *El hombre y la Tierra*, porque cuando se estrenó la serie mi hermano y yo no nos perdíamos ni un solo capítulo. A Samuel le había costado asimilar la muerte de Félix Rodríguez de la Fuente el año anterior en un accidente de helicóptero mientras filmaban unos planos aéreos en Alaska.

—Pues un puma. Un oso. O un elefante. ¿Qué me dices de su trompa?

—No, me recuerda a un pene.

—¿Qué? —Me eché a reír.

—Ya lo has oído. Es como... algo que cuelga.

—Estás jodidamente loca.

—¿Quizá un lobo?

—Ahora que lo dices..., tienes un lado solitario.

—Pero ¿no van en manada?

—¿Acaso quieres escapar de mí?

—No importa. Sigo prefiriendo las ranas. —Juliette le dio un trago a la copa y se lamió los labios sin ser consciente de que el gesto fue como un latigazo directo a mi entrepierna. Alzó la mano en alto para volver a mirársela—. Además, tienen como ventosas adhesivas en los dedos. Así pueden escalar por todas partes. Debe de ser divertido.

—No tanto como escucharte a ti.

—¿Y qué me dices de los delfines?

—¿Qué pasa con ellos? —Le aparté el pelo de la cara, porque lo llevaba ondulado y salvaje. Y ahí estábamos nosotros sentados en el salón, rodeados de gente y hablando de animales. Me quitó el cigarro que acababa de encenderme.

—Son terroríficos.

—¿A ti qué te ocurre?

—¿Te has fijado bien en sus sonrisas? Son como lobos con piel de cordero. Por eso guardan tanto parecido con los tiburones, porque en el fondo..., vaya, no creo que sean tan distintos, los dos tienen aletas, muchos dientes y viven en el mar.

—Con la diferencia de que uno come personas y el otro no.

—No me arriesgaría a averiguarlo. —Expulsó el humo hacia un lado para no tirármelo en la cara. Marcos seguía contando chistes y animando a los invitados—. ¿No hay ningún animal que parezca adorable y en realidad te dé miedo?

—Los pandas —admití.

—¿Por qué? —Se rio.

—Porque parecen de peluche y, qué cojones, son osos. Oye, ¿sabes que estás preciosa esta noche?, ¿te lo había dicho ya? Me encanta esta falda. Su escasa longitud, en concreto.

—No cambies de tema. Hablemos de los pandas.

Estuvimos divagando un buen rato más hasta que la gente empezó a marcharse. No recuerdo bien cómo sucedió, pero creo que Carlos fue uno de los últimos en irse después de recoger las botellas vacías que había por el suelo, porque él era así de raro y eficiente. Y cuando alcé la mirada y me despejé un poco, la única persona que aún estaba en nuestra casa era Martina. Terminó de pintarse un tiro en la mesa que había delante del sofá y luego comenzó a guardarse sus cosas en el bolso. Supongo que lo siguiente que pensaba hacer sería despedirse y largarse. Y digo supongo porque nunca llegó a ocurrir.

Cuando Martina se levantó, Juliette bajó de mi regazo y se acercó a ella decidida. Me di cuenta entonces de que iba descalza y la falda se le subía a cada paso que daba. Y entonces, allí, delante de mis narices, besó a su mejor amiga sin vacilar.

Me quedé de piedra. Estaba... confuso.

Así que no hice nada, no hablé, casi ni respiré.

Martina respondió al beso y empezaron a liarse entre sonrisas compartidas. Por un instante, mientras se quitaban la ropa lentamente me pregunté si estaba soñando. Jugaban. Aquello parecía ser un juego para ellas. Y cuando lo comprendí empezó a disiparse la tensión del primer momento. A partir de ese instante, recuerdo lo siguiente: cuatro manos desabrochándome la camisa y los pantalones, los labios de Juliette cubriéndome la boca con cierta posesividad y el cuerpo esbelto de Martina moviéndose encima del mío.

28

JULIETTE
LOBO HOMBRE EN PARÍS (LA UNIÓN)

El verano acababa de llegar y teñía con su luz los tejados grisáceos de la ciudad de París. Cuando viajaba a Francia me sentía como si acabase de alquilar un apartamento de vacaciones. Estaba cómoda entre sus calles, con su gente y escuchando aquel idioma casi susurrado, pero, tras unos primeros días emocionantes, siempre me entraban ganas de volver a casa. Lucas solía decir que le ocurría lo mismo cuando viajaba con el grupo. Aun así, como en aquella ocasión me acompañaba Pablo, estaba disfrutando de esas peculiaridades que tanto me gustaban, como que allí todo era *petit*, o el delicioso *pain au chocolat* del que intentaba no atiborrarme cada mañana, o el curioso caramelo a la mantequilla salada que en esos momentos estaba untando en una *crêpe*. Pero si había algo que me fascinaba de allí era el estilo de los parisinos. Tenían una elegancia natural. Trasmitían cierta sofisticación y lejanía que decía algo así como «mírame, pero no me toques».

—Tienes buen aspecto —me dijo Pablo.

—Gracias. Tú también estás estupendo.

—Lo digo en serio, Julie, te sienta bien frenar un poco. Estarás de acuerdo conmigo en que este desayuno es bastante más nutritivo que el preparado de anfetas y tabaco.

Me relamí tras darle un sorbo al zumo de naranja. No contesté. Era lo que siempre hacía cuando no quería hablar sobre algo: daba por finalizada la conversación. Hacía meses que a Pablo le preocupaba nuestro estilo de vida, sobre todo desde que la agencia comentó que había perdido peso. Admito que es fácil saltarse alguna comida cuando vives en una nube. Curiosamente, a la agencia no le pareció una mala noticia. Pero Pablo no se lo tomó igual. Así que las últimas semanas antes de nuestro viaje había intentado sin mucho éxito tener una rutina más... ordenada. Fue imposible. Siempre surgía algún plan que no podía rechazar: conciertos de amigos, fiestas en un ático o un par de copas en La Vía Láctea.

Aunque no había vuelto a descontrolar tanto como aquel día...

Habían pasado un par de meses desde que me pareció una buena idea darle un beso a Martina y comenzar aquel juego que terminó con los tres desnudos en el salón de casa. No sé por qué lo hice. Quería probar. Quería ver a Lucas con otra mujer y aun así sentir que seguía siendo mío, que me miraba solo a mí mientras disfrutaba de otro cuerpo.

A la mañana siguiente, cuando nos despertamos, ella se había ido. Me moví en la cama para abrazar a Lucas.

—¿Te gustó tu fantasía?

—Sí. —Bostezó—. ¿Y a ti?

—No estuvo mal... —Le besé la línea de la mandíbula y él cerró los ojos todavía medio dormido—. Pero creo que prefiero no compartirte más.

—Me parece bien.

Y nunca volvimos a hablar del tema.

Lucas había estado ocupado con el lanzamiento del segundo disco; tenían bolos y numerosas entrevistas por todas partes. Antes, la promoción era mucho más directa. Era relativamente sencillo que los medios le hiciesen caso a un grupo nuevo o incluso que les dejasen pasarse por cualquier emisora para charlar y lo que surgiese. No estaba todo tan encorsetado. Desde que habían firmado con una oficina de contratación, estaban más solicitados al entrar en el circuito de salas y compartir cartel con los grupos que formaban parte de la agencia. Cuando asumieron que Pablo no podía seguir encargándose de sus asuntos, buscaron otra opción, sobre todo porque a menudo había errores con las fechas y, además, porque no siempre era sencillo cobrar lo que tocaba después de una actuación.

Por mi parte, había estado un poco perdida durante el último año. Rechacé varias ofertas jugosas porque no me veía reflejada en lo que la marca estaba buscando; de golpe, todo el mundo parecía querer anunciar bebidas *light*, o descafeinadas, o desnatadas, y cosas por el estilo. Parecía una especie de epidemia imparable, tanto como las exigencias de la agencia. Y unas semanas atrás, en medio de un trabajo para un catálogo de joyas, tuve una disputa con el fotógrafo. Lo que ocurrió fue lo siguiente: la maquilladora y la peluquera estuvieron acicalándome durante horas e ignorándome. No sé si la culpa era mía porque les imponía mi presencia, o suya porque fingían que era un maniquí, pero el caso es que tuve que aguantar una conversación larga y fastidiosa sobre un tal Paco, que por lo visto era de los que ni comían ni dejaban comer, y después me obsequiaron con otra charla igual de soporífera sobre la mejor manera de cocer las lentejas. Le pedí en dos ocasiones que dejase de tirarme del pelo de esa forma para hacerme las ondas porque me estaba haciendo daño. Cuando llegué al decorado donde íbamos a hacer las fotografías, estaba ya bastante irritable. El hombre que se encontraba tras la cámara disparó unas cuantas veces, hicimos un cambio de joyas y me senté como me pidió en un sillón de color aguamarina.

—Relaja la boca, alza el mentón, así, así. —Tomó un par de instantáneas más y después se agachó delante de mí—. ¿Podrías girar un poco la cabeza? Que no se vea la nariz de perfil. Hacia la izquierda, pero a ser posible sin bajar la vista.

Lo fulminé con la mirada.

—¿Qué le pasa a mi nariz?

Él se encogió de hombros.

—Digamos que no es tu mejor virtud.

—Ya, pues lo siento, pero no, no puedo esconder mi perfil. La marca me eligió entre docenas de chicas de la agencia, si no quieren esta nariz, que se busquen a otra modelo.

Y me levanté y me largué. Hizo falta que llamasen a Pablo para que me convenciese de que el fotógrafo estaba dispuesto a remediar su error. Al final posé para él, aunque tuvimos que hacer varias pausas porque salía con la cara en tensión. Después hubo una reunión en la que alguien sugirió que «tenía que dominar mi carácter» y yo le contesté que había tardado diecisiete años en encariñarme con mi nariz y que no me daba la gana esconderla.

La cuestión es que al final allí estábamos, en París. Tras unos meses con dudas en la agencia, finalmente habían apostado por la idea de lanzarme en Francia, así que llevábamos tres días asistiendo a más *castings* de los que había hecho en toda mi vida.

Eran rápidos, te miraban desde todos los ángulos, te pedían que hicieses algo concreto y te despachaban.

Podría haber llamado a mi padre para preguntarle si estaba por la ciudad, pero descarté la idea al darme cuenta de que no tenía nada que decirle. La conversación sería banal: «¿Cómo te van las cosas», «bien, bien, ¿y a ti?», «también, estoy a punto de abrir mi quincuagésimo intento de negocio», «vaya, fascinante». Lo cierto era que había asumido que siempre sería una cicatriz que llevaría conmigo y estaba convencida de que tuvo mucho que ver con mi escasa confianza en los hombres. Al menos, hasta que apareció Lucas.

—Estás deslumbrante —me dijo Pablo al caer la noche cuando me puse un vestido plateado para asistir a la fiesta a la que nos habían invitado antes de marcharnos.

Se celebraba en la terraza de un edificio y el anfitrión era un conocido diseñador de moda que estaba en boca de todos. Por aquel entonces, Thierry Mugler y Claude Montana triunfaban en la ciudad con sus propuestas masculinas de colores fuertes, pero a mí me interesó más la llegada de Versace y Gaultier. Me gustaba este último por ese aire punk del que nunca llegó a desprenderse del todo y que homenajeó con su musa Edwige Belmore, cantante y modelo habitual del legendario Studio 54.

Los asistentes a la fiesta parecían tener un solo propósito: destacar. Había mujeres enfundadas en vestidos imposibles, hombres con camisas de lunares coloridos, una señora con una estola de piel de un tono energizante, pantalones metálicos y corsés.

Me resultó fascinante.

—Te brillan los ojos.

—Es que me gusta esto —le dije a Pablo justo cuando un camarero pasó y cogí una copa de champán—. Ya sabes, que cada uno vista como le dé la gana.

—Déjame añadir que la mayoría poseen un gusto dudoso.

—En eso tienes razón. —Me reí al ver pasar por delante a una mujer con un bolso naranja de plumas—. Pero mientras ellos sean felices... La moda debería ser siempre así, divertida. Odio cuando dicen cosas como «no puedes combinar este color y este otro», las normas matan la creatividad, estoy convencida de eso.

Un joven alzó la mano saludando a Pablo.

—¿Me disculpas un momento?

—Claro. Luego nos vemos.

Di una vuelta por la fiesta mientras tomaba pequeños sorbos de mi copa. No servían comida. Siempre he pensado que la moda podría haber sido un arte mucho más interesante de no ir unido a ciertos estereotipos frívolos. Debería haber sido más abierta, más humana, más inclusiva. Así que, con el estómago vacío, me dediqué a contemplar a las personas allí reunidas, todas ataviadas con sus mejores galas, sonriendo con naturalidad (o forzadamente), brindando bajo la luz de la luna, oculta tras una telaraña de nubes, y las guirnaldas que cruzaban de lado a lado la terraza.

—¿Nos hemos visto antes? —preguntó una voz a mi espalda con un delicioso francés que envidié, porque durante aquellos días en la ciudad me había dado cuenta de que no dominaba tanto el idioma como recordaba. Y qué frustrante me resultaba tener una palabra en la punta de la lengua, pero no lograr darle forma para dejarla salir.

Aparté la mirada de la calle aún húmeda por la lluvia y de los transeúntes que, desde allí arriba, parecían hormigas correteando de un lado para otro. Me giré hacia un hombre que estaría cerca de los cuarenta, de sienes plateadas, mandíbula marcada y ojos amables.

—No lo creo —contesté.

—Cierto. Lo recordaría.

—Estoy casada —dije.

No sé por qué lo hice, pero alargué la mano de inmediato para enseñarle mi anillo. Fue un gesto infantil que a él le hizo gracia. Al sonreír, se le arrugó la comisura de la mirada. Luego apoyó los codos sobre el muro de la terraza que parecía flotar por encima de París. Me fijé en que tenía ese aire seguro que solo se consigue con el paso de los años.

—Enhorabuena. Me alegra saberlo, porque nunca mezclo el placer con el trabajo y me encantaría poder fotografiarte algún día. Me llamo Jean Bélanger.

Estuve a punto de atragantarme con el sorbo de champán.

—Encantada. Soy una admiradora de tu trabajo.

Lo conocía. ¿Cómo no iba a conocerlo? Ya entonces era soberbio y, con el paso de los años, lo reafirmó. Sus sesiones siempre eran peculiares y se salían de la norma, nada de chicas deslumbrantes y con poses imposibles, sino fotografías pensadas para trasmitir emociones y retratar la humanidad de las modelos. Algunos trabajos desprendían fuerza y otros ternura, pasión, poder, miseria o dolor, pero ninguno te dejaba indiferente. No tenía nada que ver con los catálogos de moda pensados para fijarse en la ropa sin apenas percibir quién la llevaba puesta. Y había inmortalizado a niños, jóvenes y ancianos.

—Es evidente que no eres de aquí.

—No, vivo en Madrid.

—Una ciudad maravillosa. Estuve hace unos meses. Me recomendaron un sitio que se llamaba Richelieu. Qué comida. Qué sabor. Inolvidable.

Sonreí ante su entusiasmo.

—Te aconsejaron bien.

—Aún no me has dicho tu nombre.

—Me llamo Julie Allard.

—¿Madre francesa?

—Padre, en realidad.

Entrecerró los ojos sin dejar de observarme con atención; de haber estado delante de cualquier otra persona, hubiese dicho que el análisis al que me estaba sometiendo era incómodo, pero tratándose de Jean Bélanger era evidente que estaba sacándome una fotografía mental. Clic. Clic. Clic. Por alguna extraña razón, pensé que me hacía sentir como una manzana de un rojo reluciente expuesta en una frutería. Abrí la boca con la intención de decir algo, aunque no sabía el qué exactamente, pero entonces Pablo apareció a mi lado.

—Aquí estabas. No te encontraba.

Jean pareció decepcionado cuando dijo:

—Quizá nos veamos en otra ocasión.

—Será un placer —respondí.

Me di la vuelta y seguí a Pablo adentrándome en aquel mar colorido y estrambótico que, a lo largo de mi vida, llegué a amar en la misma medida en la que lo odié.

29

LUCAS
UNA NOCHE SIN TI (BURNING)

Imagina que es de noche y estás divirtiéndote con tus colegas en la calle porque el ayuntamiento ha organizado un festival donde actúan varios grupos. Entonces alguien te ofrece tripis y más anfetas y dices que sí, aunque ya has tomado demasiadas. Después aparece Juanjo, el guitarrista de PVP, con un limón en la mano diciendo que es lo mejor para conseguir que el pelo se quede de punta. Y claro, comentas que cómo mola, que te haga una cresta o lo que le salga de los mismísimos. Total, te da igual porque ya estás hasta arriba.

Eso fue lo que pasó aquel día.

Cuando subimos al escenario, Marcos probablemente no recordaba ni su propio nombre, pero, en nuestra defensa, logramos tocar y, como era tarde y gran parte del público iba peor que nosotros, sacamos la actuación adelante. Fue la primera vez que lloré encima de un escenario, pero tiene una explicación: nos dejaron unas crestas de puta madre, eso no voy a discutirlo, pero nadie pareció tener en cuenta que, con el sudor, el limón se nos empezó a caer en los ojos. El primero en notarlo fue Carlos, que le daba duro a la batería. Y luego Marcos, en mitad de una canción, soltó un «me cago en la puta» que gracias al micro escuchó todo el mundo. Yo no podía parar de reírme mientras me lloraban los ojos. Al terminar una de las canciones, Marcos le preguntó al público si alguien podía lanzarnos una botella de agua y, bueno, agua no había mucha por allí, pero nos dieron un par de refrescos que nos tiramos por el pelo. La gente se desternillaba de la risa, aunque en aquel momento el escozor no tenía ninguna gracia. Cuando acabamos, estábamos hechos unos zorros.

—Venga, una última en la Vía —propuso Alicia.

Así que allí nos fuimos. Pedimos un par de copas, alguien pasó unas pastillas nuevas y la cosa volvió a animarse. En aquel lugar siempre ponían buena música recién llegada desde Londres. Me mesé el pelo con los dedos, que aún estaba pegajoso, dejándome caer en uno de los sillones. Pensé en Juliette. La echaba de menos. Estar en Madrid sin ella era deprimente, pero la agencia le había organizado una serie de *castings* en París para empezar a darse a conocer, que su cara fuese sonando y ver si por alguna de aquellas sonaba la flauta. Hacía una semana que se había ido a Francia y solíamos hablar todos los días; nos gustaba contarnos qué habíamos hecho, aunque fuese lo típico en plan «¿qué has comido?» y chorradas así.

—Todavía tengo puto limón en el pelo —se quejó Marcos.

—Para estar guapo hay que sufrir. —Carlos se rio de su propia broma y luego se cruzó de brazos y miró a la derecha—. ¿Esa de allí no es Martina?

Giré la cabeza para comprobarlo. Estaba bailando en medio del local, aunque no era un sitio que precisamente invitase a ello. Su cuerpo oscilaba de lado a lado bajo las luces y varios tíos la miraban embobados mientras disfrutaban del espectáculo.

—Sí. —Me encendí un cigarro.

—La semana que viene toca Zaragoza —recordó Carlos, que estaba fresco como una lechuga y bebía agua con gas—. Y la siguiente, Valencia y Vigo.

—Nos vamos a comer más horas de coche que un tonto.

—Es lo que hay. —Tosí por culpa del humo.

Martina apareció delante de nuestras narices.

—¿Alguien me da un cigarrillo?

—Sírvete. —Le lancé el paquete de tabaco.

—Siempre tan encantador —bromeó.

No sé cuánto rato estuvimos allí, pero cuando dijimos de marcharnos apenas me podía poner en pie. Me había pasado. No tendría que haber dicho que sí ni a la última copa, ni al último tripi, ni a la última pastilla que Martina se sacó del bolso, ni a..., bueno, a nada de toda esa mierda. Así que salí tambaleándome y con Carlos sujetándome de la cintura.

La pasma nos paró. A nosotros y al resto de la gente que salió del local. Era el pan de cada día que hiciesen su aparición estelar en las puertas de cualquier sitio nocturno. Llegaban, te cacheaban y si alguno se ponía muy chulo se lo llevaban a comisaría. Así que me dejé hacer sin rechistar. Martina, en cambio, se contoneó cuando uno de los policías se acercó a ella y empezó a coquetear con el hombre. Por suerte, nos dijeron que podíamos irnos.

—Voy a acompañarte a casa —dijo Carlos.

—Déjamelo a mí, que me viene de paso.

Y no mucho más tarde, con Martina cogiéndome de la camiseta y animándome a dar un paso tras otro, estaba intentando subir las escaleras del edificio donde vivía. Quería tumbarme, en serio. Quería tumbarme en cualquier rellano y dormir la mona. Me llevaba bien con todas las vecinas, no sería un problema que me encontrasen allí a la mañana siguiente. La señora Avelina hasta me subía canelones cada vez que hacía para sus hijos.

Martina se echó a reír cuando se lo dije.

—Venga, Lucas, solo queda un piso.

Un piso. Un puto piso. Como si me hubiese dicho de escalar una montaña, lo mismo. Pero, al final, no sé muy bien cómo, llegamos. Todo daba vueltas a mi alrededor. La escalera parecía curva, el mosaico del suelo se movía entremezclándose y las cosas esas del techo se retorcían como largas lombrices. ¿Cómo se llamaban? Mul... no. Lo tenía en la punta de la lengua. Mmm, era una palabra que sonaba pomposa... ¡Molduras! ¡Eso era!

—¿Dónde tienes las llaves?

—No tengo ni puta idea...

—Ven aquí. —No dudó antes de meter su mano en el bolsillo de mi pantalón. Me sobresalté porque no me lo esperaba, pero en cuanto encontró las llaves volví a sumirme en una especie de trance—. ¿A qué estás esperando para entrar?

El calor del hogar me recibió hasta que me di cuenta de que estaba pegajoso y que necesitaba una ducha con urgencia. Hubiese sido un golpe de suerte que Juliette estuviese allí, sentada en el sillón donde solía leer con las piernas dobladas tras el trasero en una postura contorsionista, sonriéndome. «Menuda pinta traes, Lucas», habría dicho.

Pero no estaba, así que intenté colgar la chaqueta tras la puerta y me tambaleé. Martina me sujetó antes de echarse a reír como si aquello fuese muy gracioso.

—Necesito... una ducha... —murmuré.

Martina me cogió del cinturón y tiró con suavidad hasta el cuarto de baño. La seguí por inercia, un poco confuso. La luz del fluorescente parpadeó durante un minuto antes de encenderse y tuve la sensación de que aún estábamos en el garito. Tenía que cambiar el tubo. Juliette lo había puesto en una de las notas que a veces me dejaba en la nevera: «cambiar la luz del baño». No lo había hecho y me dije que quizá mañana..., quizá podría coger la escalera del trastero e intentar arreglarlo. No podía ser tan condenadamente difícil. ¿O sí?

Entonces vi mi camiseta en el suelo.

—Eh, ¿qué estás haciendo?

—¿Tú qué crees? Desnudarte.

—Para. Puedo... puedo solo...

Luché contra el botón del pantalón.

—Pues no lo parece. Venga, Lucas, que no va a ser la primera vez que te vea desnudo. Después de aquello que hicimos..., dudo que importe. —Y bajó la cremallera de la bragueta.

Esta era la situación cinco minutos más tarde: Martina y yo dentro de la ducha, debajo del agua templada que caía de la alcachofa. Desnudos. Recuerdo que pensé «no sé qué coño hago desnudo aquí con esta tía» y un segundo después ella estaba de rodillas delante de mí y un placer intenso me sacudió. Un «no» salió de mis labios, pero fue débil, demasiado débil. Y luego las palabras que Martina había dicho instantes antes revolotearon alrededor como una lluvia de luces, ¿de verdad era aquello tan importante después de lo que habíamos hecho meses atrás? Y supe que sí. Lo era. Claro que lo era, joder. Me dije que tenía que pararlo. «Para esto. Páralo ya. Haz algo». Pero no podía moverme. No podía pensar. Y cuando conseguí dejar de mirar el maldito tubo fluorescente del baño y escapar de aquel trance, todo había terminado y ya era demasiado tarde. Martina se incorporó. Intentó darme un beso, pero me aparté. Sacudí la cabeza con el corazón tan encogido en el pecho que pensé que el siguiente latido no llegaría nunca.

—Mierda —mascullé.

—Lucas, mírame. —Martina me abrazó cuando fui a salir de la ducha—. Nadie tiene por qué enterarse de esto. No se lo diremos. Y aquí no ha pasado nada.

—Lárgate. —Me tropecé antes de alcanzar una toalla.

—Eres un gilipollas —espetó enfadada.

Me dejé caer en el suelo del baño tras escuchar cerrarse la puerta de la calle. Un silencio denso, casi viscoso, flotaba en casa. No se oía la risa de Juliette, ni sus manos trajinando en la cocina entre los ruidosos cacharros, ni su tarareo de alguna canción de la que siempre olvidaba la letra o su voz susurrándome al oído que éramos invencibles.

Nada. No había nada alrededor. Estaba solo.

Y acababa de cometer el peor error de mi vida.

30

JULIETTE
NO ME IMAGINO (LOS SECRETOS)

Uno de los misterios del matrimonio es que una puede darse cuenta de que se está desmoronando incluso antes de saber por qué. Yo lo noté. En serio, lo hice. Estaba en el aeropuerto cuando vi una cabina y llamé a Lucas. Pablo se fue a preguntar por la terminal de nuestro vuelo con un café en la mano, pero podía verlo desde donde me encontraba.

—Soy yo —dije cuando contestó—. Llegaré sobre las doce de la noche.

—Te esperaré despierto —respondió Lucas, pero ahí estaba la señal: el tono ronco de su voz, el ligero carraspeo antes de hablar, como si una losa le aplastase los pulmones.

Hablamos un par de minutos más de qué tal me habían ido las cosas por París y cómo le fue en el concierto que habían dado la pasada noche, pero como no llevaba más monedas sueltas la línea se cortó a media frase cuando él decía algo de que le dolía la cabeza.

—¿Todo bien? —Pablo me ofreció un café.

—No estoy segura. —Le di un sorbo.

—Te preocupas demasiado. —Me rodeó los hombros con el brazo y echamos a caminar hacia la terminal que le habían indicado en el mostrador de información.

Estuve intranquila durante todo el vuelo.

Pablo me apretaba la mano cada vez que había turbulencias, algo que fue frecuente en aquel trayecto. Tenía pánico. Solía decir que los aviones eran antinaturales: «Si el universo hubiese querido que los humanos volásemos, nos habría dado alas, estamos jugando con fuego». Terminó tomándose un tranquilizante cuando nos sirvieron las bebidas.

Compartimos un taxi al salir del aeropuerto. Primero lo dejó a él en su casa y después me llevó a la mía. La noche se cernía sobre Madrid y las luces de los semáforos palpitaban alrededor. Pagué la carrera y le di algo de propina cuando me ayudó a bajar mi maleta. Después, encajé la llave en el portal y tiré de la puerta hacia dentro para conseguir abrirla, porque tenía truco. Hay algo difícil de explicar en la calma que impregna la familiaridad de las cosas. Creo que por eso el hogar nos hace sentir tan seguros, no solo porque sea nuestro, sino porque conocemos todos sus secretos: esa puerta que chirría más que las demás, ese tubo fluorescente que parpadea antes de encenderse, esa mancha de humedad, esa silla que cojea, aquel cuadro que está un poco torcido aunque nadie lo note, qué lado del sofá y de la cama te pertenecen, las tazas que más te gustan para desayunar, el cajón desastre donde guardas todo aquello que no sabes dónde meter, la pila que siempre se obtura...

Y el ambiente. Eso es lo primero que se percibe al poner un pie dentro. Puede ser que te reciba el olor de un guiso delicioso borboteando en la olla de la cocina y un vinilo girando en el reproductor del comedor y llenando el salón de música. O no. Porque aquel día, cuando abrí la puerta y la empujé con el hombro, lo único que encontré fue oscuridad.

No había ninguna luz encendida.

Pero Lucas estaba sentado en el sillón, la punta incandescente del cigarro que sostenía entre los dedos ardía en la penumbra. El cenicero que tenía enfrente estaba lleno de colillas junto a un vaso vacío. Dejé el equipaje en el suelo y me senté en el sofá que había al lado.

Él levantó la cabeza y vi sus ojos llenos de culpa y miedo y dolor.

—¿Qué has hecho?

—Lo siento, Juliette...

Me puse en pie con un nudo en la garganta y fui a la cocina. Lucas apagó el cigarrillo y me siguió. Apreté el interruptor para encender la luz antes de beber un vaso de agua. Quería tranquilizarme. Tenía que tranquilizarme. Necesitaba tranqui... No, ¿qué demonios?

—Estaba colocado... —dijo hablando bajito como si temiese

romperme si su voz subía una nota más—. Martina... me acompañó. Fue un error. Un error.

Le lancé el vaso de cristal. Pasó por su lado y se estrelló contra los azulejos de la cocina. Recuerdo que apoyé las manos en la pila y me concentré en el goteo del grifo mientras me esforzaba por respirar. Una, dos, tres, cuatro. Coger aire y soltarlo no podía ser tan condenadamente difícil si hasta los recién nacidos sabían hacerlo sin que nadie les enseñase. Cinco, seis, siete, ocho. Lucas dio un paso hacia mí y lo frené con la mirada.

—No te acerques. No te atrevas a tocarme.

—Perdóname, por favor. Te quiero, Juliette.

—Tienes una forma peculiar de demostrarlo.

Lucas se quedó quieto unos segundos, hasta que soltó el aire que estaba conteniendo y levantó un brazo para abrir el armario y sacar una botella. La abrió y bebió directamente a morro. La luz nívea de la cocina reveló sus ojos enrojecidos llenos de incertidumbre.

—¿Por qué te acostaste con ella?

—No, no fue..., no llegamos a eso...

Pero me dio igual. Me dio igual y exploté:

—¡Lo que ocurrió hace meses no significaba que tuvieses carta blanca para hacer lo que te viniese en gana! Fue algo nuestro. Solo nuestro, ¿lo entiendes? Marcamos unos límites, confiaba en ti, pensé que teníamos algo... algo valioso que cuidar...

—Y lo tenemos, joder. Lo tenemos.

—Ahora ya no tenemos nada.

—Juliette... Espera, Juliette.

Salí de la cocina porque si no lo hacía terminaría lanzándole encima cualquier otra cosa que pillase; platos, tazas, un tenedor bien afilado directo a su entrepierna. Volví a coger mi bolsa de equipaje, vacié la ropa sucia y la tiré a un rincón. «¿Habrá sido aquí? —me pregunté—. ¿En nuestra cama?, ¿sobre la encimera de la cocina?, ¿en el sillón donde me siento a leer cada noche?, ¿encima de la alfombra del salón?, ¿o en el baño de cualquier garito?».

Abrí el armario para coger ropa limpia.

—¿Qué estás haciendo?

—¿Tú qué crees? Me voy.

—Es tarde. Quédate, por favor. —Posó sus manos en mis hombros y pensé que aquel era el instante en el que iba a desmoronarme delante de él, pero en el último momento logré evitarlo y me recompuse. No le dejaría verme rota. No—. Me marcharé yo si es lo que quieres, ¿de acuerdo? Pero tú solo... solo descansa un poco.

—Que te jodan, Lucas.

Lo aparté bruscamente y cerré la cremallera de la bolsa. Él me siguió hasta el rellano suplicando y repitiendo que lo sentía sin ser consciente de que cada vez que abría la boca a mí me entraban ganas de hacerle daño, mucho daño. En ese instante era un animal herido y estaba asustada y llena de rabia y odio. El corazón me latía con fuerza contra las costillas cuando encontré un taxi y le di la dirección de la casa que Susana compartía con Rafael.

Podría haber ido en busca de Pablo.

O a un hotel, a lamerme las heridas.

Pero quise ir con ella. Nada de Susana, la persona a la que necesitaba ver era mi madre. Deseaba que me dijese aquello de «te lo dije», que me apartase el pelo de la cara como solía hacer mi abuela Margarita y que al despertar por la mañana hubiese preparado algo dulce que calmase el agujero que se me acababa de abrir en el pecho.

No hizo preguntas cuando me abrió la puerta casi a las dos de la madrugada, pero me dijo que Lucas había llamado un rato antes pidiéndole que lo avisase si aparecía por allí. Me preparó la habitación de invitados, me hizo un vaso de leche caliente y me ahuecó la almohada. Se comportó justo como necesitaba que lo hiciese. Quizá fue entonces cuando le perdoné tantos años de ausencia, porque comprendí que tiempo atrás a Susana le quedaba grande la palabra «madre», pero ¿cómo iba a juzgarla cuando a mis veinticinco años anhelaba que alguien me arropase en la cama porque me habían roto el corazón? A mi edad, Susana tenía una hija de ocho años. Yo no hubiese sido mucho mejor que ella. De hecho, lo había evitado. Lo había expulsado de mi cuerpo. Le había dicho «aquí no hay espacio para ti»

—Hablaremos mañana —dijo.

—No será necesario —contesté.

Porque ya había tomado una decisión.

Quería devolverle el mordisco. Y dejarle marca. Que cada vez que mirase esa cicatriz le escociese un poco. Quería que le doliese tanto como me dolía a mí.

Y solo necesitaba hacer un par de llamadas para conseguirlo.

LUCAS
LUCHA DE GIGANTES (NACHA POP)

Domingo, ocho de la tarde.

Juliette llevaba fuera desde el jueves por la noche. Y estaba aterrado. ¿Acaso era el final? ¿Todo lo que habíamos construido se había ido a la mierda por ese instante..., por unos minutos de enajenación mental..., por aquel maldito momento...? Bebí y fumé. Fumé y bebí. No salí de casa ni cinco segundos porque temía no estar cuando ella apareciese. Y teníamos que hablar. Tenía que decirle que la quería más que a nada en el mundo, que nunca volvería a fallarle, que haría cualquier cosa para reparar aquel error, que..., que...

Estaba perdiendo la cabeza. No dejaba de pensar en todas las palabras que tendría que haberle dicho esa noche y que se me quedaron atascadas en la garganta. Siempre me ocurría eso y lo odiaba. Cuando discutíamos, Juliette solía dar con las frases perfectas, esas que eran como dagas directas al corazón; argumentaba, razonaba, exponía sus ideas como si estuviese encima de un puto tribunal defendiendo a un asesino y, joder, hubiese sido capaz de convencer a cualquier jurado de que Charles Manson era inocente. Pero a mí me ocurría justo al revés. Me quedaba en blanco, las ideas zumbaban alrededor como abejorros inquietos y no conseguía atraparlas hasta mucho después, cuando la conversación ya había terminado y era demasiado tarde.

Así que cuando el domingo escuché el clac de la cerradura de la puerta, ya había decidido que no sería capaz de ganarle a Juliette una batalla verbal. Me arrodillaría. Haría eso, me arrodillaría delante de ella y le rogaría que me diese una segunda oportunidad.

Me quedé rezagado en la puerta del salón.

Ella apareció por el pasillo y vi algo oscuro en su mirada que me inquietó, porque no era solo odio, eso lo hubiese entendido, sino algo más. Había triunfo. Y una tristeza infinita.

—Ahora estamos en paz.

—¿Qué has hecho, Juliette?

—Ojo por ojo, diente por diente.

—¿Qué cojones significa eso?

Lanzó su bolso al sofá con indiferencia.

—Me he acostado con Jesús.

Quise preguntarle si estaba bromeando, pero las palabras se me atascaron en la garganta y se quedaron ahí para siempre, porque sus ojos me dijeron que era verdad. Y me derrumbé. Ni siquiera sentí rabia o celos, tan solo... dolor. Un dolor seco y profundo que supe que arrastraría mucho tiempo. Me llevé las manos a la cabeza y noté el pulso en las sienes. Cuando alcé la vista hacia Juliette, su expresión ya no era de victoria ni nada remotamente parecido, porque es imposible ganar en una guerra donde ambas partes lanzan misiles sin pararse a pensar en los posibles daños. Tenía las mejillas llenas de surcos de rímel y lloraba en silencio.

Podría haber sido un punto final. Podría haber terminado todo entonces.

Pero la quería. La quería más que a mi orgullo, el rencor o cualquier otra mierda que pudiese interponerse entre nosotros. Así que no grité, no le di un puñetazo a la pared, no me puse hasta el culo para olvidar lo que acababa de ocurrir. Lo único que hice fue dar un paso hacia ella y abrazarla tan fuerte que temí hacerle daño, como si hiciese años que no nos viésemos, como si pudiese desvanecerse en cualquier momento.

—Lo solucionaremos. —Sujeté su rostro entre mis manos y le limpié las lágrimas con los pulgares—. Vamos a superar esto, ¿de acuerdo? Tú y yo, siempre invencibles.

—No me sueltes. —Juliette sollozó.

—Nunca. —Y fue una promesa.

MATERIAL DE ARCHIVOS: 1982 - 1983

32

(En el interior de los estudios de Radio 3, en *Diario Pop*, con Jesús Ordovás. Los integrantes de Los Imperdibles Azules se sientan relajadamente como si estuviesen en casa y piden un cenicero y algo de beber)

J. Ordovás: *Ya era hora de volver a teneros por aquí.*

Marcos: *Nosotros decimos que sí a cualquier invitación, menos a las de bodas, esas no nos van tanto. Son un muermo. La gente debería celebrar su amor en privado.*

J. Ordovás: *Estoy de acuerdo.*

Lucas: *Tampoco generalicemos.*

Marcos: *Admito que tu boda fue la excepción. Nos divertimos de la leche. Hasta Carlitos se bebió un par de copas y eso que él es... ¿cómo se dice?*

Carlos: *Abstemio.*

Marcos: *Eso. Menuda palabreja.*

J. Ordovás: *Se refieren a tu boda con Julie Allard, ¿cierto?*

Lucas: *Sí, fue hace tres años.*

J. Ordovás: *¿Crees que esa relación ha influido en tu música?*

Lucas: *No. De hecho, el segundo disco fue mucho más punk que el primero. Hubo una crítica un poco tibia que dijo algo así como «Si estos chicos pretenden hacernos creer que el mundo es un lugar gris y corrosivo, van por el buen camino».*

J. Ordovás: *Eso es cierto, el primer elepé que lanzasteis al mercado en 1979 era mucho más divertido. ¿A qué se debe el cambio? ¿Fue premeditado?*

Carlos: *Pienso que fue un efecto colateral del momento que estábamos (y estamos) viviendo. Tanta corrupción, tanta censura, tanta miseria... Es decir, en el ambiente donde nos movemos nosotros no es tan palpable, pero cuando sales de ahí todo es muy diferente.*

Marcos: *El otro día mismo detuvieron a nuestro colega Koke en las puertas de Marquee. Seguro que tuvo que ver que se hubiese maquillado y fuese con una especie de túnica griega. Les dijimos a los tíos que era de nuestro grupo. Y va el madero, lo suelta y comenta: «No sabía que era artista, pensaba que era maricón». ¿Entiendes cómo va la cosa?*

J. Ordovás: *Sí, claro.*

Lucas: *Con ese segundo disco queríamos decir: «Estamos enfadados».*

Marcos: *Sí, y el primero fue más «vamos a pasárnoslo bien».*

J. Ordovás: *¿Y qué sensaciones hay para el tercero?*

Carlos: *Todavía no hemos entrado al estudio, pero creo que en general estamos en una etapa más estable. Nos gusta la faceta reivindicativa del punk, aunque no queremos olvidar que también es divertido, una manera de decir «me la suda todo, la vida son dos días».*

(Pausa)

J. Ordovás: *¿En qué han cambiado vuestras vidas?*

Carlos: *Ahora comparto piso con este.* (Señala a Marcos)

J. Ordovás: *¿Tú también?* (Mira a Lucas)

Lucas: *No, yo vivo con mi mujer. Por suerte.*

(Risas)

J. Ordovás: *Tenéis muy buena relación, eso es algo que se palpa en cuanto un grupo entra en el estudio. ¿Cómo habéis conseguido estar en sintonía? ¿Cuál es la clave?*

Carlos: *No nos parecemos en nada, pero nos respetamos.*

Marcos: *Eso es muy importante.*

Lucas: *Y, a pesar de nuestras diferencias, estamos de acuerdo en las cosas esenciales. Es decir, valoramos la sinceridad, la lealtad, el buen rollo...*

Marcos: *Siempre hay muchas risas.*

Carlos: *Eso es verdad. Este es un payaso.*

Lucas: *Y nos encanta que lo sea.*

J. Ordovás: *Hasta el año 1978 el grupo tenía un batería distinto, Jesús Santiago, que ahora toca con Doble Ronda. Llegasteis a hacer con él vuestros primeros bolos.*

Marcos: *¿Sí? Casi ni me acuerdo. Es agua pasada.*

J. Ordovás: *¿Hubo diferencias musicales?*

Lucas: *Prefiero no hablar de eso.* (Se enciende un cigarro)

(Pausa para que suene *El amor es radiactivo*)

J. Ordovás: *Esta canción ha sido uno de vuestros grandes éxitos.*

Marcos: *Tiene mucho gancho. Habla de lo dañino que puede ser enamorarse en ocasiones. Ya sabes, la radiación te mata lentamente. Pues el amor es un poco igual, ¿no?*

J. Ordovás: *¿Qué pensáis de los grupos que han surgido durante los últimos años?*

Lucas: *Hay muchas ganas de hacer cosas y el público responde de una manera muy positiva, que es fundamental. Hace unos años era todo diferente, pero ahora hay circuitos de salas en muchas ciudades y son un escaparate para las nuevas formaciones. Aquí ninguno aspiramos a ser los Rolling Stones, ¿me entiendes? Poder vivir de la música ya es un lujo.*

J. Ordovás: *¿Alguno de esos grupos que os guste especialmente?*

Lucas: *Me parecen la leche Glutamato Ye-Yé.*

Marcos: *Con Eskorbuto congeniamos bien. Y Siniestro Total son divertidísimos.*

Lucas: *Sí, eso es verdad. Estar con ellos es un desmadre.*

Carlos: *A mí me gusta el sonido de Radio Futura, creo que van un paso por delante y Santiago Auserón es un genio. También me llaman la atención las letras de Antonio Vega. Y Los Elegantes tienen un buen directo. Cada grupo tiene sus puntos débiles y fuertes, creo que lo importante es que hay hueco para todos.*

J. Ordovás: *¿Hay competitividad?*

Carlos: *No, para nada. Muchos son amigos y vamos a verlos tocar a menudo. Al final, todos nos conocemos porque terminamos actuando juntos en festivales y salas.*

Marcos: *Algunas noches son apoteósicas.*

Lucas: *En general, hay buen rollo.*

33

Julie Allard se desprende de sus pantalones amarillos

12 de marzo, 1983. Parecía que la trayectoria ascendente de esa chica que nos conquistó a todos con una mirada avanzaba en línea recta, pero por lo visto ha decidido tomar un desvío. Nos reunimos en el Café Gijón con ella y nos confiesa que, por el momento, no tiene en mente protagonizar más anuncios.

H. L: ¿Cómo se presenta este nuevo año para ti?

Julie: Me apetece probar cosas nuevas. La moda me llama especialmente y no solo de una manera comercial, también me gustaría profundizar en su lado más artístico.

H. L: ¿A qué te refieres exactamente?

Julie: Creo que es un medio de expresión y todo lo que sea sacar algo de dentro hacia fuera me interesa.

H. L: Tras un pistoletazo de salida por todo lo alto, es innegable que pareces haber dado un paso atrás.

Julie: No estoy segura de que avanzar hacia delante tenga el mismo significado para ti que para mí. Considero que estoy tomando la dirección que me interesa. Pero es posible que sea menos visible, sí, no tiene sentido negarlo.

H. L: ¿A qué se debe el cambio de rumbo?

Julie: Cuando se lanzó aquel anuncio la fama llegó muy de golpe y, aunque sabía lo que iba a ocurrir, admito que me costó acostumbrarme al hecho de que la gente me reconociese. La teoría tiene poco que ver con la práctica. Luego, conforme fue pasando el tiempo, todo se calmó. Y entonces fue cuando decidí que tenía que pensar bien qué era lo que quería hacer.

H. L: ¿Y valoras otras opciones? El cine, por ejemplo. El año pasado acudiste como invitada a la presentación de varias películas y a raíz de ahí se llegó a rumorear que podrías participar en alguna cinta de Fernando Colomo. ¿Es eso cierto?

Julie: *No. No soy actriz ni quiero serlo.*

H. L: *Como hemos comentado, últimamente te dejas ver en menos actos sociales, pero estuviste en la exposición de Andy Warhol cuando vino a Madrid para inaugurar «Pistolas, cuchillos y cruces». En general, podría decirse que eres una asidua en la galería de Fernando Vijande, desfilas allí a menudo y has empezado a colaborar en labores organizativas...*

Julie: *Sí, Fernando Vijande es un buen amigo y tenemos intereses comunes.*

H. L: *También has hecho algunos desfiles en Francia.*

Julie: *Es lo que más me interesa ahora mismo. Pero es un mercado distinto y vamos paso a paso, no quiero precipitarme, prefiero pisar sobre seguro.*

H. L: *Una chica muy precavida.*

Julie: *Tengo más experiencia.*

H. L: *Claro. Y en cuanto a tu vida personal, estás casada con el guitarrista de Los Imperdibles Azules. ¿Qué opinas de la explosión musical que se vive en la capital?*

Julie: *Es natural. El fin de la dictadura propició que surgiesen nuevas voces en todos los ámbitos. La música es un motor lleno de creatividad en constante movimiento.*

H. L: *¿Piensas formar una familia pronto?*

Julie: *Es curioso. A mi marido nunca le han hecho esta pregunta.*

H. L: *Será porque no se ha entrevistado conmigo.*

Julie: *O porque es un hombre.*

1984

34

LUCAS
MUCHA POLICÍA, POCA DIVERSIÓN (ESKORBUTO)

El maldito zumbido no me dejaba pensar.

—Pues esto es lo que hay —dijo Marcos recostándose en un banco estrechísimo que atravesaba uno de los laterales de la celda—. Tampoco se está tan mal.

Yo estaba sentado en el suelo porque en el banco no había sitio para los tres. Apagué la colilla y me puse en pie cogiéndome de los barrotes. A lo lejos, se escuchaba el murmullo de los policías de aquel turno de noche, algunas risas y charlas poco trascendentales; la hija de uno de ellos había empezado a salir con un macarra y el padre parecía preocupado, así que el otro le comentó que le pasase los datos del pobre desgraciado.

—¿Estás bien, Lucas? —preguntó Carlos.

—Sí, sí. Es solo... ese puto mosquito...

—¿Qué mosquito? —Marcos se echó a reír.

—¿No lo escucháis? Shh, silencio. ¡Ahora!

—Este está perdiendo la cabeza del todo.

—Yo no oigo nada —contestó Carlos.

—¡Pues está aquí! Joder, está aquí...

—Lo que estás es paranoico. ¿Cuántos tiros te has metido?

—Venga, Carlitos, no me toques ahora los cojones.

El efecto de la coca había disminuido un poco, pero aún notaba el ritmo cardiaco acelerado y contundente. Pum, pum, pum. Sin cesar, sin pausa. Pum, pum, pum. Y estaba..., bueno, estaba un poco eufórico, pero no en un sentido festivo, desde luego. Cualquier atisbo de diversión había desaparecido en cuanto nos metieron en el coche de policía para llevarnos a los calabozos de plaza de Castilla, aunque Marcos no había parado de preguntarles si podían encender la radio durante el trayecto. No habíamos hecho nada. O casi nada. A ver, ¿cómo explicarlo sin parecer un gilipollas de primera? Estábamos en el Rockola, como de costumbre desde que había abierto sus puertas. Siempre había algún grupo tocando. De hecho, habíamos presentado allí nuestro tercer disco tiempo atrás. El caso es que la noche prometía, pero en algún momento la cosa se torció y hubo una pelea. No tengo ni idea de por qué. Lo que sí sé es que me vine arriba y le dije al dueño del local: «Tranquilo, que esto lo soluciono en un periquete». Así que fui a por uno de los extintores que colgaba de la pared, lo cogí y, segundos más tarde, una nube de polvo y humo cubría la sala. La gente empezó a gritar. Salimos a la calle. Había bastantes personas dándose de leches. Vino la pasma. A mí me entró la risa, no recuerdo por qué. Pero instantes después me fui con Carlos y Marcos a un callejón que había al lado porque me estaba meando. Me la saqué y, mientras tanto, contemplé ensimismado las pintadas de las paredes; en aquella época, el mobiliario urbano de la ciudad era un lienzo gratuito.

Entonces va, aparece un madero y me detiene por estar haciendo mis necesidades en la vía pública. No por robar un puto extintor. No por sembrar el caos en un local. No por originar una pelea multitudinaria que tuvo a la mitad de los polis de la ciudad entretenidos toda la noche. Sino por mear. Hay que joderse. Carlitos y Marcos vinieron conmigo; principalmente, porque el primero empezó a hablarle al hombre de leyes y legalidades que al tío no le hicieron ninguna gracia, y el segundo se cagó en sus muertos.

Así que bueno, ahí nos encontrábamos en plena madrugada.

—¿Os imagináis cómo será la vida a los ochenta?

—¿En serio, Marcos? ¿Estamos en el trullo y eso es lo que se te pasa por la cabeza...?

—¿Qué quieres que haga? Cuando me aburro me da por pensar.

—Yo también lo he meditado alguna vez —dijo Carlos.

A la mierda. Me centré en el jodido mosquito de los cojones. Revisé cada centímetro de las paredes y luego me fijé con detenimiento en los barrotes. ¿Dónde se había metido ese malnacido?

—Mi duda es: ¿se me seguirá poniendo dura?

—Mis reflexiones iban por otro lado. —Carlos negó con la cabeza mirando a Marcos y chasqueó la lengua—. Pero, ahora que lo dices, en el pueblo donde veraneaba con mis padres había un hombre que era el dueño de la empresa cárnica que daba trabajo a la mitad de la población, y cuando enviudó se casó con una mujer treinta años más joven que él.

—¿Estás contándonos una telenovela? —Me quejé.

—Déjame acabar. El caso, que la dejó embarazada con setenta y dos años.

—¡La leche! —Marcos se echó a reír—. Hablando de leches, la suya tenía que ser de calidad, eh. Aunque es un poco, ¿cómo decirlo?, ¿asqueroso?

—Asqueroso es hablar de la lefa de un anciano.

—¿Por qué estás tan cabreado, Lucas?

—El mosquito. Ese maldito mosquito...

Volvía a escuchar el zumbido a mi alrededor.

—¿Y aguantó sin palmarla hasta que nació?

—Eso no lo recuerdo... —comentó Carlos.

—Pero vamos a ver, ¡que no era su hijo! ¿Cómo va a dejarla preñada con más de setenta? ¿Os estáis escuchando? Está claro que lo engañaba con otro y el pavo hizo la vista gorda. En los pueblos pasa mucho. ¿No oís el silbido del mosquito?

—Es cierto, quizá no sea factible... —meditó Carlos.

—Factible. Qué bien suena. —Marcos se sacó el paquete de tabaco y se encendió un cigarrillo—. A ver, Carlitos, dinos más cosas de esas de culturetas.

—Vicisitudes —soltó riéndose.

—¿Y eso qué coño es?

—Tiene varios significados. Pero, por ejemplo, si dices «las vicisitudes de la vida» hablas de una serie de cosas, tanto positivas como negativas, que te hayan pasado.

—Joder, lo voy a usar a diario a partir de ahora —contestó Marcos.

—Las vicisitudes del mosquito. ¿Tiene eso sentido?

—Esta os va a gustar: galimatías.

—¿Qué coño? Si es superdivertida. ¡Galimatías, galimatías! —empezó a gritar Marcos sin dejar de reírse, y un madero nos pidió desde lejos que cerrásemos el pico—. ¡Galimatías!

—¿Qué haríamos sin ti, Carlitos? —pregunté en voz alta sin esperar ninguna respuesta. Y, de pronto, lo vi. Ahí estaba el dichoso mosquito, apoyado en uno de los barrotes con sus enclenques patas arqueadas. Era negro y diminuto—. ¡Lo tengo! Que nadie se mueva. Shhh.

—Ha perdido la cabeza. —Marcos expulsó el humo.

—Silencio..., silencio... —Di un paso hacia él—. Silencio...

¡Pum! ¡Lo maté! ¡Lo había matado! Estaba eufórico. Di un par de voces y el policía terminó acercándose para ver qué estaba pasando. No parecía especialmente enfadado, tan solo cansado, como si se preguntase por qué coño le había tocado tener que encargarse de esos tres idiotas que tenía dentro del calabozo.

—¿Qué está pasando?

—¡He matado al mosquito!

—Nosotros no lo conocemos —bromeó Marcos.

—Qué cabrón. Señor, íbamos juntos a preescolar.

—Es muy tarde, ya basta de dar voces, ¿de acuerdo?

—Si nos dejase hacer una llamada... —dijo Carlos.

—Como en las películas —añadió Marcos—. Y nos traerán el dinero para la fianza en un periquete. ¿Quiere que le cuente un chiste mientras tanto?

El hombre suspiró hondo. Por lo visto, sus compañeros se habían largado y le habían dejado a él con el marrón, cuando ni siquiera estaba entre los que nos habían detenido. Pensativo, se rascó el cabello entrecano y al final asintió con la cabeza.

—Una llamada. Y rapidito.

—Bien, ¿llamas tú a Julie? —me preguntó Carlos.

—No, no, a Juliette no. Nada de eso. Tenía que levantarse temprano para ir a la galería y no quiero despertarla. De hecho, preferiría que no se enterase de esto.

No sé ni para qué les pedía que lo ocultasen si sabía que terminaría confesándoselo en cuanto entrase por la puerta de casa. Era así. No podía evitarlo. Nunca le había mentido a Juliette. Ni siquiera cuando ocurrió aquello dos años atrás..., ese maldito error llamado Martina que estuvo a punto de derribar todo lo que habíamos construido. Puede que fuese un imbécil, pero siempre había sido sincero con ella, incluso cuando me avergonzaba de mí mismo. Y eso me hacía sentir orgulloso: en nuestro matrimonio no había secretos. Estábamos preparados para afrontar lo que viniese, tanto lo bueno como lo malo.

—No te preocupes, tenemos una cremallera en la boca.

—Chicos, no tengo tiempo para esto —intervino el policía y, a esas alturas, había decidido que debía ser un buen hombre, porque de lo contrario nos hubiese mandado a la mierda; tenía pinta de ser de los que subían a sus nietos a caballito y aguantaban que su señora le contase todos los cotilleos del barrio sin rechistar—. Hagamos una cosa. Os pensáis lo de la llamada y vuelvo dentro de diez minutos para sacar a uno de vosotros.

Así que se largó y allí nos quedamos de nuevo los tres.

—Oye, podemos llamar a Pablo —propuso Carlos.

Nos pareció una buena idea porque no queríamos decirle al mánager de la agencia de contratación que la habíamos vuelto a liar y, además, Pablo sabía enfrentarse a ese tipo de situaciones. Tenía don de gentes. No como algunos de nuestros amigos que, de haberles pedido que fuesen a rescatarnos, hubiesen terminado ocupando la misma celda.

—Así que Julie y tú... —tanteó Marcos cuando Carlos salió para hacer esa llamada y nos quedamos a solas.

Se preocupaba por mí. Sabía que lo hacía. Pero no me gustaba hablar con nadie sobre mi matrimonio, ni siquiera con mi hermano, aunque había sido inevitable que tiempo atrás todos se percatasen de que algo estaba ocurriendo.

Un día, jugando con Marcos a *Space Invaders* con la Atari 2600 en el salón de casa mientras compartíamos un porro, le pregunté: «¿Tú alguna vez te has enamorado?». Y él me miró sorprendido y me respondió: «Joder, Lucas, claro, cada fin de semana». Lo decía en serio.

—Todo va bien —contesté buscando el mechero.

Y era cierto. Juliette había bautizado lo ocurrido como «una crisis», algo que sonaba mucho más elegante que decir: «Estuve a punto de matar a mi marido». Hasta para eso tenía clase. Nos costó mucho limar asperezas, dejar de reprocharnos lo que habíamos hecho y perdonarnos el uno al otro, pero lo logramos. Hubo secuelas, claro: alguna cicatriz y la posterior transformación de Juliette en una mujer diferente a la que había conocido a finales de los setenta. A decir verdad, no recuerdo el momento exacto en el que llegó la calma tras la tempestad. Los primeros meses fueron tan jodidos que ni siquiera dormíamos en la misma habitación: ella se llevó sus cosas al cuarto de invitados. Éramos dos almas grises que compartían un apartamento en Malasaña. Yo me metía cualquier cosa que encontraba para olvidar que mi gran historia de amor estaba tocada y hundida. Ella dejó de meterse nada. Yo me emborrachaba a menudo. Ella dejó de beber, a excepción de alguna copa de vino blanco. Yo sufría como un puto adolescente. Y ella parecía no sentir absolutamente nada. O eso hubiese pensado si no la conociese lo suficiente como para saber que su manera de protegerse era refugiarse tras una máscara de frialdad e indiferencia. Hablábamos lo justo: «Compra leche si vas al supermercado», «recuerda llamar al fontanero» y cosas así.

Hasta que una noche la escuché entrar en mi dormitorio.

Se quedó ahí, en la puerta, sin moverse. Podía verla entre las sombras, aunque imagino que ella dio por hecho que estaba dormido. Por un instante, pensé: «Viene a cortarme las pelotas, tiene que ser eso». Pero no. Tras un largo minuto, dio media vuelta y se largó.

Lo repitió un par de veces más.

Y un día, de pronto, en lugar de quedarse en el umbral, dio un paso tras otro y se tumbó en la cama a mi lado. Me daba miedo hacer algo que pudiese alejarla, pero la abracé. Ella no se apartó. Así que nos quedamos en silencio hasta que el sueño nos venció. A la mañana siguiente, las partículas de polvo flotaban alrededor y la luz del sol bañaba la habitación. Juliette estaba despierta. Tenía la vista clavada en la ventana y una expresión triste, pero en sus ojos ya no había odio, tan solo un dolor suavizado, como el color de la madera después de lijarla a conciencia. ¿Puede el sufrimiento mudar de piel igual que una serpiente y dejar atrás todo aquello que está muerto para continuar adelante?

—Te he echado de menos, Juliette.

Me miró. El amor bailaba en sus ojos.

—Yo también, Lucas. Yo también.

35

JULIETTE
NO ME BESES EN LOS LABIOS (AEROLÍNEAS FEDERALES)

Un día eres una de esas chicas que aseguran que jamás perdonarían una infidelidad y más tarde no solo lo haces, sino que decides vengarte cometiendo otra. Hay una frase de León Tolstói que siempre me ha gustado y dice así: «El matrimonio es una barca que lleva a dos personas por un mar tormentoso; si uno de los dos hace algún movimiento brusco, la barca se hunde». Me pregunto qué ocurre cuando los dos se mueven bruscamente. Eso sí que es un naufragio en condiciones. ¿Qué puedo decir? No me siento orgullosa de lo que hice. No lo repetiría si pudiese volver atrás. Pero, en ese momento, era incapaz de pensar con claridad. Estaba llena de dolor y decepción. Hay quien lo llama «veneno».

Fue como cuando recibes un mordisco y tu instinto te grita que tú respondas con más violencia porque tienes que vencer esa batalla. Creo que una parte de mí creía que, si lo hacía, si devolvía el golpe, el sufrimiento disminuiría al equilibrarlo.

No fue así. La herida siguió abierta durante mucho tiempo.

Perdonar o no perdonar una infidelidad son dos actos que guardan muchas similitudes. «No puedo perdonarlo porque lo quiero y me ha hecho daño», «lo perdono porque lo quiero». Al final, todo se resume en amar. ¿Una infidelidad borra los instantes vividos? ¿Un acto irreflexivo es suficiente para poner en duda el pasado y el futuro? ¿Es la traición lo que duele tanto o esa sensación de que el cuerpo amado ha sido profanado y deja de pertenecernos? Lo que a mí más me dolió cuando me marché fue haber perdido a Lucas. No era solo mi marido, mi amante, mi compañero de vida, sino también mi mejor amigo; la persona a la que acudía cuando tenía un problema buscando consuelo, para divertirme o si necesitaba un cálido abrazo familiar que me reconfortase hasta los huesos. Lo echaba tanto de menos que algunas noches en las que no podía dormir acababa delante de la puerta de esa habitación que habíamos compartido tiempo atrás, mirándolo en la oscuridad. Me imaginaba deslizándome entre las sábanas, acurrucándome a su lado y posando mis labios en el hueco de su garganta, ahí donde latía el pulso y encontraba su olor.

Sin él, descubrí que me sentía muy sola.

Quizá aquel fue el primer síntoma de que, a la larga, tendríamos problemas. ¿Cómo pretender que un hombre entre los más de cinco mil millones de personas que habitaban el mundo pudiese rellenar todos mis vacíos? No fue justo para ninguno de los dos.

Lucas me quería.

Yo lo necesitaba.

Hay múltiples razones por las que «querer» y «necesitar» nunca podrían considerarse sinónimos. La definición de «querer» dice así: 'Desear, amar, tener cariño, voluntad o inclinación a alguien o algo'. La de «necesidad» es más oscura: 'Aquello a lo cual es imposible sustraerse o carencia de las cosas que son menester para la conservación de la vida'.

Cuando escuché el chasquido de la cerradura ya había empezado a amanecer y el cielo parecía manchado por trazos rosáceos de pintura que recordaban al mármol. Cogí la bata que había dejado sobre la butaca de la habitación antes de acostarme y me la anudé a la cintura mientras recorría el pasillo que conducía hasta la entrada de casa.

Aquella mañana, Lucas no iba doblado intentando sujetarse a las paredes para llegar a la cama ni tampoco parecía eufórico después de un último tiro antes de emprender el camino a casa. Más bien tenía aspecto de estar cansado. Yo también lo estaba. De él y de su estilo de vida en particular. Cada vez me molestaba más verlo aparecer de madrugada con las pupilas dilatadas o los ojos rojos, apestando a quién sabe qué. Pero, si se lo recriminaba, él contestaba con un «era así cuando nos conocimos, tú eres la que ha cambiado». Y tenía razón.

—¿Qué tal la noche?

—Me han detenido.

—Interesante...

Fui a la cocina para preparar café y Lucas me siguió arrastrando los pies como un niño al que acaban de pillar robándole un lapicero de colores a su compañero de pupitre. Puse la cafetera al fuego ante su mirada ausente, quizá un poco desenfocada, y me crucé de brazos.

—¿Sabes de qué manera no tendrías ningún problema? Quedándote en casa conmigo. Y, antes de que me pongas la excusa del trabajo, no debe de ser tan difícil tocar, recoger tus cosas y largarte de donde sea que estés en cuanto acabes.

—Oye, solo estaba echando una meada en la calle...

—Lucas, no estoy hablando de esta noche.

—Ya. ¿Otra vez con lo mismo?

—Me preocupo por ti, solo eso.

—Creo que voy a irme al catre...

—Carlos toca en el grupo y no bebe.

—¿Y qué intentas decirme?

—Pues que es una opción viable.

—«Viable» —Chasqueó la lengua y sonrió como si la palabra fuese divertida—. ¿Acaso tengo pinta de parecerme a Carlitos? Déjalo ya, lo de esta noche ha sido un malentendido...

—Siempre tenéis algún «malentendido».

—No me jodas. Solo hago mi trabajo.

—Sí, claro, impecablemente...

El café empezó a borbotear con insistencia.

—Juliette, son las siete de la mañana, no me apetece discutir. Mira, ¿sabes una cosa? Yo no tengo la culpa de que tú no sepas qué hacer con tu vida... Quiero decir... Mierda, no pretendía... —Él agachó la cabeza cuando apagué el fuego del hornillo—. Perdona.

Me largué apoyando los talones con fuerza contra las baldosas del suelo para dejar constancia de cada uno de mis pasos. Pum, pum, pum. Podría haber sido un elefante. Ojalá hubiese sido un elefante inmenso. Busqué la ropa de deporte que guardaba en un cajón del armario, me la puse e ignoré las disculpas de Lucas que continuaron al cruzarnos en el umbral de la puerta. Bajé las escaleras como si estuviese escapando de un incendio.

Lo de aficionarme a correr fue algo totalmente fortuito. Pero tuvo sentido. Lo que ocurre cuando te acuestas con alguien tan solo por despecho es lo siguiente: tu cuerpo deja de pertenecerte durante unas horas y se convierte en una especie de moneda de cambio. Como la sal en la Edad Media. O el oro. O, algo más próximo, las pesetas. Así que aquello que era solo mío, y que compartía con Lucas, pasó a ser un arma.

Si la usaba podía herir hasta los huesos.

Pero no pensé en los daños colaterales.

Al principio fue algo inconsciente: ya no me apetecía meterme cualquier cosa que me diesen. Fue como si mi cuerpo, ese cuerpo lastimado, agraviado y herido rechazase lo que pudiese causarle más dolor. Supervivencia, creo. Así que empecé a decir la palabra «no» con frecuencia. ¿Te pinto un tiro? «No». ¿Quieres otra copa? «No». ¿Una pastillita mágica? «No».

Y un día me di cuenta de que llevaba semanas sin consumir.

Después, los meses fueron quedando atrás en el calendario que teníamos colgado en la cocina y yo seguí avanzando en línea recta. En ese momento no me percaté de que Lucas se había quedado atrás. Aquel acto de amor hacia mi propio cuerpo me alejaba de él. Todo lo dañino se quedó rezagado junto a Lucas en una caja que podría haber bautizado como «pasado», algo esclarecedor. Continué teniendo dos vicios: el tabaco y, de vez en cuando, una copita de vino blanco, sobre todo si pasaba un rato en la cocina intentando defenderme mejor delante de los fogones. Pero, de forma paulatina, dejé todo lo demás.

Y ocurrió algo curioso entonces. Estaba en uno de los conciertos de Los Imperdibles Azules, que esa noche actuaban con Radio Futura, y todo era como siempre: canté a voz de grito, coreé los estribillos con las manos en alto y bailé bajo el escenario. Pero, pasadas unas horas, cuando el espectáculo terminó y pidieron la sexta ronda, empecé a aburrirme. Me sentí como una intrusa entre todas aquellas personas eufóricas con dicción incoherente, bocas rígidas y conversaciones paranoicas o estúpidas. Ataviada con un vestido amarillo limón, me di cuenta de que estaba rodeada de gente disfrazada. No lo digo como una metáfora. La droga es un disfraz para el alma. Te desinhibe, te alza, te relaja, te irrita... Te cambia.

Hasta entonces no me había fijado en que Lucas se comportaba de forma diferente: sus bromas eran más pesadas; la dulzura de sus ojos desaparecía dando paso a algo más duro; el hombre vulnerable y sensible que tan bien conocía se quedaba escondido en algún rincón dejando salir a un tipo mucho más irreflexivo y pesimista que arrastraba las palabras al hablarme, como si cada sílaba pesase varios kilos.

Fue un golpe. Y desperté del todo.

Me pregunté cómo habría sido en mi caso tiempo atrás; bailando con languidez en medio de cualquier local, vomitando en la esquina de algún callejón, volviendo a menudo a casa con los zapatos balanceándose en mi mano mientras me reía de cosas que luego no podía recordar o mostrándome más extrovertida de lo que era en realidad.

Comprendí que no quería ser esa chica nunca más.

A mis veintiocho años, estaba conociéndome de nuevo. Al mirarme al espejo, comenzaba a sentir cierta familiaridad con el reflejo que tenía delante, pero en ocasiones todavía me preguntaba quién era esa mujer: ¿la vehemente o la cauta? Probablemente, las dos. Un alma atrapada dentro de una telaraña de contradicciones. Y no podía negar que Lucas tenía razón: todavía no tenía claro qué hacer con mi vida.

Pensaba que sí. Pero resultó que no.

Creía que quería ser una modelo reconocida, alguien a quien la gente admirase e idolatrase; sin embargo, cuando lo logré fue como meterme en la boca un caramelo envenenado: al principio me supo dulce y luego fui percibiendo cierto amargor que se me quedó pegado en la lengua. Tarde y mal, me di cuenta de que aquel no era mi sitio. Sí, me gustaba la moda. Me gustaba su lado creativo y atrevido, lo ecléctico. Pero no quería ser la chica que anunciase cualquier cosa o posase en revistas junto a titulares frívolos como «La temperatura del verano aumenta con Julie Allard». Tampoco iba conmigo lo de tener que mostrarme siempre sonriente, gentil y considerada como una marioneta. Por eso muchos periodistas no tardaron en tacharme de fría, porque en el fondo no querían escuchar respuestas sinceras, sino tan solo contestaciones banales acompañadas por alguna risita dulce.

Así que tomé otro rumbo: me aparté del foco y me centré en las pasarelas. Como muchas se llevaban a cabo en galerías de arte, también pude desarrollar mis inquietudes en aquel campo. Había una conexión trenzada entre la moda, la pintura y la fotografía que me llamaba poderosamente la atención. Y cuando en 1983 comenzaron a funcionar por primera vez en Madrid varias escuelas de Diseño y Moda, decidí apuntarme.

A esas alturas, apenas tenía contacto con la agencia y era Pablo el que se encargaba de gestionar personalmente las escasas propuestas que llegaban, aunque me parecían mucho más interesantes que los trabajos que aceptaba tiempo atrás.

Abrí los ojos ante la fragilidad del éxito.

Ya no tuve que rechazar exclusivas ni ofertas para salir desnuda en *Interviú* o hacer un cameo en alguna película, porque dejaron de llegar. Un día, tomándonos un café, Pablo dijo que, literalmente, me había encargado de matar a la chica de los pantalones amarillos. Y después la había enterrado. Era cierto. Ya no quedaba rastro de aquella joven que caminaba moviendo las caderas con sensualidad antes de mirar a la cámara, aunque, en cualquier caso, no me arrepentía del camino recorrido. Había sido necesario para comprender que no estaba hecha para ese mundo. Al fin y al cabo, ¿cuánta gente hace sus pinitos en algún medio antes de darse cuenta de que no es lo que quieren? Solo se recuerdan las grandes estrellas, pero en cada generación ha habido un firmamento inmenso allí arriba que terminó apagándose. Intenta recordar las caras conocidas de hace veinte años: el paso del tiempo es implacable, son pocas las que han conseguido burlarlo.

Pese a todo, quería seguir desfilando. Y colaborando con galerías. Y hacer algo más, algo mío, algo personal, algo que me llenase, algo que fuese como una explosión en el pecho, justo al lado del corazón. El problema era que seguía buscando ese «algo». Un día, pensando en eso agobiada, decidí ponerme unas zapatillas deportivas que aún no había estrenado y salí a la calle a caminar. El paseo me despejó las ideas. A la semana siguiente, ya estaba trotando. Un mes más tarde, correr se convirtió en la vía de escape que necesitaba para mantener dormido al gusano ovillado, ese que seguía alimentándose de oscuridad.

Aquella mañana, todavía era temprano cuando regresé a casa tras hacer varios kilómetros. Lucas ya estaba en la cama roncando; ni siquiera se había quitado la ropa y preparé mentalmente lo que le diría al despertar: «Las cosas que han estado en el calabozo se meten en la lavadora, joder». Tras una ducha, me tomé el segundo café de la mañana mientras revisaba los apuntes de clase un poco distraída por culpa de otra cosa...

Miré el blíster de pastillas que estaba sobre la encimera.

Saqué una de las píldoras. La sopesé entre los dedos unos segundos bajo la luz del sol perpendicular y después abrí la tapa de la basura y la lancé dentro.

Llevaba haciéndolo dos semanas.

36

LUCAS
GROENLANDIA (ZOMBIES)

—He hecho un pastel de zanahoria —le dijo Juliette a mi madre mientras le daba el recipiente que había llevado en el regazo durante el trayecto en coche.

—Huele de maravilla, cielo. Poneos cómodos en el salón.

Excepto cuando estaba fuera con el grupo, los domingos seguíamos acudiendo a casa de mis padres para comer. Una tradición es una tradición. Samuel también venía acompañado por su mujer, Lorena. Se habían conocido dos años atrás en el hospital; ambos eran médicos y daban la impresión de ser una de esas parejas que jamás discuten, ni siquiera por quién tira de la manta por las noches dejando al otro destapado. Fijo que encontrarían una solución al problema: coger otra maldita manta del armario y arreglado. Eran gente práctica, no como nosotros, que nos empeñábamos en seguir compartiendo la ropa de cama, aunque cada noche luchásemos por ver quién pillaba más cacho. Como era de esperar, siempre ganaba Juliette.

Mientras ella y mi padre hablaban en el sofá, contemplé el salón. Nada había cambiado. Eso era lo primero que siempre pensaba cada vez que atravesaba la puerta del que fue mi hogar. Es una sensación inquietante y reconfortante a la vez darte cuenta de que la vida sigue, pero allí dentro todo permanece inmóvil, como en una especie de museo poco sofisticado. Uno de los hornillos continuaba sin funcionar, los mismos cuadros de punto que hacía mi abuela en las paredes, el suelo irregular donde rebotaban las canicas cuando era niño y jugaba con mi hermano, y algunos recortes de periódico del grupo expuestos en el mueble de madera de pino como si fuese un quinto miembro de los Beatles...

—¿Cómo te van las cosas, Julie?

—Bastante bien. —Se apartó el flequillo de la cara sin dejar de sonreírle a mi padre—. A finales de este año empezaré las prácticas.

—Ana dice que tienes buena mano para la costura.

—No tanto como ella, pero lo intento.

Fui a abrir la puerta cuando llamó mi hermano. Lorena entró tras él y me saludó dándome un beso en la mejilla. Morena, ojos oscuros, mirada limpia pero aguda, sonrisa amable, metro sesenta o sesenta y cinco, era difícil saberlo porque siempre llevaba tacones. Vi cómo mi hermano la ayudaba a quitarse la chaqueta fina, siempre tan caballeroso. Se dijeron algo al oído que no llegué a escuchar y me alejé para empezar a poner la mesa.

Quince minutos después, la familia Martínez al completo compartía una charla animada sobre el año del Real Madrid mientras devoraba un delicioso arroz con alcachofas y pollo.

—Con la Quinta del Buitre no puede nadie.

—Bendito Butragueño —dijo mi padre.

—No me gusta que habléis de fútbol en la mesa —protestó mi madre señalándonos con el tenedor—. Ni tampoco de política. Contad cosas bonitas. ¿Qué habéis hecho esta semana?

Por orden cronológico y de menos colocado a más: ensayar, salir por ahí con Marcos y unos colegas, tocar en la sala Astoria, sembrar el caos en el Rockola y acabar detenido en comisaría antes de llegar a casa y desplomarme en la cama.

—Juliette y yo salimos a pasear —comenté.

—Mover las piernas siempre aclara las ideas.

—Además, es bueno para el corazón. —Samuel había optado por la especialidad de Cardiología—. Y hablando de cosas que han ocurrido esta semana...

—Tenemos una noticia que daros —continuó Lorena, porque sí, eran ese tipo de parejas que acaban las frases del otro mientras se miran con adoración.

—¿Os han concedido la plaza? —preguntó Juliette.

—No, pero... —Una pausa dramática—. ¡Estoy embarazada!

Mi madre alzó los brazos en alto y profirió un gritito como si estuviese agradeciéndole a los cielos que alguien hubiese escuchado sus plegarias. Los demás se levantaron; papá abrazó a

Samuel; Juliette los felicitó con entusiasmo e hizo un montón de preguntas apreciativas que jamás se me hubiesen pasado por la cabeza: «¿De cuántas semanas estás?», «¿te han hecho la primera ecografía?», «¿tienes náuseas o estás muy cansada?».

Y no sé...

No sé qué me pasó.

De pronto me sentí un poco confuso, como si tuviese la cabeza llena de humo. Pero logré ponerme en pie para darle la enhorabuena a mi hermano y palmearle la espalda. Después, fue como si las voces se entremezclasen a mi alrededor; había emoción e ilusión, pero, sobre todo, esperanza. Era lo que pensaba cuando me imaginaba teniendo hijos: que, mientras el ser humano fuese capaz de crear vida, habría esperanza.

—Vuelvo en un momento.

Dejé atrás el salón y me metí en mi antiguo dormitorio, ese que seguía casi intacto, aunque mi madre lo usaba ahora para apilar algunos almohadones que cosía para un taller de tapicería. Aparté los retales de tela cuando me senté en la cama con el cochecito verde en las manos. Todavía brillaba. Y seguía siendo el mejor regalo que me habían hecho jamás, porque no era solo un coche, era la prueba material del amor incondicional de un padre por sus hijos y del esfuerzo que los nuestros habían hecho para sacarnos adelante. Samuel y yo habíamos jugado tantas horas con él que podía percibirse un ligero desgaste en las ruedas. Por lo demás, casi parecía nuevo. Deslicé los dedos por el capó de líneas rectas justo al escuchar la puerta que se abría a mi espalda. No me giré. No me hizo falta.

—Ahora es tuyo —le dije.

—No, de eso nada, sigue siendo de los dos, ¿recuerdas? —De críos jurábamos con el meñique que ninguno lo robaría en plena noche para apropiarse de él.

—Lo que intento decir es que quiero que te lo quedes, Samuel, y que luego se lo des al hijo que vas a tener. Así podré decirle que su tío fue el primero que le hizo un regalo.

Sonreí, a pesar de que sentía algo pesado en el pecho; «los excesos de la noche anterior», me dije. El arroz de los domingos siempre me sabía un poco a cemento por culpa de la coca.

—¿Estás seguro? Sé que lo adoras.

—Nunca he estado tan seguro de nada.

Le di el coche y Samuel lo sostuvo en su mano, como si hubiese olvidado su peso y su forma y estuviese evaluándolo de nuevo. Después me abrazó dándome las gracias y regresamos juntos al salón, donde mi madre ya estaba hablando de los patucos de bebé que empezaría a tejer esa misma semana y Lorena reía entusiasmada con las mejillas sonrosadas.

Mordí un trozo de pan mientras miraba a Juliette.

Ahí estaba: tan entera, tan inalterable, tan perfecta.

Aquella tarde, cuando volvimos a casa, apenas nos dirigimos la palabra. Yo me entretuve desatascando la pila de la cocina, cosa que tendría que haber hecho semanas atrás. Ella se sentó en el sofá con unos apuntes en el regazo y se recogió el pelo en un moño. El tic tac del reloj nos acompañó con pasmosa fidelidad. Ya había empezado a oscurecer cuando me di una ducha y me vestí: esa noche actuábamos otra vez en la sala Astoria, en el paseo de Extremadura. Juliette entró en el cuarto de baño cuando intentaba arreglarme el pelo.

—¿Te echo una mano? —preguntó.

—Vale. —Me senté en el taburete.

Juliette hizo magia con sus dedos y con suficiente laca como para terminar intoxicando a medio edificio, pero no protesté. Me gustaba que me tocase. Me gustaba... sentir sus manos hundiéndose en mi pelo, moviéndolo hacia arriba y mesándolo. Mis ojos quedaban a la altura de sus pechos, que se trasparentaban a través de la vieja camiseta blanca que vestía. Era mía, de hecho, de un anuncio de cerveza. Cualquier otro día se la habría quitado sin dudar.

—¿Te pinto la raya del ojo?

Lo hacía a menudo, sobre todo porque cuando lo había intentado por mi cuenta había estado a punto de quedarme ciego. Así que asentí con la cabeza en silencio. Ella cogió el lápiz negro de su estuche de maquillaje y se inclinó hacia mí. Su olor me envolvió. Juliette siempre olía deliciosamente bien; «es por el champú de camomila», solía decir. Yo estaba convencido de que ese aroma provenía de ella, como si lo llevase adherido a la piel.

—¿Estás bien, Lucas? —Me lo preguntó en un susurro, aunque nadie podía escucharnos. Y pensé que era un momento íntimo. Demasiado íntimo.

—Sí, ¿por qué no iba a estarlo?

—Te fuiste cuando Samuel dio la noticia...

—Me emocioné por él, eso es todo.

Juliette me sujetó de la barbilla para girarme la cara y poder pintarme el otro ojo. Noté que le temblaban un poco los dedos. Cogió aire y volvió a templarse. Intenté no parpadear mientras deslizaba el lápiz negro con delicadeza. Cuando acabó, se alejó para mirarme.

—Irresistible. —Sonrió.

—¿Seguro que no quieres venir?

—No. Creo que cenaré algo y leeré un rato.

Egoístamente, echaba de menos compartir las noches con Juliette. No recuerdo en qué momento dejamos de salir juntos por ahí. Un día se retiró antes porque le dolía la cabeza, semanas más tarde comentó que se quedaría en casa en lugar de acompañarme a uno de los conciertos y meses después rechazaba cualquier plan que no consistiese en salir a algún restaurante sofisticado, o ir al teatro o al cine. A mí me gustaba el cine. Qué cojones, si pasé a ver *Los cazafantasmas* más de quince veces y el de la taquilla ya me conocía y me saludaba al verme. Pero Juliette no era de ver las mismas cosas una y otra vez, ella siempre buscaba algo nuevo, y yo, en cambio, disfrutaba sabiendo de antemano el diálogo que estaba por llegar. Me obsesioné tanto con esa película que en Los Imperdibles Azules versionamos la BSO dándole un toque punk y mucho más macarra. Era divertidísima. La gente enloquecía cuando la tocábamos y pasó a ser la última del repertorio antes de despedirnos.

La cuestión es que Juliette había cambiado.

Había cambiado y yo la quería todavía más.

Uno piensa que el amor no puede ser infinito a riesgo de que nos estalle el corazón. Pues el mío por ella lo era. Llevábamos juntos seis años y habíamos pasado por épocas difíciles, pero allí estábamos, sobreviviendo juntos. Entonces no tenía ni idea de que, cuando nos encontrásemos a la deriva, mantenernos unidos ya no sería suficiente. En aquel momento me bastaba con meter la llave en la cerradura y girarla lentamente a sabiendas de que ella estaría en casa. Quizá cocinando algo, siguiendo al pie de la letra ese libro de recetas que se había comprado. O sentada en su sillón leyendo. Algunos días me la encontraba haciendo estiramientos en el salón. «Yoga», dijo que se llamaba. Y nuestro balcón siempre estaba lleno de flores que caían hasta rozar el toldo de la vecina de abajo. Si me hubiesen preguntado qué significaba para mí la palabra «paz», hubiese respondido que era justo aquello. Esos primeros pasos al cruzar el umbral de la puerta para entrar en el hogar que compartía con ella.

Pero, seamos sinceros, la paz eterna es una utopía. Los humanos necesitamos las guerras; algunos, para canalizar el odio que tienen dentro; otros, para ser conscientes de su propia estupidez. Nosotros también batallábamos, sobre todo cuando los cambios de Juliette se hicieron más presentes en la rutina diaria. La vida funciona así: acto, consecuencia. Digamos que vas caminando por la acera, se te desata el cordón de las zapatillas, tropiezas al cruzar un paso de cebra y entonces te atropella un camión. Si el diseñador de esos zapatos hubiese elegido un tejido menos resbaladizo para fabricar los cordones, te hubieses puesto otros zapatos o hubieses parado antes para atártelos, seguirías vivo. Cada pequeña migaja de nosotros forma parte de una cadena infinita. Así que, por supuesto que la transformación de Juliette trajo consecuencias. Ya no hubo más noches alocadas bajo las luces tenues, besos en los que su lengua deslizaba una pastilla hasta la mía o tocamientos furtivos antes de terminar en los baños de cualquier garito. Adiós a lo de volver juntos de madrugada riéndonos de quién sabe qué, al sabor seco que dejaba el Martini en su boca o a verla debajo del escenario bailando con los ojos cerrados como si el mundo estuviese a sus pies.

Al principio lo intentó, eso tengo que reconocérselo. Pero en algún momento se dio cuenta de que aquello ya no le parecía divertido y empezó a decir cosas como «deberías frenar, Lucas», «come verduras» o «salgamos a dar un paseo».

Y era entonces cuando chocábamos.

Así que, siempre y cuando nos separásemos al llegar a esos senderos que el otro no quería recorrer, más o menos nos entendíamos. Por eso no insistí para que me acompañase esa noche ni tampoco cuando una semana más tarde fuimos a los estudios de *La edad de Oro*, con Paloma Chamorro. Igual que ella parecía guardar silencio cada vez que acudía a una de esas manifestaciones multitudinarias contra la entrada en la OTAN. Si no la acompañaba Pablo, iba con amigos nuevos que había conocido en galerías de arte o en clase; fotógrafos, diseñadores, artistas, gente que se comportaba como si fuesen los reyes de la ciudad.

En una ocasión, al llegar a casa, había un par de tíos y una chica en el suelo del salón dibujando con gruesos rotuladores negros sobre las pancartas que estaban haciendo. Fui a la nevera, cogí una cerveza y me senté un rato en el sofá mirándolos. Ni siquiera tenía una opinión clara de la mayoría de las cosas sobre las que estaban hablando, pero cazaba palabras al vuelo: «incorporación a la estructura militar integrada», «quieren instalar armas nucleares en territorio español», «presencia militar de los Estados Unidos». Cuando uno de ellos me enseñó su pancarta y me preguntó qué me parecía tan solo contesté: «Mola». ¿Qué coño esperaba? ¿Que le diera un pin o algo por escribir «Bases fuera» en una cartulina?

De modo que podría decirse que, en ocasiones, Juliette y yo éramos dos extraños. Al mirar a esa chica que llevaba una falda de pana y un top naranja que le dejaba el ombligo al aire, apenas reconocía a mi mujer. Era ella, eso estaba claro, con el flequillo desigual cayendo sobre sus grandes ojos verdes, los dedos vestidos con llamativos anillos y esa manera que tenía de morderse el labio inferior cuando se concentraba en algo. Sin embargo, la sentía muy lejos. Como si estuviese en la otra punta del país. Qué cojones. En Groenlandia.

Pero, entonces, en el momento menos esperado volvíamos a conectar. Una noche cualquiera, compartíamos la cena con una copa de vino, decidíamos ducharnos juntos como en los viejos tiempos, o Juliette se acomodaba en mi regazo mientras en la televisión se oía de fondo a Felipe González y yo le masajeaba los pies descalzos. Y nos hacíamos la pregunta, esa que, en su sencillez, significaba que todavía nos preocupábamos por el otro:

—¿Cómo te ha ido el día?

37

JULIETTE
SHE (ELVIS COSTELLO)

Quise ir a Londres con él.

El grupo había decidido grabar su cuarto disco en la ciudad inglesa después de los problemas que surgieron con el tercero: mala distribución y sonido deficiente, lo que dio como resultado que pasase desapercibido. Así que, tras meditarlo unas semanas, se decidió que alquilarían un estudio de grabación con un técnico de sonido bastante competente llamado Nick Low, conocido por trabajar con varios grupos de punk. Las horas que les habían dado eran nocturnas porque así les salía más barato. Los estudios intentaban exprimir todo lo posible el negocio, así que rara vez cesaba el trabajo entre sus paredes.

Habíamos alquilado un apartamento diminuto en el que Lucas y yo dormíamos en la habitación principal, y Marcos y Carlos se echaron a suertes a quién le tocaría el sofá o el dormitorio que quedaba, que era tan oscuro que más bien parecía el cuarto de la colada. Las vistas daban a la calle Arlington. Como tenían que grabar de madrugada, los tres descansaban por la mañana, así que yo aprovechaba para acercarme al corazón de Camden Town y visitar algunas tiendas de ropa que no tenían nada que ver con las que había en España. Tras cruzar el canal, me sentaba en una cafetería y me encendía un cigarrillo, el primero de los tres que me permitía al día desde que estaba intentando dejar de fumar.

—No lo entiendo —comentó Lucas cuando se lo dije.

—No es tan difícil: me he cansado de estar atada a cosas. No quiero depender de una dosis de nicotina. La libertad no es eso.

—Lo que tú digas. —Se rascó la cabeza.

—Además, es malo para la salud —añadí.

—Todo lo bueno de esta vida es malo para la salud. —Me

sonrió burlón, y se acercó a mí para abrazarme—. Tú eres mala para la salud, Juliette.

—Hablo en serio, Lucas. Y amarillea los dientes.

—Yo te veo una dentadura fantástica.

—Huele fatal. Como a algo rancio.

—Necesito un cigarrillo para mantener esta conversación.

—Si pretendes ser gracioso, no lo estás consiguiendo. —Lo seguí cuando fue al salón para coger el paquete de tabaco—. Oye, podríamos dejarlo juntos. Ya sabes, compartir el proceso. ¿Qué me dices? Iríamos reduciéndolo poco a poco.

—Preferiría que me sacasen las muelas sin anestesia.

—Eres un imbécil.

Él alzó un dedo y puntualizó:

—Un fumador imbécil.

Era por las tardes cuando Lucas y yo recorríamos juntos las calles de Londres. Él se compró otra chupa de cuero y una camisa vaquera con la que me recordaba a los protagonistas de esas películas del oeste que echaban a menudo en la televisión. Yo siempre le discutía que era irreal que un solo hombre matase con su revólver a medio poblado, pero Lucas era la persona menos crítica que conocía cuando algo le gustaba, como si lo abdujesen por completo. Oscilaba entre el blanco y el negro, y no había discusión. Eso se proyectaba a todo lo demás. En su presencia, nadie podía decir algo malo de Marcos, Carlos, Pablo o cualquier persona a la que él le hubiese tomado cariño. Eran intocables y en el lado contrario tan solo se situaban sus enemigos. Yo pensaba: qué vida más sencilla sin claroscuros.

Y también sin tener nada que ocultar.

Empecé a notar que algo había cambiado en mí dos días antes de irnos. Podría haber pensado que era cosa del restaurante de sushi al que me empeñé en ir a cenar la noche anterior; aunque Lucas y Marcos accediesen a regañadientes porque, según ellos, comer pescado crudo era una cosa de locos (en cambio, meterse cualquier químico en el cuerpo les parecía normal). O que estaba incubando un virus después de coger frío en el avión. Pero, en lo más profundo de mi ser, supe que volvía a estar embarazada porque reconocía esa sensación: las náuseas similares a un péndulo, acercándose y alejándose con la misma rapidez, el adormecimiento general, la ligera presión en los pechos...

Hacía más de dos meses que había dejado de tomarme la píldora, aunque seguía sin decírselo a Lucas. ¿Por qué? No estoy segura. Quizá porque temía su reacción (la ilusión efervescente con la que se enfrentaba a la vida podría materializarse con la casa llena de juguetes y ropa en miniatura antes siquiera de que fuese real). Pero, sobre todo, si no se lo conté fue porque me aterrorizaba que volviese a salir mal. Tiempo atrás no lo había querido, pero entonces lo deseaba. Igual que en el pasado había deseado la fama y luego no la quise.

«Eres una caprichosa —me había dicho una vez Lucas en medio de una discusión—. Una maldita caprichosa», repitió mientras se alejaba malhumorado por el pasillo.

Probablemente tuviese razón.

Pero tenía derecho a cambiar de opinión.

Me miré en el espejo del cuarto de baño, que era tan pequeño que apenas reflejaba la mitad de mi cuerpo. Aun así, me estremecí al imaginar que dentro de mí estaba creciendo vida. Lo visualicé como una semilla pequeña, ovalada y suave, rompiéndose lentamente para dejar paso a un tallo finísimo. Y más tarde, unas hojas gruesas con agua en su interior, un capullo delicado que se abría revelando una flor espolvoreada de polen.

Entonces, recé para que me escuchase:

«Quédate. Esta vez hay hueco para ti».

—¿Estás ahí dentro? —Dos golpes en la puerta.

—Sí. ¡Ya salgo, Lucas! Espera un momento.

Abrí el pestillo y lo miré. Parecía preocupado porque me había mareado al levantarme del sofá para ir al cuarto de baño de aquel piso destartalado; tenía una vetusta moqueta azul pasada de moda, cuadros de gatos en todas las paredes y el interior seguía oliendo a algo cerrado y rancio a pesar de que dejábamos las ventanas abiertas todo el día.

—¿Te encuentras mejor?

—Sí. No ha sido nada. Vamos.

Quince minutos separaban el estudio de grabación del apartamento. Había decidido ir con ellos porque era nuestra última noche. Me quedé junto al técnico en la sala de sonido mientras el grupo tocaba al otro lado del cristal. Incorporaron arreglos para algunas canciones. Había una que se titulaba *Planta carnívora* que me gustaba especialmente porque la idea surgió en el sofá de nuestra casa una noche que Lucas estaba tocando distraído con la guitarra acústica. Yo empecé a hablar de la planta que Pablo me había regalado: era una pequeña *Dionaea* y me encantaba porque era diferente y exótica.

—¿No es preciosa? Atrapa insectos vivos —le conté mientras él me miraba con atención y se encendía un cigarro—. Funciona así: cuando la presa hace contacto con uno de los pelos sensitivos, la trampa se activa, pero solo se cierra si el movimiento se repite en los siguientes veinte segundos, de esa forma se asegura de que sea algo con valor nutritivo.

—Comprendo...

—Es una monada. Y piénsalo, no molesta a nadie, no ataca porque sí, solo cuando los demás van a por ella se convierte en un arma letal.

—Me recuerda a alguien...

—¿A mí? —Lo medité unos segundos—. Es posible. Lo que está claro es que si nadie me incordia soy del todo inofensiva. Pero admito que no me gusta que me hagan enfadar.

Lucas sonrió y tocó unos cuantos acordes. Después, se pasó la noche en vela terminando de componer esa canción que hablaba de una chica tan brillante como la luna, pero tan peligrosa como una planta carnívora con una mosca zumbando cerca.

Cuando acabaron en el estudio de grabación ya era tarde, así que solo encontramos abierto un local de comida rápida de luces fluorescentes en el techo y con el suelo lleno de chicles pegados y restos inclasificables incluso para un equipo forense. Pedimos pizza y brindamos con vasos de plástico por el éxito del cuarto disco. Marcos estuvo todo el rato bromeando con el dueño del sitio intentando pronunciar palabras en inglés.

—Si «awater» es «agua», «sillarer» es «silla».

—Nunca me habías avergonzado tanto como durante este viaje —le dijo Carlos llevándose las manos a la cara—. Te lo he dicho mil veces: «silla» es *chair*.

—Pero eso no tiene ningún sentido...

—Es que es otro idioma, no debe tenerlo.

—Spain... —chapurreó el hombre—. ¡Real Madrid!

—¡Y olé! —gritó Marcos—. Camacho, Del Bosque, Juanito...

Salir un rato tranquilo con los chicos siempre era divertido: me gustaba ver cómo interactuaban entre ellos, la complicidad que compartían y esa familiaridad que habían creado. Pero aquella noche estaba distraída. No dejaba de mirar a Lucas mientras pensaba: «Ese hombre de ahí va a ser padre». Y luego esa idea se ramificaba en dos partes: una estaba llena de nervios e ilusión, porque imaginaba lo feliz que le haría la noticia; la otra, albergaba miedos e incertidumbre. Un bebé supondría cambios tanto en mi trabajo como en su estilo de vida. ¿Estábamos preparados para darle otro giro a nuestro matrimonio? Tan solo llevábamos juntos seis años, pero los habíamos exprimido al máximo y vivido con una intensidad tan arrolladora que en ocasiones tenía la sensación de llevar décadas a su lado.

Esa noche, tras despedirnos de Marcos y Carlos cuando decidieron irse al apartamento a descansar, dimos un paseo por los jardines Saint Martin's. El viento que soplaba era fresco, los árboles habían dejado una alfombra de hojas a sus pies y no había ni un alma alrededor. La punta del cigarro de Lucas brillaba en la oscuridad de la noche. Yo había evitado a propósito volver a fumar, aunque notaba el cuerpo tenso en respuesta, un agujero de ansiedad engullendo lentamente mi determinación.

Apenas hablamos, pero me sentía cerca de Lucas. Él me rodeaba los hombros con un brazo mientras nuestros pasos acompasados crujían en el silencio de la noche.

—Hay algo que quiero que sepas... —Dejé de caminar y Lucas me miró. Lo tenía ahí, justo ahí, en la punta de la lengua. Pero la cobardía vivía dentro del gusano—: Te quiero.

Sonrió lentamente, todo calidez y dulzura.

—Yo también, Juliette. Siempre.

—Invencibles —susurré.

Al día siguiente, en cuanto aterrizamos, empecé a encontrarme mal.

38

LUCAS
I WANT TO BREAK FREE (QUEEN)

Aquel fin de semana actuábamos en Bilbao. Como nos llevábamos bien con varios grupos de la ciudad, Marcos se había ido unos días antes al piso de un colega para disfrutar del ambiente que se vivía allí, mucho más auténtico y salvaje que el de Madrid. Así que el jueves acordé con Carlos que lo recogería delante de su portal a las once de la mañana. De manera que me levanté, me di una ducha y fui a la cocina en busca del segundo café del día.

Juliette estaba sentada en un taburete. Parecía un poco ida.

Le di un beso en el pelo y me acomodé a su lado.

—¿Te encuentras bien? Estás en las nubes.

—Sí, sí, solo... pensaba.

—¿En qué?

—No, nada importante.

Sacudió la cabeza y suspiró.

—Cuéntamelo.

—Lucas, tan solo divagaba.

—A mí me encantan tus divagaciones.

—Será mejor que te vayas ya o llegarás tarde.

Me bebí el café de un sorbo y dejé la taza en la pila junto a la suya, esa que tenía dibujitos infantiles de fresas. Cuántos pequeños rituales hay dentro de cada matrimonio. Por ejemplo, ¿qué taza acostumbra a usar cada uno?, ¿a qué hora se suelen abrir las ventanas y cuándo se cierran?, ¿se usa el pestillo del cuarto de baño o ha quedado olvidado?, ¿quién ocupa el lado derecho o izquierdo de la cama?, ¿cómo se reparten las tareas domésticas?, ¿el dinero se comparte o cada uno lo administra por separado?, ¿quién se levanta para cambiar el canal de la televisión?, ¿quién suele tirar la basura?, ¿cuál es el más ruidoso de los dos?, ¿y el que más rato pasa debajo del agua caliente cuando se ducha...?

Pero si hay algo que ocurre es que puedes percibir cualquier pequeño cambio. Un adorno nuevo en la estantería, las llaves fuera de su sitio habitual o un aroma diferente que provenga de la cocina. Esa mañana, noté algo distinto en Juliette.

Supongo que por eso me incliné y le dije:

—Oye, ¿quieres que me quede?

—¿Quedarte? —Parecía confusa.

—Sí. Puedo cancelar lo de este finde...

—No, Lucas, no. Todo está bien, de verdad.

Me sonrió y yo me obligué a confiar en ella antes de darle un beso en los labios y salir por la puerta. Había aparcado el coche cerca dos días atrás. Metí en el maletero mi equipaje y me puse las gafas de sol. Me dirigí hacia aquel piso en el que años atrás había vivido con Toni y Marcos, antes de que el primero terminase sus estudios y decidiese volver a Cádiz y el segundo convenciese a Carlos para que fuese su nuevo compañero.

Aparqué delante del portal y esperé.

Cinco minutos. Diez minutos. Quince minutos. Empecé a cansarme de contemplar a un par de abuelos que estaban sentados en la terraza de enfrente comiendo cacahuetes con un vinito y hablando mientras golpeaban con sus bastones en el suelo. ¿Terminaríamos igual Marcos y yo dentro de cincuenta años? A este paso iba a averiguarlo en breve, porque Carlos no aparecía. Bajé del coche y llamé al telefonillo. Una mujer cargada con las bolsas de la compra entró en el portal y le sujeté la puerta. Aproveché para subir hasta la tercera planta. Llamé con insistencia, pero pronto comprendí por qué nadie respondía: la música estaba a todo volumen. Era un disco de Lou Reed y recuerdo que me extrañó porque Carlos no solía escuchar su música; ese mismo año, había hecho una gira por España bastante extensa y Juliette quiso ir a verlo. Cuando le pregunté a Carlos si le apetecía unirse al plan, me dijo que pasaba. Así que, como nadie me abría, decidí bajar al coche y buscar en la guantera las antiguas llaves que aún guardaba del piso. Luego, subí de nuevo, ahogándome un poco tras cada escalón. Quizá mi mujer tenía razón. Quizá tenía que salir a caminar más, como ella, y comer verduras, y dejar de fumar y de beber y de respirar, ya puestos. Unas semanas atrás me había convencido para acompañarla un rato y estuve a punto de tirar el hígado por la boca y dejarlo ahí, en una calle cualquiera de Madrid. Correr era para cobardes, está claro.

Encajé la llave en la cerradura, giré y abrí. Esto fue lo que encontré: a Pablo recién salido de la ducha cubierto por una toalla anudada a la cintura. Y pensé: «La leche, no sabía que fuese al gimnasio» y, después, «pero ¿qué coño hace este aquí?». Acto seguido la música se apagó, porque Pablo levantó la aguja mientras me miraba en silencio, y la voz de Carlitos se escuchó alta y clara desde el baño:

—Esta es la última vez que nos duchamos juntos. El suelo está lleno de agua, joder, ¿puedes traer la fregona? La he dejado detrás de la puerta de la cocina.

—Me cago en la puta —solté.

Y un minuto después Carlos apareció a medio vestir, con pantalones, un calcetín y el pelo tan mojado como el de Pablo. Parecía... asustado. Sí, esa es la palabra. Como ninguno de los dos estaba dispuesto a decir nada, decidí animar el tema por mi cuenta:

—Así que... Ya veo... Juntos...

—No es lo que parece —dijo Carlos.

—Sí es lo que parece —replicó Pablo.

—Carlitos, relájate un poco —le pedí, porque estaba asesinando al otro con la mirada y lo notaba inquieto, casi furioso—. Oíd, esto no es asunto mío, eh. Yo aquí no he visto nada. Pero llevaba esperándote abajo media hora, así que...

Agité las llaves que aún llevaba en la mano.

—Habíamos quedado a las doce.

—A las once —contesté.

—Do-ce —insistió Carlos.

—Yo me largo —dijo Pablo.

—Sí, claro, déjame a mí el marrón.

—No tendríamos ningún marrón si no tuviésemos que estar escondiéndonos de todo el mundo —le reprochó Pablo con cierto cansancio, lo que me dio a entender que era una conversación que habrían tenido a menudo—. Lucas, en cuanto a Juliette...

—No, no me pidáis que le mienta. A ella no.

—Bien. —Pablo fue a vestirse a la habitación.

Dos horas más tarde, el silencio en el coche empezaba a ser asfixiante. Carlos tenía la vista clavada en la ventanilla desde que habíamos salido de Madrid. Yo intentaba concentrarme en conducir y no meterme donde no me llamaban, pero ¿qué demonios? Éramos colegas. De los buenos, además. Pasaba más tiempo con él que con mi familia. Nos habíamos cubierto las espaldas cuando era necesario, metido en un montón de líos juntos y compartido los últimos años de nuestras vidas. A la mierda.

—Carlitos, ¿desde cuándo...?

—Un año y medio.

—La hostia.

Cinco agonizantes minutos más en silencio.

—Pero no lo entiendo. Quiero decir, a nadie le importa con quién hagas lo que te dé la gana. ¿Acaso crees que alguno de nosotros te juzgaría? Porque a Marcos le parecerá genial, eh, seguro que se alegra de tener a todas las tías para él solo ahora que tú..., bueno, y que yo estoy castrado, quiero decir, casado. —Era la broma que me hacían siempre.

—No, no es por vosotros. Es por mí.

—¿Qué problema tienes?

—Mi familia. Todo. Mira, no es tan fácil, ¿vale? No lo es. Hasta hace seis años existía la ley de peligrosidad y rehabilitación social contra los..., joder, contra nosotros. Te pillaban y te metían en la cárcel solo por eso. Para muchas personas seguimos siendo diferentes.

—Pero que le jodan a esa gente.

—Esa gente son mis padres, Lucas.

—Seguro que si hablas con ellos las cosas...

—No, no lo entiendes —me cortó con impaciencia—. Ha pasado tan solo un año desde que mi padre volvió a dirigirme la palabra. Es el típico hombre rencoroso que, después de la muerte de Franco, seguía poniéndose los domingos su uniforme falangista. Y cada vez que voy a una maldita comida familiar se hablan los mismos temas: «Esos putos comunistas», la cosa siempre empieza así y luego sigue con «cuando Franco estaba vivo no había delincuencia ni la ciudad estaba llena de maricones de mierda».

—Comprendo.

—Así son las cosas.

—Pero tarde o temprano tendrás que elegir.

—¿Elegir? —Giró la cabeza hacia mí.

—Entre tu padre o el resto de tu vida.

—Ya. —La amargura en cada letra.

—¿Te gusta Pablo? ¿Vais en serio?

—Todo lo en serio que puedes ir con una persona con la que tienes que esconderte. No soy imbécil, sé que en algún momento se cansará de mí. Él tiene asumido quién es y odia este juego a dos bandas. Solo es cuestión de tiempo que encuentre a alguien que no tema quererlo sin todo esto..., todos estos líos...

—Carlos, si en algún momento necesitas hablar...

—Lo sé. —Suspiró—. Lo sé. Gracias, Lucas.

1985 - 1987

39

LUCAS
LO NOTO (HOMBRES G)

Me temblaron los brazos cuando cogí a Manuel por primera vez. Su pequeño cuerpecito desprendía calor y tenía unos labios rosados y gruesos, las orejas pegadas al cráneo bajo aquella cabeza completamente calva con un poco de pelusilla. Era tan perfecto que temía moverme y romper la magia de aquel instante. Sus dedos se cerraron con fuerza en torno al mío y me pareció algo inaudito, pero alguien comentó que era un acto reflejo. Me fijé en sus uñas. Joder, qué uñas. Tan diminutas. Tan bien hechas que casi no parecían reales.

—¿Me lo dejas un momento?

Alcé la mirada hacia mi hermano.

—Claro, perdona. —Se lo di con cuidado—. Es muy guapo. Está claro que se parece a su tío, no me digas que no. Esa nariz es igual que la mía, fíjate.

—Es cierto. —Lorena sonrió con amabilidad.

Observé atentamente cómo cambiaban al bebé de ropa para ponerle algo más fresco, porque en la habitación hacía calor. Tenía pliegues en los brazos y en las piernas, pesó casi cinco kilos. La pinza blanca del cordón umbilical contrastaba con el Betadine que habían usado para curarle la herida. Manuel empezó a agitarse en cuanto intentaron ponerle por la cabeza una de las prendas que mi madre había tejido en los últimos meses. Probablemente, el chiquillo tendría ropa hasta los dieciocho años, porque no la había visto hacer otra cosa desde el día que supo que iba a ser abuela. Cuando terminaron de asearlo, dejó de protestar. Había una calma indescriptible en su rostro. Pensé que mi sobrino nunca volvería a sentir esa paz: cada día que pasase se acercaría más a una vida llena de preocupaciones, dudas y miedos; cada año que cumpliese iría distanciándose de esa inocencia. Solo los niños son puros. Solo ellos desconocen la diferencia entre el bien y el mal, ajenos a envidias, tensiones y odio. Por un instante, mirándolo, deseé ser un crío de nuevo; todo era fácil entonces, arropado entre los brazos de mi madre, con las rodillas frías en el suelo cuando jugaba. Niños pequeños, pequeños problemas; hombres grandes, grandes problemas.

—¿Te apetece cogerlo? —le preguntó mi hermano a Juliette.

—Gracias, pero no —respondió ella dando un paso atrás.

Le dirigí una mirada afilada porque pensé que, joder, al menos podría tomarse la molestia de disimular. No era tan difícil: solo tenía que extender los brazos unos segundos.

Ella apartó la vista.

Llevábamos dos días casi sin hablarnos. Últimamente siempre estábamos discutiendo por cualquier cosa. ¿Por qué había sido aquella vez...? Creo que algo relacionado con los macarrones que se quedaron en la pila... No, eso no. Por la lavadora. Juliette había metido una toalla azul y ahora toda mi puta ropa parecía un disfraz de Pitufo. Y luego ella había empezado con la cantinela de siempre sobre mi estilo de vida, que era justo el suyo unos años atrás, aunque de pronto pareciese haber perdido la memoria.

—¿Y qué coño tiene eso que ver con la ropa? —grité.

Pero ella no contestó. Se largó de casa dando un portazo.

Yo me fumé un cigarrillo apoyado en el alféizar de la ventana y después fui a nuestro dormitorio y me preparé la ropa para el viaje a Vigo que tenía al día siguiente. No encontraba una camiseta gris que Juliette siempre me quitaba para ponérsela, así que abrí su armario por si se la había guardado allí. Fue entonces cuando mis dedos dieron con un trozo de papel. Tiré con suavidad liberándolo de su escondite bajo algunas prendas de ropa. Eran varias láminas pintadas a carboncillo. Pasé una tras otra sin entender nada.

Allí solo había... líneas difusas.

¿Qué narices era aquello?

Trazos. Algo ovalado.

¿Una vagina?

Me jodió no entender los dibujos porque era la prueba de

que cada vez conocía menos a mi mujer. «Quiero abrirte el pecho para ver qué tienes dentro», eso fue lo que me dijo la primera vez que nos acostamos de madrugada tras nuestra primera cita. Y le contesté: «Yo quiero seguir conociendo a ese gusano tuyo». Y aún lo deseaba, pero tenía la incómoda sensación de que le estaba perdiendo la pista. Juliette se me escapaba de entre los dedos.

Esa noche, cuando se tomaba una infusión sentada en su sillón mientras leía un libro, me acerqué con el fajo de papeles en la mano. Se los enseñé:

—¿Qué se supone que es esto?

Hubo miedo en sus ojos. También rabia.

—No-toques-mis-cosas.

—¿Cuál es el problema?

—No es asunto tuyo.

—Pensaba que lo compartíamos todo.

—No —sentenció ella levantándose.

—Juliette, espera...

Por supuesto, no me esperó. Nunca esperaba a nadie, en realidad. Si la seguías, bien. Y si no, también. Juliette jamás se daba la vuelta para ver si estabas ahí, asumía que lo hacías.

Pero me estaba cansando de ir siempre detrás de ella.

Y también de callarme las cosas.

Así que aquel día, cuando salimos del hospital y montamos en el coche, le solté toda la mierda que llevaba dentro. Empecé tras frenar en un semáforo en rojo.

—¿Tanto te costaba coger al chiquillo?

—Sí —respondió secamente.

—Oye, es mi sobrino, joder.

Juliette se puso las gafas de sol.

—¿Me estás escuchando?

—No sé qué quieres que te diga.

Arranqué cuando la luz cambió a verde.

—¿Tan difícil era comportarte con amabilidad?

—No me hables de «comportamientos», Lucas.

—¿Sabes? No te entiendo una mierda.

—Menuda novedad. ¡Frena, joder!

—Deja de decirme cómo conducir.

—Para aquí. Me iré dando un paseo.

—Juliette...

—¡Que pares!

Lo hice. Ella bajó del coche y cerró dando un portazo. Me encendí un cigarro y me quedé allí un rato por si decidía volver. No lo hizo. Aquel era, probablemente, el defecto que más odiaba de Juliette: cuando tomaba una decisión, no daba marcha atrás. Era como si tuviese que ir a por todas luchando con uñas y dientes. Si decía que el puto cielo era rojo, defendería esa idea hasta el final de sus días. Jodida orgullosa. Jodida caprichosa.

40

JULIETTE
UNA DÉCIMA DE SEGUNDO (NACHA POP)

Esto fue lo que pasó:

Empecé a encontrarme mal en cuanto bajamos del avión tras el viaje a Londres. Una semana después, cuando Lucas preparaba su equipaje para irse a Bilbao, seguía molesta.

Al día siguiente, estaba sangrando.

En esa ocasión fue diferente. Un dolor lacerante e intenso me atravesaba, casi no podía ni caminar de la cama al cuarto de baño. Me tomé varios calmantes. Bajé las persianas, me hice un ovillo entre las mantas, apreté los dientes, intenté recordar cómo me sentía cuando me drogaba; la sensación de flotar, de ser liviana, etérea, libre...

Cuando no pude más, cogí el teléfono y llamé a Pablo.

Apareció en mi apartamento veinte minutos después.

Le pedí que guardase la calma. Le pedí que no dijese nada. Le pedí que me llevase a una clínica privada. Le pedí que no se separase de mí. Le pedí que no me dejase sola.

Recuerdo las luces del techo del hospital mientras me retorcía de dolor en la camilla. Y la voz de Pablo susurrándome que todo iba a ir bien, que aguantase un poco más, solo un poco más. Luego, todo se volvió blanco. No un blanco luminoso, sino similar al de la cáscara del huevo, con un ligero matiz amarillento. Pensaba todo el tiempo en eso, en un huevo que se resquebrajaba, sus grietas abriéndose lentamente para revelar que estaba vacío.

Completamente vacío.

Cuando abrí los ojos, me encontraba en el interior de una habitación del hospital. Pablo estaba sentado junto a la cama en una silla. Tenía la vista clavada en el suelo y parecía pensativo, como si estuviese muy lejos de allí. Me moví y se dio cuenta de que estaba despierta. Sonrió, aunque noté que tuvo que esforzarse por hacerlo.

—¿Cómo te encuentras?

—Mejor. Eso seguro.

—Dios, Julie...

—Lo siento.

—No tienes nada que sentir, pero casi me matas del susto. Tendrías que haberme llamado antes, ¿cómo se te ocurrió pasar sola por esto...? Qué locura.

Me incorporé apoyándome en el cabecero de la cama.

—¿Has avisado a Lucas?

—Aún no, iba a hacerlo ahora.

—No lo hagas.

—Oye, Julie...

—No.

—Él debería saberlo.

—Esto es algo mío.

—Es tu marido.

«Ahora ya es tarde —quise decirle—. Llevo tres años ocultándole que una parte de mí no funciona bien, está defectuosa, el mecanismo tiene un fallo. Lanzas la bola por los rieles y todo parece que va perfectamente hasta que de pronto se cae».

Después, apareció la doctora.

Mientras ella hablaba, me sentía como si tuviese la cabeza llena de líquido; en concreto, de agua salada de mar. «Una malformación en las trompas —explicó—. Abortos recurrentes».

Unos meses más tarde, nació Manuel.

Adoraba a Samuel. Adoraba a Lorena. Y adoré a mi sobrino en cuanto lo vi por primera vez. Pero supe que si lo cogía en brazos me derrumbaría. Y una tiene que mantenerse fuerte si quiere que sus secretos sigan ocultos bajo llave. Tuve que apartar la vista cuando Lucas lo sostuvo contra su pecho con una sonrisa. Pensé mentalmente en los trazos borrosos que había dibujado tiempo atrás: úteros, fetos desmembrados, sangre, huevos vacíos, cáscaras...

Podría bautizar 1985 como el año en el que empecé a alejarme de Lucas. No ocurrió cuando me engañó. Ni cuando yo lo engañé a él. Tampoco al tomar caminos diferentes dando como resultado que nuestra rutina diaria se viese sacudida inevitablemente.

Pero entonces sí.

Comenzamos a construir un muro entre los dos, mano a mano. Cada día, un poco de cemento y otro ladrillo más en una carrera a contrarreloj. Creo que en algún momento quise advertirle: «Lucas, si seguimos con esto dejaremos de poder vernos», pero no sé por qué no lo hice, tan solo alisé otra capa de cemento.

Así que me centré en todo aquello que sí podía controlar: me saqué el permiso de conducir, terminé mis estudios, colaboré con la Galería Sen en la exposición «Fotobsesión» de Pablo Pérez Mínguez y estuve en la inauguración de la de Miquel Barceló en el Palacio Velázquez de El Retiro. Cuando me ofrecieron desfilar para Francis Montesinos junto a Pedro Almodóvar, Bibi Andersen, Patricia Adriani o Fabio McNamara, no lo dudé.

Encontré mi refugio en el arte.

Lucas lo halló en la oscuridad.

Una noche, cuando regresamos a casa después de celebrar el cumpleaños de Samuel junto al resto de la familia, Lucas me preguntó si podía sentarme en el salón para hablar con él. Estuve a punto de decirle que no porque me sentía cansada y lo único que deseaba era meterme en la cama. La cena se había alargado y, hasta que había caído rendido, había estado contemplando ensimismada cómo el pequeño Manuel gateaba hasta los brazos de Lucas, que lo animaba como si estuviese disputando una carrera y tuviese que cruzar la línea de meta.

Vi que le daba un trago a una copa.

—Quiero saber si es por mí.

—¿Por ti? ¿El qué?

—Lo de los hijos...

—No.

—He visto cómo lo miras.

—Lucas, es tarde, hablamos mañana.

—No, espera. —Dejó el vaso—. He visto cómo lo miras y a mí no puedes engañarme. Así que deduzco que el problema soy yo. O tu trabajo, ¿no es cierto?

—Sería un impedimento, sí.

—Me encargaría de cuidarlo.

—Tú estás fuera constantemente.

—Lo cancelaría todo. A la mierda la música. Haría una pausa, los chicos podrían buscarse a otro guitarra temporalmente. No afectaría a tu trabajo.

Clavarle un cuchillo a alguien y retorcerlo debía de ser justo así. Lo miré en la oscuridad, aunque las luces de la ciudad revelaban partes de su rostro. Había algo poderoso en él. Siempre lo hubo. Lucas tenía facilidad para calar en la gente, no pasaba inadvertido. Algunas veces se me olvidaba, hasta que volvía a contemplarlo con atención. Como hice esa noche. No me gustaba hablar de aquel tema. Nunca lo hacía. Siempre he huido de aquello que me incomodaba; pensaba que, si le daba la espalda a todas las cosas que no quería ver, desaparecerían. Pero no fue así. Y al final terminaron atrapándome. Un secreto no deja de existir porque no lo dejes libre. El anhelo no desaparece de la mirada. Eso lo vi en él.

—¿Tanto lo deseas? —pregunté.

—Sí. Quiero leerle cuentos antes de dormir y llenarle la bañera de espuma. Quiero consolarlo en los malos momentos. Quiero explicarle que nunca debe meterse con otros niños en el colegio. Y que tiene que pensar en grande, eso siempre. Quiero poder darle todo lo que tengo y tú y yo hemos construido juntos. Ir a las cabalgatas de reyes y a comer un bocata de calamares el día de San Isidro al bar donde me llevaba mi padre. Y quiero estar a su lado si tiene fiebre y enseñarle a levantarse cuando se caiga y...

—Cállate, Lucas. Cállate ya.

Se levantó y cogió mi rostro entre sus manos. Estaba a punto de echarme a llorar; sentía las lágrimas agolpándose una a una, preparadas para salir. Busqué sus labios. Lucas dudó unos segundos, pero su vacilación flaqueó cuando empecé a desabrocharle los pantalones.

41

LUCAS
LA RAMONA (FERNANDO ESTESO)

Tres de la madrugada, a punto de terminar un concierto. En la zona de Levante siempre empezábamos a tocar muy tarde. El público coreaba *El amor es radiactivo* y una chica se había subido al escenario y abrazaba a Marcos, que cantaba a media voz. Nuestro batería era el único que se entregaba al máximo cada noche y en aquella ocasión parecía cabreado golpeando una y otra vez con las baquetas con la mirada perdida.

La gente pensaba que nuestras canciones eran profundas y reivindicativas, cuando la mitad de todo lo que compusimos lo hicimos colocados. Sobre todo, esos dos últimos discos. Era halagador que pensasen que estaban delante de un hombre interesante, pero me temo que no era cierto. Tan solo fingía que lo era. Y sabía hacerlo, joder, porque en las entrevistas decía cualquier gilipollez que se me pasase por la cabeza y luego al leerla por escrito sonaba bien. Juliette siempre decía que tenía una puta flor en el culo.

Quizá era cierto, ¿no? Al fin y al cabo, me casé con ella cuando podría haber elegido a un tío más culto, más rico, más decente; no le hubiesen faltado pretendientes. Y crecí en una buena familia. La mejor. Me dio por montar un grupo en un taller de coches tan solo porque me aburría y al final terminé viviendo de la música cuando no hubiese sido capaz de aprobar el primer curso del conservatorio. Y tenía amigos, muchos amigos; en cada ciudad de España podía encontrar sin problemas una casa en la que quedarme cuando me viniese en gana. Sencillamente, el mundo estaba ahí y yo alargaba la mano y cogía lo que quería.

Pero esa noche, delante de aquellas personas que coreaban el nombre del grupo y pedían que tocásemos una más antes de irnos, me sentí como un intruso.

Quizá por eso no me inmuté cuando llegó la hora de acabar y, a modo de protesta, nos lanzaron un par de botellas que se hicieron añicos sobre el escenario. Ninguno nos sorprendimos: la violencia formaba parte de la vida nocturna de aquel entonces. Había cierta agresividad contenida en el ambiente y el fuego se encendía antes siquiera de rozar dos piedras. Fue lo que ocurrió aquel día. Uno del público empujó a otro, el otro se cabreó, una chica más allá soltó un grito, su novio se lio a hostias con el primero y un minuto después eso era una maraña de piernas y brazos repartiendo a diestro y siniestro.

—¡Eh, me cago en todo! ¡Ya basta! —gritó Marcos cogiendo el micrófono e intentando hacerse oír entre el griterío—. Venga, ¿os cuento un chiste para relajar el ambiente? —Nadie parecía escucharlo, así que resopló—: Joder, pues a tomar por el culo.

Al final se encogió de hombros, me miró y fue suficiente para entender que había llegado el momento de irnos. No me gustaba ser testigo de toda esa mierda. Estaba cansado. El año anterior habían cerrado las puertas del Rockola después de una pelea entre tribus urbanas que terminó con la muerte de un chico por culpa de dos puñaladas. Aquel lugar había sido el escenario de la mayoría de los que tocábamos en los ochenta y de bastantes grupos extranjeros, pero en el recuerdo permaneció el regusto amargo de la violencia y el eco de aquellos días que vivimos alocadamente, cuando el único futuro posible era «mañana» y la meta al final del camino consistía en divertirnos hasta perder el control.

Acabamos en el chalé de un colega de nuestro amigo Rubén. No recuerdo exactamente dónde estaba, pero sí que llegamos hasta allí subidos siete en el coche y cantando a pleno pulmón *La Ramona* mientras nos meábamos de la risa. La casa era enorme, probablemente de un niño mimado de papá al que no tuve el placer de llegar a conocer. Había mucha gente allí dentro y la cocina estaba llena de bebidas y colillas. Dentro de un cubo me encontré un puto sapo; alguien lo había atrapado y lo había dejado allí, al lado de unas patatas fritas de bolsa. En el jardín, alrededor de la piscina, era donde se congregaba casi todo el mundo; chicas con bikinis diminutos que bailaban al ritmo de la música, un hombre de unos cincuenta años con bigote que estaba tan colocado que pronto se ahogaría si nadie lo sacaba de allí y varios pijos que bebían *gin-tonics*.

—Parece que estemos en una película independiente de cine de terror absurdo —dijo Carlos contemplando la escena—. ¿Sabes lo que quiero decir? De esas en las que de pronto aparece un tiburón en la piscina o cualquier otra cosa disparatada.

—¿Te imaginas? ¡Ñam, ñam! —Me reí.

Marcos silbó cuando una chica pasó por delante de él y lo miró descaradamente antes de echarse a reír. Se quitó la camiseta y las zapatillas antes de seguirla como si todo lo demás excepto ella acabase de desaparecer. Yo me senté en la tumbona tras sacarme un gramo del bolsillo y empezar a pintar un tiro sobre el reposabrazos de plástico.

Carlos estaba callado.

—¿Qué te pasa?

—Creo que voy a decírselo a mi padre...

—¿El qué?

—Ya sabes...

—¿Que eres más de truchas que de conejos?

—Lucas. —Se rio y chasqueó la lengua. Vestía unas bermudas oscuras, camisa blanca con lunares sin una sola arruga y el colgante de un crucifijo en el cuello; probablemente, lo llevaba solo para provocar, como una especie de desafío, porque a menudo habíamos tenido conversaciones absurdas sobre teología y él aseguraba que creía en Dios, pero que no le importaría ver arder todas las iglesias si no fuese por lo mucho que apreciaba su valor arquitectónico—. Dejará de hablarme. Quizá también lo hagan mis hermanos.

—¿Y tu madre?

—No, ella no. Pero no podré ver a mis sobrinos. Y joder, no es justo.

—Cuando sean más mayores...

—Ya, pero me perderé esos años.

—Siempre hay daños colaterales.

No le dije que para mí sería un golpe durísimo no poder estar con Manuel. Hacía unos meses que el crío había cumplido un año y cada cosa que hacía o decía me parecía fascinante. Un fin de semana que mis padres se habían ido al pueblo y mi hermano y Lorena trabajaban, se quedó en nuestra casa y revolucionó cada rincón; quería descubrirlo todo, era una pequeña esponja dispuesto a escuchar las tonterías que su tío tenía que decirle. Habíamos ido los tres juntos a pasear por el Retiro y Juliette le había enseñado los colores cogiendo hojas que encontraba en el suelo. «Verde, amarilla, marrón». Y Manuel repetía: «Vede, arilla, arón».

Enrollé un billete de mil pesetas y me incliné sobre el brazo de la tumbona antes de aspirar con fuerza. Me froté la nariz. A lo lejos, vi que Marcos se liaba con la chica dentro de la piscina. Alguien sacó tripis y un cubo con hielo lleno de cervezas. Pillé ambas cosas.

—¿Tenéis té o zumo? —preguntó Carlitos.

—Ah, esa es buena. Qué gracioso.

La joven se alejó partiéndose de risa, probablemente pensando que era una especie de chiste. Bebí a morro y me palpé los bolsillos buscando el paquete de tabaco.

—A ver, seamos sinceros, ¿cuánto tiempo llevas con Pablo? ¿Unos tres años? En algún momento ibas a tener que hacerlo. No puedes seguir eternamente así.

—Lo sé.

—Pablo está cansado.

—También lo sé.

—Es comprensible.

—Lucas, déjalo ya.

—Solo intento animarte.

—La decisión está tomada.

Posé la mano en su hombro y le di un apretón de ánimo. Lo cierto era que había ido abriéndose poco a poco: primero me había enterado yo, claro, y unos días después se lo tuve que contar a Juliette, porque me quemaba en la punta de la lengua; nunca he sabido guardar secretos. Un par de meses más tarde fue el propio Carlos quien habló con Marcos, que aprovechó para hacerle preguntas tipo: «¿Es cierto que solo los tíos saben hacer buenas mamadas?», y se ganó un par de collejas. Luego, algunos colegas habituales fueron enterándose progresivamente, pero su familia seguía sin saber nada, así que, cuando estaban en público, en ocasiones a Carlos hasta le costaba mirar a su pareja.

Yo no es que fuese un gurú de las relaciones, pero siempre he tenido claro que ocultar, engañar o incluso traicionarse a uno mismo no suelen ser grandes aliados.

Al final, Carlos se desabrochó la camisa y se quedó en calzoncillos antes de meterse en la piscina. Yo seguí sus pasos. Era una noche húmeda y calurosa, daba la sensación de que, en lugar de Alicante, estábamos en algún sitio de clima tropical.

Metí la cabeza bajo el agua y me quedé allí unos segundos.

Había palomitas. Granos de maíz abriéndose con un plop, plop, plop graciosísimo. Y estaban crujientes y saladas y calientes. Luego me fijé en el mosaico azul de la piscina. «El mundo se ve mucho más claro distorsionado», pensé. Pero me dije: «Eso no tiene ningún sentido, Lucas, espabila. Te estás ahogando». Saqué la cabeza a la superficie y tosí. Apoyé los brazos en el borde de la piscina. Me picaban los ojos por culpa del cloro.

—¿Te encuentras bien? —Una tía rubia de ojos grandes dio un par de brazadas para acercarse y colocarse a mi lado—. ¿Necesitas ayuda?

—No, no, estoy de puta madre.

—Me llamo Sandra.

—Lucas —contesté.

Me sonrió. Fue una sonrisa preciosa, de esas tan abiertas que no esconden segundas intenciones ni arrastran reproches. Me pregunté cuánto tiempo hacía que Juliette no me sonreía de esa manera, como si fuese especial o... invencible. Como aquella noche en la que nos conocimos ocho años atrás, cuando escribió en mi mano su número de teléfono mientras coqueteaba y sus labios se curvaban sin esfuerzo.

—¿Qué hacías debajo del agua?

—Pensar.

—¿Algo trascendental?

—En palomitas de maíz.

—¿Qué?

—Déjalo.

—No, esto me interesa.

—Estaba visualizando palomitas de maíz estallando. ¿Sabes ese momento en el que el grano se rompe por culpa del calor? ¿Cómo crees que se sentirá? Si lo piensas, en realidad, una palomita es algo así como los sesos del maíz después de que este salte por los aires.

—Sesos salados, mmm.

Me reí. Nos reímos. Y noté una punzada en el pecho al darme cuenta de que aquel podría haber sido un momento que viviese con Juliette. En una vida paralela en la que ella aún siguiese pareciéndose a la chica que un día conocí, sería el tipo de conversación que le gustaría tener, sobre todo si hubiésemos compartido el tripi, claro.

—He oído que tocáis en un grupo.

—Sí.

—Mi hermano es batería.

—¿Lo conozco?

—No creo, hace poco que empezó.

—Solo le hace falta ser decente para que le vaya bien. Los baterías están muy solicitados porque hay pocos, algunos hasta tocan en dos grupos simultáneamente.

Sandra sonrió y me acarició el hombro. Hubo algo inequívoco en el movimiento suave de sus dedos sobre mi piel; apenas un roce, pero suficiente para entenderla.

—¿Te apetece una copa dentro?

—Estoy... casado.

—¿Casado? ¿Qué edad tienes?

Me reí porque me hizo gracia la pregunta.

—Treinta y uno.

—Aparentas menos.

—Y tú probablemente más.

—Supongo. —Sonrió—. Tengo veintidós.

La edad que tenía Juliette cuando la conocí.

Me impulsé con los brazos sobre el borde de la piscina y salí del agua. Pero me quedé un rato más allí sentado, con las piernas dentro. El corazón me iba a mil por hora, ¿sería culpa de la coca, del tripi, de las cervezas...? ¿Qué era exactamente lo que me había tomado antes de empezar el concierto horas atrás? No lo recordaba bien. Miré a mi alrededor y caí en la cuenta de que allí no había ni rastro de Marcos o Carlos.

Sandra me imitó y se sentó a mi lado.

—¿Y cómo es tu mujer?

—Demasiado inteligente para mi propio bien.

—¿Qué quieres decir con eso?

—Mira, cuando te pillas de alguien porque te parece atractivo y quieres follártelo, pues está bien, es divertido, no te ata, solo te estás encadenando a una imagen, ¿comprendes? Y esa imagen un día se llenará de arrugas y tendrá la piel colgante y, bueno, dejará de gustarte. Pero si te enamoras de alguien porque te maravilla no solo lo que piensa, sino cómo funciona el mecanismo de su cabeza, entonces estás bien jodido para siempre.

—Ya. Nunca me ha pasado eso.

—Es fortuna y maldición a la vez.

—¿Dónde está ella ahora?

—En nuestra casa, imagino.

—¿Nunca te acompaña?

—No. Ya no.

Alguien se lanzó en bomba a la piscina y nos salpicó. La oscuridad del cielo cada vez se disipaba más preparándose para dar paso a un nuevo día. Sandra suspiró mientras se miraba las uñas de los pies, que eran de un rosa chicle imposible de ignorar.

—¿Buscamos algo de beber?

Esa vez, su voz no fue insinuante.

—Claro. Vamos.

Me tambaleé un poco al ponerme en pie, pero logré reponerme y eché a caminar descalzo sobre el césped húmedo directo hacia la casa, que se alzaba majestuosa allí donde daba comienzo aquel jardín que había sido conquistado por un grupo de gente reacia a marcharse al menos hasta el mediodía. O cuando terminase el fin de semana, ¿quién sabe? Yo tenía que estar en Madrid a las ocho de la tarde del domingo, eso lo tenía claro. Le había prometido a Juliette que iríamos juntos a ver una obra de teatro.

En la cocina encontré a Marcos. Estaba metiéndose un chute con otros dos tíos que no conocía. No era la primera vez, le había visto hacerlo en Bilbao tiempo atrás con los colegas de la ciudad. Entonces, su rostro habitualmente tenso parecía derretirse como nieve fundida hasta alcanzar un estado de sopor que a Marcos le daba un aspecto irreconocible, porque ni cuando fumaba maría hasta dejarse los pulmones se quedaba tan relajado.

—¿Quieres, Lucas? —me preguntó.

—Paso. Me dan miedo las agujas.

—Va, no seas gallina —dijo el otro.

—Cloc, cloc, cloc —siguió su amigo.

Ignoré a los dos idiotas que lo acompañaban.

—¿Y tú, preciosa? —Miraron a Sandra.

—Ella no quiere nada. Oye, ¿sabes dónde está Carlos?

Marcos, ajeno a todo lo que ocurría a su alrededor, incluidas las ganas que tenía de darles un puñetazo en la nariz a los tíos que estaban con él, dejó de preparar aquello y me miró como si me viese por primera vez y casi le sorprendiese encontrarme allí. Procesó la pregunta que le había hecho. Noté que le costaba.

—Creo... creo que dijo que iba a echarse un rato...

—¿En una de las habitaciones?

—Sí, del piso de arriba.

Tiré del brazo de Sandra con suavidad para volver a la piscina, pero entonces vi que el idiota número uno inclinaba la cabeza sobre la pila y le pedía al idiota número dos un cigarrillo encendido. Después, empezaron a reírse mientras intentaban hacer diana con algo que estaba dentro del cubo. Y entonces recordé..., recordé que al llegar había visto un sapo allí. ¿O era una rana? Nunca había llegado a distinguirlos bien. Iba tan colocado como de costumbre, pero no lo suficiente como para dejar a su suerte al bicho ese.

—Eh, ¿qué demonios hacéis? Dadme ese cubo —exigí.

—Joder, capullos, os he dicho que dejéis al sapo de los cojones —se quejó Marcos cuando volvió a levantar la cabeza y vio lo que hacían sus colegas.

No esperé a ver qué respondían, lo cogí del asa y me largué de la cocina con Sandra pisándome los talones. Salimos del chalé. Había empezado a amanecer y una luz dorada resplandecía tras los árboles que rodeaban la propiedad. Cuando llegamos a un claro entre los pinos, me agaché y volqué el cubo. Sandra se puso de cuclillas a mi lado sonriendo.

—Es bonito —comentó.

—Todas las cosas inocentes lo son.

—¿Qué quieres decir con eso?

—Pues no sé. —Por un acto reflejo, fui a buscar en el bolsillo trasero de los vaqueros el paquete de tabaco, pero entonces caí en la cuenta de que había dejado los pantalones en el jardín y solo vestía unos calzoncillos de cuadros escoceses que Juliette me había regalado. Suspiré sin apartar los ojos del pobre bicho—. Los niños y los animales, a eso me refería. Si hacen daño es solo en defensa propia, por instinto. Pero no son calculadores ni fríos. Y, en comparación, todos los demás somos escoria.

—Los ancianos... —comenzó Sandra.

—Son los más hijos de puta —la corté.

—Venga ya. —Su risa se elevó en el aire.

—Lo digo en serio. ¿Tú has visto fotografías de asesinos después de envejecer? Parecen honrados con su pelo blanco, sus arrugas, sus orejas enormes... Lobos con piel de cordero. Todas las personas mayores han sido antes tan jóvenes como nosotros, aunque eso siempre parece olvidarse, supongo que los pecados se diluyen con el tiempo.

No sé por qué estaba tan reflexivo esa noche, quizá porque echaba de menos a Juliette.

Alcé la vista y contemplé el amanecer junto a aquella chica a la que nunca volvería a ver. Solo fue una más de los cientos de personas que conocí durante esos años caóticos.

—¿Sabes, Lucas? Es una pena que estés casado.

—Me lo tomaré como un halago.

Y luego regresamos hacia la casa mientras pensaba en el destino del sapo. ¿Se lo zamparía un depredador ahora que estaba medio conmocionado tras asistir a una fiesta?, ¿o tendría una vida larga y feliz?, ¿comería mosquitos, tendría diminutos hijos saltarines, encontraría un hogar donde vivir o esa especie era más bien nómada?

Sandra se despidió dándome un beso demasiado largo en la mejilla y luego subí al piso de arriba casi arrastrándome y busqué a Carlos por las habitaciones. Estaba durmiendo en una de ellas. Me dejé caer a su lado. El mundo daba vueltas como una de esas peonzas con las que jugaba de pequeño en las calles de Vallecas. Y gira, gira, gira... No dejes de girar.

Abrí los ojos de golpe.

Y lo supe. Supe que la había jodido, como siempre. ¿Qué hora era? Busqué un reloj, pero solo encontré uno en la muñeca de Carlos, que dormía a mi lado. Alcé su brazo para mirar la hora, él gruñó en respuesta y yo solté una maldición.

—Mierda, mierda. ¡Levántate!

—¿Qué demonios te pasa?

—¡Llego tarde! Mueve el culo.

Carlos reaccionó y empezó a incorporarse. Bajé las escaleras a trompicones, aún vestido con los calzoncillos. Un sol infernal se deslizaba por el jardín. Había dos personas durmiendo a la sombra bajo un árbol y otro encima de una colchoneta en la piscina. Noté la aspereza de la hierba caliente cuando corrí hasta la tumbona y encontré allí mi ropa junto a la de Marcos y Carlos. La cogí toda. Me acerqué al agua un segundo y le lancé un poco al colega que se había quedado allí traspuesto para despertarlo, porque si no lo hacía acabaría con quemaduras de tercer grado. Luego me largué dentro y Carlos y yo nos vestimos a toda prisa.

—¿Y Marcos, joder? ¿Y Marcos?

—Calla o despertarás a toda la casa.

—Me la suda. ¡Marcooooos!

—Nos van a dar de hostias.

—¡MARCOS, VEN AQUÍ!

A la mierda. Empecé a abrir las habitaciones de una en una. Me lanzaron un zapato, tres insultos y dos amenazas de muerte. Podría haber sido peor. Encontré al colega en la habitación principal durmiendo entre los brazos de una chica. Le lancé su ropa.

—¡Vístete, rápido!

—¿Qué hora es?

—La hora de irnos.

—No me jodas, Lucas...

Lo cogí del pescuezo para levantarlo. La chica que estaba con él gritó, alejándose, y se tapó con la sábana. Le di un par de golpecitos en la mejilla para espabilarlo.

—Mírame. ¿Estás escuchándome?

—Que sí, que sí, dime...

—Juliette. Le prometí que iría con ella al teatro. Así que tenemos que llegar a Madrid a tiempo, ¿lo has entendido? —Marcos asintió—. Bien. Coge tu ropa.

Diez minutos después subimos al coche.

Encontré en la cartera un par de pastillas que me tragué al instante. Me pinté un tiro que desapareció dejándome un picor incómodo en la nariz. Y luego metí la llave en el contacto y arranqué. El cóctel hizo efecto. Para cuando llegamos a la carretera principal, ya estaba despejado. Carlos y Marcos durmieron durante todo el viaje; hice una parada para mear en un campo y ni se enteraron. Cuando llegamos a Madrid, el alivio me golpeó. Paré delante del portal del piso que compartían y los desperté invitándolos a bajar. Marcos gruñó porque estaba hecho una mierda después de la noche anterior y Carlitos tuvo que ayudarlo a sacar su mochila del maletero. Pité para despedirme de ellos. Iba justo de tiempo, pero sería suficiente. Llegaría a casa, me daría una ducha, encontraría alguna camisa decente y cogería a Juliette del brazo antes de salir. Durante ese rato delante de la representación, ella sería feliz disfrutando del espectáculo y yo me empaparía de la idea de tenerla a mi lado, cerca. Quizá podríamos ir a cenar algo cuando la obra terminase, aunque tenía el estómago tan revuelto que, si mi mujer se empeñaba en ir a algún restaurante japonés, tailandés o cualquier cosa de esas, terminaría echando la pota encima de la mesa.

Subí las escaleras de dos en dos, así que, para cuando encajé la llave en la cerradura de la puerta, ya respiraba a trompicones. La familiaridad del hogar me recibió. El silencio era pesado. Avancé por el pasillo. ¿Se habría ido Juliette sin mí?, ¿tan poco confiaba en la posibilidad de que pudiese llegar a tiempo? La imaginaba colgada del teléfono, deslizando sus dedos por el cable rizado mientras hablaba con Pablo: «Tengo una entrada para el teatro, ¿quieres acompañarme? Iba a ir con Lucas, pero a saber dónde estará...».

Entonces escuché un gemido.

No, no era un gemido.

Era... un llanto. Eso.

Empujé la puerta del cuarto de baño y, al verla, juro que creí que se me había parado el corazón, como si dejase de latir durante unos segundos antes de recordar que debía seguir haciéndolo.

Juliette estaba dentro de la bañera. El agua no era transparente, sino rosada. El agua era sangre. Y ella lloraba. Yo nunca la había visto llorar de esa manera, como si cada lágrima guardase en su interior un dolor silencioso y atroz.

—Juliette... Joder, Juliette...

Reaccioné al fin. Me lancé hacia ella, metí las manos en el agua y la incorporé para abrazarla. Recuerdo que pensé: «Las muñecas, mírale las muñecas, ¿debo presionar la herida para cortar la hemorragia?, ¿bastará hacerlo con una toalla?, ¿llamo antes a emergencias o mejor cuando consiga sacarla de aquí?». Cada sollozo ahogado me aturdía durante unos segundos, porque aquella no era la Juliette que conocía y que aguantaba estoica cualquier envite con tal de no dejar salir sus sentimientos. Era otra. Una mujer rota.

Cogí la toalla que tenía al lado y la separé un poco de mí para sostener su brazo derecho. Allí no había nada. La piel pálida estaba intacta y las venas azuladas trepaban hacia arriba ajenas a lo que estaba ocurriendo. Busqué la muñeca izquierda. Ni rastro de ninguna herida.

—No entiendo... —La miré ansioso, pero ella ni siquiera me veía, estaba demasiado cerrada en su propio dolor, así que me incorporé y la levanté conmigo como pude, tirando con fuerza—. Rodéame el cuello, sujétate. —Abracé su cuerpo desnudo.

Me giré para buscar otra toalla con la que cubrirla y secarla. Cuando encontré una grande en el mueble del baño y fui a envolverla con ella, vi el reguero de sangre entre sus piernas y lo entendí todo. La sostuve contra mi cuerpo. Le besé la frente. La mecí.

—Estoy aquí, Juliette —susurré.

42

JULIETTE
BEAST OF BURDEN (THE ROLLING STONES)

Lucas estaba de pie con la vista clavada en la ventana de la habitación del hospital. Admiré su perfil, esa nariz mucho más recta que la mía, la mandíbula apretada por culpa de la tensión acumulada, mechones de cabello oscuro escurriéndose por su frente como algas desordenadas. Tenía las manos metidas en los bolsillos y su camiseta estaba arrugada y manchada. Para ser sincera, me di cuenta entonces de que todo él parecía arrugado. A simple vista seguía resultando atractivo en su anarquía, pero bajo la piel empezaban a aparecer los primeros signos del cansancio; menos flexibilidad, quizá, sí, era eso, justo eso. Algunos músculos que habían estado dispuestos a contraerse para acogerme sin reservas, de pronto, estaban un poco más agarrotados. A menudo me he preguntado en qué momento una silla empieza a cojear; se supone que no está así de fábrica, entonces, ¿cómo ocurre? O la bisagra de una puerta: un día vas a cerrarla y el chirrido te sorprende, pero debía de estar antes ahí, solo que era más suave o no le prestaste la suficiente atención.

Me incorporé despacio.

—¿Estás enfadado?

Lucas se giró y soltó el aire que estaba conteniendo antes de acercarse a la cama con su habitual andar algo desgarbado. Me miró unos segundos en silencio y luego alzó la mano y deslizó sus dedos por mi rostro hasta acunar mi mejilla. Cerré los ojos. Deseé quedarme así para siempre. Dentro de esas paredes asépticas, el mundo parecía más sencillo: reinaba un silencio irreal y olía a un desinfectante que asociaba tanto a la vida como a la muerte.

—Lucas... —insistí.

—No es el momento.

Me dieron el alta unas horas más tarde y regresamos a casa sumidos en un mutismo similar a la carcoma: nos iba devorando por dentro. Una vez allí, Lucas cambió las sábanas de la cama, ventiló la habitación y me pidió que me tumbase mientras cocinaba algo. Hizo huevos revueltos con queso, pero ninguno de los dos teníamos apetito. Desde la ventana de nuestro dormitorio visualizaba el edificio de enfrente con todas esas pequeñas aperturas a otras vidas. Intenté imaginar cómo serían mientras el sueño me vencía.

Desperté de madrugada al sentir hundirse el colchón cuando Lucas se tumbó a mi lado. Alargué los brazos hacia él para abrazarlo y su aliento me rozó la oreja. Había bebido.

—Lo siento, Lucas.

Llevaba años preparándome para esas palabras. No fue tan difícil. Tres. Podría haberlo dejado en dos, incluso: «Lo siento». O podrían haber sido muchas más: «Siento haberte mentido, siento haber traicionado tu confianza, siento haber decidido pasar sola por esto, siento haber ocultado algo que te pertenecía, siento que no supiese (y aún no sepa) hacerlo de otra forma más justa para los dos».

Sentí su pesada respiración contra mi piel.

—Tres, Juliette. Tres veces. Estaba en tu historial médico. —Se le quebró la voz, calló unos instantes y pareció buscar las palabras entre un revoltijo de letras y vocales—. Me has mentido. Odio la mentira. Odio lo que significa: que no hay confianza ni intimidad. ¿Y qué queda de nosotros entonces? Pero lo peor de todo es que decidieses ponerte en riesgo. Y también a mí, porque si hubiese llegado a ocurrirte algo...

Quise contestar, pero no encontré consuelo que regalarle. La decepción de Lucas se coló entre los dos como una corriente de aire cuando alguien olvida cerrar una ventana.

Los siguientes días fueron nublados. Nos movíamos por casa con un paraguas y no estábamos acostumbrados, así que se atascaba entre los marcos de las puertas, al entrar en la ducha o al intentar plegarlo antes de irnos a dormir, pero no podíamos deshacernos de él, porque ¿y si de pronto empezaba a llover y nos pillaba desprevenidos?

Yo me encontraba débil y mal. Mi cuerpo seguía expulsando los restos de lo que pudo haber sido y no fue. Lucas canceló todos los conciertos de aquel mes y se convirtió en el perfecto marido, al menos hasta que caía la noche y buscaba alguna botella en los armarios de la cocina. Durante el día, bajaba a hacer la compra, ponía música suave en el salón, cocinaba, se aseguraba de dejarme los calmantes en la mesilla de noche y de cerrar las cortinas cuando se levantaba para que siguiese durmiendo un poco más. Debería haber estado agradecida por sus cuidados, pero tan solo me hacía sentir como la princesa de un cuento que es incapaz de levantar el maldito colchón de su cama para sacar el guisante de las narices.

Una tarde, lo escuché hablando con su hermano. El teléfono estaba en el salón, sobre una mesa pequeña y redondeada que se encontraba junto al sillón donde solía sentarme. Dejé de caminar antes de llegar a la puerta y sus palabras flotaron por el pasillo.

—Lo siento, Samuel, pero no. Escucha, habrá alguien que pueda quedarse con él, ¿no? Una vecina, algún amigo o algo así. —Hubo un silencio antes de proseguir—: Manuel no puede venir aquí. No, claro que no es por él, joder. ¿Cómo puedes preguntarme eso? Sabes que lo adoramos. —Resopló—. Es que... no es un buen momento, eso es todo. ¿Por qué no les pides a los papás que se lo lleven al pueblo? Allí se lo pasará en grande. ¿Te acuerdas cuando íbamos nosotros? Y estaba esa gallina... ¿cómo se llamaba? —Samuel debió de dar con el nombre—: ¡Ah, Adalberta! Cómo corría la condenada. —Pausa—. Sí, sí, claro. No, oye, lo de Manuel..., bueno, ya me acercaré a verlo algún día, ¿te parece bien? —Lucas tosió mientras Samuel hablaba—. De acuerdo. Yo también te quiero.

Cada suceso posee varias perspectivas. Podría haber analizado aquel acontecimiento desde una visión diferente, valorando que Lucas se tomase la molestia de evitarme el mal trago de tener a un niño correteando a mi alrededor después de lo que acababa de ocurrir. Quizá incluso hubiese recordado lo mucho que me gustaba que fuese de ese tipo de hombres que siempre se despedían con un «te quiero» cuando hablaban con su familia o conmigo. Si alguna vez les ocurriese algo malo a alguno de sus seres queridos, Lucas nunca tendría el típico disgusto al pensar que al despedirse les dijo «compra pepinos» o «tengo que colgar». Él podría decir tranquilamente que sus últimas palabras fueron «te quiero». Probablemente, era solo una costumbre. Pero bendita costumbre.

Sin embargo, aquel día mi perspectiva fue otra porque me sentía tan frágil como una cría de gorrión antes de que le salga el plumón. No es agradable caerse del nido. Nadie quiere caerse. Caer, caer, caer, caer. Yo me aferré al árbol con todas mis malditas fuerzas. Por eso entré enfadada en el salón cuando él aún estaba colgando el teléfono. Y lo empujé. Lo empujé por la espalda llena de rabia. Lucas se giró sorprendido y me sujetó por las muñecas para intentar detenerme. Me agité. El alma salvaje revelándose contra su cuidador.

—¿Qué derecho crees que tienes...?

—Juliette, cálmate.

—¿Qué derecho tienes para tratarme como si fuese a romperme, como si aislarme lo solucionase todo, como si estuviese defectuosa? —grité.

—¿De dónde sacas esas ideas?

—¡No te necesito! ¿Me oyes?

—Joder. ¡Ya basta, Juliette!

—¿Por qué has hecho eso?

Lucas me soltó y se alejó. Abrió la ventana del salón, se encendió un cigarrillo evitando mirarme y expulsó el humo con pesadez. Parecía cansado. ¿Sería de mí? Seguro que sí; de mis mentiras, mis reproches, mis cambios de dirección. Yo también estaba cansada de él; de sus excusas, de sus defectos, de sus excesos, de su forma de entender el futuro...

—Porque pensaba que preferirías un poco de tranquilidad y tener ahora a Manuel aquí... —Lucas sacudió la cabeza—. Quizá tú estés preparada, pero yo no. ¿Sabes cuál es el problema? Que no te has parado a pensar ni una sola vez en cómo me sentiría.

—¿Y cómo te sientes?

—Dolido.

—Ya somos dos.

—Pues no lo parece.

—¿Qué quieres decir?

—Ni siquiera hemos tocado el tema. Si fuésemos una pareja normal, un jodido matrimonio que no estuviese enterrado en la mierda, nos reuniríamos al final del día en el sofá e intentaríamos comprender qué ha ocurrido para que decidieses afrontar esto sola, y hablaríamos de los hijos que hemos perdido; de cómo te sientes, de cómo me siento...

Solté una risita histérica que se coló en cada rincón.

—¿Te estás escuchando? ¡Eran un puñado de células, Lucas! ¿Lo entiendes? Esta es exactamente la razón por la que decidí no contártelo. No puedo soportar el sentimentalismo barato, el regocijo en el dolor, esa manera tuya de sentir...

Lucas entrecerró los ojos y chasqueó la lengua. Después, apagó el cigarrillo en una de mis plantas. Me pareció un acto simbólico y deliberado, como si estuviese enterrando la punta candente en mi piel en lugar de en la tierra húmeda...

—Te crees muy lista...

—Un poco más que tú, sí.

—Pero lo de gestionar emociones no es lo tuyo.

—¿Qué es lo que quieres, Lucas? ¿Quieres que llore? ¿Quieres que me quede semanas metida en la cama? ¿Quieres que abra una tarrina de helado y me la coma a escondidas?

—¿Qué mierda dices? Lo único que siempre he querido es entenderte.

—Pues no lo has conseguido. —Parpadeé para contener las lágrimas.

«Fuerte, fuerte, fuerte». Tenía que ser fuerte. No sé por qué sentía esa necesidad, pero no podía derrumbarme. No podía. Ni siquiera delante de Lucas.

—De eso ya me he dado cuenta.

Y después me miró con lástima antes de salir del salón. Jamás olvidé esa mirada porque fue el momento exacto en el que Lucas se rindió. Durante las siguientes semanas, siguió ocupándose de que todo estuviese perfecto: las sábanas limpias, la ropa doblada en los armarios, la nevera llena, ni rastro de polvo en los muebles, las plantas regadas...

Pero nunca volvió a intentar hablar conmigo de los hijos que habíamos perdido. Porque él tuvo razón en eso desde el principio: quizá no existieron para nadie más, pero en mi cabeza dos de ellos tenían un rostro borroso, un llanto definido y pliegues adorables en las piernas y los brazos. Yo los hice reales. Pero luego les di la espalda porque era más fácil que afrontar el duelo. Así que lo metimos todo dentro de un baúl; al final, Lucas hasta me ayudó a hacerlo. Y echamos la llave. Y lo lanzamos al fondo del mar. Y allí se quedó para siempre.

Un mes más tarde, cuando nuestra rutina volvió a su ritmo habitual, mis pasos se dirigieron hacia aquel edificio donde intentaba encontrarme en vano. Benjamín me abrió la puerta con una sonrisa amable. Habían pasado seis años desde la última vez que pisé ese suelo de azulejos grisáceos mientras iba directa hacia su estudio, que estaba al final del pasillo vestido con retratos de desconocidos. Me senté. Aquella vez hablamos poco. Benjamín no dejaba de mover la cabeza hacia un lado y luego hacia el otro, y después repetía aquel gesto que me estaba poniendo de los nervios. Daba la sensación de que buscaba algo que no conseguía encontrar. Yo permanecí quieta como una estatua, sentía los músculos del rostro rígidos; era consciente del aire entrando y saliendo por los conductos de la nariz, de los dientes tan apretados como los labios, de las cejas que me obligaba a relajar para no arquearlas, del ligero temblor que me sacudía el párpado derecho...

—Estás tensa. Cuéntame algo.

—No tengo nada que decir.

—Siempre hay algo, Julie.

—De pequeña creía que cuando llegase a los treinta años tendría las cosas claras, una meta fija, una estabilidad emocional, una colección de retos conseguidos...

—¿Y no ha sido así?

—Ni siquiera sé quién soy.

—Yo tampoco. Y tengo cincuenta y seis.

—Entonces, ¿vivir es esto?, ¿las dudas constantes?

—Tener dudas significa que caminas hacia delante. Si fueses la misma chiquilla que un día apareció en mi estudio, te aseguro que no tendrías nada en lo que pensar. Pero has cambiado. Los cambios arrastran incertidumbre. Todo tiene un precio.

—No me parece justo —protesté.

—Ah, «justicia», qué palabra más utópica.

Benjamín se concentró en lo que estaba haciendo, como si hubiese hallado al fin lo que andaba buscando. Sus manos se movían ágiles y de una manera más feroz que la última vez que me había retratado. No había ninguna delicadeza cuando el pincel se deslizaba por el lienzo. Era como si se hubiese despojado de todo lo innecesario y allí solo quedase verdad.

—A veces desearía ser un pájaro.

—¿Para volar lejos? —inquirió con curiosidad.

—Sí. Y estar ahí arriba, entre corrientes de aire.

—Como un ave migratoria.

—Tal vez. Eso creo.

Cada día, volvía al estudio. Y cada día, Benjamín pintaba con más agresividad. El recuerdo de aquella primera vez que pasé en su estudio cuando apenas era una niña de diecisiete años me asaltaba con frecuencia. Por aquel entonces, temía que con sus manos pudiese reflejar mi oscuridad, porque todavía no sabía que, con el tiempo, descubriría que todos, absolutamente todos, tenemos un gusano ovillado que duerme en nuestros corazones; decidir si pasa más horas despierto que en un coma profundo depende solo de una misma. En esa ocasión, no me daba miedo que pudiese pintar mis miserias. Ya había aprendido a aceptarlas. Estaban ahí, igual que las del resto del mundo, creciendo como el moho en un entorno húmedo, cálido y sombreado. ¿Sabías que nadie conoce exactamente cuántas especies de moho existen, aunque se deduce que puede haber más de trescientas mil? Pues así es la maldad humana: incalculable mientras sus esporas se propagan.

—¿En qué estás pensando, Julie?

No dije: «en el moho y la perversidad».

—La primera vez que estuve en este estudio tenía miedo de que al pintarme encontrases algo terrible en mi interior y lo sacases a la luz. Ahora entiendo que no había nada que temer.

—No encontré nada terrible en ti. Si hubieses visto a algunas personas que he pintado a lo largo de mi vida... —Chasqueó la lengua—. ¿Te cuento un secreto? Las malas personas nunca sospechan que lo son, ahí reside precisamente su peligro.

—Supongo que tiene sentido.

—Sigues siendo igual de fuerte y vulnerable que entonces, no dejes que nadie te arrebate esas dos cosas porque ambas son necesarias. Pero me gusta lo que veo ahora: cuando empecé a pintarte te esforzabas por mantener la cara recta, quizá lo hicieses inconscientemente, pero evitabas tu perfil. Viéndote ahora, me alegra comprobar que has hecho las paces con tu nariz. —Me mostró una sonrisa satisfecha que correspondí, porque había sido él y sus palabras el desencadenante de aquella victoria.

—¡Y pensar que toda mi vida ha estado condicionada por un cuadro de una mujer que ni siquiera sabe que existo! ¿No es curioso? —Benjamín seguía concentrado delante del lienzo—. Siempre me quedaba mirándolo cuando pasaba por delante de la galería. Se llamaba *Terraza nocturna* y tenía algo muy especial, ¿es posible que una obra te haga sentir frío y calor, permanencia y ausencia, todo a la vez? —Suspiré pensativa—. El dueño de la galería me dio tu dirección. Y luego tú me diste la tarjeta de Tomás Bravo. El resto, como suele decirse, es historia. Pero supongo que lo justo es admitir que Angélica Vázquez lo cambió todo.

Benjamín levantó la mirada.

—¿Angélica? Una mujer encantadora, sí. Tiene mucho talento. Mucho. Pero no se mueve en ambientes de moda, ella sigue sus propias reglas...

—¿La conoces? —Se me secó la boca.

—Sí, aunque hace mucho que no expone.

—¿Me pondrías en contacto con ella?

Él sonrió y utilizó un trapo para limpiarse el meñique.

—Estate quieta un rato más mientras me lo pienso...

El silencio nos acompañó aquel último día mientras las horas de luz se desvanecían. Cuando terminó, me pidió que aguardase unos minutos, salió y regresó al estudio con los otros dos retratos que me había hecho hasta entonces. No los había vendido cuando, de haberlo hecho en el momento en el que estaba en la cima de la montaña, hubiese podido embolsarse un buen pellizco. Los colocó en sendos caballetes junto al último, que aún estaba húmedo. Allí estaban las tres Juliette, 1973, 1980 y 1986. Había semejanzas y diferencias, como era de esperar. Pero hubo algo que me llamó la atención: parecía más segura, pero también más triste. El primer retrato era todo pinceladas largas que desprendían cierta dulzura, en el segundo se palpaba contención y el tercero estaba lleno de aristas y durezas.

—Toma. —Benjamín me dio un trozo de papel en el que acababa de garabatear el número de teléfono de Angélica—. Como siempre, espero que encuentres lo que buscas.

Asentí y me guardé el papel.

Me acompañó hasta la puerta. Al doblar el pasillo, distinguí el movimiento del vestido morado de su mujer, que canturreaba en la cocina. Sus hijos, esos niños que vi la primera vez que estuve en aquel piso, ya se habían marchado de casa. El tiempo avanzaba implacable.

Benjamín dijo algo más antes de dejarme ir:

—¿Sabes qué es lo más curioso de las aves migratorias? Que, al final, cuando el verano termina, siempre vuelven a su hogar. De alguna manera, es como si nunca se hubiesen ido.

43

LUCAS
EL AMOR ES RADIACTIVO (LOS IMPERDIBLES AZULES)

—¿Puedes cambiar de canal?

—No —contesté secamente.

Juliette resopló, se puso en pie y se acercó al televisor para poner otra cosa. Yo siempre lo hacía antes. Quiero decir, cuando me esforzaba por complacerla y adorarla. No digo que eso me absolviese de mis errores, en absoluto. Pero, incluso asumiendo que fui un imbécil durante gran parte de nuestro matrimonio, lo cierto era que para tratar de entenderla a ella se necesitaba un jodido manual de instrucciones de quinientas páginas.

Podría decirse que nunca seríamos los candidatos ideales para protagonizar una agradable comedia familiar. Yo no era el tipo que aparecía en casa al mediodía con un maletín en la mano y un traje de chaqueta después de un día duro de trabajo vendiendo coches o aspiradoras. Juliette no era la esposa complaciente que esperaba a su marido con un pastel humeante dentro del horno y una sonrisa dulce y solícita.

De pronto, esos detalles que antes nos sostenían empezaron a erosionarse. Dejé de preguntarme si tendría frío cuando me levantaba temprano y de buscar una manta en el armario para taparla. Dejé de intentar entenderla y de esforzarme por romper las barreras que levantaba. Dejé de ir hasta esa pastelería que estaba a veinte minutos de casa tan solo para comprarle la nata que tanto le gustaba. Dejé de pensar en ella antes de terminarme la última galleta de frambuesa de la caja. Dejé de contemplarla con admiración cuando se sentaba en su sillón a leer. Dejé de imaginármela desnuda en la ducha al oír el ruido de las cañerías. Y, por supuesto, dejé de levantarme a cambiar el dichoso canal de televisión.

Nuestras vidas se ramificaron.

Yo me centré en el grupo como no lo había hecho durante los años anteriores, era el primero en llegar a los ensayos y el último en marcharme; compuse tantas canciones que Carlos empezó a volverse más duro a la hora de seleccionar cuáles se quedaban dentro o se descartaban. Se había mudado con Pablo ese mismo año, justo después de enfrentarse a su familia, y estaba viviendo un momento dulce que tan solo me recordaba a diario el desgaste de mi matrimonio. Siempre siguió siendo la voz de la razón: «No te metas eso, Marcos», «contrólate, Lucas». Con el paso del tiempo, se cansó de pedirnos a Marcos y a mí que echásemos el freno. Todo el mundo tiene un límite, incluso la gente que más te quiere.

Juliette se volcó en el deporte, el arte y el trabajo.

En algún momento indeterminado, empezamos a ser radiactivos para el otro, como si nos hubiésemos convertido en los protagonistas de una de mis canciones. Nos hacíamos daño; a veces, a propósito. La radiación es energía que viaja en forma de ondas o partículas. Esa energía todavía fluía entre nosotros, pero nos convertimos en átomos con núcleos inestables. Lo leí años más tarde en un libro de ciencias: las células se dañan, aparecen quemaduras en la piel, el cabello se cae y, con el paso del tiempo, puede dar lugar a un tumor.

El amor es radiactivo, claro.

Menuda premonición.

44

JULIETTE
DÉJAME (LOS SECRETOS)

Llevaba meses trabajando en aquella exposición. Angélica Vázquez no solo tenía muchísimo talento, sino que además era una mujer fascinante. Desde el primer café que compartimos juntas supe que seríamos amigas. Yo la admiraba. Ella me respetaba. Yo tenía treinta y un años. Ella sesenta y cuatro, bastantes más que mi madre. Pero nuestra relación nunca fue maternalista; Angélica escuchaba y observaba sin juzgar. Sus consejos, los pocos que me dio, eran tan sutiles que una tenía que jugar a cazarlos al vuelo. Siempre solía llevar el cabello negro salpicado de canas recogido en una larga trenza que descansaba sobre su hombro derecho como una serpiente. Sus ojos eran tan pequeños y rasgados que casi parecían asiáticos, aunque su familia era de Teruel. Le gustaban los anillos, teníamos eso en común. A veces le hablaba de los míos: «Este era de mi abuela Margarita, el del dedo anular me lo regaló Lucas en nuestro tercer aniversario, el plateado del meñique me lo compré en un mercadillo de segunda mano en Barcelona». Cada uno simbolizaba un momento.

Nuestra conexión fue determinante para que accediese a hacer una exposición de sus obras. Llevaba años negándose cada vez que le habían llegado propuestas; decía que no le gustaba esa parte pública, dejar algo tan íntimo a la vista de todos y tener que asistir a inauguraciones o eventos. Le aseguré que no tendría que hacer nada que no quisiese.

A partir de entonces, comenzamos la aventura.

Me pasaba a menudo por su estudio. Hablábamos de arte, de literatura y, finalmente, de nuestras propias vidas. Fue la primera persona a la que le hablé por voluntad propia de esas pérdidas de las que todavía seguía renegando. Tenía mis razones. En ocasiones la herida escuece tanto que le ponemos una tirita para no ver su fealdad sanguinolenta. Pero entonces no se seca. No se cura. Aquello fue lo que me dijo Angélica, aunque en esos momentos apenas le hice caso. Estaba empapada de emoción. Si centraba mi atención en la exposición que se acercaba, en los trabajos que iban surgiendo y en las pocas personas de las que quería rodearme, como Angélica o Pablo, mi crisis matrimonial no existía. Entonces, cuando estaba con ellos o le daba vueltas a una nueva idea, no habían pasado meses desde la última vez que nos desnudamos en el dormitorio ni tampoco me preocupaba demasiado que Lucas cada vez estuviese más perdido en su mundo de las tinieblas.

Ser libre a costa de girar la cara.

Cuando llegó el gran día, todos los implicados nos habíamos esforzado para que la noche fuese perfecta. Invitamos a los amigos más próximos, algunos periodistas, artistas, fotógrafos y escritores con los que Angélica se había codeado tiempo atrás. Incluso su exmarido, director del suplemento cultural de un periódico, aseguró que asistiría. Hacía tres años que se habían divorciado y seguían siendo grandes amigos desde entonces.

La galería Vijande estaba en la calle Núñez de Balboa. El local, revestido de cemento y ladrillo visto, ocupaba distintas plantas subterráneas de un garaje. Había que acceder por unas escaleras que descendían a un lado de la rampa de vehículos. Fernando Vijande había importado aquel concepto de Nueva York. Tenía un ecléctico olfato artístico y, además, había sido uno de los primeros galeristas que les pagaba un generoso sueldo a los autores para que pudiesen vivir de la profesión. Siempre apostó por movimientos vanguardistas, pero se fiaba de su propio gusto estético. Había traído artistas extranjeros como Robert Mapplethorpe o Andy Warhol. Y cuando le enseñé la obra de Angélica y le llevé aquel cuadro que compré siendo una niña, no lo dudó antes de dar el visto bueno.

Me había comprado un vestido verde que recordaba a las manzanas ácidas: la espalda quedaba al descubierto con tiras que se entrecruzaban sobre los omoplatos. Me puse pendientes de aro, los más grandes que encontré. Y mis anillos. Y una generosa línea de kohl sobre los párpados. Cuando salí de casa no había rastro de Lucas, a pesar de que llevaba toda la semana recordándole que aquella noche era la inauguración.

Cogí un taxi y fui a casa de Pablo con antelación.

Carlos me abrió la puerta. Llevaba una camisa impecable, pantalones de pinzas y pajarita mostaza de terciopelo. Le aseguré que era el complemento perfecto antes de darle un beso en la mejilla. Su relación se había asentado de forma natural, como lo hacen las cosas que valen la pena. Un paso atrás y dos hacia delante, esa es la cuestión. Ellos habían encontrado la manera de avanzar. Nunca me molestó que Pablo guardase en secreto su idilio hasta que salió a la luz; al contrario, valoraba su fidelidad. En general, me embrujaban ellos como pareja, aquello que formaban en conjunto. Eran dos personas que habían ido a ritmos distintos; cuando Pablo quería ir más rápido, Carlos echaba el freno, pero pese a todo habían encontrado la manera de quedar a una hora concreta en un punto del camino.

Nosotros no. Lucas estaba quién sabe dónde. Yo seguía en línea recta y sin mirar atrás. «¿Hasta cuándo?». Me había hecho muchas veces esa pregunta durante el último año y esta es la respuesta: hasta esa noche, cuando me di cuenta de que el mundo era un lugar lleno de belleza. No podía dejarme engullir por la oscuridad con toda esa luz ahí fuera esperándome.

Entonces, mientras Pablo cambiaba el disco y empezaba a sonar una canción lenta al tiempo que se acercaba hacia mí con su elegancia habitual y me cogía de la mano, no sospechaba que ese huevo quebradizo que nos empeñábamos en sostener estaba a punto de romperse. Así que me dejé llevar. Y sonreí, porque era mi gran noche.

—Estás deslumbrante —me susurró al oído.

Carlos fue a la cocina para prepararme un té.

—Toma. Cuidado, está caliente. ¿Nerviosa?

—No, sé que irá bien. —Soplé sobre la taza humeante y alcé la vista hacia Carlos, que se ajustaba los puños de la camisa—. Por cierto, ¿sabes dónde está Lucas?

—Me fui del local de ensayo hace horas. Quizá aún esté allí, puedo llamar al bar de enfrente para preguntar. Todos los grupos se suelen reunir en ese sitio para tomar algo.

—No, no llames.

—Como quieras.

Intercambiaron una mirada llena de contención y luego nos dirigimos los tres juntos hacia la galería. Ya habían empezado a llegar los primeros invitados. Hice las presentaciones pertinentes y después me propuse disfrutar de la noche. Angélica atraía las miradas, sobre todo porque se empeñaba en pasar desapercibida. Y eso era imposible. No por su belleza. No por su llamativa estatura y el hecho de que les sacase una cabeza a casi todos los presentes. Sino porque parecía tener un aura de misterio flotando a su alrededor. Y con el paso del tiempo he comprendido que a los humanos nos atrae aquello que no podemos descifrar.

Un enigma. Un rompecabezas. Las incógnitas. ¿Por qué si no el cubo de Rubik había triunfado tanto aquellos años? Probablemente eso explicase que Lucas se enamorase de mí. El problema es que cuando llevas años delante de un puzle de cinco mil piezas comienzas a cansarte de intentar encajarlas unas con otras. Llega el aburrimiento. La desidia. ¿No es esto lo que ocurre en todas las parejas? El juego de entender al otro. Ese sería el titular corto. El largo quedaría así: «El juego de entender al otro mientras intentas protegerte con uñas y dientes». He pensado mucho en ello con el paso del tiempo. He pensado en vidas alternativas. Una, por ejemplo, en la que Lucas no se dejase llevar por los excesos y en la que cuando alguien le ofreciese una copa dijese: «No, gracias, solo agua con gas». Otra en la que yo fuese capaz de dejar caer los muros y secar las heridas al aire; lloraríamos juntos cada pérdida, nos consolaríamos el uno al otro. Y planearíamos en primavera las vacaciones de agosto, compartiríamos el postre cuando saliésemos a cenar y, delante del espejo del baño, nos lavaríamos los dientes a la vez con movimientos sincronizados.

Pero aquellos no éramos nosotros.

Así que entre el desfile de copas de vino blanco y el ambiente festivo propio de una inauguración, no debería haberme sorprendido ver llegar a Lucas con esa forma de andar desganada que no auguraba nada bueno. Sonrió al verme. Tenía poco en común con la sonrisa que me enamoró de él casi una década atrás. Sus pupilas estaban tan dilatadas que parecían dos vinilos girando sin cesar. Se inclinó y me dio un beso en la mejilla.

—Vaya... —Miró alrededor—. Mola.

Meses trabajando en algo para recibir tal halago. Apestaba a alcohol. Me entraron ganas de darle un codazo en las costillas. Me planteé las consecuencias si le pedía que se marchase de allí. Hasta que él apareció, la noche iba como la seda; sonrisas, conversaciones interesantes, brindis improvisados, el leve rubor en las mejillas arrugadas de Angélica...

—¿Dónde estabas? —pregunté.

—Por ahí. ¿Aquí solo sirven vino?

—Sí, pero veo que vienes servido.

—Venga, no seas aguafiestas, cariño. —El tono meloso de su voz no podría haber sido más fingido. Cogió una copa cuando un camarero pasó por delante—. ¿Brindamos?

—No creo que haya ninguna razón.

—Claro que sí. Por esta..., ¿qué es?, ¿una exposición? Bueno, no importa. —Se bebió la mitad de la copa de un trago ante mi mirada impertérrita.

En esa realidad alternativa, caminaba por la galería cogida de su brazo mientras le hablaba de Angélica Vázquez y de aquel cuadro que me obsesionó durante años y cambió mi vida. Le había contado aquella historia, sí, pero hacía tanto tiempo que probablemente en su cabeza ya tan solo sería un puñado de polvo.

—Lucas, creo que será mejor que te marches.

—¿Por qué? —gruñó.

—Estás colocado.

—¿Yo? ¡Qué va!

—Lucas...

Le toqué el brazo y él se zafó con malos modales. Un par de asistentes nos miraron con curiosidad desde el otro lado de la sala. Intenté mantener la calma.

—Estás arruinando la noche.

—¿Ahora te avergüenzas de mí? —Se echó a reír tan fuerte que docenas de ojos se posaron en nosotros—. No me lo puedo creer... —Se terminó el resto del vino y se balanceó un poco hacia atrás—. ¡Venga ya, pero si todos estos son unos pardillos! Eh, ¿qué pasa? ¿Qué coño estáis mirando? Tú, el del bigote, deja de prestarle atención a mi culo y céntrate en el cuadro ese que tienes delante. ¿Es un melocotón o una naranja? Ni se distingue.

Me ardían las mejillas.

—¡Lucas, basta!

El silencio en la sala era atronador. Posé una mano en su espalda para animarlo a ir hacia la salida, pero de nuevo se resistió. Carlos apareció para ayudarme y alzó los brazos en son de paz mientras se acercaba hacia él lentamente.

—Te acompaño fuera a fumarte un cigarro.

—No, no voy a largarme aún. Me mola esto. Ven aquí, Carlitos. Dime una cosa, ¿de verdad entiendes los cuadros? Yo me apuesto lo que sea a que la mitad de estos no tienen ni pajolera idea de lo que ven, pero fingen que sí porque les da miedo parecer tontos. Como con el Andy Warhol este, ¡venga ya! ¿Un bote de sopa de tomate? Eso también sé hacerlo yo, no me jodas.

—Lucas, ven conmigo —intervino Pablo.

Ya no había ni una sola persona que no nos mirase.

—Que no, cojones, que no quiero. ¡Suéltame!

Se revolvió y la copa vacía de vino se hizo añicos en el suelo. Al final, la que se marchó fue otra persona, una que había esperado esa noche con ilusión durante meses. Pasé por su lado sin mirarlo y empujé las puertas de la entrada para salir al frío de la noche. Avancé calle abajo hasta que llegué a una cabina telefónica. Me metí dentro y llamé a un taxi.

Dormí del tirón. No hice las cosas precipitadamente. No quise hacer ruido de madrugada. Me levanté al amanecer, preparé café como todas las mañanas y me di una ducha. Nada señalaba que aquel sería el último día que pasaría en aquella casa. Me vestí con unos pantalones ajustados y una blusa naranja.

Cuando Lucas llegó a casa eran las doce de la mañana y yo ya tenía listas las maletas delante de la puerta. Se tropezó con ellas al entrar y lo oí maldecir.

Estaba sentada en mi sillón mirando por la ventana.

La luz era maravillosa. Las motas de polvo flotaban.

—¿Tan difícil es dejar las cosas a un lado?

—Lo siento —susurré.

—¿Adónde te vas?

—No lo sé.

—¿Qué quieres decir? —Se dejó caer en el sofá con la misma ropa que había llevado el día anterior, los ojos enrojecidos, las venas de los brazos marcadas debido a su delgadez, la mandíbula en tensión—. ¿Tienes trabajo?

—Se acabó, Lucas.

Se quedó mirándome en silencio. Luego, cuando lo asimiló, chasqueó la lengua y empezó a buscar el paquete de tabaco con cierto nerviosismo. No considero que el antónimo de la felicidad sea la tristeza, sino la insatisfacción. Tiene una textura pegajosa y no importa lo mucho que frotes para quitártela de encima: no se irá. Quería decirle: «Ya no me satisfaces, Lucas». Que en esencia era: «Ya no me haces feliz».

—Si es por lo de anoche...

—Solo fue una gota más.

—Estaba un poco tocado, sí, no debería haber ido, pero quería estar en un momento tan especial... —Se dio unos golpecitos en la pierna con el mechero rojo—. No sé, Juliette, no sé..., es que..., bueno, no es una buena época. Lo superaremos.

Estaba cansada de intentar salvarle. Las drogas fueron el ingrediente que provocó que nuestro matrimonio defectuoso, ya en plena decadencia, se hundiese del todo. En el pasado probé las anfetaminas, la cocaína, el LSD, y me empapé de alcohol. Pero creo que la razón por la que nunca me dejé arrastrar hasta el fondo del pozo no fue tan solo porque escuchase a mi propio cuerpo, sino porque una voz me gritaba que eso era lo que ellos querían. Y me refiero a los poderosos, los que manejan los hilos. Les interesa que los jóvenes se coloquen porque eso aturde y adormece. Y cuando estás tan enganchado al caballo que lo único en lo que puedes pensar es en reunir algo de dinero para conseguir otro chute, no protestas, no gritas, no molestas. Fue la gran plaga de los ochenta. Conocí a gente que pensaba que esnifar era gritar contra el sistema, ser revolucionario, un rebelde. No es cierto. Meterte cualquier mierda tan solo significa terminar a sus pies con la boca cerrada y la cabeza destrozada.

Había intentado en vano que él lo comprendiese.

—Voy a marcharme, Lucas.

Su expresión cambió. La confusión inicial había dado paso al asombro y, después, el enfado quiso tener su momento de protagonismo. Lucas le dio una calada al cigarro, tiró el humo hacia un lado y soltó una risita despectiva. Cuadró los hombros.

—De acuerdo. ¿Quieres irte? Adiós. Ya está. A la mierda, Juliette. A la mierda todo.

Se levantó. El portazo vibró desde la habitación hasta el resto de la casa como una especie de onda expansiva. Cerré los ojos, respiré hondo y me quedé un par de minutos más mirando la luz que entraba por la ventana. Aguanté las lágrimas.

¿Pueden dos personas desconocerse?, me pregunté.

No obtuve respuesta antes de irme sin mirar atrás.

Mi madre estaba tumbada en una de las hamacas que había delante de la piscina y fumaba uno de sus cigarrillos franceses, largos y sofisticados. Llevaba rímel y pintalabios rojo porque nunca metía la cabeza debajo del agua, decía que era «muy poco elegante y más propio de las focas». Yo estaba a su lado disfrutando del suave sol de la mañana.

Su nuevo novio, un empresario alemán, se llamaba Bergen y era el propietario de aquel lujoso chalé a las afueras de Madrid. Llevaba allí dos semanas, desde que había dejado a Lucas. Pensé que sería más difícil, que sufriría lo indecible... Y sí, me dolía. Pero no tanto por aquel final inevitable que parecía estar escrito y había ido asimilando el último año, sino por la apabullante sensación de fracaso. Él y yo habíamos tenido entre las manos algo grande y maravilloso que habíamos tirado a la basura. Cuando lloraba por las noches, no lo hacía por arrepentimiento, tan solo porque echaba de menos a la chica que había sido con él y al chico que él había sido junto a mí. Esas dos personas enamoradas y felices habían sufrido una muerte prematura. Esas dos personas... no supieron quererse.

—Voy a pedirle a Sara que nos prepare un *gin-tonic*.

—Déjalo, no me apetece —contesté.

—Vamos, Julie. Un poco de alegría.

Mi madre se puso su pareo floreado y desapareció dentro de aquel bloque de cristal y piedra. Todo en esa casa era moderno, sofisticado y minimalista, aunque carecía de alma. La nuestra, el hogar que Lucas y yo habíamos compartido durante aquellos años, era pequeña y un poco antigua, pero cada rincón de ella gritaba una historia. El tocadiscos sobre una silla restaurada, las tazas de la cocina que tantas veces llenamos de café amargo, las cortinas con una cenefa que Lucas cerraba antes de desnudarse, mi sillón de lectura, las plantas que se apiñaban en el balcón, el crujido del suelo ante sus pisadas, las quemaduras de cigarrillos del sofá, las manchas de la pared del pasillo y hasta la humedad que había aparecido en el cuarto de baño. Todo aquello era nuestro. Muy nuestro. Profunda y dolorosamente nuestro.

—Chin, chin, ¡por la libertad! —canturreó Susana.

—No estoy de humor para estas cosas, ¿lo sabes?

Me puse las gafas de sol y le di un sorbo pequeño.

—Solo intento animarte. He pasado por muchas rupturas, sé bien de qué va el tema. No pongas esa cara, Julie. Mira, te seré sincera: Lucas es un buen chico, le tengo cariño, pero tú eres mi pequeña y me veo en la obligación de explicarte que las relaciones largas son una fantasía para niños. Lo de las bodas nunca lo he entendido, todo eso de: «Hasta que la muerte nos separe», pero bueno, ¿ha vuelto la esclavitud y no me he enterado? Es indignante. No, no, de eso nada. Ni muerte ni leches. Que aquí una tiene que ser libre.

—En eso estamos de acuerdo. —Me recosté.

—Pues entonces comprenderás también que el amor romántico tiene fecha de caducidad. Todo lo tiene, fíjate: los animales, la mantequilla, hasta los cosméticos. Incluso las piedras se erosionan con el tiempo, nada permanece para siempre. Yo lo tengo claro: los primeros dos años son los mejores, sin duda. El primero porque todo es pasión y sexo y deseo. Y el segundo porque cuando lo otro se va desvaneciendo empiezas a conocer mejor a la persona que tienes al lado. Entonces surge el problema, claro. Cuando llega el tercer año ya no queda pasión y ha dejado de caerte bien, así que hasta luego y buena suerte. Hay muchos peces en el mar como para pasarse todos los días comiendo sardinas.

No contesté y Susana se terminó el *gin-tonic*.

En ese momento, salió Sara por la puerta.

—¿Señorita Julie? Preguntan por usted.

—Dile que estás ocupada con un salmón.

Dejé a mi madre tomando el sol y me interné en la casa. Estaba nerviosa. ¿Me había sorprendido el hecho de que Lucas no intentase ponerse en contacto conmigo hasta ese momento? Un poco, quizá. Estaba malacostumbrada a que él fuese quien siempre intentase tirar hacia arriba un poco más. «¡Invencibles! —decía—. Venga, Juliette, lo superaremos juntos».

Sostuve el teléfono. Lo apreté fuerte.

—¿Diga? —hablé bajito.

—Julie, necesitaba hablar contigo. —La voz clara y serena de Pablo me dejó algo aturdida—. Me han llamado de la agencia esta misma mañana.

—El contrato ya terminó —repliqué.

—Sí, no es por eso. El fotógrafo Jean Bélanger se ha puesto en contacto con ellos porque está intentando encontrarte. Te quiere para un proyecto.

—No.

—Las fotografías formarán parte de un calendario. Doce chicas, cada una en representación de un país distinto. Las sesiones se harán en Francia.

—Dile que no.

—Espera, Julie...

—Pablo, basta.

—Es para una obra benéfica.

Y, claro, no pude negarme a eso.

45

LUCAS
EL SITIO DE MI RECREO (ANTONIO VEGA)

Me encontraba dentro de un bar cualquiera para el resto del mundo, pero para nosotros era el bar Leandro, el lugar donde me tomé mi primera cerveza, cogí la primera cogorza y me dieron la primera hostia. Un puñado de recuerdos bastante miserables que conseguían trasladarme hasta esos años en los que era un crío enclenque y me creía el rey del mundo. El bar quedaba a tres calles de mi casa, Marcos y yo pasábamos allí las tardes junto a otros colegas del barrio. Pero aquel día el que me acompañaba era mi hermano Samuel, pese a que él y su camisa almidonada parecían no encajar bien entre esas paredes cutres.

Había llegado a la comida del domingo un poco tocado, eso no lo negaré. Y con un poco quiero decir que apenas podía sostenerme en pie. Aún no me había acostado, llevaba toda la noche dando tumbos por ahí, pero no quise faltar a la cita. Tengo una explicación: me gustaba volver al hogar donde había crecido porque, pese al aspecto vetusto que se adivinaba en cada rincón, me reconocía allí dentro. Recordaba cada marca de las paredes y las corrientes de aire; que, si abrías la ventana de la cocina y la del salón, probablemente la puerta de este se cerraría con brusquedad por culpa del viento. Y el olor. El olor del sitio que te ha visto hacerte un hombre es indescriptible, una mezcla de aromas cotidianos.

Lo que adoraba de Vallecas es que allí la vida seguía su curso con la misma lentitud habitual. Durante el día, salías a pasear y hacer la compra y saludabas a los vecinos de siempre, que estaban al tanto de los últimos cotilleos. Se celebraban las fiestas tradicionales; llegaba San Isidro y los niños se vestían con su traje de chulapo para los bailes regionales en las verbenas del barrio; los bares se llenaban de gente pidiendo bocadillos de calamares y tortillas de patata humeantes al ritmo de la animada música y el griterío de los críos jugando al pillapilla y a los botones en medio de la calzada.

La vida es cíclica. Da igual cuánto te alejes, el hogar es parte de tu alma, tendrías que arrancártela y olvidar quién eres para liberarte de la nostalgia.

Así que cuando estaba jodido aquel era el lugar donde quería estar, como un pájaro volviendo al nido después de un vuelo demasiado largo. Algo sobre eso había dicho Juliette meses atrás. Pájaros, corrientes de aire, aves migratorias. No importaba. No le presté atención. Había dejado de hacerlo. Así que se largó. Llegué una mañana y las maletas estaban en la puerta; ella parecía tan impávida como siempre. Hubiese preferido un grito, un empujón, un insulto, una mirada de desdén...

La indiferencia es más cruel.

Esa fue la razón por la que aparecí el domingo en casa de mis padres solo y colocado. Mi madre me miró de los pies a la cabeza con latente preocupación. Al fondo, en el salón, oía la risa de Manuel mientras mi padre jugaba con él.

—¿Dónde está Julie?

—No va a venir.

—¿Está enferma?

—No va a venir nunca más.

Mi madre intercambió una mirada con Samuel y Lorena, que se movían alrededor poniendo la mesa; platos, vasos, tenedores, servilletas, una jarra de agua. La vajilla buena. Me senté en mi sitio habitual, ¿en qué momento se establecían esas costumbres? Ni idea, pero ahí todos teníamos claro dónde debíamos posar nuestro trasero, eso seguro. Que algo tan ridículo explique la base del comportamiento humano resulta fascinante. ¿Por qué no sentarse cada día en una silla distinta? Costumbre. Rutinas. La búsqueda de seguridad. Qué ironía. Oye, mi matrimonio acababa de irse a la mierda y yo no tenía ni puta idea de qué sería de mi vida al día siguiente, pero, eh, sabía claramente cuál era mi lugar en esa mesa.

Empezamos a comer. Manuel no quería guisantes.

—Tienes que comer verdura —le dijo Lorena.

—No quero. No, no, no. —Pataleó insistente.

—Lucas, ¿estás bien? —Mi hermano me miró.

—Perfectamente. Pásame la sal, haz el favor.

Estuve cinco minutos agitando el salero encima de mi guisado, pensando en quién sabe qué, hasta que Samuel se levantó y me quitó el bote de cristal de las manos.

—¿Podemos hablar fuera un rato?

—Paso. —Intenté coger la sal.

—Ya basta, Lucas —replicó.

—¿Quién eres tú para decirme lo que tengo o no tengo que hacer? —Me levanté y me enfrenté a mi hermano. Era la primera vez en mi vida que le hablaba así, supongo que por eso se quedó paralizado como si tuviese delante a un extraño.

—Él no lo sé. —Mi madre apoyó las manos en la mesa y se puso en pie—. Pero yo te he parido y esta es mi casa. Y quiero que sea la última vez que te presentas aquí en este estado tan lamentable. Ahora vas a irte a la cama y cuando te despiertes ya hablaremos.

Resoplé como un adolescente, pero obedecí. Entré en mi antigua habitación, aparté las fundas de cojines a un lado y me tumbé en la cama. Todo daba vueltas alrededor. La sal, los guisantes, Juliette y los susurros de mi familia que se colaban bajo la rendija de la puerta...

Era media tarde cuando abrí los ojos.

Por eso al salir me sorprendió encontrarme a Samuel todavía sentado en el sofá del salón junto a mi padre. Los dos me miraron en silencio y luego mi hermano se puso en pie.

—El bar Leandro está aquí al lado.

—Vale, vale —accedí gruñendo.

Y así fue como acabé en aquel lugar donde había vivido todas esas primeras veces. Estábamos los dos sentados en sendos taburetes delante de la maltratada barra de madera. El camarero, que era el hijo de Leandro, contemplaba ensimismado el televisor donde estaba a punto de empezar un partido de fútbol. Los demás clientes no dejaban de hablar de la liga y otras gilipolleces. Tenía una cerveza en la mano y un plato de cacahuetes a un lado.

—Hacía mucho que no salíamos —le dije.

—Es verdad —admitió con un suspiro.

A finales de los setenta y principios de los ochenta, Samuel todavía me acompañaba durante alguna noche de juerga, cuando también venía su amigo Toni, algunos colegas que ya rara vez veía y Juliette. Fue una buena época. La mejor, sin duda. Entonces todo era brillante, como ese papel que cruje en cuanto lo tocas, y parecía que teníamos el mundo en la mano; después, comprendí que tan solo se trataba de una canica deslucida.

—¿No vas a contarme qué ha pasado?

—¿Qué quieres que te diga? Me ha dejado. Se ha ido. Se acabó. Su armario está vacío. Dejó un par de cajas llenas de libros en las que ponía «donar a la biblioteca» y dos días después se presentó una chica en casa para llevárselas. Hay que joderse.

—¿Has hablado con ella?

—No.

El partido dio comienzo. Hubo silbidos a nuestra espalda. Alcé la vista para contemplar a esos hombres que correteaban por el césped de un lado para el otro.

—Quizá deberías hacerlo.

—Estoy cansado.

—¿La quieres?

—Joder, Samuel, ¿qué pregunta es esa? —Bebí un trago largo de cerveza y cogí un cigarrillo. Lo sostuve entre los labios mientras buscaba el mechero—. La quiero, claro que la quiero. Eso siempre. No sé, tú deberías saberlo, ¿no? ¿Cómo funciona esa mierda del corazón?, ¿por qué es tan difícil mantenerlo contento?

—Soy cardiólogo, no asesor del amor.

—Vale, pues cuéntame algo que sepas.

—No creo que te interese.

—Prueba a ver.

—Para que lo entiendas: el corazón es un músculo que se encarga de bombear la sangre e impulsarla a través de las arterias para distribuirla por todo el cuerpo.

—¿No tienes nada más que decirme?

—¿Qué quieres saber, Lucas?

—¿Cómo funciona?

—Es como una bomba, con cada latido envía esa sangre y el

ciclo se repite una y otra vez. Lo hace más de tres mil millones de veces a lo largo de una vida. Ten en cuenta que con la sangre que bombea diariamente se podrían llenar más de una docena de bañeras.

Así era mi hermano cuando le dabas cuerda.

—Fascinante.

—Con tan solo cuatro semanas de gestación el corazón del embrión ya late con insistencia, es el primer órgano que se forma; pero, en contrapunto, las enfermedades cardiovasculares también son la primera causa de muerte en todo el mundo. Si lo piensas bien, podría decirse que la vida es eso que ocurre entre el primer y el último latido.

Mi hermano dejó de hablar cuando todo el mundo se puso en pie gritando «goooool» como si les acabase de tocar la lotería. Me metí un cacahuete en la boca y lo mastiqué con parsimonia mientras los jugadores se abrazaban sobre el césped. Era lo único sólido que había tomado en las últimas veinticuatro horas. Pedí otra ronda de cervezas para los dos. Y pensé en esos «conjuntos de células», como Juliette los llamaba, que habíamos perdido. ¿Tendrían un corazón? Y de ser cierto: ¿durante cuánto tiempo latió antes de pararse?

—Cuéntame más.

—El corazón de las mujeres late más deprisa.

—Joder, hasta en eso son más rápidas.

—Es porque es más pequeño.

—¿Puede romperse?

Samuel se relamió la espuma.

—Existe un síndrome, sí. Está provocado por un abrupto estrés hormonal a causa de un fuerte impacto emocional o físico, pero es muy raro.

—Y en cambio se dice tanto...

—Resulta simbólico.

—¿Por qué?

—Verás, hay muchas teorías. Pero cuando los antiguos médicos egipcios realizaron las primeras disecciones de cadáveres y vieron la intrincada red de venas, arterias y nervios que parecían brotar del corazón, pensaron que ahí residían las emociones y el intelecto. Por eso sacaban todas las vísceras y dejaban el corazón:

entendían que el muerto lo seguiría necesitando durante su existencia en el más allá.

Bebí un trago antes de suspirar con desgana.

—¿Por qué las relaciones son tan difíciles?

—No siempre, Lucas...

—¿Cómo se hace?

—Tú eres complicado. Julie es complicada. Vuestra vida ha sido complicada. Tantos viajes, tantos cambios, y los últimos problemas...

—Eso no ha tenido nada que ver.

—¿Quieres contármelo?

—Tiene una malformación. Yo jamás la hubiese puesto en riesgo, ¿lo entiendes? Pero no lo sabía porque no me lo dijo. Me importaba ella. Solo ella. Y la he querido como jamás querré a nadie, pero supongo que a veces ni siquiera eso es suficiente.

«Gooooool.»

Una jauría se puso a ladrar a nuestra espalda como si les fuese la vida en ello. El camarero se cagó en los muertos del árbitro y dijo: «¿Ahora cómo te quedas, hijo de puta?», y después abrió el bote de las aceitunas y encurtidos y sirvió varios platos para repartir entre los clientes a modo de celebración. Tenía la espalda dolorida, así que me estiré en el taburete.

—Podrías haber hablado conmigo.

—¿Qué cojones iba a hablar contigo cuando ni siquiera podía tocar ese tema con mi mujer? Tú no la conoces. No sabes cómo es Juliette cuando decide cerrar la puerta.

—Pero te habría escuchado.

—¿Una al futbolín?

—¿En serio, Lucas?

—Apostemos algo.

—No creo que esto sea...

—Venga, valiente —lo corté.

Nos levantamos y fuimos hasta el fondo del establecimiento. El viejo futbolín tenía tanta mierda encima que el color de la madera era más oscuro que su versión original. Si un equipo sanitario hubiese entrado allí habría precintado el local entero; el suelo ajedrezado estaba lleno de colillas, chicles, escupitajos y restos inclasificables. La comida que servían estaba pasada, los cacahuetes rancios; si probabas los encurtidos la palmabas en el acto o reforzabas tu estómago para siempre. Probablemente, en el almacén vivirían varias familias de roedores. Pero era nuestro bar.

—¿Qué quieres apostar?

—Pagas tú las cervezas —dije.

—¿Tan mal os va con el grupo?

Me eché a reír ante la ocurrencia de mi hermano. Se arremangó los puños de su impecable camisa y mostró unos brazos bronceados y más fuertes que los míos. Me hizo gracia aquel cambio, con la cantidad de veces que fui a amenazar a los imbéciles del colegio que se metían con él. Yo tuve razón desde el principio: Samuel estaba destinado a algo grande. Y esa tarde delante del futbolín comprendí que no tenía nada que ver con su carrera de Medicina o todo lo que sabía sobre el corazón y que le valió para ser reconocido años más tarde como uno de los mejores cardiólogos de Madrid. Era otra cosa: la felicidad. Él la había alcanzado. Parecía satisfecho, orgulloso de sí mismo. Formaba un equipo con Lorena, se complementaban. Y luego estaba Manuel, esa vida en sus manos. Pero había algo más, algo crucial: tenía un hogar. Para mí siempre ha sido importante. Unas paredes, un techo, un suelo, un pequeño universo propio. Mi casa había dejado de ser un refugio desde el día que Juliette salió por la puerta. Ahora tan solo era un lugar ajeno lleno de recuerdos polvorientos.

Ya había caído la noche cuando salimos del bar.

—Oye, Lucas, los papás no saben en qué andas metido, no conocen lo que hay ahí fuera, pero a mí no puedes engañarme. Y creo que necesitas ayuda.

—Tú limítate a preocuparte por tu familia.

—Tú eres mi familia —replicó angustiado.

Sonreí con tristeza sacudiendo la cabeza. No hacía falta que le explicase que ahora sus prioridades eran otras; tiempo atrás, él fue mi persona favorita en este mundo y yo fui la suya, hasta que crecimos, salimos del nido y nuestro amor se expandió en otras direcciones.

—Estaré bien, Samuel. Te prometo que lo estaré.

46

JULIETTE
TOTAL ECLIPSE OF THE HEART (BONNIE TYLER)

Alrededor, un estudio acristalado de paredes grises. En medio, un telón blanco como fondo fotográfico. Al lado, un reflector, *flashes* y fuentes de luz continua. Más atrás, la estilista, una maquilladora y un asistente. Delante, Jean Bélanger sosteniendo la cámara.

Estaba sentada en un taburete alto, con una sábana arrugada alrededor de las caderas que caía hasta el suelo. Arriba no llevaba nada. De espaldas al objetivo, mi brazo tapaba casi la totalidad del pecho izquierdo dejando que se insinuase la curva bajo la carne.

—Mírame lentamente, como si estuvieses amaneciendo...

Jean decía cosas así todo el tiempo. «Abre los ojos como una flor» o «Imagina que eres una ola cuando te inclinas hacia delante». El chasquido de la cámara me desconcentraba. Tenía la sensación de no conseguir dar lo que él esperaba de mí. La idea de las fotografías era clara: algo artístico, un desnudo sutil que reflejase pureza y no deseo. Los beneficios irían destinados a una organización benéfica que protegía los derechos y las libertades de la mujer.

—Julie, gira la cabeza un poco. No tanto, así, para ahí.

Se agachó sobre una de sus rodillas y yo lo observé por encima del hombro. Apenas había cambiado desde que coincidimos en esa terraza de París: el cabello más plateado, quizá, pero la misma mirada amable que recordaba. Me seguía trasmitiendo una profunda serenidad.

—¿Podéis recolocarle el cabello?

La estilista miró su reloj con impaciencia mientras la peluquera se acercaba para apartarme del rostro los mechones de pelo que habían escapado de sus horquillas. En aquella época lo llevaba largo, incluso un poco encrespado y salvaje, casi del estilo de los sesenta.

—Ya es la hora de comer —dijo la mujer.

Jean hizo un par de encuadres con la cámara, después la apartó con cierta frustración y, sin dejar de mirarme fijamente, comentó:

—Id vosotros. ¿Te parece bien, Julie?

—Sí, claro. No tengo hambre.

Fueron saliendo uno tras otro hasta que nos quedamos a solas en el estudio. La luz era buena, él era un genio de la fotografía, me habían maquillado y peinado correctamente, así pues, ¿cuál era el problema? No estaba segura. Pero Jean parecía dispuesto a descubrirlo.

Dejó la cámara en una mesita circular.

—¿Te sientes incómoda?

—No lo sé.

—¿Es por el desnudo? Porque podemos solucionar eso. Si quieres probamos a cubrirte un poco con la sábana, ¿te sería más sencillo así?

—No.

—Julie...

Me contempló con una profunda ternura que se me clavó en el alma hasta casi hacerme daño. ¿Cuánto tiempo hacía que Lucas no me había mirado así? Una eternidad. Pero no era momento de pensar en él. No lo era. Llevaba tres semanas sin él. Nuestra relación era tan tóxica como adictiva. El síndrome de abstinencia me carcomía las entrañas.

—Tú solo dispara.

—No es tan fácil.

Con un nudo en la garganta, tiré de la sábana y me tapé con ella mientras intentaba bajar con dignidad del alto taburete. Las lágrimas ardían dentro, pero nadie podía verlas.

—Tienes razón, quizá no sea la candidata ideal para hacer esto. No es un buen momento. Lamento haberte hecho perder el tiempo, pero será mejor que lo dejemos aquí...

—Espera, espera.

Jean cogió mi muñeca. Su mano era suave, segura. Tenía los dedos anchos y no había rastro de ninguna alianza. El pulgar trazó una caricia casi imperceptible.

—Eres un pantano, Julie. Hay tanta contención en ti que la presa sufre para aguantar el agua. ¿Por qué no la dejas correr?, ¿por qué te empeñas en retenerla?, ¿de qué tienes miedo?

Y entonces algo tembló bajo las compuertas, las grietas se abrieron, todo se vino abajo con asombrosa fragilidad. Cascadas, remolinos de agua, roturas irreparables.

Se me escapó un sollozo lleno de dolor.

Las lágrimas corrieron por mis mejillas.

Dejé caer la sábana a mis pies y no hice nada por recuperarla. Alcé la cabeza para evitar esconderme y, aunque dudó unos segundos, Jean me entendió al instante. Por eso apartó a un lado el taburete en el que antes había estado sentada, cogió su cámara y me encontró.

Un desnudo integral. Un riachuelo negro serpenteando sobre los pómulos. La luz suave del mediodía bañando la piel cuando él apagó los focos. Y una mujer frágil y poderosa al mismo tiempo mirando hacia el objetivo sin nada que ocultar.

Cuando la sesión terminó, Jean dejó la cámara a un lado y se acercó hacia mí con los ojos llenos de admiración. Se agachó a mis pies, cogió la sábana y me cubrió con ella.

—Gracias —susurró.

Dije que sí cuando me invitó a cenar esa noche. Acabamos en un pequeño restaurante de Montmartre al que se accedía por una añeja puerta granate. Las plantas colgaban desde lo alto de las paredes decoradas con piedra oscura y la calidez del mobiliario de madera ofrecía cierta sensación de intimidad. Pedimos vino, carne estofada y hojaldre de foie. Mientras comíamos, charlamos de cosas banales sin ahondar en nada demasiado personal.

Jean vestía una camisa azulada y se fijaba en cada uno de mis movimientos con esa curiosidad que solo despierta en los comienzos. Luego, se apaga como una luciérnaga que muere por culpa de la contaminación lumínica o los pesticidas. La fragilidad de lo bello.

—Háblame de él.

—¿De mi marido?

—Sí. —Me observó con atención, dispuesto a no perderse ningún matiz.

Yo bajé la vista hasta mis manos para comprobar que el anillo de bodas seguía ahí, entre los demás. Era el más sencillo, también el más querido. Todavía no había sido capaz de quitármelo.

—¿Alguna vez has conocido a una persona que a simple vista no tenga nada especial pero que al entrar en una habitación atraiga todas las miradas? Así es Lucas. Y es bueno. Es bueno, pero hace daño. Sería incapaz de matar a una araña de forma premeditada, el problema es que probablemente acabe haciéndolo sin querer: quizá no se dé cuenta y se siente encima de ella o la rocíe con colonia cuando se esté peinando.

—Interesante. —Jean rellenó las copas vacías.

—Y es generoso, sencillo y muy divertido.

—¿Cuál es el «pero», Julie?

—Que ha olvidado que es todas esas cosas. Está demasiado ocupado destruyéndose.

—¿Temes que te arrastre con él?

—Ya ha ocurrido.

—Eso no es verdad. —Bebió un trago de vino y luego dijo—: Lo único que veo ahora mismo delante de mí es a una mujer magnífica con toda la vida por delante.

—Lo dices porque no puedes verme por dentro.

—¿Qué encontraría si lo hiciese?

—Algo podrido, flores secas.

—Me encantaría fotografiarte ahora mismo, Julie. La luz de la vela creando sombras en tu bonito rostro, esos ojos penetrantes clavados en la cámara casi como si la retases, ¿no es así? Un poco estás diciendo: «Atrévete a capturarme para siempre».

Hacía tanto tiempo que no sonreía que me tembló el labio.

Mi hotel no quedaba lejos del restaurante. Jean me acompañó dando un paseo tranquilo por las calles adoquinadas. Su voz llenaba mis silencios. Su presencia cubría mis vacíos. Cuando notó que estaba temblando, se quitó la chaqueta y me la colocó sobre los hombros. Olía a su perfume, una mezcla de bergamota con un toque amaderado. Mientras dejábamos nuestras huellas en la ciudad, me habló de los entresijos de su trabajo, de su matrimonio fallido y de su hija Lulú, una jovencita de catorce años resuelta e inteligente.

Al llegar a las puertas del hotel, nos miramos.

—¿Cuándo te marchas?

—Mañana a primera hora.

—Es una pena, podría haberte enseñado la ciudad. Conozco

algunos sitios que alguien como tú debería visitar. ¿Quizá en otra ocasión?

Ignoré su propuesta deliberadamente.

—¿Por qué me elegiste a mí?

—¿Por qué no, Julie?

—Nos vimos una vez, hace años, apenas cinco minutos. Me sorprende que recordases mi nombre. Ni siquiera era la candidata ideal para este calendario, mi padre es francés...

—Quería fotografiarte.

—¿Para qué?

—Para tener un pedazo de ti.

—¿Eso es lo que piensas cuando estás detrás de la cámara?

—Sí. —Se acercó más a mí—. Capturo trozos minúsculos del mundo, colecciono personas y lugares y sensaciones. Sabía que tú valdrías la pena porque en la complejidad se esconde la verdad. Y, para mí, una fotografía sin verdad no vale nada. Imagina la instantánea en blanco y negro de un beso en medio de una calle llena de gente, ¿no crees que pierde su credibilidad cuando descubres que esos dos enamorados tan solo son actores? Pero si te cuentan una historia real, si te dicen cómo se llamaban, que él estaba a punto de marcharse a la guerra, que ella había huido de su hogar, que ambos prometieron escribirse...

—¿Qué ocurre entonces?

—Imposible que la olvides.

Sabía lo que iba a pasar desde el instante en el que Jean acortó la distancia entre nosotros. Podría haber dado un paso atrás, algo sutil pero eficaz. O despedirme apresuradamente. O girar la cabeza cuando se inclinó lentamente y me rozó los labios. Fue suave. Me conmovió la delicadeza del gesto. Así que, si alguien nos hubiese fotografiado en aquel instante, el resultado hubiese sido un beso real, muy real, en la puerta de un hotel. Porque me gustó la solidez de su pecho. Su solidez general. Todo en él me recordaba a un pilar maestro. Y deseaba borrar las huellas que quedaban de Lucas para vaciarme de él.

Así que entramos juntos al vestíbulo.

Subimos las escaleras entre besos...

Le abrí la puerta de mi habitación.

47

LUCAS

CADILLAC SOLITARIO (LOQUILLO Y LOS TROGLODITAS)

La cabeza me daba tumbos como si tuviese dentro una batería. La pastilla no me hacía efecto, así que busqué el blíster en la guantera del coche y me tomé tres más. Así seguro que sí. La casa se alzaba al otro lado de la acera, un cubo de cristal que parecía un hospital para ricos. Bajé y cerré de un portazo. Llamé al timbre. Respiré hondo. Tenía las palabras preparadas. «Vamos, Juliette, vuelve a casa. Lo arreglaremos. Voy a cambiar».

La cámara que velaba por la seguridad de sus dueños me enfocó sin disimulo y, un par de minutos más tarde, Susana abrió la puerta vestida con un pijama de seda y un antifaz sobre la cabeza. Tenía las marcas de las sábanas en la mejilla. No estaba contenta de verme.

—Son las siete de la mañana, Lucas.

—Lo siento. Vengo a buscar a Juliette.

Se le escapó una risita amarga, pero luego se apiadó de mí e hizo una mueca que no logré descifrar. Suspiró mientras se apoyaba en el marco de la puerta blanca.

—No está aquí. Hace semanas que se marchó.

—¿Semanas? —gruñí confuso.

¿Qué había hecho durante todo ese tiempo? No estaba seguro. Ni siquiera tenía la sensación de que Juliette llevase tanto fuera de casa. ¿Cuándo se había largado? ¿A principios del mes pasado? ¿O quizá antes? Se lo pregunté a su madre.

—Hace dos meses.

—Ya. Bueno...

—¿Estás bien?

—Sí, pero necesito hablar con ella. ¿Dónde está?

—En París.

—¿Qué hace allí?

—Tendrás que preguntárselo tú.

—¿Puedes darme su teléfono? O una dirección. Sí, eso. Le escribiré. Creo que así todo será más fácil. ¿Tú qué piensas? Será algo breve. Le diré lo que siento. —Notaba la lengua gruesa, como si me hubiese crecido y las palabras saliesen a fogonazos.

Susana me miró pensativa unos segundos.

—Te daré su dirección, pero ella es mi niña, ¿lo entiendes? Así que dile lo que tengas que decirle y déjala en paz. Hazme caso, Lucas. No puedes encerrar a un pájaro en una jaula y pretender que cante feliz todos los días.

Se metió en la casa y no me invitó a entrar.

Salió poco después con una nota en la mano. Y un par de horas más tarde, con esa misma nota entre los dedos, yo contemplaba el edificio de enfrente a través de la ventana de nuestra cocina. La nevera estaba casi vacía desde hacía semanas. La taza de fresitas de Juliette seguía intacta en el armario. Todo parecía extrañamente más lúgubre.

Cogí un papel y un bolígrafo.

Querida Juliette.
Solo quería decirte que...

Lo arrugué y lo lancé a un lado. ¿Qué era eso de «querida»? Sonaba como un trovador de la edad media o algo por el estilo. Era mi mujer, joder. Mi mujer.

Juliette, solo quería decirte que siento mucho haberme comportado
como un idiota en la inauguración de la exposición, no te lo merecías.
Y necesito que sepas que...

Rompí el papel en pedazos. Me encendí un cigarrillo. Tenía ganas de llorar. Me puse en pie para buscar en el cajón de la cocina una hoja en blanco y volví a sentarme.

Te quiero, Juliette.
Sé que cometí un error al presentarme en la exposición y última-
mente tengo la sensación de que no soy yo mismo. Pero quiero volver a
serlo. ¿Recuerdas cuando nos fuimos a aquel viaje a la Tinença de
Benifassà y te pedí matrimonio en ese hostal? Al día siguiente subimos

a Fredes, nos perdimos entre las montañas y te empeñaste en buscar fó-
siles. Y yo te miraba. Y tú me mirabas. Y nos veíamos. Creo que aún
estamos a tiempo de rescatar lo que queda de esas personas. Voy a poner
de mi parte. Tienes razón: saldré a correr, aflojaré el ritmo. Y me esfor-
zaré por entenderte. Te prometo que lo haré...
    Tú y yo, invencibles.

Releí la carta.

Y luego pensé: «¿Qué demonios?, ¿por qué escribirle, esperar a que la reciba y cruzar los dedos para que me responda cuando puedo coger un avión y plantarme en París?».

Arrugué el papel, apagué el cigarro, me largué al aeropuerto.

No fue tan sencillo, pero tres días después llegué a Francia con lo puesto. Cambié algo de dinero antes de salir de la terminal y buscar un taxi vacío. Le di al hombre el papel con la dirección y me desangró cuando terminó la carrera, pero estaba tan impaciente por verla que no esperé a que me devolviese el cambio.

El edificio de color blanquecino tenía el tejado oscuro. Saludé al portero que había en la puerta y me interné escaleras arriba. Me faltó poco para vomitar cuando llegué al séptimo piso. Llamé al timbre de la puerta y aguardé con impaciencia.

Abrió una jovencita morena.

Miré el número de la puerta para asegurarme de no haberme equivocado. Luego fijé de nuevo la vista en esa chiquilla que me observaba fijamente.

—¿Vive aquí Juliette?

—¡Julieeee! —gritó.

Se alejó, dejándome allí solo. Oí susurros dentro. Un minuto después, tenía delante a Juliette. Brillaba, eso fue lo primero que pensé. Como cuando años atrás venía a los conciertos y yo era capaz de distinguirla en menos de un segundo entre todas aquellas personas que bailaban al son de la música; porque su forma de moverse era distinta, más etérea, con una cadencia única. Parecía cambiada. Pero ¿de qué se trataba exactamente? ¿El pelo, las uñas, las pestañas, la ropa? ¿Era, acaso, físico o algo más interno?

—No deberías estar aquí, Lucas.

—Es que tenía que hablar contigo, pero no quería hacerlo por teléfono y no soporto esperar a que llegue el correo. Oye, Juliette, mira, sé que todo está mal, no soy imbécil, pero si ponemos de nuestra parte... —Cerré los ojos ante su rostro inexpresivo. Las palabras del discurso que había preparado se desvanecieron. Busqué el papel arrugado en los bolsillos traseros de los vaqueros—. Espera. Será más fácil así, quizá. —Tragué saliva antes de empezar a leer con la voz ronca—: Sé que cometí un error al presentarme en la exposición y últimamente tengo la sensación de que no soy...

—Basta, por favor. —Le temblaba la voz.

—Vamos, Juliette... —supliqué.

—Se acabó, Lucas. Ya se acabó.

—Dime que no me quieres.

—Jamás podría decirte eso.

—Entonces hay esperanza.

Ella negó con la cabeza y tuvo que ver que por dentro me estaba derrumbando como si alguien acabase de atestarme un golpe con una bola de demolición, porque se acercó a mí, me abrazó y luego sus labios rozaron mi rostro.

—¿No lo entiendes, Lucas? Hay otra persona.

—Si se trata de sexo... —La garganta me quemaba—. Todo está bien, podemos volver a casa ahora. Tú dijiste que no era tan importante, que solo conmigo era algo íntimo.

Me acarició la mejilla con ternura.

—No es solo eso. Lo siento.

Me quedé sin aire. Tuve el impulso de buscar un cigarrillo. ¿Qué coño un cigarrillo? Necesitaba algo fuerte. Cualquier mierda que pudiese borrar lo que ella acababa de decir. Porque fue entonces cuando comprendí que la había perdido. Ya no había nada que hacer. No porque hubiese otra persona, sino porque Juliette había dejado de creer en nosotros.

Di media vuelta. Me pitaban los oídos. El corazón me latía rápido y recordé las palabras de mi hermano mientras bajaba las escaleras y Juliette me llamaba: bombea la sangre, bombea, bombea; ¿de verdad el mío conseguiría seguir haciéndolo? Salí a la calle, me interné entre un mar de desconocidos. Al buscar el paquete de tabaco, di con la carta arrugada y la lancé dentro de la papelera más cercana. No fue hasta que había dejado varias calles atrás cuando caí en la cuenta de qué era lo que había cambiado en ella. Algo inmenso, pero solo visible para quien la conocía bien.

Juliette ya no estaba triste.

MATERIAL DE ARCHIVOS: 1988

Jean Bélanger regresa con la exposición «Piel, tiempo y belleza».

Claude Daniau: *¿De dónde surgió la inspiración para este proyecto?*

Jean Bélanger: *Mirando a mi alrededor. La inspiración siempre está ahí, tan solo hay que saber verla y transformarla en algo propio. Todo está dicho, sí, pero ¿cómo lo dirías tú? Ahí reside la clave del arte. La esencia del creador debe reflejarse en el resultado.*

Claude Daniau: *¿Cómo se te ocurrió la idea de unir estos tres elementos?*

Jean Bélanger: *Un día mi pareja llegó a casa después de desfilar para una conocida marca de ropa y me comentó que en el* backstage *se había sentido como un bicho raro porque ninguna de las chicas que la rodeaban tenía más de veinticinco años. No vamos a engañarnos: hay cierta frescura en la juventud, pero debemos preguntarnos qué ocurre después. ¿Cuándo empieza la decadencia?, ¿a partir de los treinta, los cuarenta, los cincuenta? Quería reflejar que la piel sigue siendo piel, erizándose ante una caricia. Y la belleza sigue siendo belleza, aunque no consista en una piel inmaculada. El tiempo erosiona, pero no cambia la naturaleza de lo que somos. Ahí está la clave.*

Claude Daniau: *En la mitología griega, las musas eran inspiradoras de las artes. Resulta llamativo que en algunas de las fotografías aparezca Julie Allard, a pesar de que ya habías trabajado con tu pareja anteriormente. ¿Has llegado a considerarla la musa de este proyecto?*

Jean Bélanger: *No, considero que a ella se le ocurrió la idea.*

Claude Daniau: *¿Y cómo fue eso, exactamente?*

Jean Bélanger: *Estuvimos reflexionando sobre el concepto de la belleza a raíz del desfile y, cuando me contó que durante una sesión le habían pedido que escondiese su nariz, quise incluirla fotografiándola de perfil.*

Los pequeños gestos pueden ser revolucionarios. Es importante recordar que una montaña de arena se forma grano a grano.

Claude Daniau: *También fotografió a su hija.*

Jean Bélanger: *Sí, es una de mis instantáneas preferidas porque cuando la tomé no estaba posando. La pillé de improviso mientras se preparaba un zumo de naranja en la cocina. Con ella, que acaba de cumplir quince años, quería evidenciar esa lozanía natural propia de su edad. La titulé* Ablepsia, *que significa 'ceguera, pérdida de la visión'.*

Claude Daniau: *¿Por qué?*

Jean Bélanger: *Porque a los quince años la inseguridad no nos permite disfrutar de nuestra belleza, uno se mira al espejo y solo ve defectos. Qué ironía, ¿verdad? Siendo jóvenes apenas podemos apreciar nuestra propia imagen. Cuando envejecemos, el mundo se empeña en gritarnos que ya no valemos nada. ¡Menuda broma de mal gusto!*

Claude Daniau: *Estoy de acuerdo. Y la modelo más veterana tiene la friolera de ciento tres años. ¿Qué sentiste cuando la tuviste delante de la cámara?*

Jean Bélanger: *Respeto. Le pedí a Anaïs que me hablase de su vida mientras hacíamos la sesión. Una mujer fascinante, sin duda. Sus palabras me ayudaron a retratarla mejor.*

Claude Daniau: *Mi enhorabuena por el resultado.*

Jean Bélanger: *Gracias. Me siento halagado.*

49

El País Semanal, *marzo de 1988.*

Héctor Soto: Estáis en plena promoción del nuevo disco que sacasteis al mercado el mes pasado. ¿Por qué decidisteis titularlo Patchwork*?*

Carlos: Es una técnica textil. La palabra inglesa une dos términos: patch *(parche, remiendo, retales) y* work *(trabajo, labor). Con aguja e hilo se unen pequeñas piezas de tela y el resultado es algo muy ecléctico y colorido.*

Marcos: Qué bien hablas, tío.

Lucas: Lo decidimos porque el disco es justo así: una cosa de aquí y otra de allá. Hay una canción punk muy gamberra, algunas más roqueras e incluso varias baladas.

Héctor Soto: Es algo que ha sorprendido. ¿Quién las escribió? Desde hace dos discos llegasteis al acuerdo de firmar los tres todas las canciones.

Marcos: Es que somos un todo.

Carlos: Pero la mayoría de las baladas son de Lucas.

Lucas: ¿Qué puedo decir? Estaba inspirado. No quería que fuesen aburridas, sino tan solo que tuviesen un tono más melancólico, quizá pesimista.

Héctor Soto: ¿Tiene algo que ver con tu divorcio?

Lucas: No sé de qué divorcio me hablas.

Héctor Soto: Estuviste casado con Julie Allard.

Lucas: Y sigo casado con ella.

Héctor Soto: Comprendo, perdona. En cuanto a la trayectoria de Los Imperdibles Azules, si echáis la vista atrás: ¿en qué diríais que os ha afectado la fama?

Marcos: Tengo más pasta.

Lucas: Nuestras vidas no han cambiado apenas, no somos estrellas.

En mi caso, los domingos sigo comiendo en casa de mis padres, casi siempre algo típico como potaje de garbanzos o cocido. Frecuento los mismos sitios, tengo amigos de toda la vida, uso la pasta dentífrica de siempre y me limpio el culo igual, de delante hacia atrás.

1989

50

LUCAS
LOS DEMENCIALES CHICOS ACELERADOS (ESKORBUTO)

Los ochenta fueron inolvidables. O eso suele decirse. Efervescentes, divertidos, una explosión sexual, artística, política y social. Pero ¿no será cierto que la añoranza nos nubla la razón y endulzamos los recuerdos? Entre su gloria y esplendor también habitaba el caballo, el sida y el asentamiento del consumismo cuando metimos quinta en esto de vivir y todo se resumió en «usar y tirar». El epicentro del tráfico de drogas se situaba en la plaza del Dos de Mayo y en San Vicente Ferrer, así que, en medio, en la calle San Andrés, había numerosas y sangrientas peleas por disputarse el territorio. Los vecinos se manifestaban a menudo bajo el lema: «Malasaña, libre de ruidos, porros y jeringuillas», pero sirvió de poco. La huella de la heroína era profunda: imposible hablar del brillo de esos años sin recordar sus sombras.

Pero entre la oscuridad había destellos de luz.

La libertad de los ochenta fue una bocanada de aire fresco. Quizá haya llegado el momento de admitir que Juliette tuvo razón desde el principio y que siempre he sido un poco hortera. Tengo poco sentido del ridículo; regálame una bata rosa de abuela y me la pondré sin pensármelo si es suave y abriga. Porque, ¿qué narices?, la vida son dos días como para estar siempre pendiente de qué opinarán los demás. Aquellos años nos dieron la oportunidad de dejar a un lado todas esas etiquetas creadas para idiotizar que poco después se recuperaron. A Marcos le gustaba pintarse las uñas de negro o de azul en honor al nombre del grupo. Yo solía experimentar con los peinados o le pedía a Juliette que me hiciese la raya del ojo. Carlos tenía un sentido de la moda tan personal que era imposible identificarlo con ninguna corriente. En el ambiente que frecuentábamos nadie te miraba más de dos veces. Lejos de allí era otra historia.

Y hubo más cosas que merecían ser rescatadas: la cazadora roja que usaba Michael Jackson; todos queríamos una igual. Los videojuegos: Marcos y yo pasamos tardes infinitas jugando al *Space Invaders*. Y David el gnomo, que me conquistó desde el primer capítulo hasta ese final con el que lloré, cuando su mujer le decía: «Adiós, mi querido David, mi amor, mi compañía», y él respondía: «Adiós, mi querida Lisa, gracias por el amor que me has dado», después la palmaban y se convertían en árboles el uno junto al otro. Y *E.T.*, porque yo comprendía como nadie que echase de menos su hogar. Me gustaba ver a Alaska, esa chica a la que habíamos conocido tantos años atrás, en la televisión presentando *La bola de cristal*, el programa era divertidísimo y nos invitaron un par de veces; pero no había nada como ver a MacGyver haciendo de las suyas. Y esas expresiones que se quedaron ancladas en la década: «La cagaste Burt Lancaster» o «alucinas pepinillos».

Quizá el encanto de los ochenta resida en sus luces y sombras.

En el País Vasco se vivieron de una forma algo más sombría y el *rock* era radical y combativo, con grupos como RIP, Cicatriz o las Vulpes; casi todos sus miembros morirían prematuramente. Durante los últimos años nosotros habíamos viajado allí a menudo porque encajábamos con el público y siempre salían bolos. Marcos tenía muchos amigos en la ciudad, se llevaba especialmente bien con los componentes de Eskorbuto. Así que aquel día cuando acabamos de tocar en un garito de mala muerte sin apenas ventilación y con un sonido deficiente, nos largamos con ellos a quemar el resto de la noche.

Eran tres, como nosotros. Paco, el batería, tenía más edad y obligaciones laborales, así que se largó el primero. Iosu era el alma del grupo, un filósofo de la calle; Jualma se consideraba profundamente nihilista, tanto como sus canciones. Para mí siempre fueron el grupo punk por excelencia de aquella época, nosotros éramos mucho más suaves, teníamos otro estilo, no éramos tan conflictivos. Eskorbuto, en cambio, podía considerarse la irreverencia personificada, el inconformismo, la insurrección.

Iosu se negaba a tocar en conciertos promovidos por partidos y criticaron primero a la derecha y luego a la izquierda, escribieron temas como *Maldito país* o *Escupe a la bandera* y después *A la mierda el País Vasco*.

—Así que baladitas —comentó Jualma sonriendo—. ¿Qué ha pasado?

—Lucas se ha divorciado —contestó Carlos sin inmutarse.

—No-me-he-divorciado —puntualicé tras dar un trago.

Iosu alzó las cejas con gesto interrogante y se sacó un cigarro.

—Su mujer le ha dejado y se ha largado con otro.

—Gracias, Marcos. —Le dirigí una mirada glacial.

—¿Qué? Es la verdad. —Suspiró, y me dio unas palmaditas en la espalda—. Venga, tío, alegra esa cara, invito a otra ronda para todos. ¡Que sea algo fuerte! —le dijo al camarero.

Tras su marcha, había estado esperando con angustia los papeles del divorcio. Cada vez que pasaba por la casa que habíamos compartido (porque empecé a dormir aquí y allá, en cualquier ciudad), abría el buzón con un nudo en la garganta, pero nunca encontré un sobre con una ridícula filigrana de algún despacho de abogados. No llegó. Aunque llevaba un año sin saber apenas nada de ella, a efectos legales seguíamos casados. Lo poco que había averiguado había sido a través de Pablo, que continuaba llamándola semanalmente. «Está feliz —me aseguraba—, está bien». Y eso era todo. «Feliz». «Bien». Me conformaba con eso.

—¿Qué planes tenéis? —les preguntó Carlos.

—Ni idea. —Jualma sonrió como un niño tras hacer una fechoría, se terminó su copa y dijo una frase que repetía a menudo—: El futuro para mí es... mañana.

—Yo no creo en el futuro —lo apoyó Marcos.

—Eso digo siempre —contestó Jualma—. Tenemos que vernos cuando vayamos a Madrid. Si es que no nos pilla la chusma otra vez, claro.

—¿Qué pasó? —Carlos saboreó su Bitter Kas.

—Bueno, llegamos allí y llevábamos una maqueta encima. Nos paran los maderos y nos dicen: «Pero ¿qué pone aquí?». Y venga, para el trullo. Estuvimos retenidos allí más de treinta horas y no dejaban de escuchar las canciones intentando decidir qué hacían con nosotros.

—Y lo llaman «libertad» —bromeé.

—Todo es una gran mentira.

—¿Otra ronda? —dijo Marcos.

—Yo me marcho ya al hotel.

—Venga, Carlitos, no nos abandones.

—Necesito dormir. Es por la piel —bromeó, pero luego le cambió el semblante y se puso serio al añadir—: Vosotros dos deberíais hacer lo mismo. Mañana salimos temprano.

—La noche es joven —respondí.

Carlos dudó, pero al final lanzó un suspiro largo y salió del garito. Llevaba haciéndolo durante los últimos meses. Creo que empezó cuando nos vio a Marcos y a mí metiéndonos un pico por primera vez. Se pasó las siguientes semanas de morros, casi sin hablarnos. En los ensayos se limitaba a decir «sí», «no» y «repetimos». Yo tampoco estaba orgulloso de mí mismo, pero el miedo a las agujas desapareció cuando todo lo llenó la sensación inmediata de intenso placer antes de dar paso a esa mezcla de euforia y sedación peligrosamente adictiva. ¿Cómo resistirse a la tentación de no sentir nada? Nada. Nadanadanada. NADA. Durante unas horas, en ese lugar entre el infierno y la tierra no existe el mal de amores, el dolor físico o emocional, la soledad, la tristeza, las preocupaciones o las responsabilidades. Es como volar. O estar dentro de un útero. Solía pensar en eso: «Dios, así es como se siente un feto, un bebé, un niño, esta paz..., esta inmensa paz abrumadora». Hasta que el efecto se disipaba. O lo que es lo mismo, hasta que uno crece y lo sacan del vientre de su madre y lo lanzan al sucio mundo real. «Sobrevive», «sobrevive si puedes o jódete».

Los minutos se convirtieron en humo dentro de aquel garito. Jualma no dejaba de reírse a carcajada limpia mientras Marcos nos deleitaba con su repertorio de chistes:

—¿Qué coche usa Papá Noel? ¡Un renol!

Iosu me dio un codazo y alzó la barbilla hacia Marcos.

—Nos lo cuenta cada vez que viene a Euskadi.

—Qué afortunado. Yo los escucho a diario.

Nos reímos. Brindamos y le ofrecí un cigarrillo cuando me saqué el paquete del bolsillo de la chaqueta. Di una calada. Luego otra y otra. Algunos clientes del local se convirtieron en el público fiel de Marcos, no era la primera vez que terminaba entreteniendo a la peña. Le gustaba que lo mirasen. Le gustaba gustar. Y se le daba bien caer en gracia. Hacía reír a las ancianas a pesar de su aspecto descuidado, ligaba con una facilidad pasmosa y tenía tantos amigos aquí y allá que a menudo se olvidaba de sus nombres, pero siempre sabía salir airoso de la situación: «Oye, campeón, ¿tienes un cigarro», «rey, déjame pasar», «venga, colega, no me digas», «joder, tío, sonríe» o, si estábamos por la zona de Levante: «¿Qué hay, nano?».

Y en medio de esa neblina, le pregunté a Iosu:

—¿Tú por qué crees que estamos aquí?

—¿Aquí en el universo, quieres decir?

—En el universo, en la tierra, en este garito. Es que no le encuentro el sentido. Nacemos, vivimos, morimos. ¿Y eso es todo? Como subir a una atracción de feria, ¿no? Te abrochas el cinturón, empieza el recorrido y luego tienes que bajarte.

—Se acabó el viaje y no olvides pagar tu entrada.

—Ya. Antes pensaba diferente.

—¿Qué ha cambiado?

Ya había tanta gente alrededor de Marcos y Jualma que apenas distinguía sus cabezas mientras las risas llenaban el garito entre el ruido de copas, alguna trifulca y voces ajenas.

—Creía que el amor era el propósito. Como si todos fuésemos putos globos llenos de corazones y nos soltasen al aire, ¿vale? Pero entonces, bueno, entonces estabas ahí arriba y la cosa consistía en explotar y llenar el mundo entero de esa sensación. Amor por tus padres. O por tu pareja. O por tus amigos. O por tus hijos. O por tu jodido gato. Yo qué sé. Pero ahora me pregunto para qué sentir tanto si todo, todos vamos a desaparecer.

Iosu me miró de reojo y contestó:

—Mira, nosotros estamos locos, lo sabemos. La gente está loca, todavía no lo sabe. Esa es la diferencia entre tú y el resto. Solo tienes que recordarlo. No pienses tanto.

—Necesito un interruptor.

—¿Para apagarte la cabeza?

—Sí. —Me reí, y pisé la colilla.

—Conozco algo aún mejor.

Un grupo de colegas llegó al local poco después. Fui al baño y, mientras meaba, me entró la risa al visualizar los putos globos llenos de corazones. Hay que ser muy imbécil para creer en el amor. Y yo siempre he sido un imbécil de primera. Cuando regresé a la barra, Marcos estaba allí sentado y pidió otra ronda para los dos.

—¿Te has enfadado por lo de antes?

—¿El qué? —Bebí un trago largo.

—Lo que he dicho sobre que tu mujer se había largado con otro. Oye, no quería meter el dedo en la herida. Soy un bocazas de mierda, ya me conoces.

—No has dicho nada que sea mentira.

—Volverá.

—Marcos...

—Va en serio. Julie tiene que volver en algún momento. Todos la queremos, no solo tú. Y son como esas cosas que «deben ser» y ya está, como nuestra amistad, por ejemplo, podemos estar meses sin hablar en plan profundo y nada cambia.

—Eso es porque no tienes nada nuevo que contarme.

—No es verdad. Tengo una vida acojonante. La semana pasada conocí a una tía increíble, se llama Tamara. Le hace gracia todo lo que digo.

—¿Acaso está sorda?

—Me he enamorado.

—Te enamoras varias veces al mes.

—Ya sabes, es que cuantas más posibilidades... —Se echó a reír mientras cogía el cigarrillo que llevaba tras la oreja—. No me mires así, joder, es como jugar a la lotería teniendo una docena de números. Así fijo que gano, ¿no?

Le di el mechero y contemplé las gotitas de mi vaso.

—Antes has dicho que no crees en el futuro.

—Es que prefiero no pensarlo. Es más fácil.

—¿Te acuerdas de la chupa que me compré en el Rastro en la que ponía «No Future»? Pues nunca estuve de acuerdo, pero, joder, molaba que te cagas y me quedaba bien, así que...

—¿De qué estás hablando?

—Futuro, Marcos. Eso. Que creer en el amor es creer en el futuro, son dos cosas que van de la mano, ¿lo pillas? Así que... Tamara.

Marcos dio una calada y cogió un cenicero que había en la barra. Llevaba las uñas pintadas de negro y descascarilladas. Me miró a los ojos y luego dijo algo que era una chorrada, pero que me recordó por qué él siempre sería mi mejor amigo, el único capaz de hacer cualquier locura que le pidiese, el único que me había conocido siendo un niño y me había visto crecer hasta entonces.

—Mira, Lucas, si hace falta nos cogemos mañana un vuelo tú y yo de aquí a París, a Mongolia o donde sea que esté Julie. Y le dices que la quieres. O tocamos algo debajo de su balcón, como en las putas películas. Yo te hago los coros, eh. Y si no te atreves a pedirle que vuelva, pues me lo dejas a mí, que sabes que tengo labia para esas cosas.

Intenté no reírme y le di las gracias.

Acabamos con los demás en una especie de lonja abandonada. Compartí la chuta con Marcos. Y allí nos quedamos, sentados en el suelo, alguna risa fugaz, unos cuantos susurros.

Está claro que los ochenta fueron la hostia, sí.

Los ochenta fueron fabulosos, la revolución.

Los ochenta fueron brillantes, chispeantes.

Los ochenta fueron una jodida carnicería.

51

JULIETTE
KNOCKIN' ON HEAVEN'S DOOR (BOB DYLAN)

Belleza. Una palabra elegante en sí misma, cada sílaba parece centellear al pronunciarla: be-lle-za. Proviene del latín, adjetivo femenino correspondiente a *bellus, bella, bellum* y cuyo significado es 'gracioso, agradable, bueno, bonito'. Me pregunto hasta qué punto tiene grietas esa definición. Nadie considera bonitas las arrugas, pero mi abuela me parecía sumamente bella. Tampoco lo es una fábrica abandonada y llena de escombros, cristales rotos y polvo, pero a menudo enredaderas llenas de flores recubren sus pilares. ¿Es la búsqueda de la belleza algo instintivo del ser humano o tan solo un afecto aprendido? En la simetría, dicen algunos, está la clave. Simetría, simetría, simetría. Se supone que simboliza unos buenos genes. Procrear. Que prevalezca la especie humana. Todo es una cadena.

Belleza-amor-sexo-vida. En mi caso: belleza-amor-sexo-vacío.

Empecé a cuestionarme lo que sabía sobre aquella palabra cuando el tiempo fue dejando sus huellas. Nadie puede escapar de ellas. Nadie se libra. Pero hasta que no aparecen apenas se piensan. De pronto, cada vez que iba a algún *casting*, me encontraba rodeada de chicas mucho más jóvenes, la mayoría con sus dieciocho años recién cumplidos y la piel tersa sin necesidad de maquillaje. Para aquella industria anclada en una perfección irreal, me convertí en unas natillas con fecha de caducidad. Tic-tac, tictac. A partir de los treinta los trabajos se reducen. Cuando alcanzas los cuarenta ni siquiera se molestan en leer tu nombre. ¿Y cincuenta?, ¿bromeas?, ¿acaso las mujeres siguen existiendo a esa edad?

Así que, por primera vez desde que tenía diecisiete años, apenas trabajé cuando me mudé a Francia. Al principio asistí a *cas-*

tings con ilusiones renovadas, pero pronto comprendí que la competencia era feroz. Hice unos cuantos desfiles gracias a los contactos de Jean, aunque no me gustaba que intercediese por mí. Quizá podría haber conseguido algo más de haberle pedido a Pablo que moviese algunos hilos, pero cuando hablábamos por teléfono los domingos y me preguntaba si necesitaba algo siempre le aseguraba que estaba perfectamente.

Y lo estaba. Todo lo perfecta que puede estar una mujer que ha abandonado su hogar, a su marido y la vida que había conocido durante una década. Un cambio súbito: el olor del café por la mañana era distinto y la cocina no era vieja, sino blanca y abierta al comedor; no había ni rastro de mi taza de fresitas, usaba una de color rojo. A mi lado dormía un interesante hombre de cabello plateado que me llevaba veintiún años y que tenía una mente creativa fascinante. Cada quince días, su hija Lulú vivía con nosotros porque compartían la custodia. Por las noches rara vez me quedaba a solas leyendo, casi siempre teníamos algún plan previsto: cenas entre amigos, citas a solas, exposiciones, talleres insospechados, fiestas bajo la luz de la luna o actos sociales de etiqueta. Durante el día, en cambio, estaba más sola.

Como me aburría, tenía a menudo largas conversaciones conmigo misma:

«¿Por qué, Juliette? ¿Por qué no podías coger lo que se te había dado y ya está? Era fácil. Hay gente picando en la mina y tú has dejado escapar la oportunidad de tu vida. Ganabas dinero, mucho dinero, y tan solo tenías que posar delante de una cámara y poner morritos y mantenerte delgada y sonreír todo el tiempo. ¿Te dicen que gires la cara? Pues la giras y punto. Nada de comportarte como una niñata malcriada diciendo: «Jódete y fotografía mi nariz». Era tan sencillo como dejarse domar. Los tigres del circo lo hacen todo el tiempo, fíjate: los sacan de su entorno, los meten en jaulas, les racionan la comida para convertirla en un premio, los obligan a hacer el payaso delante del público..., y aguantan. Cierto que de vez en cuando a alguno se le va la mano y termina con las zarpas sobre la cabeza de su cuidador, pero, en serio, Juliette, ¿tenías que ser tú precisamente ese tigre indomable?».

Pues por lo visto sí. ¿Qué le vamos a hacer?

Continué cortando las verduras en finas tiras sobre la tabla; pimientos, tomates, calabacín, puerros. Uno de los últimos cursillos a los que había ido era de cocina vegetariana. También había asistido a unos talleres de moda que se celebraron durante tres semanas, a clases de francés intensivo y de meditación. Si alguien me hubiese parado en mitad de la calle para preguntarme si me interesaba acudir a un seminario sobre los insectos eusociales, probablemente hubiese acabado en primera fila tomando notas.

Bajé el fuego tras echar las verduras en la sartén.

—¿Qué hay para comer? —preguntó Lulú.

—Verduras. Y un poco de tofu.

—¿Por qué nos haces esto?

Sonreí mientras le echaba una pizca de sal. Lulú se sentó en uno de los modernos taburetes que había frente a la barra de la cocina que separaba la zona del salón. Podría definirla como una joven de espeso cabello oscuro, cejas desordenadas y preciosos ojos prominentes, pero me gustaba más referirme a ella como la chica que vivía en las nubes, se enfadaba al ver las noticias y tenía una memoria de elefante. Le encantaban los vacíos: suéteres con agujeros, pantalones rotos, camisetas de rejilla, medias que eran una oda al queso gruyer. Y tenía una curiosidad desbordante que me recordaba a mí de joven, aunque ella era más lista, tenía las cosas claras, quería trabajar tras las cámaras en el mundo del cine.

—Tengo algunas dudas sobre el guion.

Alcé la mirada hacia ella mientras extendía algunos papeles por encima de la barra sin dejar de sacar y esconder la punta del bolígrafo que tenía en la mano. Le gustaba escribir sobre historias de amor que terminaban en tragedia. Tenía varias ediciones de *Cumbres borrascosas* y por su último cumpleaños le habíamos comprado un ejemplar encuadernado en tapa dura con el corte superior dorado y el sello original.

—A mí me gustó cuando lo leí. ¿Cuál es el problema?

—Creo que la historia entre ellos no funciona. Y si es así, a nadie le importará que al final los dos mueran. Dirán: pues bien, adiós. Necesito que el desarrollo tenga más intensidad para que el desenlace sea un golpe directo al corazón.

—Eres tremendamente dramática.

—¿Alguna escena extra, quizá?

—Podría arreglarlo, sí. Es probable que desde el momento en el que se conocen hasta que se declaran su amor sea un periodo corto de tiempo. Pero, pensándolo bien, ¿quiénes somos para juzgar si alguien puede enamorarse en un día o en cinco años?

—A mí no me mires, solo tengo quince años.

Me eché a reír. Lulú era la luz de cada día. El cielo se nublaba un poco cuando Brigitte venía a recogerla y se esforzaba por ignorarme y evitar dirigirme la palabra; su madre no aprobaba mi relación con Jean debido a nuestra diferencia de edad. Tampoco a Lulú le hizo mucha gracia al principio, pero bastaron unos días de convivencia para que encajásemos. A las dos nos gustaba Patti Smith, Donna Summer y Bob Dylan, pintarnos las uñas con colores cítricos y pasar horas dentro de una librería antes de ir a tomar un café.

—Eres más inteligente que muchos adultos.

—Me considero adulta —replicó, y yo reprimí una sonrisa mientras me fijaba en las marcas de acné y en su manera despreocupada de resoplar y encogerse de hombros—. Pero no sé mucho sobre el amor. No creo que lo mío con Oliver pueda llamarse así.

Se habían dado tres besos debajo de un árbol.

—Puedes imaginártelo, Lulú.

—No es lo mismo. Tengo una idea, descríbelo tú. —Tachó un par de líneas y luego sus ojos astutos me atraparon—: ¿Cómo sabré algún día que estoy enamorada?

Los colores de las verduras se entremezclaron al saltearlas.

—Porque te hará reír hasta que te vuelvas adicta a ese golpe de felicidad. Y notarás la complicidad; le mirarás, te mirará y los dos os entenderéis sin palabras.

La punta de su bolígrafo se detuvo de golpe.

—Con mi padre no te ríes mucho.

—Eso es porque no puedes oírlo.

—¿Qué quieres decir?

—Con él me río por dentro.

—Vuelve a contarme cómo os conocisteis.

Apagué el fuego al tiempo que lanzaba un suspiro.

—Si ya lo sabes, Lulú. Nos cruzamos hace varios años en una fiesta y él se acercó a hablarme. Luego quiso que fuese una de las chicas de su calendario..., y el resto es historia.

Abrí la nevera para sacar un trozo de tofu fresco que había puesto a marinar la noche anterior siguiendo las instrucciones del taller de cocina. No tenía muy buen aspecto, pero lo corté en láminas antes de sacar la verdura y dorarlo en la misma sartén.

—¿Y a tu marido?

Mantener la cuchara de madera en alto durante un par de segundos reveló mi incomodidad. No era la primera vez que hablábamos de Lucas ni tampoco sería la última. A Lulú le gustaba escuchar los discos de Los Imperdibles Azules que me había traído conmigo y a menudo la voz de Marcos se deslizaba bajo la ranura de la puerta de su habitación. Aquello me desconcertaba. La fusión imposible de dos partes tan distintas de mi vida: Madrid y París, París y Madrid. Yo como único denominador común. A veces tenía una inquietante sensación de desgaste, ¿había corrido demasiado? A mis treinta y tres años había perdido a las dos personas que se habían disputado mi corazón: mi abuela y Lucas. Había perdido una carrera brillante hacia el estrellato. Había perdido dos «conjuntos de células», que fueron los que realmente anhelé. Había perdido amigos. Me había perdido incluso a mí misma. Pero, para ser justa, la palabra «perder» tiene trampa. No todo fue como si extraviase las llaves o la cartera. Hubo cosas que decidí lanzar por la ventana antes de cerrarla con pestillo.

—Fue en un bar llamado El Penta —dije al final.

—¿Y? Venga, Julie, necesito material para el guion.

—Me tocó el hombro y quiso invitarme a una copa. —Si cerraba los ojos estaba segura de que podía evocar de nuevo el estremecimiento que sentí cuando sus dedos me rozaron la piel por primera vez—. Tomamos chupitos de uranio.

—¿Qué es eso? —indagó.

—Era un licor de lima. Y después, hablamos. Me gustó desde el principio, pero cuando me pidió el teléfono me hice de rogar y le aseguré que le daría un número por cada pregunta acertada que contestase. Se lo escribí en el dorso de la mano.

—¿Y luego?

—Luego Lucas se la frotó para borrarlo.

—¿Qué? No lo entiendo.

—Es que siempre ha sido un idiota.

El dolor latía abajo, pero sonreí al recordarlo.

—Entonces, ¿cómo volvisteis a veros?

—Me apuntó su número en la cajetilla de tabaco y me dijo que lo dejaba en mis manos. Todavía la guardo.

—Y lo llamaste. —Curvó los labios revelando el aparato.

—Lo llamé, sí. ¿Cuántos trozos de tofu quieres?

—Uno.

—Tres.

—Dos.

—Vale.

El chasquido de la cerradura se adelantó a las pisadas firmes de Jean sobre el suelo de madera. Le dio un beso a Lulú en la cabeza y otro a mí en la mejilla. Me alivió su llegada porque no quería seguir hablando de Lucas con su hija. Tenía poco que esconder, pero a los quince años una todavía no es capaz de comprender que el amor es tan complejo como un rompecabezas interminable. Nada de dos más dos, sino algo así como «multiplica dos mil quinientos millones por infinito y réstale la raíz cuadrada del número Pi». A esa edad es lícito creer en los para siempre y en los cuentos de hadas, luego la vida se encarga de curtirte.

Jean y yo éramos adultos. Sabíamos lo que compartíamos.

El comienzo fue algo caótico con tantas emociones enmarañadas alrededor, pero una noche salimos a cenar y luego terminamos la velada en la cama. El sexo con él no se parecía a nada que conociese: era como tumbarte en la playa y dejar que las olas del mar te lamiesen los pies; calmado, tierno y plácido. No era lo que más valorábamos. En cambio, disfrutábamos de las palabras; sobre todo de las suyas, porque todavía me costaba hablar sobre mí misma. Podía pasarme horas escuchándolo, era enriquecedor.

Entonces, tras darme un beso, me dijo:

—Sé que soy un paréntesis.

—¿Qué quieres decir?

—Justo eso, que aparezco en medio del texto, pero no soy determinante, tan solo una interrupción abrupta y momentánea.

—¿Seguimos hablando de nosotros o de mí y Lucas?

—Ninguna de las dos cosas. Hablamos de ti.

—Crees que eres mi paréntesis —repetí.

—Sí, y me gusta serlo. Quizá por eso resulte tan emocionante.

Me aparté el pelo de la cara mientras me miraba. Y yo sonreí, porque solo él podría enfrentarse a algo así sin pesar ni condena, tan solo con una cálida tolerancia.

—¿Si te jurase amor eterno dejaría de interesarte?

—No lo sé. Es probable, Juliette.

—¿Por qué los humanos somos tan complicados?

—Ni idea, pero llevamos bastantes años vagando por el mundo y seguimos tropezando con las piedras que nuestros antepasados dejaron en el camino. Guerras, miserias, envidias y resentimiento, somos errores reiterativos de carne y hueso. Hermoso, ¿no crees?

Él era capaz de encontrar belleza en todas partes.

—¿Y hasta cuándo?

—Hasta que nos haga felices.

—¿Lo eres ahora?

—Mucho. ¿Tú?

—También.

—¿Y tu corazón?

—Ahí va. Aún tiene rasguños.

—¿Piensa en él?

—No. —Suspiré, y me giré para mirarlo. Jean tenía el pelo revuelto, algo que rara vez ocurría porque solía ser coqueto y le gustaba ir bien peinado, bien afeitado, bien perfumado, bien vestido—. ¿Crees que sentir y pensar es lo mismo en esencia?

—Sí y no.

—Nunca me lo pones fácil.

—¿Por qué lo preguntas?

—Porque no lo pienso. Pero sí lo siento.

—Así es la vida, Julie. Así es la vida.

Y después mi paréntesis se quedó dormido y yo me levanté y contemplé los tejados de la ciudad desde la ventana. Eché de menos fumar porque en aquel momento me hubiese gustado encenderme un cigarrillo y ver el humo escapando en la noche. Pensé en comas, en puntos y seguido, en asteriscos e interrogaciones; pero, sobre todo, en notas a pie de página. De haber escrito una, imaginé que quedaría así:

Lucas: persona que permanece anclada en el corazón, a pesar de haber sido desterrada tras el juicio que ganó el raciocinio a finales de 1987.

52

LUCAS
QUIERO BEBER HASTA PERDER EL CONTROL
(LOS SECRETOS)

Solo recuerdo cuatro cosas del verano de 1989 y todas están relacionadas con una parte de mi cuerpo: mi mano sujetando una cerveza, mi mano tocando la guitarra, mi mano sobre un cuerpo ajeno y mi mano enrollando un billete de cinco mil pesetas antes de esnifar.

Sara era muy divertida, venía a todos los conciertos y se abría paso a codazos para estar en primera fila. Llevaba seis pendientes en la oreja izquierda y cinco en la derecha, siempre los contaba cuando acabábamos de acostarnos. «¿No tienes la sensación de que te falta un agujero para que todo encaje?», le pregunté. Ella se echó a reír: «La simetría es mortalmente aburrida, por eso siempre uso un calcetín de cada color».

Carla no hablaba mucho, pero sabía usar la lengua para otras cosas más placenteras. Me gustaba colocarme con ella porque después nos quedábamos durante horas mirando la pared de la habitación. Un día nos propusimos contar todos los salientes del estucado.

A Pilar le iba lo de hacerlo en sitios públicos. Y a mí me parecía bien.

Una mañana me desperté y encontré al lado una carta de amor firmada por una tal Elena; me dejaba su teléfono e insistía en que la llamase. No la recordaba, pero supuse que sería real porque vi un par de pelos largos y rizados sobre la almohada.

Hubo más. Rostros borrosos, manos frías, bocas olvidadas.

Y luego estaba Patricia. La conocí una noche en La Vía Láctea, estaba sentada sola en un rincón tomándose una copa con la mirada perdida. Tenía el pelo de un rubio similar al de Juliette, un tono cobrizo apagado. También llevaba anillos en las manos y una minifalda negra. Echaba tanto de menos a mi mujer que terminé acercándome a ella. Me miró.

—Eres el de Los Imperdibles Azules.

—Sí. ¿Y tú? —pregunté.

—Yo no soy nadie.

—Todo el mundo es alguien.

—Me llamo Patricia.

—¿Qué bebes?

—Licor 43.

—Iré a por otro.

Estuvimos un rato allí sentados. Me habló de su perro, un golden retriever llamado Tintín que la estaba volviendo loca porque se dedicaba a mordisquear el sofá, las sillas, los calcetines y cualquier cosa que encontrase a mano. Un rato después, mientras nos dirigíamos hacia su casa, empecé a contarle cosas sobre las que rara vez hablaba.

—Se llama Juliette. Mi mujer —aclaré.

—¿Y por qué te ha dejado exactamente?

—Ni idea. Soy guapo, soy listo, soy divertido, soy encantador, ¿cuál es el problema? ¿Tú crees que debería dejarme el pelo largo o algo por el estilo?

Patricia se echó a reír y me rodeó el cuello con los brazos cuando entramos en el portal del edificio. Estaba oscuro y olía a cerrado. Ya era de madrugada.

—A mí me pareces perfecto así.

—¿Sabes qué otra cosa es perfecta? —Negó con la cabeza con fingida inocencia mientras yo deslizaba la mano por su espalda hasta posarla en su trasero—. Esto. —Ella gimió, y subí hasta sus tetas—. Y también esto otro. Joder, subamos ya.

Y eso hicimos. Ignoramos los ladridos de Tintín. Nos desnudamos, caímos en su cama entre jadeos, nos corrimos juntos. Luego usamos su mesilla de noche para pintar un par de tiros y nos bebimos la botella de vodka que su compañera de piso guardaba en la cocina. Cuando nos despertamos al mediodía el perro estaba gimiendo en la puerta.

—¿No tendrías que bajarlo a pasear o algo de eso?

—Más tarde, me duele la cabeza —gimió.

Me levanté al ver que Patricia se daba la vuelta en la cama.

Cuando llevas casi una década nadando entre anfetaminas, LSD, mescalina, cocaína y cualquier mierda del estilo, te acostumbras a funcionar a medio gas. En la entrada, junto a las llaves, encontré la correa del perro. El aire cálido nos recibió mientras caminábamos sin rumbo fijo; pillé un café cargado para llevar y me lo tomé sentado en el banco de un parque. Tintín me observaba fijamente con la lengua fuera, como si se preguntase quién era ese gilipollas que tenía delante y que lo había sacado a pasear.

—Oye, deja de mirarme así, ¿vale? Lo sé, lo sé, no soy la mejor compañía del mundo, pero has echado una buena meada, ¿no? Deberías estar agradecido y menear el rabo.

Una mujer que pasaba por allí con su hijo me miró asustada, supongo que por las pintas que llevaba de buena mañana y porque estaba hablando con un puto chucho. Regresé sobre mis pasos cuando me terminé el café. Una semana más tarde volví a quedar con Patricia y al final establecimos una especie de rutina. Era simpática. Era guapa. Era cariñosa.

Y me había enamorado de su perro.

Nunca había tenido una vida amorosa tan intensa.

Y nunca me había sentido menos amado y más solo.

Ninguna de las mujeres que pasaron por mi vida estaban realmente interesadas en mí. Ninguna tuvo ganas de ir al lugar donde crecí. Ninguna me dijo: «Me encantaría abrirte el pecho para ver qué tienes dentro, Lucas». Y ninguna me miró como Juliette lo hacía.

Una noche, tras terminar un concierto que fue un desastre, me acerqué a la barra para pedir una copa. Al girarme, me encontré con un rostro familiar.

—No habéis estado nada mal —comentó.

—Ha habido un momento en el que cada uno tocaba una canción diferente. No me jodas, Martina. —Me encendí un cigarrillo y le ofrecí uno—: ¿Quieres?

—Depende. ¿Dónde está Juliette?

—No tengo ni puta idea.

—Había oído algo, pero quería que me lo confirmases tú. —Me quitó el cigarro lanzándome su sonrisa seductora marca de la casa. Tuve una especie de revelación al recordar que Juliette era un poco así cuando la conocí: coqueta, esquiva, alocada. Pero me di cuenta de que no era real, nunca lo fue, ella escondía mucho más. Conocer a Juliette había sido como escalar una montaña sin ver la cima. Y quería estar allí, quería encontrarme entre riscos y salientes, pero hacía mucho tiempo que me había caído ladera abajo.

—¿Una confirmación oficial?

—Sí. ¿Cuándo fue el divorcio?

—¿Divorcio? —Me eché a reír.

—¿Qué te hace tanta gracia?

—No hay divorcio, tan solo se largó.

—¿Cuánto tiempo hace de eso?

—Casi dos años. Pero dejemos el tema, ¿cómo te van a ti las cosas?, ¿ya has triunfado en las pasarelas de Nueva York, París y Milán? —bromeé.

—Tú mejor que nadie sabes lo jodido que es este mundo.

—Depende de lo que estés dispuesta a hacer.

—Ni por esas, Lucas. —Levantó la mano y la posó en mi cuello, mantuve los ojos fijos en ella—. Siempre me ha gustado tu garganta. ¿Sabías que tienes una nuez muy expresiva? Cuando te pones nervioso, como ahora, se mueve con más fuerza.

—No estoy nervioso, estoy cachondo.

—¿En tu casa o en la mía?

Podría haber acabado la noche con cualquier otra chica. O quedar con Patricia. Pero terminé en casa de Martina, entre sus piernas. Quizá tan solo porque estaba tremenda, era una razón consistente, de peso. Pero también es posible que me sintiese mejor al pensar que aquello le haría daño a Juliette. Al menos, a la Juliette del pasado. La mujer que ahora vivía en otro país ni siquiera se enteraría y dudo que le importase. A esa mujer la imaginaba a menudo comiendo *croissants* o como narices se llamasen allí los cruasanes de toda la vida. A veces la veía corriendo con mallas y zapatillas de deporte sin mirar atrás. O sentada en un sillón nuevo con un libro en las manos. O entre los brazos de un hombre afortunado.

Es fácil que las cosas de la vida que no tienen respuesta sean las que permanezcan. Las mismas preguntas flotaban a mi alrededor casi a diario. ¿Por qué no supimos querernos mejor? ¿En qué momento la oscuridad venció al amor? ¿Quién tuvo la culpa? Y, destinado a repetirse, solo un silencio apelmazado al otro lado.

—¿En qué estás pensando?

Martina tiró de la sábana porque refrescaba.

—En nada. Tengo que irme ya.

Me puse en pie y empecé a recoger las cosas que había dejado por la habitación: mi ropa, medio gramo, el paquete de tabaco, la cartera, un mechero...

—Eres consciente de que juega contigo, ¿verdad?

—¿Qué? —La miré confuso.

—Juliette está jugando. La conozco bien, créeme, fuimos amigas, vivimos juntas. Sé perfectamente cómo piensa. Si hubiese querido pasar página te habría mandado los papeles del divorcio una semana después de largarse. ¿Qué digo? No, no, te los hubiese traído ella misma antes de prestarte un bolígrafo y asegurarse de que estampases tu firma.

—No sabes nada sobre nosotros.

—Solo intento que recuerdes que Juliette es demasiado lista como para dejar las cosas en el aire. Y tú lo sabes. Si quiere algo va a por ello, no es de las que piden permiso antes o evalúan los daños. Por alguna razón, ha querido mantener el hilo que os une, aunque solo sea un formalismo. —Lanzó el humo a un lado mientras yo terminaba de abrocharme los pantalones sin dejar de masticar sus palabras—. ¿Sabes una cosa? Nunca me cayó bien, ni siquiera cuando éramos íntimas. Es fría e impasible. Y tuvo demasiada suerte al encontrarte, siempre lo pensé. —Se puso en pie desnuda y me dio un beso en la mejilla—. Si la ves algún día, asegúrate de contarle que hemos follado maravillosamente.

Me largué de allí asqueado conmigo mismo.

53

JULIETTE
WOMAN (JOHN LENNON)

—¿La envidia me humaniza o me convierte en un animal?

—Ninguna de las dos cosas, Juliette.

—No me gusta sentirla.

—El problema de las emociones no es que existan, sino que una pierda el control sobre ellas. Es importante preguntarnos por qué se manifiestan, ahondar en ellas hasta dar con la causa. Y una vez la tengamos en la palma de la mano, comprenderla.

—En teoría parece fácil.

—Lo es si no te juzgas.

Las sonrisas de María eran tan pequeñas que a veces las confundía con una mueca. La había conocido meses atrás en una fiesta a la que acudí con Jean. Verano, una casa a las afueras de la ciudad, luces colgando de los árboles del jardín, manteles blancos y platos con dibujos de aves de presa. Me la presentaron porque también era española; se había criado en un pueblecito de Lleida, tenía dos hijas y era psicóloga. Había abierto un par de años atrás una consulta al norte de París. Hablamos durante toda la noche mientras bebíamos un pinot gris con cierto regusto a setas y frutos secos. Yo estaba nostálgica. Ella también. Echaba de menos el lugar donde había crecido. En breve dejaríamos atrás la década de los ochenta y tenía la sensación de que simbólicamente se cerraba una etapa de mi vida.

No tardé en aparecer por su consulta.

Al principio no tenía claro lo que buscaba y eso fue exactamente lo que le dije cuando me preguntó por qué razón había acudido a ella: «No sé qué busco». Hablamos sobre mi carrera truncada, mis problemas laborales, mi incapacidad para adaptarme a la industria de la moda. «Ahora ya es tarde —le dije al terminar aquella sesión—: Cuando cruzas la barrera de los treinta empiezas a volverte poco a poco invisible; por lo visto, es un superpoder que solo tenemos las mujeres». Le hizo gracia, pero me entendió.

Aquello fue lo que me animó a continuar acudiendo a ella, que me sentía comprendida. Cogía el metro para ir hasta allí y caminaba quince minutos desde la parada hasta la consulta, luego permanecía sentada cerca del ventanal y observaba el cielo plomizo mientras hablábamos. Era sencillo, sobre todo porque María no sabía nada de la chica que había sido. No conocía a la Juliette niña que deseó independizarse. No conocía a la Juliette que flotaba entre cócteles de anfetas y alcohol. No conocía a la Juliette locamente enamorada que se prometió con su marido tres meses después de conocerlo. Ni tampoco a la Juliette que quería triunfar y después deseó esconderse. Ni a la que buceaba entre pérdidas.

Con ella no escuchaba esa vocecita irritante que me incordiaba cuando estaba con Lucas diciéndome: «Fuerte, sé fuerte, tienes que ser fuerte».

Así que aquel día de invierno solté la verdad:

—Siento envidia cuando veo a todas esas parejas paseando cochecitos de bebés de colores pasteles llenos de lazos. Me pregunto por qué ellos sí y yo no. Y entonces el gusano oscuro se estira y me recuerda que la primera vez que tuve vida en mi interior no la quise y quizá sencillamente perdí mi oportunidad y me merezco todo lo que ocurrió después. —Cogí aire, aparté la vista y formulé esa pregunta que llevaba meses haciéndome—: ¿La envidia me humaniza o me convierte en un animal?

Fue una sesión intensa, pero cuando estaba a punto de llegar a su fin comprendí que Lucas tenía razón. La revelación llegó tarde, pero llegó. Habíamos perdido algo nuestro los dos, y deberíamos habernos consolado y abrazado en lugar de alejarnos definitivamente. Cada semana, entre esas cuatro paredes, fui dejando salir todas las palabras que nunca le dije a él, a Pablo, a mi padre, a mi madre y a los hijos que jamás conocería.

Antes de abandonar la consulta, María apretó mi hombro y me dijo: «Tú no tienes la culpa». Y fue como si una enfermera me pusiese una tirita en el lugar adecuado.

Después me dirigí al colegio de Lulú. Solía adaptar las citas a su horario para pasar a recogerla al terminar. Era «nuestro día». Nos tomábamos algo en una cafetería que quedaba de camino y ella me hablaba de sus amigas y del chico que le gustaba. Escucharla era un oasis en medio de mi mente enredada. Después entrábamos en las Galerías Lafayette y recorríamos tiendas de ropa; a pesar de disponer de un presupuesto amplio, a Lulú no le interesaba la moda, pero sí disfrutaba dejándome que eligiese prendas para ella. El juego consistía en coger la ropa más estrafalaria, rara y llamativa que encontraba para que Lulú se la probase encantada mientras ponía muecas delante del espejo. Aquel día llevaba encima un mono que parecía de leñador, guantes de cabritillo, zapatos plateados con plataforma y un sombrero de ante.

—Solo me falta el bolso —dijo entre risas.

—No he encontrado ninguno divertido. —Le coloqué bien el sombrero mientras la miraba a través del espejo—. Para ser sincera, me decepciona lo aburridos que son los bolsos.

—Tú tienes uno azul y morado con flecos.

—Lo compré en un mercadillo, pero los que venden en la mayoría de las tiendas son siempre marrones, grises, negros. Alguien debería fabricar bolsos que no parezcan de otro planeta, pero que tengan algo de color y gracia.

—Pues hazlo tú —replicó.

Ya había anochecido cuando regresamos a casa. Jean estaba cocinando pasta y nos recibió con una sonrisa. Fui a la habitación para quitarme la gabardina y las botas antes de encender la televisión del salón. Habían pasado dos días desde la caída del muro de Berlín y seguían hablando de aquel acontecimiento en las noticias. Mantuve un ojo en la pantalla cuando sonó el teléfono y alargué el brazo distraída hacia el aparato.

Pablo siempre llamaba los domingos. Mi vida en Francia era ridículamente rutinaria, sobre todo para alguien que había renegado años atrás de una existencia tan monótona y ordenada. Salía a correr de buena mañana, cocinaba, contestaba las invitaciones que llegaban, me preocupaba por la obra de Jean y participaba activamente en ella, iba a clases para perfeccionar mi francés, paseaba por librerías y el último día de la semana tenía una conversación corta con mi madre y otra larga con Pablo, que siguió siendo siempre mi pilar inquebrantable. La única persona de mi vida sobre la que jamás albergué ninguna duda.

—¿Julie, querida?

Pero no era Pablo, sino una voz trémula de una mujer que conocía bien porque muchos años atrás me había abierto las puertas de su casa de par en par para acogerme.

—Ana, ¿cómo estás?

La madre de Lucas rompió a llorar al otro lado del teléfono y yo sentí que me mareaba y se me paraba el corazón. Maldito y caprichoso corazón.

—Ha ocurrido algo terrible...

54

LUCAS
HISTORIA TRISTE (ESKORBUTO)

Esa noche tocamos en un local nuevo que había abierto. Recurrimos al repertorio más conocido en lugar de cantar las canciones del último disco porque así era más fácil contentar a la mayoría del público. Carlos no estaba de acuerdo, pero lo decidimos por votación y la cosa quedó dos contra uno. Ya estaba colocado cuando subí al escenario y continué estándolo al terminar la actuación. Una chica bajita de pelo corto vino hacia mí con una sonrisa traviesa y acordamos que tomaríamos algo en la barra después, cuando terminásemos de recoger. Marcos se acercó arrastrando los pies enfundados en unas botas gastadas del mismo color que los pantalones negros llenos de rotos. Se inclinó para hablarme al oído:

—Voy a pillar. ¿Quedamos en el callejón en un rato?

—Sí, nos vemos luego —contesté sin mirarlo.

Decidí que invitaría a la chica a que me acompañase.

El ambiente en el local era animado y menos violento que en la mayoría de los conciertos que dábamos al aire libre. Era lo último que me apetecía, pero ayudé a Carlos a desmontar la batería. Ninguno habló. Hacía bastante tiempo que no lo hacíamos.

—¿Qué te pasa conmigo? —gruñí.

—¿A mí? —Se rio con desgana—. Os saltáis la mitad de los ensayos y en la otra mitad no estáis en condiciones de tocar. Pasáis de las canciones del último disco porque es más fácil tirar de las que domináis mejor. Llevamos meses sin componer después de esa locura que te entró cuando Julie se marchó. Y te preguntas qué me pasa.

Iba a contestarle cuando de repente apareció delante de mis narices la persona con la que menos ganas tenía de cruzarme.

Jesús Santiago le palmeó a Carlos la espalda mientras contemplaba la batería y luego alzó las cejas mirándome.

—Qué recuerdos, eh, Lucas.

—Lárgate. —Claro y conciso.

—Me han contado que tuvisteis una movida hace un par de semanas en un concierto. ¿Ahora os dedicáis a robar? —Me miró con su cara de imbécil.

—El ampli que desapareció era nuestro, idiota.

—Controla esa lengua, Lucas. Qué modales.

—Oye, cállate ya, ¿quieres? —le soltó Carlos.

—Sí, mejor me marcho, pero antes... —Sonrió—. Oí que Julie te dejó. ¿Significa que vuelve a estar libre para pasar un buen rato?, ¿no guardarás su teléfono por casualidad?

Ni me lo pensé antes de lanzarme a por él. Le borré la sonrisa de idiota de un puñetazo. Carlos dijo algo a mi espalda que no llegué a escuchar. Jesús me dio un golpe en la nariz y me dejó tocado unos segundos. Me ardía. Notaba algo caliente deslizándose. Pero ¿qué más daba? Lo cogí del cuello, estampé su cabeza contra el suelo, rodamos por encima del escenario, un par de platos de la batería cayeron sobre nosotros y nos enredamos entre los cables del escenario. Si no hubiese estado ocupado intentando que no me matase, creo que me habría hecho gracia que siempre acabásemos pegándonos en el mismo lugar. Al final, Carlos y otros dos desconocidos lograron separarnos. Cogí aire, iba a mil revoluciones. Necesitaba una copa de algo fuerte. Carlos se puso delante de mí y empezó a darme la murga. Esa noche no tenía paciencia para aquello. Las palabras se entremezclaban.

—¿Quieres dejarme en paz de una puta vez?

Él me miró enfurecido, le latía la vena del cuello.

—¿Te crees que me gusta ser vuestra niñera?

—Eso parece, sí. Aparta, joder.

—¡Vete a la mierda, Lucas!

Me empujó. Y no fue un buen momento porque aún estaba lleno de rabia después del encontronazo con Jesús. Así que se lo devolví. Carlos se cayó al suelo de culo, pero lejos de dejarlo estar se levantó, se sacudió las manos y me dio una buena leche en la mandíbula.

—Ya basta —gruñí cogiéndolo del cuello de la camisa.

—Los dueños han llamado a la pasma —dijo alguien.

—Me cago en todo. ¡Venga, corre, Carlitos!

—¿Y qué pasa con la batería?

—Ya volveremos mañana.

Salimos del local y nos alejamos un par de calles. Era una noche clara de luna llena y el frío nos mordía la piel; me limpié la sangre de la nariz con la manga de la camiseta. Al día siguiente tendríamos que regresar, disculparnos, llevarnos los instrumentos y rezar para que nos pagasen después del numerito que habíamos montado. Ninguno llevábamos abrigo, así que estábamos congelados. Le dije que había quedado con Marcos en el callejón y nos dirigimos hacia allí en silencio, como si no hubiese pasado nada.

No recuerdo exactamente en qué estaba pensando.

¿La letra de alguna canción?, ¿el chute que iba a meterme de lo que Marcos había pillado?, ¿o quizá en Juliette? Quién sabe. Nunca lo averiguaré, porque albergo un vacío inmenso en la cabeza de los instantes previos que sucedieron antes de ver a mi mejor amigo en el suelo de aquel sucio callejón. Creo que fue la postura lo que me puso en alerta. No estaba sentado con la espalda contra la pared, sino un poco encorvado hacia delante, desmadejado como si tan solo se tratase de un muñeco de trapo.

—¿Marcos? —La voz de Carlos sonó ronca.

Eché a correr hacia él con el corazón desbocado. Lo zarandeé. No se movió. Ni siquiera abría los ojos. Le levanté la cabeza con impaciencia.

—¡Marcos, mierda, despierta!

Empecé a acojonarme de verdad.

—Joder, levántate. ¡Vamos, vamos!

—Déjame a mí. —A Carlos le tembló la mano cuando cogió su muñeca para tomarle el pulso—. Voy a buscar ayuda. Intenta despertarlo, Lucas.

Carlos se alejó hacia la salida del callejón.

—Aguanta, colega, aguanta un poco más.

Un grupo de desconocidos se congregó a nuestro alrededor cuando Carlos regresó. Habían llamado a una ambulancia desde la cabina más cercana. «No tardarán», aseguró una chica. «Seguro que todo irá bien». Yo estaba arrodillado en el suelo y sostenía su cabeza sobre mi pecho. Parecía un crío grande profundamente dormido. No sé cuánto tiempo tardaron en llegar los servicios de emergencias, pero para mí fueron meses, años. Las luces parpadeaban en la entrada del callejón. «Preparad la perfusión de naloxona». Le pusieron oxígeno. Le cogieron una vía. Lo intubaron. Alguien me apartó de un empujón y me quedé allí mirando cómo se llevaban a Marcos en una camilla mientras Carlos hablaba con uno de los sanitarios. A mí no me salía la voz. Estaba paralizado. Así que no me moví cuando cerraron las puertas de la ambulancia. Ni cuando el vehículo arrancó. Ni cuando el aullido de la sirena se alejó hasta enmudecer en medio de la ciudad dormida.

¿Alguna vez has intentado imaginar un color que todavía no exista en la naturaleza, en el mundo, en el universo? Yo lo hacía a menudo de pequeño. Cerraba los ojos y ponía todo mi empeño en dar con una tonalidad desconocida. Si lo conseguía, ya había decidido que lo llamaría «papilén» porque me sonaba genial. «Color papilén —le decía a mi hermano—, ¿tú no puedes verlo? Concéntrate, no se parece al verde ni al rosa ni al rojo..., es único». Samuel se cabreaba asegurando que me lo estaba inventando. Un día decidí probarlo con Marcos. Tendríamos siete años cuando nos tumbamos en el suelo del patio del recreo; le pedí que cerrase los ojos y le pregunté si podía ver aquel tono nuevo. Y él contestó: «Claro que lo veo, mi abuela tiene una camisa justo así, de color papilén».

Lo enterramos dos días después. No conseguí ir sobrio al funeral. Vinieron mis padres y Samuel, que me sostenía cogiéndome del brazo. Lo tenían ahí expuesto como a un maniquí en el escaparate de una tienda: Marcos parecía tan tranquilo con las manos cruzadas sobre el pecho y vestido con una camisa y un pantalón de pinzas que no se hubiese puesto jamás por voluntad propia. Casi esperaba que se levantase, estirase los brazos y dijese «¿os cuento un chiste?», o «venga, Lucas, juguemos otra partida al *Space Invaders*». Pero no se movió. Nunca volvió a moverse. Horas más tarde, lo metieron en el mismo nicho donde años después esperaban descansar sus padres. «Mi niño, mi niño, mi niño», repetía la señora Alcañiz entre gritos y lágrimas. Hacía un frío punzante. El ataúd desapareció. ¿Qué era exactamente lo último que le había dicho? Ah, sí: «Nos vemos luego». Comprendí que un pico era lo único que nos separaba, la diferencia entre encontrarse bajo tierra o en pie.

Al llegar a casa, me bebí media botella de lo primero que encontré, tomé varios calmantes y caí en la cama. ¿Qué importaba si ya no volvía a despertar?, ¿qué más daba a esas alturas? Cerré los ojos con fuerza. Recé para dormirme. No dejaba de recordar a Marcos cuando tenía seis años y todo el mundo lo admiraba en el barrio porque jugaba como nadie al fútbol. O cuando en clase hacía muecas cada vez que se giraba el profesor Aurelio. O el día que estando en mi habitación le propuse que creásemos un grupo de música y él contestó: «De todas las idioteces que se te ocurren, esta es una de las más divertidas».

¿Y si nunca se me hubiese ocurrido aquello? ¿Qué hubiese sido de nuestras vidas? Casi puedo verlo. Casi. Marcos terminando el servicio militar y trabajando en el taller de coches de su padre. Acabaría con alguna chica del barrio, a él le gustaban morenas y rebeldes. ¿Se casarían antes de tener a su primer hijo o después? El orden es lo de menos. Veranearían en la costa alicantina y Marcos heredaría el negocio familiar. Era una vida acomodada. Fácil, placentera, maravillosa. ¿Dónde estaba ese tío? Quería conocerlo. A él, a su mujer y a sus hijos, y después le pediría que, por favor, por favor, por favor, me contase un chiste.

Me levanté a vomitar tres veces.

De madrugada, ya ninguna fantasía podía disipar la pena. Y en mi cabeza tan solo escuchaba los gritos de dolor de su madre: «Mi niño, mi niño, mi niño».

55

JULIETTE
ETERNAL FLAME (THE BANGLES)

El peso de las llaves en la mano me resultaba ajeno y familiar al mismo tiempo. Llamé, pero nadie respondió, así que las encajé en la cerradura. Reconocí el crujido. Crac, crac. ¿Cuántas veces lo había escuchado antes? Tomé una bocanada de aire antes de empujar la puerta. Me recibió el silencio en medio de un pasillo estrecho que no tenía secretos para mí. Cerré a mi espalda. La inestabilidad acompañó cada uno de mis pasos hasta que llegué al salón. Tantos recuerdos, tantas vivencias, tanto amor, tanto dolor...

En el balcón descansaban las macetas de colores que había ido acumulando durante años. No quedaba ningún rastro verde, tan solo ramas secas y tierra árida. Un manifiesto mudo de nuestra relación: Lucas las había dejado morir.

Esto era lo que había en la pila de la cocina: vasos sucios, un patito de goma, espaguetis enmohecidos, restos de café, una cacerola carbonizada y una jeringuilla usada.

Creo que era martes. O quizá miércoles, no estoy segura. Fui al salón para coger el teléfono y llamar a Ana. Le aseguré que había llegado bien, sí. Le dije que Lucas no estaba en casa. Le prometí que la mantendría informada. La consolé cuando me contó entre sollozos que el funeral de Marcos había sido enternecedor con Carlos leyendo una sentida carta delante de todos sus seres queridos. Al colgar, tenía la garganta seca. Busqué en el bolso un caramelo de menta e intenté no pensar en la sonrisa ladeada de aquel chico que dormiría para siempre en los ochenta. Debía mantener la calma si pretendía sujetar las riendas.

Contuve las ganas que tenía de ir a buscar a Lucas por mi cuenta, porque no iba a encontrarlo. Necesitaba tener las manos ocupadas, así que empecé por la cocina. Cogí una bolsa de basura para meter dentro todos los restos acumulados. En la pequeña despensa donde guardábamos los productos de limpieza no había lejía, pero encontré una botella sin abrir de amoniaco y rocié con ella la encimera, los azulejos, la silla, la mesa..., y si Lucas hubiese estado allí en esos momentos se la habría tirado por encima diciéndole: «¿Qué demonios ha pasado contigo?, ¿cómo has podido hacerte esto a ti mismo, a tus padres, a tu hermano? Y a mí, que te he querido de todas las formas imaginables...».

Froté hasta que se me irritó la piel de las manos. Me ardían. Apreté los dientes y limpié y recogí y ordené aquel lugar tan nuestro que él se había dedicado a maltratar.

Después preparé café, cogí la taza de fresitas (estaba al fondo, intacta, limpia, como si nadie la hubiese usado desde que me fui), busqué algo de comer en los armarios casi vacíos, me senté en la mesa de la cocina y esperé entre los efluvios del amoniaco.

Se me encogió el estómago al oír el familiar chasquido.

Cerradura, chirrido leve, puerta cerrándose, pasos.

Me costó reconocerlo en aquel cuerpo delgado, en esos ojos hundidos, en la boca contraída en una mueca mezcla de asombro e irritación, en la desidia y la indolencia que lo vestían. ¿Ese era el hombre con el que me había reído tanto? ¿Era el hombre con el que había descubierto los secretos del placer, la pasión, el amor? ¿El hombre que siempre se aseguraba de dejarme el último bocado del postre, de prepararme una sorpresa en cada cumpleaños, de cederme la manta por las noches...?

Su expresión cambió cuando pareció asimilar que estaba allí, justo allí, delante de él. La furia dibujó una mueca en su rostro sin apartar sus ojos de los míos. Tuve que hacer un esfuerzo sobrehumano por mantenerme sentada serena e impasible sin apartar la mirada.

—Vaya, buenos días, cariño. ¿Has preparado café?, ¿el desayuno bien? Veo que ya estás servida. ¿Qué tal has dormido durante los últimos dos años?

—Lucas...

—Apareces aquí de pronto... —Tomó una bocanada de aire, había tanto dolor en sus ojos vidriosos que se me encogió el alma—. Y te encuentro comiéndote mis putos cereales y sentada en mi puto taburete y usando mi puta taza, porque acabo de decidir que como te marchaste y no te la llevaste ahora me pertenece por derecho propio.

Me concentré en seguir respirando.

—El café está recién hecho.

—¿En serio, Juliette? ¿Eso es todo lo que tienes que decirme después de dos años? Que me has dejado un poco de café. Hostia, ¡gracias! —Soltó una risa amarga antes de endurecer su semblante—: ¿Sabes una cosa? Que te jodan. Lárgate y vete a comerte los cereales de otro.

Logré levantarme, a pesar de que estaba temblando. Di un paso tras otro hacia Lucas, que permanecía asustado en el umbral de la puerta como un animal herido, vulnerable y perdido. Yo necesitaba tocarlo. «Necesidad», de nuevo, nada de «querer» o «desear». Paré delante de él, alcé una mano y acuné su mejilla. Percibí la aspereza de la barba de un par de días; pero, sobre todo, reconocí su piel. La reconocí como suya y mía, nuestra.

Y entonces Lucas se echó a llorar como un niño.

56

El País, *13 de noviembre, 1989.*

Muere el cantante y bajista de Los Imperdibles Azules

Marcos Alcañiz fue hallado muerto de madrugada en el barrio de Malasaña por una sobredosis de heroína. Los servicios de emergencias acudieron al lugar de los hechos, pero no pudieron hacer nada por salvar su vida. Nos queda un legado de canciones que permanecerán en el recuerdo de aquellos que seguimos los pasos de Los Imperdibles Azules desde los comienzos del grupo; temas como El amor es radiactivo, Vallecas *o la mítica* Mi rubia *con la que tantas noches echaron el cierre. Su estrella se une a todas las que nos han dejado en los últimos años y con los que compartió su paso por la música: Canito, Eduardo Benavente, Miguel González López o Jesús de la Rosa, líder de Triana.*

1990

57

LUCAS
FOREVER YOUNG (ALPHAVILLE)

Una relación es como un coche. Reluciente al principio, con ese olor a nuevo recién salido del concesionario. Luego empieza a tener rasguños, se llena de suciedad, de agujeros en la tapicería y desperfectos. Descubres que la marcha va demasiado rígida. Un día deja de funcionar la ventanilla y piensas, pero ¿qué demonios? Si ayer iba estupendamente. Mentira. Ya le ocurría algo, pero tú no supiste verlo. Y al final el coche se para cuando estás en medio de una carretera desierta en pleno verano, a cuarenta putos grados. Fin. Ha muerto. O te vas al mecánico o lo llevas al desguace, tú decides.

Supongo que esa es la razón por la que ahora mismo me encuentro dentro de esta consulta pintada de color crema. Hay varios documentos enmarcados en la pared, diplomas, un máster y otros logros y acreditaciones académicas. Es la segunda vez que acudo. La primera vez me mandaron deberes y pensé que el escritorio de caoba oscura le pegaba a Olga Garrido porque su pelo corto es exactamente del mismo tono. ¿Casualidad? ¿Decisión inconsciente? ¿Tonterías que se me ocurren cuando estoy demasiado nervioso?

Muevo el pie rítmicamente.

Me mordisqueo las uñas.

Olga no deja de trasladar fajos de papeles de un lado a otro mientras organiza su mesa. Las gafas de media luna se deslizan peligrosamente por su nariz, pero se da cuenta a tiempo y las frena con la punta del dedo índice. Abre y cierra cajones. Me mira. Y justo entonces, cuando por fin parece reparar en mi presencia, llaman a la puerta y Juliette entra en la consulta disculpándose por llegar cinco minutos tarde.

Aún no me he acostumbrado a verla, supongo que por eso se me disparan las pulsaciones en cuanto nuestras miradas se cruzan. Han pasado tres meses desde que regresó a Madrid, pero no hemos tenido muchas ocasiones para estar juntos dadas las circunstancias. De hecho, no lo estamos. Juntos, quiero decir. Vivimos en un limbo lleno de dudas.

—Siéntate, Julie —le pide Olga con amabilidad antes de cruzar las manos sobre lo que parecen ser nuestros expedientes. Es una de esas personas que se quita las gafas para hablar, no sé por qué razón, y las sostiene por la patilla—. En primer lugar, quiero felicitaros por lo que habéis hecho. Os pedí que cada uno relataseis vuestra experiencia porque quería disponer de ambas perspectivas. La única condición era la sinceridad y que intentaseis ser abiertos. El resultado ha sido muy revelador y espero que para vosotros resultase enriquecedor.

—Lo fue —asegura Juliette.

—¿Estás de acuerdo, Lucas?

—Sí, joder, sí. —Cierro los ojos y se me escapa un suspiro—. Perdona. Sí. Solo «sí». Sin el «joder». Ha sido muy..., ¿cómo has dicho? Enriquecedor, eso.

No le digo que también me ha resultado tan duro que estuve a punto de dejarlo a medias. ¿Quién quiere contar una historia conociendo de antemano el desastroso final?

—Me gustaría compartir con vosotros algunas palabras que fui anotando y que constituyen los puntos en los que considero que deberíamos trabajar a partir de ahora. —Me mira sin vacilar—: Compromiso, actitud. —Después fija sus ojos en Juliette—: Sinceridad, comunicación. —Se dirige a los dos—: Paciencia, empatía y confianza.

—¿Cuánto ha dicho que dura la terapia? —bromeo.

Por un momento temo que Juliette me atraviese con la mirada como tantas veces hizo antes de largarse, pero cuando la miro de reojo tan solo la veo apretar los labios para reprimir una sonrisa fugaz. Su mano descansa sobre el brazo de la silla y un anillo con una gema roja que no conozco destaca entre los demás; hay pocas cosas en el mundo que pueda desear más que alargar el brazo y encajar mis dedos entre los suyos. Está la paz mundial, quizá, y si vuelvo a mirarla probablemente ni eso.

—De hecho, Lucas, creo que deberías ser el primero en hablar. ¿Te gustaría compartir con Julie cómo han sido estos últimos meses de tu vida?

Me froto las manos con nerviosismo.

—Jodidos. —Se me quiebra la voz.

Olga asiente antes de que Juliette intervenga para decir que está orgullosa de todos mis progresos. Me siento como un niño pequeño mientras su madre y la profesora hablan al terminar las clases; ¿dónde está mi pegatina verde? Sería todo un logro dejar de pensar en chorradas en los momentos más importantes de mi vida, pero no puedo evitarlo. Creo que es una cuestión de evasión. Es una de las palabras que más me repitió la terapeuta de la clínica, cuando hablábamos de cómo intentaba eludir afrontar las dificultades. «Al principio fue por diversión, tenía la sensación de tenerlo controlado; después, consumir fue una forma de evasión, sí». También Juliette lo hizo, pero ella de otras formas menos dañinas en apariencia: corriendo, viviendo entre silencios opresivos, mutilando sus propios sentimientos.

—¿Quieres añadir algo más? —Olga se pone las gafas, un sinsentido porque en menos de cinco segundos vuelve a quitárselas. Pobres gafas maltratadas.

Las palabras están ahí quemándome. Ni siquiera los gestos enérgicos de esa mujer pueden distraerme o conseguir que desaparezcan. Es más, ¿quiero acaso que se esfumen? Para eso me encuentro aquí, ¿no? «Debemos abrirnos», dijo Juliette cuando lo propuso. Y accedí a ir a terapia porque también estaba convencido de ello.

—Me preocupa que haya vuelto para salvarme.

Olga gira la cabeza hacia ella con calma.

—¿Quieres responder a eso, Julie?

—Yo solo puse las cartas sobre la mesa, el único que podía elegir salvarse o continuar nadando a contracorriente era él mismo.

De verdad que no entiendo por qué estamos los dos hablando en tercera persona como si no estuviésemos a medio metro de distancia. Parecemos idiotas. Así que me armo de valor, tomo una bocanada de aire y la miro directamente a los ojos.

—Pero regresaste —señalo.

—Eso es cierto, pero no lo hice como tu mujer, sino como

una persona que te quiere y a la que le importas. Siempre vas a importarme. Tú hubieses hecho lo mismo por mí.

Tengo un nudo en la garganta que lleva ahí meses, probablemente desde que entré en casa y me la encontré en mi cocina con su ridícula taza de fresitas comiéndose mis cereales con gesto imperturbable, como si no se hubiese largado durante años. Creo que el primer golpe que sentí en el pecho fue un odio latente. Segundos después llegó la frustración cuando comprendí que estaba tan lejos de odiarla como de dejar de quererla. Y luego, cuando se puso en pie y me acarició la mejilla, me derrumbé del todo. Me embargó el agradecimiento, la devoción y el amor. Hasta que caí en la cuenta de que no estaba sola, ella no estaba sola. He tenido mis razones para no ponerme en contacto con Juliette durante más de dos años aunque pensase en ella a diario: respetaba que se hubiese enamorado de otro. Si hubiese sido sexo, algo fugaz o superficial, habría luchado por ella. Pero aquello no. Aquello le pertenecía.

—¿Y has tenido que renunciar a algo?

—Sabes que no. Me conoces. De ser así, ya hubiese cogido un avión.

El alivio me relaja los hombros de inmediato.

—¿Y qué hacemos aquí ahora? —pregunto.

—Intentar comprendernos. Intentar perdonarnos. Esto va más allá de nuestro matrimonio y de lo que tú o yo hayamos hecho o dejado de hacer. ¿No estás de acuerdo?

—¿Lucas? —Me insta Olga tras un largo silencio.

No puedo apartar los ojos de Juliette. Hay algo en ella que siempre me encandila, pero en esta ocasión no se trata solo de eso, sino del leve atisbo de esperanza que distingo en sus ojos. Lo sé. La conozco. La conozco pese a que se pasó medio matrimonio comportándose como un maldito caracol y escondiéndose en su duro e inútil caparazón. «¿Por qué, Juliette?», me gustaría preguntarle, pero creo que todavía no estamos en ese punto. Esta es la primera vez que siento que estamos hablando el mismo idioma desde que salí hace un par de semanas de la clínica de desintoxicación. Y no quiero romper esta conexión. No lo soportaría.

—¿Puede reconstruirse un edificio encima de un montón de escombros?

—No. Primero se empieza por retirarlos. Y luego ya se verá.

«Esperanza». Es evidente que la palabra tiene que ver con «esperar», incluso alguien que suspendía casi todo puede deducirlo.

Olga nos hace algunas preguntas más y charlamos un rato hasta que la consulta llega a su fin. Una alarma pita en algún rincón de su escritorio; me resulta algo frío estar allí como quien espera su turno para comprar en la carnicería: «Ponme dos de lomo, un costillar y arréglame el corazón. Gracias». Juliette va antes hacia la puerta mientras yo me abrocho la chaqueta dispuesto a seguirla. Baja por las escaleras. Voy tras ella. Me viene a la mente un recuerdo que parecía haberse desdibujado en los últimos años hasta casi desaparecer y escucho la voz ronca y burlona de Marcos: «Para encontrar a Lucas busca una melena rubia». Así empezamos. Así acabamos.

El aire frío y seco nos recibe junto a los sonidos de la calle; voces, tráfico, pasos repiqueteando sobre la acera y las alcantarillas. Permanecemos sin movernos al tiempo que Juliette se enrolla la bufanda alrededor del cuello.

—¿Necesitas que te ayude?

—Creo que sé ponerme una bufanda, Lucas.

Pues sí, qué coño, en realidad lo que deseo es tocarla, pero no me atrevo a decirlo en voz alta. Imagínate: «¿Puedo tocarte?, ¿me dejas que te ponga también los guantes y el gorro?». Algunas cosas es mejor dejarlas estar. Me enciendo un cigarro mientras ella se abriga.

—Te acompaño a la parada del autobús.

—Vale. —Su voz es apenas un susurro.

Avanzamos por una calle cualquiera de Madrid rodeados de desconocidos. Me pregunto qué pensarán de nosotros: «Hacen buena pareja, caminan al mismo ritmo» (mentira, siempre me he preocupado por ir más despacio para acoplar mis pasos a los suyos). Pero seguro que nadie imagina que nos hemos hecho tanto daño el uno al otro que deberíamos llevar en la frente una pegatina que diga: «material altamente inflamable y explosivo».

Nos quedamos bajo la marquesina cuando llegamos a la parada. Juliette se encoge en el abrigo azul oscuro que lleva puesto y que me recuerda a una noche cerrada.

—¿Tú cómo estás? —pregunto.

—¿Yo? Bien, supongo que bien.

El chirrido de los frenos del autobús me distrae. Se detiene unos metros más allá, como si hubiese estado a punto de saltarse esa parada, y el humo que escupe el tubo de escape contrasta con el frío constante. Juliette me mira. Sonríe tímidamente. ¿Tengo derecho a inclinarme y darle un beso suave en la mejilla? No estoy seguro, pero me dejo llevar por mis impulsos porque no sé ser de otra manera y mis labios rozan su piel helada. Después se gira, una cabellera rubia y desordenada alejándose hasta que las puertas del autobús se cierran y el vehículo vuelve a ponerse en marcha. Sé exactamente adónde se dirige porque he cogido esa línea a menudo durante los últimos años de mi vida. El acuerdo al que llegamos fue que ella se quedaría en nuestra casa y yo volvería al hogar de mis padres.

Si alguien me preguntase cuánto tiempo ha pasado desde el día que Juliette volvió a la ciudad diría que, al menos, un año. Pero tan solo hace tres meses desde que me la encontré en la cocina. Entonces, después de tocar fondo entre sus brazos, dos tazas de café y medio paquete de cigarrillos que me fumé compulsivamente, Juliette me ofreció dos opciones: podía firmar los papeles del divorcio o los de una clínica de desintoxicación.

Fue la elección más fácil de mi vida.

58

JULIETTE
HEAVEN (BRYAN ADAMS)

Deslizo el dedo índice sobre los lomos de los libros palpando la textura rugosa, suave o aterciopelada de cada uno de ellos. La biblioteca de Pablo ha ido aumentando con el paso de los años hasta el punto de que no cabe un solo tomo más; están encajados unos con otros, apiñados como si alguien hubiese estado componiendo un mosaico.

—¿Quieres llevarte alguno? —me pregunta.

—Quizá. —Saco un ejemplar de *Guerra y paz.*

—Creía que ese lo habías leído.

—Y lo hice. Una obra maestra, eso está claro, aunque sabes que mantengo una relación difícil con los escritores rusos. Siempre me fascinó el título. Dos caras de una misma moneda.

—Perversamente sencillo y efectivo.

Veo de reojo que él está echándole un vistazo a un catálogo de modelos. Todas son jóvenes, preciosas, llamativas. Lo señalo con la cabeza y pregunto:

—¿Crees que esas chicas se plantearán qué harán al cumplir los cuarenta?

—¿Lo hacías tú a los dieciocho?

—No, pero luego pestañeas y...

—Lo sé. —Lanza un suspiro.

Entonces Carlos maldice desde la cocina y Pablo se levanta del sillón. Lo observo mientras se aleja. Es como uno de esos vinos a los que les sienta bien envejecer y sigue vistiendo de forma impoluta, mucho más clásico que su pareja. Si fuese a su dormitorio y abriese el armario que comparten tardaría menos de un segundo en decidir qué prenda pertenece a quién. ¿Terciopelo?, Carlos. ¿Colores lisos?, Pablo. ¿Corbatas llamativas? Carlos. ¿Abrigos largos?, Pablo. Escucho que dice que le ha salpicado un poco de aceite, pero que no es nada. Encajo el libro en la estantería y me uno a ellos.

—Ya casi está. —Carlos me guiña un ojo.

Coge un plato para ir sacando los huevos fritos. Nos sentamos alrededor de la mesa blanca de la cocina y comemos mientras hablamos relajadamente. Desde que regresé a Madrid he pasado casi más tiempo en su casa que en la mía. Al principio, porque llegó la Navidad y me sentía más sola que nunca; Susana tenía previsto pasar las fiestas en Nueva York con su nuevo novio (un cantante de *jazz*) y, aunque Ana me invitó y habíamos quedado a tomar café un par de veces, no me sentía preparada para ir a esa casa de Vallecas que mucho tiempo atrás sentí como mía; sobre todo, sin Lucas en ella. Aquellos días llenos de villancicos y luces y bolas relucientes fueron más difíciles sabiendo que él seguía en la clínica afrontando el mayor reto de su vida. Carlos y yo nos consolamos mutuamente, porque él continuaba sin hablarse con su familia. Si Pablo tenía trabajo, nosotros nos íbamos a pasear por el mercadillo que cada año ponían en el barrio, comíamos chocolate con churros en San Ginés y hablábamos de banalidades, pero también de todo lo que había ocurrido durante esos años de ausencia; mi vida en París, el deterioro del grupo, anécdotas, su relación con Pablo o los recuerdos que afloraban cada vez que nombrábamos a Marcos.

Todavía era un alfiler doloroso que a veces evitábamos.

—¿Y qué vas a hacer ahora? —le pregunté un día.

—Lo he estado hablando con Pablo y tenemos dinero ahorrado, así que me presentaré a las pruebas para entrar en el conservatorio. No quiero hacer ninguna otra cosa, pero tampoco formar parte de un grupo. Eso quedó atrás. Pese a todo lo malo, sé que ha sido la etapa más mágica de mi vida. —Apartó la vista de su taza de chocolate y la alzó—. ¿Te haces una idea de cuánto tiempo hemos pasado los tres juntos? Más de diez años; ensayos, bolos, viajes en coche. Tantos momentos buenos, regulares, malos... —Le tembló la voz e hizo una pausa—: Lucas y Marcos han sido como mis hermanos; en realidad, me quisieron más que mi propia familia. Me respetaban. Me aceptaban. Y yo intenté hacer lo mismo con ellos hasta que resultó imposible. Al principio las noches con ellos eran divertidas, quizá por lo imprevisible o lo mucho que nos reíamos, pero después se convirtieron en un infierno.

Entre confidencias, los tres nos unimos más que nunca. Por eso ahora me siento como en casa cuando me levanto para buscar el salero que guardan en el armario superior. Pablo me pregunta si quiero ir al cine con ellos más tarde, pero le digo que en un par de horas tengo que estar en la consulta de la psicóloga.

—¿Cómo van las cosas?

—Despacio —contesto.

Fue María quien me habló de Olga porque las dos se hicieron buenas amigas tras ir juntas a la universidad. Una había terminado en París y la otra en Madrid, pero tenían en común su entrega al trabajo y ese tono de voz bajo y susurrante que invitaba a relajarse.

¿Cuál es la finalidad? No se trata de retomar nuestro matrimonio, no es eso, pero tampoco soporto fingir que somos dos extraños, como ocurrió cuando rompimos. Quiero entenderlo. Y quiero que él me entienda a mí. Pero, sobre todo, deseo que nos perdonemos.

Necesito estar en paz con Lucas.

Por eso me tomo tan en serio cada sesión. Por eso y porque cuando quieres así a alguien, con independencia de que haya dejado de ser tu pareja, estás dispuesta a esforzarte para llegar al fondo del problema y sacar a flote toda la mierda que habéis ido acumulando durante años.

Él llega puntual, como siempre, algo que valoro. Viste vaqueros claros y un suéter gris que le regalé por nuestro quinto o sexto aniversario, no lo recuerdo. Sigue estando delgado, pero ha recuperado algo de peso. Y cuando se sienta en la silla, se gira y me sonríe, mi corazón responde en un acto casi rutinario.

La sesión avanza. En esta ocasión, Olga se centra en mí. Hablamos de mi carrera y del uso extendido e incorrecto que le damos a la palabra «fracaso». Aunque lo hago con un nudo en la garganta y tengo que acallar cruelmente la voz de mi orgullo, admito que me preocupa mi situación económica: me quedan pocos ahorros y no sé qué voy a hacer. Lucas se ofrece rápidamente a darme el dinero que necesite, siempre ha sido demasiado generoso, pero lo rechazo con amabilidad. Me pregunto cuántos miles de pesetas les habrá prestado durante los últimos años a conocidos que probablemente no volverá a ver. Siempre le faltaba tiempo para ir a buscar la cartera para rescatar a cualquier colega en apuros.

Yo jamás le habría dejado un duro a nadie que no fuese de mi absoluta confianza y, por suerte, ninguna de esas personas me ha pedido ese tipo de ayuda.

Hemos sido tan diferentes...

Hemos sido tan parecidos...

Me distraigo contemplando un estornino que revolotea cerca de la ventana de la consulta. Lucas está explicando algo sobre mis problemas de comunicación. «Cada vez que intentaba que hablásemos de su trabajo o cualquier otra cosa importante, lo evitaba». El pájaro lleva algo en el pico, no estoy segura de si es un trozo de pan o un pequeño insecto.

Olga decide intervenir, imagino que debido a mi mutismo:

—Quiero recordaros que es crucial que a partir de ahora intentéis ser sinceros. El silencio fue uno de los grandes baches de vuestro matrimonio.

—Como escribí en esos papeles... —Lucas señala su escritorio—, puedo ser un cabrón, un imbécil o un egocéntrico, pero nunca he sido un mentiroso.

—Intentemos usar palabras positivas.

—Solo quería aclararlo —replica él.

Dejo de mirar al pájaro porque me concentro en mis propias uñas pintadas de un granate intenso. Tengo miedo, pero logro apartarlo a un lado.

—No quería ser frágil —susurro.

—¿Qué? —Lucas se gira hacia mí.

—No soportaba la idea de que me vieses vulnerable porque lo que sentía por ti ya me hacía sentir así y era aterrador, como andar siempre por la cuerda floja. —Me tiembla la voz, pero me obligo a no intentar ocultarlo—. No me gusta ser débil. Nunca me ha gustado. Crecí muy sola y comprendí pronto que tenía que ser fuerte e independiente. Pero entonces apareciste tú. Qué gracioso. Ni siquiera eras mi tipo. Pero te bastaron cinco minutos para conquistarme. Y todo cambió. Podías hacerme daño. O reír. O soñar. Lo que quisieses.

—Pero tú también a mí, Juliette. Fue recíproco.

—No lo entiendes. —Alzo la vista hacia Olga, que permanece detrás de su escritorio contemplando este espectáculo emocional—. ¿Puedes leerle cómo empieza mi relato?

—Claro. —Se ajusta las gafas antes de inclinarse sobre los papeles—: «Dejé de confiar en los hombres cuando tenía nueve años. Mi padre me prometió que iría a recogerme el fin de semana para que pasase con él unos días en Francia. Pero no apareció».

—Creo que es suficiente —la interrumpo.

Lucas repiquetea con los dedos sobre el brazo de su silla mientras parece asimilar hasta qué punto esta confesión ha influido en nuestra relación. ¿Cuántas cosas podrían haber sido diferentes si no hubiese estado llena de cerrojos cerrados? ¿Y si él no hubiese tenido tanta facilidad para abrir los suyos sin pensar en las consecuencias?

—¿Me mentiste porque no querías que te cuidara?

—Supongo. Pero es aún más complicado, porque en el fondo, aunque haya sido incapaz de admitirlo hasta ahora en voz alta, siempre he anhelado que alguien se preocupase por mí de la manera en la que tú lo hacías. Baudelaire dijo: «En la declaración de los derechos del hombre se olvidaron de incluir el derecho a contradecirse».

—Juliette...

—También me incomodaba tu fragilidad, no entendía esa manera tuya de abrirte al dolor. A tu lado, siempre parecía fría. Pero estaba sufriendo.

Nuestras miradas se cruzan unos segundos. Pienso en lo que Carlos me dijo el otro día: que Lucas va tantas veces al cementerio a visitar a Marcos que siempre hay flores frescas en su tumba. Los actos nos definen. Yo jamás hubiese pisado ese lugar, porque tiendo a evitar el dolor. Él, probablemente, se sienta mejor al notar el escozor en la herida. Puedo imaginarlo escuchando las canciones del grupo en bucle, mirando viejas fotografías de ellos juntos, recordando momentos que vivieron...

Dos maneras distintas de enfrentarse al duelo.

¿Quién tiene derecho a juzgarlas, a juzgarnos?

Olga dice algo más, nos felicita por los avances en esta sesión y luego mira su reloj, la señal de que ha llegado la hora de abandonar la consulta. Me levanto, Lucas también lo hace. Parecemos sincronizados al ponernos las chaquetas. Cuando bajamos por las escaleras, sigo pensando en las palabras que he liberado minutos atrás. Ojalá hubiese encontrado la manera de dejarlas salir antes: «Lucas, me da miedo ser frágil».

Ahora lo sabe. Supongo que por eso me mira con ternura cuando salimos del portal y nos quedamos bajo la cornisa del edificio. Ha empezado a llover. El viento inclina las gotas de agua hacia un lado y la humedad intensifica el frío.

—Gracias por contármelo, Juliette. Sé que no es fácil para ti.

—Me gustaría apartar los ojos de él, pero no consigo hacerlo. Siempre hubo algo profundo entre nosotros; química, quizá; deseo, puede ser; conexión, probablemente—. ¿Te apetece tomar un café? Está lloviendo y, no sé..., joder, olvídalo. Lo he dicho sin pensar.

—Vale, un café me va bien.

Lucas está gratamente sorprendido. Como la tormenta ha cogido fuerza, entramos en el primer bar que encontramos al final de la calle. Es una taberna rudimentaria con el suelo lleno de colillas y en la barra una exposición dudosamente apetecible de sardinas y queso en aceite, patatas recalentadas y una ensaladilla rusa que podría ser mortal. Nos sentamos en una mesa junto al ventanal y permanecemos absortos viendo la lluvia caer tras pedir dos cafés.

Al mirarlo pienso que hay algo hipnótico en la línea de su mandíbula.

—¿Cómo estás, Lucas?

—Bien. Eso creo. —Coge aire y se aparta hacia atrás cuando el camarero deja la humeante bebida negra delante de él. Da un sorbo. Se quema—. ¡Joder, la hostia! Es lava.

Ay, Lucas. Siempre tan impaciente para todo.

—Ya sabes a qué me refería.

—Si estamos hablando de Marcos, estoy jodido. Visualizando un montón de estiércol, me encontraría justo debajo, enterrado en la mierda. Si hablamos de lo otro, bueno, voy tirando, pero me esfuerzo cada día que dejamos atrás. Llevo más de tres meses completamente limpio. ¿Sabes cuánto tiempo hacía desde que eso no ocurría? Más de veinte años. Sobre los trece o los catorce ya solía ir al bar Leandro con otros colegas más mayores del barrio y pasábamos allí las tardes bebiendo cerveza.

—Estoy orgullosa de ti, Lucas.

Y entonces sucede: alzo una mano y busco la suya, que está encima de la mesa, a medio camino entre los dos. Un roce, un temblor, un eco de añoranza. Solo entonces me fijo en algo que formaba parte del pasado: la grasa que esconden sus uñas. Lucas mantiene la vista fija en nuestros dedos como si intentase descubrir qué significa esa imagen. Su pulgar se mueve. Una caricia sutil pero suficiente para sacudir montañas.

Alejo lentamente la mano hasta dejarla en mi regazo.

El momento se rompe, pero eso lo hace más real.

—Lo que te he dicho arriba iba en serio, Juliette. Si necesitas dinero o cualquier cosa, solo tienes que pedírmelo. Lo mío sigue siendo tuyo.

—No te preocupes por mí, estaré bien.

Él duda, pero al final me mira a los ojos.

—¿Vas a volver a irte?

—No lo sé.

—¿Con él?

—No. Si me marcho, sé que esta vez será solo conmigo.

—¿Fue culpa mía que se rompiese tu historia?

—Tú no tenías ese poder, Lucas. Fue cosa nuestra, los dos sabíamos qué tipo de relación manteníamos. No todas las historias de amor son eternas. Ni invencibles.

Consigue desestabilizarme al decir:

—Aún no me he rendido, Juliette.

El calor del café acompaña el silencio que nos envuelve hasta que la lluvia amaina. No es un silencio incómodo, tan solo apacible; me recuerda a las tardes que pasábamos en el salón de casa; normalmente él jugaba a la videoconsola mientras yo leía algún libro o me unía a él. No nos decíamos gran cosa, pero la complicidad era palpable.

—Deberíamos irnos ya —comento.

—Vale. —Lucas me sigue hasta la puerta y me acompaña

como cada día que salimos de la consulta hasta la parada del autobús. Cuando llegamos, se enciende un cigarro (el único vicio que aún conserva) y me mira—. Este domingo es el cumpleaños de Samuel. Ya sabes que estás invitada, todos están deseando verte.

—No creo que sea buena idea.

Él se guarda la réplica que estaba preparando cuando el vehículo se detiene delante de nosotros. Me despido con prisas, pago el billete y me acomodo en un asiento vacío que hay en la última fila. Observo su semblante pensativo hasta que lo dejamos atrás. Y pese a mis reticencias, comprendo que no podemos seguir viviendo eternamente entre dudas. No es justo para él. Ni para mí. Ni para el futuro que nos aguarda.

59

LUCAS
AGÁRRATE A MÍ, MARÍA (LOS SECRETOS)

Desde que salí del centro de desintoxicación solo he adoptado una rutina: ir al taller de coches de la familia Alcañiz. Empezó por casualidad. O por causalidad, mejor dicho. Cada mañana me despertaba temprano, asistía a terapia en el centro para continuar con mi plan de desintoxicación y, después, daba una vuelta por el barrio antes de acercarme hasta el cementerio de Vallecas. Cambiaba el agua de las flores que la madre de Marcos le llevaba a diario, le hablaba o me quedaba un rato en silencio fumándome un cigarrillo. Necesitaba despedirme de él, pero no sabía (sigo sin saber) cómo hacerlo. ¿De qué manera se le dice adiós a tu mejor amigo, ese que te vio crecer y creció contigo, que te vio caer y cayó contigo? Allí, rodeado de nichos y contra toda lógica, encontraba cierta paz. Los cementerios siempre me han parecido melancólicos, como una canción lenta. Se lo dije a Marcos. También, que había donado mi guitarra para una subasta a causas benéficas. Y que no tenía intención de volver a tocar. Aquella etapa empezó y acabó con él.

Cuando me cansaba del silencio, regresaba sobre mis pasos.

Un día, paré delante del taller de su familia. Las paredes de aquel lugar contaban anécdotas sobre la primera oportunidad de trabajo que me ofrecieron y esos ensayos caóticos con los que arrancó nuestra historia. El padre de Marcos, Rodrigo, estaba trabajando. No me vio al principio y cuando levantó la vista ya me tenía casi delante de las narices.

Nos miramos durante un largo minuto.

—¿Puedo echarte una mano en algo?

No sé por qué le hice esa pregunta de mierda, pero él se incorporó, cogió un trapo para limpiarse las manos y después señaló con la cabeza el coche que estaba aparcado al lado.

—Hay que cambiarle el aceite —dijo.

Desde entonces, acudo cada día de lunes a sábado. Las horas pasan más rápido estando ocupado. Rodrigo y yo tan solo hablamos sobre asuntos relacionados con el taller. No creo que sea consciente de cuánto valoro cada instante que paso allí dentro. Tampoco que he empezado a comprender que los dos necesitábamos compañía desesperadamente, aunque no ignoremos el vacío que se abre entre nosotros. A veces, mientras estoy trabajando, me sobrevuela algún recuerdo; son como hilos sueltos que vagan perdidos. «Marcos, pásame la llave del doce». «Oye, Marcos, este *riff* es bueno, volvamos a tocarlo». «¿Tienes un cigarrillo a mano, colega?». Luego, me golpea la realidad, los pies se anclan al suelo.

Por eso los domingos son el peor día de la semana.

Al menos, hasta que a la hora de comer aparecen Samuel y Lorena detrás de Manuel, que entra corriendo como un terremoto. «¿Dónde está el niño más guapo del mundo?», le pregunta su abuela, y él se señala a sí mismo con una sonrisa de diablillo que dicen que ha heredado de mí. También le gusta la música. Y es bastante obsesivo cuando se le mete algo en la cabeza. Así que quizá sea cierto que hay cosas que van en los genes.

—Tienes buen aspecto. —Lorena me besa la mejilla.

—Tú sigues igual de preciosa. —Le guiño un ojo.

Mi hermano me coge del pescuezo. Admito que todavía disfruto cabreándolo como cuando éramos niños. Me hace sentir vivo, será eso. Sonrío, lo felicito y me zafo de él para ayudar a mi madre en la cocina. Una de las cosas buenas de volver a vivir con tus padres a punto de cumplir los treinta y cinco es que redescubres cosas de ellos que no veías cuando eras un crío. Yo, por ejemplo, no pensaba que mis padres fuesen capaces de follar. Estaba convencido de que a nosotros nos había traído la cigüeña, porque, vamos a ver, ¿de verdad ese hombre tosco que hablaba lo justo y necesario era capaz de encender a esa mujer que siempre estaba cotorreando sobre las vecinas o con la cabeza en otra parte? Y no era solo eso: de pequeño, cuando ellos estaban en la treintena, me recordaban a los dinosaurios, pero resulta que a esta edad uno sigue riéndose y sintiendo y llorando. Los veía siempre a través de un cristal deshumanizado. Eran mis padres, como si esa figura resumiese sus vidas. Pero, durante estas semanas, he descubierto que sus vidas no se limitan solo a eso; por las noches él aún le masajea los pies a ella mientras hablan en susurros delante del televisor, ella le sigue preparando las patatas cortadas con ajos que tanto le gustan, y a él lo pillo mirándola de reojo en ocasiones cuando le da por tararear alguna canción pensando que nadie la escucha.

Y comprendo que esto es lo que siempre quise: uno de esos matrimonios que duran eternamente. Detrás de crestas, chupas de cuero, imperdibles, noches desenfrenadas, mujeres sin nombre y pecados inconfesables, siempre he sido un clásico. Y eso explicaría mi teoría sobre que el destino es un tipo cachondo y bastante juerguista que se lo pasa en grande moviendo sus hilos, por eso fue a colocar delante de mí a Juliette, tan atípica como imprevisible, tan alejada de lo que podría considerarse tradicional.

—¡Tío, mírame! —me pide Manuel.

—Ya lo hago. Ni siquiera parpadeo.

Coge impulso y hace el pino en la pared pese a las protestas de su abuela, que le riñe por «comportarse como un mono». Me río. Hacía mucho que no me reía así. Manuel, a sus cinco años, es la revolución. Ponemos la mesa entre todos, resisto a duras penas la tentación de meter el dedo en la tarta de chocolate que mi madre ha preparado para Samuel y me limito a comerme unas aceitunas hasta que la comida por fin está lista.

Acabamos de sentarnos cuando suena el timbre.

—Ya voy yo. —Samuel se pone en pie.

Me sirvo un poco de ensalada. Manuel escupe el trozo de tomate que su madre le ha obligado a probar. Mi padre le dice que si no come verduras no crecerá. Y en medio de aquella cotidianidad, una chica rubia, alta y de mirada glacial entra en el salón.

—¡Julie, querida! —Mamá se levanta de inmediato.

Se suceden los saludos: besos sonoros, abrazos largos, varios «estás estupenda». Yo me quedo paralizado como un imbécil hasta que reacciono y me levanto para ir a buscar una silla de la cocina. Traigo cubiertos, un vaso y un plato, hago hueco para colocarlo todo en la mesa. Y entonces la magia del inesperado momento se rompe cuando Manuel le pregunta:

—¿Tú quién eres?

Samuel sostiene en alto el tenedor que estaba a punto de meterse en la boca, lo deja a un lado y parece buscar las palabras adecuadas; lo compadezco, no debe de ser fácil. «Es la mujer de Lucas», mec, correcto tan solo a efectos legales. «Es tu tía», difícil de asumir para un niño que, por lo visto, no la recuerda. Por suerte, Juliette se adelanta:

—Soy una amiga de la familia.

—¿Y por qué no te conocía?

—He estado de viaje durante mucho tiempo, pero fui a verte al hospital el día que naciste. Y cuando creciste, tu tío y yo te llevábamos al parque y recogíamos hojas del suelo. ¿No te acuerdas? Decíamos: verde, amarilla, marrón, roja...

—No. —Es tajante, pero la mira con curiosidad y, mientras mastica un trozo de pepino, desliza su pequeña mano hasta la de Julie y acaricia la gema de uno de sus anillos.

Pasado un rato, tengo la sensación de haber viajado atrás en el tiempo, solo que ahora bebo gaseosa La Casera, Manuel ha crecido y Juliette no está sentada en su sitio habitual, sino un poco más a la derecha. Habla con Lorena, se ríe con mi padre, intercambia miradas de cariño con mi madre y se pasa un rato largo con ella en la cocina cuando llega el momento de sacar la tarta. Apagamos las luces, cantamos cumpleaños feliz, Samuel sopla las velas y luego las encendemos tres veces más para que su hijo lo imite.

Me encargo de servir las raciones de pastel.

Juliette le ha regalado a Samuel un libro. Yo, unas entradas de un concierto al que sé que quería ir y la posibilidad de quedarme de niñero toda la noche para que disfrute de unas horas a solas con su mujer. Mi madre le ha tejido un suéter para el próximo invierno.

Samuel guarda los regalos y, luego, saca una bolsa y me la tiende.

—¿Qué es esto? —pregunto confuso.

—Para ti. Pensé que te gustaría tenerlo.

—Creía que hoy era tu cumpleaños...

—Me pareció una excusa perfecta.

Meto la mano y saco un álbum oscuro de piel. Lo abro intrigado; dentro encuentro recortes de entrevistas del grupo, artículos publicados en revistas musicales, y periódicos, fotografías hechas por Pablo Pérez Mínguez, Miguel Trillo o Mariví Ibarrola a lo largo de los años. Me fijo en una en la que salimos los tres juntos: Carlitos, Marcos y yo. Miramos a la cámara. Parecemos los reyes del mundo sobre el escenario. En otra, Carlos golpea la batería. Hay una de Marcos con la lengua fuera haciendo el idiota y es la primera vez que sonrío pensando en él.

—¿Lo has hecho tú?

—Sí.

—¿Por qué?

—Mi hermano mayor era guitarrista de un grupo de música, ¿cómo que por qué? Estaba orgulloso de ti. Y sabes que me gusta el orden, pensé que debía documentarlo todo para cuando Manuel me preguntase cosas sobre la historia de nuestra familia.

El niño me quita el álbum de las manos para echarle también un vistazo y, al final, todos juntos recordamos momentos mientras nos terminamos la tarta y el café.

A veces, miro a Juliette.

A veces, ella me mira a mí.

La reunión se alarga hasta bien entrada la tarde. Me despido de Samuel con un abrazo largo y luego nos miramos a los ojos. En ocasiones, las palabras están de más. La casa se sume en el silencio tras la marcha de Manuel, aunque Juliette se queda un rato más y nos ayuda a recoger y fregar los platos. La cocina es pequeña, estamos muy juntos, compartimos roces cada vez que me pasa los vasos secos para que los guarde en el armario.

Después, me ofrezco a acompañarla a casa.

—No es necesario, Lucas, de verdad.

—Quiero hacerlo. Necesito despejarme.

Es un día ventoso y las copas de los árboles que forman una línea recta se sacuden a la vez como si bailasen una coreografía. Cogemos el metro y luego caminamos durante quince minutos hasta llegar a ese portal que un día fue mi hogar. Juliette se gira entonces y me mira tan fijamente que me pone nervioso. Apenas nos hemos dicho nada durante todo el trayecto.

—¿Qué pasa?

—Cierra los ojos, Lucas.

—Pero...

—Hazlo.

Obedezco casi por costumbre.

Después la siento cerca. Lo sé porque distingo el olor de su champú de camomila. Posa los labios en mi mejilla. Quiero abrir los ojos, quiero abrirlos, pero no lo hago. Aguanto la respiración. Vuelvo a tener quince años cuando me besa. No puedo resistirme a rodearle la cintura para abrazarla contra mí. No recuerdo una sensación más cálida que esta. Dejamos correr los minutos mientras redescubrimos cada recoveco olvidado. Creo que jamás nos habíamos besado así. Ni siquiera la primera vez que lo hicimos, cuando rápidamente nos dejamos llevar por el deseo y terminamos subiendo las escaleras arrancándonos la ropa. Esto es diferente. ¿Existe una palabra que exprese a la vez ternura, intimidad y cariño? ¿Amor, quizá? Coge una fruta de la nevera que empiece a pudrirse, quítale la piel, córtale las partes feas y llega hasta el jugoso corazón que, de forma fascinante, permanece intacto. Sí, tiene que ser justo eso: amor. Y quiero quedarme aquí para siempre, besándola delante de este portal en la ciudad que nos vio caer y levantarnos, sosteniéndola entre mis brazos mientras ella también me sostiene a mí.

Cojo su mano antes de que se marche.

—Esperaré lo que sea necesario.

Percibo un brillo en su mirada que hacía años que no veía, porque es coqueto, seductor, casi provocativo. Creo que dice algo así como: «Demuéstramelo, Lucas».

Y a mí siempre me han ido los retos.

60

JULIETTE
SELECTOR DE FRECUENCIAS (AVIADOR DRO)

Me he pasado una hora probándome ropa para tener una cita con mi marido. Cuando Pablo ha llamado y se lo he confesado, ha prorrumpido en una carcajada que debe de haberse escuchado en toda la calle. Marzo está a punto de quedar atrás en el calendario. Han sido unas semanas intensas entre las sesiones de Olga, besos robados con Lucas en cada esquina como si volviésemos a ser dos adolescentes y algunos pasos imprevistos. Quedé con Angélica Vázquez para comer y, tras ponernos al corriente, me ofreció la posibilidad de conseguirme trabajo en una galería de arte. Casi me sorprendió escuchar mi propia voz cuando le pedí que me dejase un tiempo para pensármelo. Pablo también me había comentado que podía colaborar con él, pero me negué tras darle las gracias.

Continúo sin saber qué es lo que quiero.

Esta noche es la primera vez que Lucas y yo tenemos un plan firme más allá de besarnos por los rincones. Llama al timbre puntual y luego nos dirigimos a un cine cercano. Vamos a ver *Paseando a Miss Daisy* porque me encanta Morgan Freeman y Lucas es flexible a la hora de elegir películas. No hay mucha gente en la sala. Al comienzo de la película los dos estamos concentrados en la pantalla, pero pronto acabamos acariciándonos en la oscuridad.

No sabía que los labios de Lucas pudiesen ser tan adictivos.

¿Por qué la gente deja de besarse a diario cuando el amor se consolida? Ahora mismo, con su boca húmeda sobre la mía y sus manos debajo de mi falda, no puedo entenderlo.

Se me escapa un gemido y Lucas me tapa la boca con la mano cuando empiezo a reírme, pero eso solo consigue agravar más la situación. Oímos un «shhh» a nuestra espalda. Él esconde el rostro en mi cuello para ahogar una carcajada. Yo hundo los dedos entre su pelo. Ya no recordaba esto. Los momentos divertidos con él; la risa escapándose como si fuese una sustancia escurridiza mientras me tiembla la tripa. Tiro de su mano.

—Vámonos de aquí —susurro.

Cenamos un bocadillo y un par de tapas en un bar que encontramos de camino. Cuando Lucas pide una Coca-Cola y lo veo bebérsela distraído, pienso que quizá, solo quizá, lo nuestro pueda funcionar. ¿Existen de verdad las segundas oportunidades? ¿Debemos tomar un desvío ante los tropiezos o aprender de ellos e intentar seguir hacia delante? ¿Tiene sentido esforzarse tanto por reconstruir algo que se ha roto? Siempre me ha gustado la idea de restaurar un mueble; coges un baúl viejo que ha terminado desechado en la basura y lo lijas, lo trabajas, lo barnizas para poder usarlo de nuevo. Eso es lo que está ocurriendo con nosotros. Lucas vuelve a ser Lucas. Lo noto. Lo siento. Y su efecto es devastador.

—Explícame otra vez lo del taller.

—¿Qué es lo que quieres saber?

—Por qué sigues acudiendo cada día a ese lugar. Debe de ser duro. ¿No sería más fácil dedicarte a cualquier otra cosa? Podrías entrar al conservatorio como Carlos.

Lucas sacude la cabeza y se limpia con la servilleta.

—Me gusta ir al taller porque allí recuerdo a Marcos a diario, le echo una mano a su padre, que siempre se portó conmigo mejor de lo que merecía, y vuelvo a sentirme yo mismo. Nunca fui una estrella de *rock*, tan solo un tío de Vallecas que tuvo un golpe de suerte.

—Deja de infravalorarte.

—No lo hago, no es eso...

—Siempre estás señalando las cosas que se te dan mal o riéndote de ti mismo. No digo que eso sea un problema, pero también deberías valorar tus aciertos.

Nos miramos y sonrío porque esto, justo esto, era lo que tanto echaba de menos: que pudiésemos volver a ser tan solo una chica y un chico conociéndonos de dentro hacia fuera.

—¿Como cuáles? —pregunta arrugando el ceño.

—Una vez me dijiste que no sabía gestionar las emociones.

—Lo siento, Juliette. No pensaba nada de lo que entonces...

—Espera. —Lo interrumpo—. Tenías razón, Lucas.

—Has tenido carencias.

—No intentes justificarme...

Él se inclina hacia delante y coge aire:

—¿Crees que no me daba cuenta, Juliette? Cuando se trataba de ti me fijaba en todo: la envidia la primera vez que entraste en mi casa y te presenté a mi familia; la tristeza y el rencor si hablabas de tu padre; tu lucha interior cada vez que Susana aparecía en escena; el dolor cuando tu abuela murió. Siempre has estado demasiado sola.

Los dos sabemos que tengo un nudo en la garganta.

—No importa. Eres mejor en eso, Lucas.

—Pero más débil que tú en todo lo demás. Cada vez que recuerdo que lo dejaste todo atrás por ti misma, que eras capaz de decir «no» cuando te ofrecían una copa o cualquier mierda, te admiro tanto que no sé qué haces aquí conmigo.

—¿Ves? Lo estás haciendo justo ahora.

Nos sonreímos con cariño. Más tarde, regresamos a Malasaña dando un paseo. Ya ha anochecido, por eso cuando nos adentramos en las calles del barrio casi todos los garitos que quemamos años atrás ahora están abiertos. La gente se congrega alrededor de las puertas, se escuchan risas, brindis, alguna que otra pelea. Lucas mantiene la vista clavada en el suelo mientras avanzamos; meto la mano en el bolsillo de su chaqueta para buscar la suya. Inconscientemente, siempre escojo el recorrido que evita pasar por el callejón donde Marcos murió. Pero él no. Él lo afronta, sus dedos aprietan los míos con más fuerza cuando pasamos por delante, echa un vistazo rápido y después seguimos avanzando.

Nos detenemos delante del portal. Once años atrás, elegimos juntos este piso. Recuerdo la ilusión cuando el agente de la inmobiliaria metió la llave en la cerradura. Y entramos. Y subimos las estrechas escaleras a toda prisa. Y dimos vueltas por el salón. Y abrí los armarios de la cocina como si esperase encontrar dentro algún tesoro. Y nos asomamos a las ventanas. Y nos miramos con esa complicidad que se tradujo por: «Sí, hemos llegado a casa».

Sujeto su camiseta para tirar de él.

—Sube. —Lo beso—. Sube a casa.

Lucas me sigue escaleras arriba con sus labios rozando mi nuca cada vez que me demoro y él acorta la distancia. Abro la puerta, suelto las llaves, tiro de su mano para guiarlo hasta la habitación como si él no conociese cada centímetro de este lugar. Él intenta ir más despacio, pero no se lo permito porque en este instante necesito sentir el peso de su cuerpo sobre el mío, tan solo eso. Nuestros estómagos en contacto, su sexo y el mío, los hombros alienándose, las piernas entrelazadas como las raíces de un árbol y esa manera que Lucas tenía de juntar nuestras frentes, la perfecta intimidad de ese gesto...

—No quiero joderlo todo —susurra.

—No vas a joderlo todo, solo a mí.

Sonríe mientras le quito la camiseta. Le pido que se quede quieto en medio de la habitación y palpo su torso. Lo reconozco. Reconozco los pezones contraídos por el frío, las costillas algo marcadas debido a la delgadez y ese ombligo ovalado que no soporta que nadie lo toque porque le da repelús. Empiezo a desabrocharle el cinturón de los pantalones y entonces él reacciona, o asume que puede moverse, y sus brazos me envuelven.

No follamos, no hacemos el amor. Nos memorizamos.

La primera vez que nuestros cuerpos se encontraron, pensé que me gustaban sus manos llenas de durezas y las uñas un poco feas y mordidas de sus dedos, la línea de pelo que recorría su estómago trazando un camino hasta el borde de los pantalones, sus rodillas huesudas, la forma recta de su mandíbula, la nariz ridículamente perfecta que no parecía encajar en su rostro de ángulos duros, su sonrisilla de idiota, porque también era dulce como la de un niño, la voz áspera como una lija, el remolino que tenía en el lado derecho de la cabeza y la cicatriz triangular de su ceja izquierda. Y su olor: una mezcla de sudor, colonia y cigarrillos. Pero, sobre todo, me gustaba cómo mi corazón latía por él. Y, una década más tarde, descubro justo eso mismo. Solo que ahora también me gustan sus cutículas, las marcas de expresión que han aparecido en su rostro, y su alma generosa, vulnerable y terrenal. No he conocido a otra persona más humana que Lucas, con todas sus luces y sombras.

—Juliette, ¿estás llorando?

Asiento. Lucas besa mis lágrimas y no me escondo. Después duda, pero lo abrazo para que entienda que quiero que se quede. La noche es fría a pesar de la llegada de la primavera, solo su cuerpo junto al mío me anima a dejar la ventana abierta de par en par.

Unos días más tarde, salimos a correr por el Retiro.

Olga cree que avanzamos en la dirección correcta; nuestros pasos adaptándose al mismo ritmo parecen reafirmar esa idea dejando atrás las huellas de aquellos que fuimos y ya no somos. «¿Alguna vez has tenido la sensación de ser un intruso en tu propia vida?», le pregunté al salir de la última consulta mientras me acompañaba a la parada del autobús. Y Lucas contestó: «Siempre, desde que me levanto hasta que me acuesto; pero, sobre todo, cuando no te tengo alrededor».

Ahora jadea a mi derecha. Se queja todo el tiempo.

—Me duele la tripa, joder. Más despacio, Juliette.

—Venga, la adrenalina segrega dopamina.

—¿Y a mí qué mierdas me importa?

—Es la hormona del bienestar.

—¿En serio? Yo no me siento bien. Creo que se me ha clavado una costilla. —Se señala el lateral del torso—. Mis pulmones están llorando. Ten piedad.

—Solo un kilómetro más.

Un rato después, cuando Lucas se detiene, nos tumbamos bajo un árbol nudoso, rodeados de botones amarillos y tréboles que crecen entre el césped. A él le da un poco de alergia y empiezan a picarle las piernas, pero consigue ignorar la sensación y se tumba de espaldas unos minutos para contemplar el cielo azul del día. Tiene una expresión satisfecha.

Esa misma noche, sola en casa, suena el teléfono.

—¿Juliette? ¡Por fin te encuentro! —Es Lulú.

—¿Ha ocurrido algo?

—No, solo quería hablar contigo. Te echo de menos.

—Yo también, Lulú. No sabes cuánto.

—No me cae bien la nueva novia de papá.

—Dale una oportunidad.

—Me llama «cielito».

—¿Por qué no pruebas a decirle que no te gusta?

—Es incómodo.

—Peor será que siga haciéndolo durante años.

—¡Espero que no duren tanto!

—Venga, Lulú, no te pega ser antipática.

—Ya. Quizá intente empezar desde cero, pero no te prometo nada. Además, no quiero hablar de ella, llamaba porque tengo algo que contarte. Gerard me ha pedido salir.

Jugueteo con el cable del teléfono con una sonrisa.

—¿Y...?

—Le dije que sí. Fuimos a tomar algo y fue...

—¿Genial?

—De-sas-tro-so.

—A ver, explícate.

—Yo pensaba que era perfecto. Es decir, nunca habíamos hablado mucho, pero en clase decía cosas interesantes cuando la profesora le preguntaba, y es guapísimo y todas las chicas están locas por él. Pues bueno, nos pasamos una hora mirándonos en silencio sin saber qué decirnos. Fue la hora más incómoda y larga de mi vida.

No puedo evitar echarme a reír.

—¿Qué te hace tanta gracia?

—Es que de la teoría a la práctica...

—No lo entiendo. Si nos gustan las mismas cosas: el cine de los sesenta, la poesía, las clases de filosofía. Deberíamos haber hablado casi atropelladamente.

—Ay, Lulú, es que las relaciones son tan complicadas...

Y guardo silencio porque de repente me recuerdo a mi madre. ¿Cuántas veces Susana me soltó ese discurso sobre el amor antes de largarse con su siguiente conquista?

—Pues quiso volver a quedar. No sé si es masoquista.

—¿Y qué le contestaste?

—Que tenía bastantes compromisos familiares y que ya le avisaría. Hay una parte buena: me ha inspirado para un nuevo guion. ¿Te lo cuento?

—Claro.

—Va sobre un matrimonio que en apariencia parece perfecto; ella es una abogada de éxito, él tiene una tienda deportiva. Jamás discuten. No tienen problemas.

—Suéltalo ya —digo, porque la conozco.

—Entonces se descubre que él es un asesino en serie y que a ella le gusta hacer conservas con los huesos y las vísceras de sus víctimas, por eso tienen el sótano lleno de botes etiquetados. Al final, la policía los mata a tiros mientras se despiden con un beso.

—Es muy... tú.

—¿Verdad?

—Sí, Lulú.

El zumbido del timbre me sorprende. Son las ocho de la tarde, hace un rato que me despedí de Lucas y no espero que el cartero aparezca a estas horas. Lo último que me apetece es charlar con alguna vecina cotilla que lleve tiempo preguntándose por qué he vuelto a casa.

—Tengo que colgarte.

—Vale, pero llama pronto.

Le prometo que lo haré. Arrastro las zapatillas de ir por casa hasta el recibidor y enciendo la luz. Abro la puerta. Delante, una chica rubia de piel pecosa me observa con cierto recelo. Hubiese preferido enfrentarme a cualquier vecina entrometida que a lo que esconde ella debajo de su vestido. Se escuchan voces que provienen de enfrente y rompen el silencio.

—¿Puedo ayudarte en algo?

—Estoy buscando a Lucas.

—No está. ¿Qué quieres?

—Tengo que hablar con él.

—¿Y de qué, exactamente?

—Bueno..., es bastante evidente. —Su delicada mano se desliza con gesto protector sobre la abultada y redondeada barriga—. Necesito decirle que va a ser padre.

61

LUCAS
TEMBLANDO (HOMBRES G)

Un lago en calma puede esconder remolinos de agua.

Eso es exactamente lo que pienso cuando cuelgo el teléfono con manos temblorosas. Juliette ha llamado. Concisa y clara, sin florituras. Ella nunca ha sido de irse por las ramas, sé que no soporta perder el tiempo inútilmente. Así que no me demoro antes de coger el coche. Cuando llego allí, me encuentro a una chica sentada en el sofá al lado de mi mujer, que le ha preparado una manzanilla y le pregunta si quiere más azúcar. Si esto hubiese ocurrido medio año antes se habría traducido en un par de tiros, una botella de ron y medio blíster de pastillas, pero ahora me limito a fumar compulsivamente. Quizá acabe con todas las reservas del país. Quizá mañana me entre un cáncer de pulmón. Quizá me eche a llorar de un momento a otro. Está claro que la vida tan solo es una sucesión de «quizás». La escena que tengo delante es tan surrealista que parece una parodia. Ni siquiera me quito la chaqueta antes de disparar:

—¿Estás segura de que es mío?

—Sí.

—¿Cómo lo sabes?

Patricia me mira con desdén.

—¿Crees que no sé con quién me acuesto?

—No, sí, quiero decir... Pensaba que quizá podría haber más... —Me froto la cara con nerviosismo—. Más personas. Más hombres, joder. ¿Los hubo?

—No.

—Pero... estás enorme.

—¿A ti qué coño te pasa?

—Solo intento decir... —Señalo la voluminosa barriga que

ocupa medio sofá—. ¿Por qué has esperado hasta ahora?, ¿por qué no viniste antes a buscarme?

—No estaba segura de querer decírtelo.

—Joder. Joder. Joder.

Menos de medio metro me separa de la chica imperturbable con la que me casé hace años y que en estos momentos le da un trago a su infusión como si estuviese asistiendo a una representación teatral. Pero ahora sé que Juliette está llorando por dentro. Sé que se le está partiendo el corazón. Lo sé, lo sé. Puedo verla encogerse de dolor, aunque deje la taza con calma en la mesa antes de preguntarle a Patricia si necesita algo más.

¿Y ahora qué?, me pregunto. Y lo peor es que conozco la respuesta. La conozco tanto como conozco a mi mujer. ¿Existirán carreteras que no lleven a ninguna parte? Y si es así, ¿lo señalizan antes de que te adentres en ellas o no hay ninguna indicación y cuando quieres darte cuenta llevas trescientos kilómetros haciendo el gilipollas?

—Uy, se acaba de mover. ¿Quieres tocarlo?

Miro dubitativo a esa chica a la que horas atrás no me unía nada y que ahora dice llevar a mi hijo dentro de su útero. Entonces ocurre: creo que es durante esa mirada cuando alguien se da cuenta de que lleva mucho tiempo circulando por una carretera sin destino. Y ese alguien es Juliette. Se levanta intentando mantener la calma. Yo también. La sigo a la cocina.

Puedo ver en los viejos azulejos el reflejo de nuestro matrimonio rompiéndose.

—Mírame, por favor. Mírame.

—No puedo respirar, Lucas.

—Toma aire despacio. Así, bien. Estoy justo aquí. —Tengo un nudo en el pecho mientras aprieto su mano—. No voy a soltarte. Juntos somos invencibles, ¿recuerdas? Inspira de nuevo, ¿mejor? Juliette... Dime qué puedo hacer.

—Vete al salón, Lucas.

—No, joder.

—Ve. Se estará preguntando qué ocurre.

—Oye, me la suda lo que...

—Es la madre de tu hijo. Sé complaciente.

—Vayamos los dos —insisto.

—No, Lucas, no. He recibido en mi casa a esa chica, le he colocado almohadones en la espalda para que estuviese cómoda, le he preparado una manzanilla y he escuchado la lista de los nombres que le gustan para el bebé. No quiero volver a ese salón. ¿Y sabes por qué? Porque me niego a seguir fingiendo que soy un maldito trozo de hielo.

Vacilo cuando ella me coge el paquete de tabaco del bolsillo y me pregunta si tengo fuego. Creía que hacía años que no fumaba. Le enciendo uno y se lo tiendo. Tras abrir la ventana, se apoya en el alféizar mientras da una calada tras otra con los ojos entrecerrados.

Ojalá pudiese aliviar su dolor.

Ojalá pudiese coser la herida.

Pero no tengo analgésicos ni hilo, así que regreso sobre mis pasos. Patricia se ha levantado y le está echando un vistazo a los vinilos que durante años coleccionamos Juliette y yo. Carraspeo al entrar y ella alza la vista y sonríe nerviosa.

—¿Se encuentra bien?

—Sí. ¿Cuándo nacerá?

—Si todo va según lo previsto, salgo de cuentas a finales de este mes. No estaba segura de que tú quisieses..., ya sabes, esta responsabilidad. Por eso lo retrasé tanto.

¿Cómo decirle que es algo que siempre he anhelado, pero que en estos momentos va a arrebatarme a la persona que más quiero? ¿Cómo explicarle el dilema que me retuerce el estómago desde que he recibido esa llamada de teléfono? Me mantengo sereno, hablamos sobre algunos asuntos importantes y después la acompaño hasta la puerta.

Vuelvo a la cocina. Juliette sigue delante de la ventana.

—¿Podemos hablar? —pregunto inquieto.

—Sí, pero ahora no. —Se gira, avanza segura hasta el centro de la estancia y sus labios encuentran los míos—. Ahora solo volvamos a ser nosotros.

Este beso es un huracán lanzando por los aires un puñado de casas prefabricadas. Un pez mordiendo el anzuelo y dando los últimos coletazos antes de morir. Una canción inacabada. Una olla a presión que empieza a silbar. Una apisonadora deslizándose sobre el suelo arenoso aplastándolo a su paso. Unas manos partiendo un papel en pedazos diminutos que vuelan por el aire. Una brizna de hierba cristalizándose ante la escarcha.

Empieza a levantarme la camiseta. Estoy nervioso, pero no puedo negarme porque tengo la sensación de estar delante de una larga fila de piezas de dominó y todo podría derrumbarse. Así que beso, lamo, muerdo. Acabamos en el dormitorio, jadeamos, Juliette lleva el control: está encima, está sujetándome las muñecas, está acariciándome la cicatriz que tengo en la ceja, la línea de la mandíbula, los huesos de la clavícula.

Todo acaba tan rápido como empezó. Nos dejamos caer de espaldas en la cama y fijamos la vista en el techo. Pensé: ojalá la vida fuese tan fácil como pintar las paredes para ocultar sus imperfecciones; una nueva capa de pintura y listo, todo arreglado.

—¿Tienes el paquete de tabaco a mano?

—Sí. Pensé que lo habías dejado.

—Y lo he hecho. —Juliette coge el cigarrillo y lo contempla ensimismada mientras las primeras estrellas empiezan a encenderse en el cielo; en realidad, no puedo verlas, pero sé que están ahí. Como casi todas las cosas que importan—. Este será el último que me fume.

—¿Sabes una cosa? Yo también.

—¿Bromeas? —Levanta la cabeza para mirarme con una sonrisa triste. Aún está desnuda sobre un lecho de sábanas arrugadas—. Que así sea.

Compartimos ese cigarro incandescente brillando en la oscuridad de la noche. El viento penetra por la ventana abierta y refresca la habitación. Nuestros cuerpos juntos rozándose contrastan con lo que viene después:

—¿Alguna vez imaginas qué sentirás dentro de muchos años? Cuando cumplas setenta, por ejemplo. ¿Qué pensarás de la persona que eras ahora?

—¿Tiene eso que ver con nosotros?

—Todo tiene que ver con nosotros.

—Intento centrarme en mañana. A lo sumo, en la próxima semana. Y solo eso ya me da vértigo. No puedo permitirme irme varias décadas más allá. Tú tampoco deberías.

Juliette asiente. Expulsa el humo. Una pausa.

—Necesito que me dejes marchar.

En el fondo, no me sorprende. Porque la conozco. Pese a todo, la conozco. Pero me revuelvo, decido luchar, quiero seguir intentándolo cueste lo que cueste.

—Después de todo lo que hemos pasado, podemos superar esto. Lo afrontaremos juntos. Te necesito a mi lado para poder hacerlo, Juliette.

—No es cierto.

—Sí, joder, sí.

—Vas a ser un gran padre.

—Basta, Juliette...

—Lo digo en serio, Lucas. Siempre he sabido que serías uno de esos hombres que desean escuchar lo que sus hijos tienen que decir, de los que juegan tumbándose en el suelo del salón y les compran golosinas a escondidas porque son demasiado blandos para negarse.

—Mírame.

—No puedo. Ahora sabes por qué. Si lo hago, seré débil.

—De eso se trata. Conmigo puedes serlo. Yo me siento el hombre más ridículamente débil del mundo y no me importa. He tropezado con todas las piedras del camino, esta es la verdad, pero no quiero avergonzarme y esconderme por ello.

Compruebo que llora en silencio cuando gira la cabeza para mirarme. Lo más extraño de este momento es que una paz indescriptible se cuela a través de los cristales, ondeando entre las cortinas, y como una revelación comprendo que en ocasiones la vida consiste en dejarse llevar por el caudal del río. No puedes nadar eternamente a contracorriente. No puedes hacerlo porque en algún momento te cansarás y te ahogarás.

—Quiero el divorcio.

Un golpe seco, intenso.

—¿Y para qué hemos hecho todo esto? ¿De qué ha servido el camino recorrido si al final volvemos a estar en la casilla de salida?

Juliette me acaricia la mejilla con ternura.

—¿No te das cuenta, Lucas? Míranos, estamos aquí desnudos, juntos. Nos hemos comprendido. Nos hemos perdonado. —Su mano se desliza hasta mi mandíbula y baja lentamente hasta rozarme la garganta—. Pero, ahora, necesito ser libre.

—Sabes que nunca te he cortado las alas.

Ella sacude la cabeza y sus ojos se clavan en los míos con una intensidad que me sobrecoge: hay una fuerza arrolladora dentro de ellos, ha tomado una decisión.

—Una tiene que conocer sus heridas para respetarlas. Así que, si me quieres, esta vez vas a tener que soltarme y dejarme ir. Es lo mejor para los dos.

A veces la compasión es más poderosa que el amor. La compasión me enseña su dolor, el que solo ella podría sanar, y me muestra ese lado vulnerable que siempre se ha negado a reconocer. La compasión me zarandea, me cala hasta los huesos. La compasión es lo que hace que me dé cuenta de que haré cualquier cosa que ella necesite.

62

JULIETTE
IT MUST HAVE BEEN LOVE (ROXETTE)

El día que firmamos los papeles del divorcio el sol brilla en lo alto de un espléndido cielo azul y parece burlarse de la tormenta que los dos intentamos aplacar.

Lucas entrecierra los ojos cuando salimos del despacho de abogados. Una mujer que camina cargada con las bolsas de la compra tropieza conmigo y me aparto a un lado. La gente sigue su curso mientras nosotros nos miramos en medio de la calle. El vínculo que nos une continúa latente como si no comprendiese que estamos a punto de cortar el hilo de un tijeretazo. ¿Y qué decir? Como siempre, él rompe el hielo tras tomar aire:

—Bueno... Si necesitas cualquier cosa...

—Lo sé. Cuídate, ¿de acuerdo? —Le sonrío.

Lucas asiente con incomodidad y las manos metidas en los bolsillos. Se despide murmurando un «adiós» tan rápido que apenas lo entiendo. Después, se aleja caminando. Yo no me muevo; me quedo allí contemplando la distancia que se abre entre nosotros. Siempre quise verlo envejecer. Quería ver su cabello volviéndose blanquecino y cómo sus huesos se debilitaban mientras la piel se volvía colgante y arrugada. Quería que me dijese «empiezan a dolerme las rodillas» o «creo que necesito gafas» y compartir un hueco en el armario de la cocina para las cajas de las medicinas. Pero no pudo ser.

Sin embargo, no llego a verlo doblar la esquina. Lucas ha frenado. Vacila unos segundos hasta que decide dar media vuelta y regresar sobre sus pasos. Hay una tormenta de verano en sus ojos cuando me abraza con fuerza.

—Suerte, Juliette.

Y entonces sí, el chico de la sombra alargada que conocí hace años se pierde por las calles de Madrid, desaparece entre un mar de desconocidos, se une a sus filas.

A efectos legales, ya no nos une nada. A efectos del corazón, seguiremos unidos de por vida. Pero acabamos de tomar caminos separados: Él por la izquierda, siempre le gustó más dormir en ese lado de la cama. Yo hacia la derecha y sin mirar atrás. No tengo ni idea de qué haré a partir de ahora, pero no estoy asustada, tan solo impaciente.

63

LUCAS
ALBA (ANTONIO FLORES)

Enterré a mi mejor amigo después de tambalearnos durante demasiado tiempo encima de un acantilado. Ver morir a Marcos va a dolerme toda la vida y sé que seguiré recordando su voz cuando sea tan viejo que apenas pueda sostenerme en pie. Tampoco la olvidaré a ella: ¿cómo hacerlo? ¿Cómo olvidar a esa mujer deslumbrante? Mi corazón siempre será suyo, ¿qué demonios?, mi cerebro, mis pulmones, mi boca, mi cuerpo entero.

Pero, incluso en la tiniebla más profunda, la luz siempre encuentra alguna rendija por la que colarse. Tengo una fe inquebrantable en ello porque ahora mismo sostengo a mi hija entre mis brazos. Tiene la piel grisácea, las manos arrugadas, la nariz un poco aplastada tras el parto y la cara hinchada, pero sé, de verdad sé, que es la criatura más hermosa que he visto y veré jamás. Sus pies son perfectos y yo no puedo dejar de contar sus dedos; uno, dos, tres, cuatro, cinco. Lloro tanto que una de las enfermeras me aconseja que me siente en la silla de la habitación e intente calmarme. Lo hago con la niña aún en brazos y me la acerco hasta posar los labios sobre su mejilla. Está caliente. La mezo con suavidad y se queda dormida.

Lucía aún no lo sabe, pero algún día le contaré que me ha salvado.

Siempre quise ser padre, pero tan solo ahora comprendo cuánto lo había deseado, qué significaba para mí y lo que perdí a cambio. En realidad, si quito la gravilla de encima, soplo el polvo y escarbo un poco más abajo, es fácil entender que lo que de verdad anhelaba con desesperación era tener alguien a quien amar de forma incondicional; sangre de mi sangre, piel de mi piel, carne de mi carne. Y no hay atisbo de maldad en este cuerpo diminuto, no existe la oscuridad ni el dolor, tan solo una paz profunda e inalcanzable.

Está aquí. Lucía está aquí. Y me siento inmenso al poseer el sentimiento visceral de perpetuidad, la certeza de que daría mi vida sin dudar por este ser diminuto.

Me prometo que jamás le haré daño. Me prometo que seré un hombre nuevo para ella y haré que se sienta orgullosa de mí. Me prometo no echar la vista atrás.

Lucía, que significa 'luz y perdón'.

MATERIAL DE ARCHIVOS: 1991 - 2005

64

26 de julio, 1992.
«*Quedan inaugurados los Juegos Olímpicos de Barcelona*»
Tanto Barcelona como el país entero se abre al mundo después de una dura entrega en la que han participado numerosos voluntarios y que ha culminado con la transformación de la ciudad y el pistoletazo de salida de los Juegos Olímpicos. El príncipe Felipe fue el abanderado del equipo español y se vivieron emocionantes momentos de tensión cuando Antonio Rebollo, arquero paralímpico, encendió el pebetero mediante un certero lanzamiento. Pese a que la muerte de Freddie Mercury ha impedido que pudiese interpretar junto a Caballé su ya mítica Barcelona, *los ecos de esa canción resuenan en nuestros corazones con más fuerza que nunca. Hay 25 deportes incluidos en el programa y estamos deseando descubrir cuántas medallas se quedarán en casa. Ahora solo queda disfrutar del espectáculo.*

10 de octubre, 1992.
　　«HASTA SIEMPRE, ESKORBUTO»
　　Tras la prematura muerte a finales de mayo de Iosu Expósito, deriva-
da de sus problemas con las drogas, ahora, apenas cinco meses más tarde,
ha fallecido Jualma Suárez a los treinta años y ha sido enterrado a poca
distancia del que fue su compañero desde 1980. Los dos líderes de Eskor-
buto dejan un vacío en el panorama punk auténtico porque, como ellos
solían decir: «Somos la banda más honrada que ha pisado este planeta en
millones de años, y no somos nada honrados». Influenciados por grupos
de la vieja escuela como The Who, Stones, Pistols o The Clash, fueron
siempre extremos, fieles a sus ideas; por ello, renegaron de la etiqueta del
rock radical vasco y, como señala el título de una de sus últimas cancio-
nes, tuvieron demasiados enemigos. Herederos del caos y la anarquía,
siempre nos quedará el legado de «los demenciales chicos acelerados».

66

23 de junio, 1993.

«*Escribe para vaciarte*», *me aconsejó Olga cuando nos despedimos. Y eso intento. El otro día me desperté sudando de madrugada, hacía mucha humedad. Salí de mi cabaña, siendo entonces consciente de que me encontraba en un lugar de Asia perdido y lejos de todo lo que había conocido hasta entonces. Me quedé fuera hasta que amaneció, a pesar de los mosquitos que zumbaban alrededor. Percibí que la belleza era justo eso: no un cuerpo perfecto, no un rostro simétrico, ni siquiera un cuadro maravilloso, sino algo intrínseco de la vida. Como el sol alzándose, dando comienzo a un nuevo día; todo el cielo estaba lleno de colores rosados y anaranjados, parecían hebras finas flotando en la inmensidad. Y mientras contemplaba aquel regalo, recordé algo que me hizo sonreír: en nuestra primera cita, Lucas me preguntó «¿qué esperas de la vida?», y yo le dije: «Viajar, volar alto, experimentar. ¿Y tú?», él contestó: «Pues casarme, tener hijos, ser feliz». Sonreí al comprender que a menudo el bálsamo se encuentra en los orígenes.*

Juliette Allard.

31 de mayo, 1995.

El 8 de abril se llevará a cabo una subasta dirigida a los fans acérrimos de Los Imperdibles Azules. Todos los beneficios irán destinados a una asociación benéfica. Entre los objetos que los integrantes han donado y se han recaudado se encuentran las siguientes piezas: chaqueta «No Future» de Lucas Martínez, fotografías inéditas de los integrantes del grupo, discos firmados, una guitarra Gibson roja, imperdibles azules promocionales tras la salida del disco El amor es radiactivo, libreta con letras de canciones (dos que nunca vieron la luz) y una serie de objetos personales donados por la familia del fallecido Marcos Alcañiz, así como ropa variada de Carlos Rivas y otros objetos de interés coleccionista.

Noviembre, 1999.

Concierto homenaje a Marcos Alcañiz

Tras una larga década de silencio, el pasado sábado se reunieron los integrantes de Los Imperdibles Azules en el teatro Egáleo para celebrar un concierto homenaje a Marcos Alcañiz al cumplirse diez años de su fallecimiento. Las entradas se agotaron en las primeras horas tras el anuncio del inesperado evento. Lucas Martínez y Carlos Rivas tocaron el repertorio más conocido del grupo, desde la mítica Mi rubia, El amor es radiactivo *o* Planta carnívora. *No lo hicieron solos, sino acompañados por varios conocidos para aquellos que vivimos la explosión musical de los ochenta. Los beneficios recaudados fueron destinados a una organización benéfica contra el consumo de drogas. Imposible no emocionarse cuando llegó el final de la velada; Lucas, micrófono en mano, mirando a los presentes antes de decir: «¿Os cuento un par de chistes?».*

69

Trabajo escolar. Por Mireia Díaz, 8 años.

La señorita Julie Allard es la mejor amiga de mamá. Siempre están juntas y se ríen todo el tiempo. Suelen decir que son «como uña y carne», Julie es la uña porque es dura, y mamá, más blandita, la carne. Vivimos puerta con puerta y eso es guay, porque en Ballestar solo somos siete personas. Tiene tomates, pimientos y calabacines. También tiene ~~galloli~~ gallinas y, cuando recojo los huevos, me da dinero para que lo meta en el bote de las monedas. Ahora ya me gustan más los euros, pero al principio era un rollo.

He elegido a Julie para mi redacción porque la profesora dijo que tenía que ser sobre alguien famoso y ella lo fue hace muchos años. A veces me enseña el álbum de fotografías. Era muy guapa. Ahora también es guapa. Como mi madre. Y como yo. Ella siempre dice que todas las mujeres lo somos y yo estoy de acuerdo, pero la verdad es que ~~la señora Avelina me da un poco de miedo~~.

Lo que más me gusta de Julie es que es muy valiente.

Y también que hace sonreír a mamá y, antes, cuando vivíamos en la ciudad con papá, siempre estaba muy triste y llorando. Las tres somos un equipo; en verano plantamos verduras y vamos a coger moras salvajes y cerezas, y en invierno cortamos leña para no pasar frío. A Julie le encanta usar el hacha, dice que es muy ~~desentresante~~ desestresante. Se pasa horas golpeando los troncos hasta que anochece. También le gusta el fuego de la chimenea, un día me dijo que cuando se quedaba mirando las llamas recordaba cosas bonitas de su vida.

A veces tiene visita y es como estar de vacaciones. Pablo pasa todos los años una semana en el pueblo y su novio lo acompaña cuando no trabaja. Es superdivertido. Por las noches cenan en la mesa del jardín y luego beben vino mientras se ríen a carcajadas de no sé qué. A veces me dejan quedarme jugando, pero cuando es muy tarde me obligan a irme a la cama. ¡Es muy injusto! Esa palabra me la enseñó Susana, me dijo que la memorizase porque tendría que luchar contra muchas injusticias en el futuro. Yo siempre le digo que sí a todo porque cada vez que viene a vernos me trae juguetes nuevos. Y un día, no hace mucho, llamó a su puerta una chica que vestía toda de negro. Se llamaba ~~Lila~~ Lulú. Casi no hablamos mientras estuvo aquí, pero Julie la quiere mucho; además, dice que fue a ella a quien se le ocurrió que podría diseñar sus propios bolsos.

Los bolsos que hacen Julie y mi madre son muy bonitos. Los fabrican con croché y cuerdas trenzadas de algodón, los hay de todos los colores, pero Julie suele decir que prefiere los cítricos. Quieren abrir pronto un pequeño taller con varias costureras más. Cuando sea mayor, me gustaría trabajar con ellas.

70

19 de febrero, 2002. Entrevista para la universidad complutense.

Quedamos en la biblioteca de la universidad a última hora de la tarde y entramos en una de las salas para llevar a cabo la entrevista con privacidad. Carlos y Lucas se acomodan en las sillas que hay tras la mesa y yo salgo para buscar otra más. Les ofrezco una botella de agua de la máquina expendedora. Parecen relajados y me sorprende porque sé que esta es la primera entrevista que conceden desde que Los Imperdibles Azules se disolvió. Mirándolos de cerca, a una le cuesta imaginar que estos dos hombres sean protagonistas de todas las historias y anécdotas que se han escrito hasta la fecha. Me permiten usar grabadora.

Lola: *Quiero agradeceros esta entrevista. Yo era apenas una niña cuando estabais en lo más alto, pero recuerdo que mi hermana mayor escuchaba vuestros discos a menudo y llegó a asistir a un par de conciertos. Aunque debo admitir que sigo sorprendida por ese «sí».*

Lucas: *Nos pillaste en un buen día.*

Carlos: *Eso y que nos pareció interesante tu proyecto de final de carrera. No tenemos ningún interés en conceder entrevistas a medios que vayan a lucrarse de ello, no pretendemos dar ningún titular. Pero si podemos ayudarte con tus estudios...*

Lola: *Estoy muy emocionada y agradecida.*

Lucas: (Riéndose) *A ver si recordamos cómo se hacía esto.*

Lola: *Han pasado casi veinticinco años desde que se fundó el grupo en un taller de coches de Vallecas. ¿Qué queda de Los Imperdibles Azules?*

Lucas: *¿Tanto tiempo? ¿Estás segura?*

Lola: *He revisado las notas y creo que...*

Lucas: *Sí, sí, perdona, solo bromeaba.* (Toma aire, pensativo) *Lo que queda es el recuerdo de una época que vivimos intensamente, al límite. Las canciones siguen ahí. Y también nosotros. Todos nosotros. Porque Marcos aún vive en la memoria.*

Carlos: *Fueron muchas vivencias, muchas...*

Lucas: *Infinitas anécdotas, sí.*

Lola: *¿Alguna que nunca hayáis contado?*

Carlos: *(Sonríe) En una ocasión, en medio de un concierto a este de aquí se le paralizó la mano. No podía tocar la guitarra. La mano le colgaba a un lado. Marcos no dejaba de reírse y el público se enfadó y empezaron a escupirnos y a lanzarnos de todo, tuercas incluidas.*

Lucas: *No estoy muy orgulloso, vaya.*

Lola: *¿El consumo de drogas era habitual?*

Lucas: *¿En nuestro ambiente? Como tomar café por las mañanas. A finales de los setenta, las anfetaminas las conseguíamos en la farmacia.*

Lola: *¿Qué habéis aprendido de aquella época?*

Carlos: *A vivir.*

Lucas: *A perder.*

Lola: *Es curioso...*

Carlos: *Es que vivir y perder van un poco de la mano. Uno se da cuenta de esas cosas con la edad. Tú aún eres demasiado joven para pensarlo, no vale la pena. Creo que algunas reflexiones te llegan de forma natural conforme pasa el tiempo.*

Lola: *Intentaré recordarlo. ¿Erais muy reivindicativos?*

Lucas: *No, éramos más gamberros que políticos.*

Carlos: *Quizá fallamos un poco en eso.*

Lucas: *Probablemente.*

Lola: *¿Qué cambiaríais si pudieseis volver atrás?*

Lucas: *El final.*

Carlos: *Sí.*

Lola: *¿Había amiguismo entre los grupos?*

Lucas: *Nos llevábamos bien con algunos y con otros no tanto, pero nunca tuvimos problemas graves. Nosotros íbamos bastante a nuestra bola, los tres éramos un equipo muy sólido y quizá por eso nos importaba menos lo que había alrededor.*

Lola: *¿Os sentisteis protagonistas de la movida madrileña?*

Lucas: *Rotundamente no.*

Carlos: *Lo que Lucas quiere decir es que nosotros siempre estuvimos en contra de definirnos dentro de ninguna etiqueta. Hacíamos música, la nuestra; no queríamos que nos catalogasen dentro del rock, el punk, el pop ni nada por el estilo, tan solo fuimos tres amigos tocando juntos. Hay discos más oscuros y otros más alegres. Nos gustaba dejarnos llevar y no* *estar pendientes de modas. Desde mi punto de vista, la movida madrileña tiene poco sentido: me refiero a lo de decidir quién entra y quién se queda fuera. Todos estuvimos allí en ese momento explosivo y único, cada uno lo vivió a su manera, y ya está.*

Lola: *En cuanto a los miembros del grupo, ¿quién era el más político?*

Lucas: *Carlos, sin duda. Las pocas referencias que había en las canciones eran suyas.*

Lola: *¿Y el más punk?*

Carlos: *Marcos.*

Lola: *¿Y tú, Lucas?*

Lucas: (Se ríe) *Yo pasaba por allí...*

Carlos: *Lucas nos mantenía unidos.*

Lucas: (Mira al otro) *Pues eso no lo sabía. Gracias.*

Lola: *¿No echáis de menos el mundo de la música?*

Carlos: *No, porque seguimos estando dentro.*

Lola: *¿En qué sentido?*

Carlos: *Nos dedicamos a la organización de festivales desde hace un par de años. No tiene nada que ver con lo que hacíamos antes, el trabajo implica mucho papeleo, muchas charlas con los ayuntamientos, muchas peleas para conseguir subvenciones... Pero luego está la otra parte: elegir los grupos que queremos que formen parte del cartel, hablar con ellos, asistir a los ensayos antes de que dé comienzo todo...*

Lucas: *Hay mucho talento ahí fuera.*

Lola: *¿Y cómo surgió este proyecto?*

Lucas: *A mí no me mires, yo estaba trabajando en un taller de coches y un día Carlos apareció por ahí con una carpeta debajo del brazo y una propuesta que no pude rechazar.*

Carlos: (Sonríe) *Nunca ha sido capaz de resistirse a mis encantos.*

Lola: *Entonces, ¿qué pensáis del panorama actual?*

Lucas: *El nivel es más alto, son ambiciosos y tienen ganas de trabajar. Pese al auge musical de los ochenta, técnicamente ahora son mucho mejores. Creo que hay grupos muy interesantes que en el futuro pueden terminar siendo grandes.*

Lola: *Ya para despedirnos, ¿qué me diríais si os pidiese que definierais lo que fueron Los Imperdibles Azules con tres palabras?*

Carlos: *Luz, oscuridad y aprendizaje.*

Lucas: *Juventud, lealtad y amistad.*

71

20 Minutos, *30 de junio de 2005.*

Queda aprobada la ley del matrimonio homosexual

Con 187 votos a favor, 147 en contra y cuatro abstenciones, el Congreso de los Diputados ha aprobado la modificación del Código Civil que permitirá contraer matrimonio a parejas del mismo sexo. España se convierte así en el tercer país del mundo que reconoce este derecho, siguiendo los pasos de Holanda y Bélgica, ya que Canadá está pendiente de ratificarlo. La ley entrará en vigor en cuanto aparezca publicada en el BOE, *previsiblemente a principios de la próxima semana. El presidente José Luis Rodríguez Zapatero subió a la tribuna de oradores para recalcar que este es «un paso más en el camino de la libertad y la tolerancia; no estamos legislando para gente que no conocemos, estamos ampliando la oportunidad de ser felices a nuestros vecinos, compañeros de trabajo, a nuestros amigos y familiares».*

2005

72

20 DE ABRIL (CELTAS CORTOS)

Recordar es un arte.

Juliette tiene la teoría de que hay dos formas de hacerlo. Están las personas que dejan que la memoria se llene de telarañas y lobreguez; es como envenenarse cada día con un poco de refrigerante. Y luego aquellas que aprenden a dejar atrás el dolor para sacarle brillo al pasado, quizá por añoranza. Ninguna se acerca a la verdad. Los recuerdos mutan con el paso del tiempo; se transforman, se retuercen, se deslucen. El cerebro vacía el lastre: es un barco en medio del océano que necesita aligerar su peso para mantenerse a flote. Recordar es como reescribir una historia: permanece la esencia, cambia la forma.

Desde que recibió esa invitación, Juliette no ha dejado de revivir todo lo que dejó atrás cuando se lanzó a viajar con tan solo una mochila a la espalda. Unos años más tarde, tras cansarse de dar tumbos como una peonza, regresó. Y se vio a sí misma delante del volante de un coche, desafiada por una carretera infernal, conduciendo directa hacia el lugar donde un día alguien le enseñó un anillo y le formuló una pregunta. No lo hizo pensando en él, no fue eso, aunque a veces el subconsciente es el peor enemigo. Ella está convencida de que lo hizo porque en la Tinença de Benifassà el tiempo se estira y se contrae de una manera distinta. Y le resultó fácil acostumbrarse a vivir entre mirlos, pinos, aguiluchos planeando en corrientes de aire, cigarras, el azul del pantano y la ausencia de ruido.

La existencia rural enseña a respirar. Allí la inmediatez pierde su valor y uno recuerda que si quiere tener flores en primavera debe plantar las semillas mucho antes. Y abonar la tierra. Y regar. Y ser constante. Pero, sobre todo, se aprende a cultivar la paciencia. Y el día que llega la floración no habrá nada más relevante en el mundo que admirar su belleza.

La vida, al final, es eso.

Ver crecer las flores del jardín, ver crecer a los hijos, ver crecer aquello que se ama, ver cómo crece uno mismo. Juliette lo sabe bien. Por eso, plantar un par de limoneros junto a la valla del huerto pintada de azul cielo fue lo primero que hizo tras comprar una ruinosa casa en Ballestar, situado en la comarca del Bajo Maestrazgo, a los pies del macizo de los Puertos.

Los limoneros enraizaron. No tenían ojos, pliegues en las piernas ni lloraban pidiendo más agua; pero, mientras crecían, ella se reconcilió con sus trompas imperfectas. Los eligió porque siempre le había gustado el dicho «si la vida te da limones, haz limonada». Así que tuvo sus limones, gordos y amarillos, y aprendió a preparar limonada dulce.

Juliette es feliz.

Tiene su propio huerto, las gallinas cacarean en cuanto la ven aparecer, las vistas desde su casa de piedra son las más hermosas del mundo y disfruta de la compañía de Isabel y su hija Mireia. A veces, tiene visita. En otras ocasiones, ha salido con hombres. Por necesidad, aprendió a utilizar todas esas herramientas que no había tocado en su vida: hachas, martillos, taladros o la sierra eléctrica que le dejó un vecino y guarda en el trastero. Ha descubierto que el trabajo físico puede ser beneficioso para el alma, así que recurre a ello con frecuencia.

El único contacto que Juliette mantiene con su pasado son las tarjetas navideñas que cada año envía a casa de los Martínez. Nunca pone su dirección, así que no obtiene respuesta. Son mensajes impersonales, pero siempre los escribe de su puño y letra: «Para Ana y Ángel, espero que paséis unas fiestas mágicas rodeados de amor. Con cariño, Julie».

Eso explica que le tiemblen las manos mientras se sube las medias.

Está nerviosa porque sabe que dentro de unas horas estará delante de todos sus recuerdos. Se mira al espejo tras enfundarse un traje cómodo y suelto de color amarillo claro que compró en La Sénia unas semanas atrás. No ha cambiado mucho; la misma nariz grande, los mismos ojos verdes, la misma boca expresiva.

Ahora usa tres tallas más y se siente más fuerte. No teme la soledad. Abre el joyero y viste sus dedos con anillos.

Llaman a la puerta. Es Isabel.

—Estás deslumbrante.

—Gracias. —Sonríe.

Deja la puerta abierta de par en par mientras se adentran en la cocina. En realidad, pocos días recuerda echar la llave; la vida allí es tranquila. Prepara té frío porque a mediados de agosto el calor es abrumador. Se lo beben mirándose en silencio porque a esas alturas no necesitan hablar para comunicarse; son amigas, socias, confidentes.

—Irá bien —le dice Isabel.

—Lo sé. Y es un gran día.

Está inquieta, pero también impaciente. Quiere que llegue el momento, pero, al mismo tiempo, si pudiese lo retrasaría todo lo posible. Hace tiempo que Juliette aceptó sus contradicciones y aprendió a vivir con ellas, porque no se debe renegar de lo que uno es.

Media hora más tarde, monta en su coche. Es tan viejo que teme que se caiga a trozos antes de llegar a Madrid. Las marchas están duras y el volante también, aunque tiene que admitir que le ha cogido cariño. Juliette desciende por la carretera, suele conducir más rápido de lo que debería y se recuerda a menudo echar el freno.

Durante el viaje, hace una parada para repostar.

Le cuesta encontrar el lugar, pese a que Pablo se lo ha explicado por teléfono varias veces y, como no dispone de GPS, Juliette dibujó un croquis en una servilleta que encontró a mano. Está clarísimo que a efectos prácticos el arte nunca ha sido lo suyo. Así que, tras tres intentos fallidos, al final da con la entrada. Deja el coche en un *parking*, mete sus cosas en el bolso (es uno de sus diseños de un azul purpúreo) y camina decidida hasta el caserío.

El atardecer se abre camino entre las nubes.

Juliette ve a muchos invitados de pie esperando. Hay dos hileras de sillas blancas en una explanada rodeada de árboles y delante se alza un precioso arco recubierto por una enredadera con rosas blancas. La casa de campo está algo más alejada y en la terraza se distinguen las mesas circulares y las guirnaldas de luces que cruzan las vigas.

Traga saliva, estira la espalda, avanza decidida.

Alguien comenta que la ceremonia empezará pronto y ella se acomoda en una de las sillas, entre una mujer de unos sesenta años y un niño que no deja de pisotear las pocas flores que crecen en el suelo. No ve a Pablo ni tampoco a Carlos.

Pero en cuanto él llega lo siente.

Se gira para mirarlo de reojo. Lucas es de los últimos en aparecer y lo hace junto a una chica esbelta y pecosa que se sienta junto a él al final de todo. Lleva un traje de chaqueta, camisa blanca, zapatos brillantes. Tan solo el cabello rebelde parece conectar con su pasado. Juliette contiene el aliento. No la ha visto. No la ha visto y ella aprovecha la oportunidad para observarlo un poco más. Lucas se inclina hacia un lado cuando su hija le dice algo al oído y sonríe tras escucharla. Juliette tiene una sensación cálida similar a la miel caliente al deslizarse por la garganta en una noche invernal. Lo imagina bañándola cuando era un bebé, acunándola en sus brazos o paseándola en el cochecito. Lo imagina acompañándola al colegio en su primer día, llevándola al parque o imponiéndole su primer castigo.

Quiere seguir fantaseando con todas esas escenas que se ha perdido, pero entonces él levanta la cabeza al frente y sus miradas colisionan.

El corazón de Juliette cambia de ritmo.

Tiene la sensación de que si los soltasen a cada uno en una esquina opuesta siempre encontrarían la manera de reunirse a medio camino.

Juliette rompe el contacto al girarse.

La ceremonia da comienzo. Cinco minutos más tarde, Pablo y Carlos han recorrido el camino que los separaba del altar y ahora están a punto de casarse. Los dos dicen «sí». Los dos se sonríen. Los dos se besan cuando su matrimonio es oficial.

Una hora y media más tarde, Juliette tiene delante un trozo de langosta con puré de calabaza y puerros. Es el segundo plato y está llena, pero el sabor es tan delicioso que no piensa dejar ni una migaja. Se une al coro que grita por quinta vez «que se besen, que se besen, que se besen». Pablo está en su salsa. Carlos casi parece enfadado cuando lo coge de las solapas de la chaqueta y estampa otro beso en su boca.

Juliette se siente pletórica por ellos.

Pero desvía la mirada a menudo hacia la mesa que se encuentra a su izquierda. Lucas está de espaldas, así que lleva una hora contemplando su cabello entrecano y desordenado. A veces, cuando se gira para hablar con alguien o atender a Lucía, ve parte de su perfil. El tiempo ha erosionado la tersura de su piel, pero Juliette nunca ha deseado tanto tocar a otro ser humano como en esos momentos, y recuerda las palabras de su amigo Jean: «La piel sigue siendo piel». Se fija en su cuello. Se fija en su espalda. Se fija en los movimientos de sus brazos cuando corta con el cuchillo y el tenedor. ¿Cómo no querer absorber cada detalle tras cruzar un océano de quince años?

La noche avanza entre miradas furtivas.

Comen pastel, se sienten cómplices de esa historia de amor que se fraguó como un secreto y ahora celebran por todo lo alto, retiran los cubiertos y los platos, la música empieza a sonar, hay barra libre y los invitados no tardan en animarse.

Juliette lo observa bailar con su hija, aunque la chica parece avergonzada y estar deseando escapar de los brazos de su padre. ¿Cuántos años tendrá ya?, se pregunta, ¿quince?, ¿catorce? Por ahí andará. Mientras deduce que tiene sus mismos ojos negros y penetrantes, bebe pequeños sorbitos de la burbujeante copa de champán.

Ya es medianoche cuando se aleja a tomar aire.

Si la tierra continúa siendo tierra, el aire es aire y el agua aún es agua, casi podría asegurar que unos pasos la siguen. La sensación de percibir su presencia tras ella le resulta familiar. Encuentra un banco de piedra entre unos setos tan simétricos que han perdido su encanto. Se sienta, se quita los zapatos de tacón, se masajea los pies.

Él aparece junto a ella. La mira en silencio mientras intenta decidir si debe sentarse, quedarse ahí de pie con las manos metidas en los bolsillos, o dar media vuelta.

—La langosta estaba muy buena —dice Juliette.

Lucas sonríe lentamente. No está sorprendido.

—Tus primeras palabras después de quince años...

—Si lo prefieres, también puedo decirte que estos zapatos son una tortura y que pienso tirarlos a la basura en cuanto termine la fiesta y encuentre otros.

—¿Vas a robar un par?

—Podría hacerlo, pero me contendré.

Lucas se sienta en el banco junto a ella.

Se frota las manos, cambia de postura, se muerde las uñas. Le encantaría tener el autocontrol de Juliette, pero a estas alturas sabe que es una causa perdida. La observa mientras se masajea distraídamente los pies. Le parece asombrosa.

—Me han dicho que las cosas te van bien.

—Sí, no puedo quejarme. Tú tampoco.

—Supongo que no.

—Es preciosa, Lucas. —La expresión de ella cambia al nombrar a su hija—. Se parece a su madre, pero tiene tus ojos. Y también ese no sé qué tan tuyo.

—¿Ese no sé qué? —pregunta.

—Sí, sabes a qué me refiero.

—¿Quieres oír algo gracioso? Lucía cree que soy un ángel. —Juliette piensa que ninguna criatura celestial tendría una sonrisa como la de él—. Le he contado algunas anécdotas del pasado, pero le cuesta asociarme con esa imagen. ¿No te parece curioso?

—Me parece... fascinante.

—¿De qué estamos hablando ahora?

—Del hombre que conocí y del hombre que tengo delante.

—¿Quieres conseguir que me sonroje?

—Solo intentaba ser sincera. He estado practicando.

—No se te da nada mal.

—¿Ya no fumas?

—No, lo dejé. El último cigarrillo lo compartí tumbado en una cama con una chica desnuda a mi lado. Pero no se lo cuentes a nadie.

Juliette traga saliva y le mira a los ojos.

—Guardaré tu secreto.

Se observan. Ella piensa que a pesar del paso del tiempo le sigue resultando atractivo; no es la imagen, es la actitud. Él teme hasta pestañear porque no quiere perderse nada. Algo dentro de los dos late más rápido, pero esperan que el otro no pueda oírlo.

—Mis padres te mandan recuerdos. Y te dan las gracias por todas las felicitaciones navideñas. Iban a venir, pero él se rompió la cadera hace unas semanas.

—Lo lamento. Espero que estén bien.

—Nunca ponías el remitente.

—Ya.

—Te hubiesen contestado.

—Lo sé, pero...

—Yo no habría ido a buscarte. Me pediste que te dejase ir y eso hice. Sabes mejor que nadie que no soporto la mentira y que cumplo mi palabra.

Juliette contiene el aliento con los pies descalzos sobre el suelo alfombrado de hierba. Lucas la mira fijamente y no tiene intención de apartar la vista. Las palabras se le enredan en la cabeza, porque ella sabe perfectamente que si las suelta él entenderá el mensaje. No tiene dudas. Es arriesgado y no está segura de lo que ocurrirá, pero ¿qué demonios? Quiere hacerlo, desea hacerlo. Y a sus cuarenta y nueve años, Juliette no piensa negarse ningún placer.

—Vivo en Ballestar. Pasamos por delante cuando hicimos aquel viaje improvisado. Es un pueblo tranquilo, pequeñísimo. Mi casa da a la parte trasera, te asomas al balcón y puedes ver las montañas rodeándote como si te abrazasen. —Coge aire y expone sus cartas sobre la mesa—. Pinté mi puerta de color verde manzana a principios de verano.

La sonrisa de Lucas se ensancha despacio como la de un gato astuto, no solo por el mensaje que puede leer entre líneas, sino porque hay un brillo peculiar en la mirada de Juliette y él sabe lo que significa. Es una invitación. Es un reto. Es un: «Atrévete, Lucas».

Tan solo unos centímetros separan sus manos sobre el banco de piedra antes de que se suceda la primera caricia. Unos dedos masculinos buscan otros más finos y llenos de viejos anillos que esconden recuerdos. Permanecen en silencio contemplando la noche que cae sobre ellos. El roce de sus manos es suave, pero se reconocen en las uñas, las cutículas, los huesos, la piel, los tendones y el ángulo de los nudillos...

Arriba, mucho más arriba y ajenas a la trascendencia del momento, las estrellas parpadean como pequeños faros. Lucas deja escapar las palabras que bailan alrededor:

—¿Tú también te sientes invencible ahora mismo?

CHICA DE AYER (NACHA POP)

—Joder. —Lucas maldice y vuelve a cambiar de marcha mientras asciende por esa carretera llena de curvas y recovecos que un día alguien (con pocas luces, en su opinión) decidió abrir entre las montañas que se alzan orgullosas—. La hostia.

Sigue porque sabe que cada tramo que avanza lo acerca más a ella. Y también, claro, porque siempre le ha tenido un cariño especial a ese lugar. Cuatro o cinco años atrás sintió el impulso visceral de ir allí, subió hasta Fredes y dio una vuelta a solas por el pueblo mientras se fijaba en las huellas del paso del tiempo y rememoraba aquella vez que caminó por esas calles de piedra junto a ella. No tenía ni idea de que Juliette se encontraba apenas a unos kilómetros de distancia; de algún modo, ellos siempre han estado muy cerca y muy lejos. Ha pensado mucho en ella desde que sus caminos se bifurcaron, siempre con nostalgia, con cariño, con el profundo deseo de que encontrase lo que fuese que andaba buscando. Le han llegado retazos de su vida a través de los demás, esto por aquí, esto por allá, y solo entonces afloraba la melancolía porque le hubiese gustado poder verla con sus propios ojos y no a través de unas gafas ajenas. Pero cumplió su promesa. No se acercó a sus heridas antes de tiempo, no convirtió las palabras en mentiras.

Lucas aparca el coche en la entrada del pueblo.

Ha deseado durante toda la semana que llegara este momento, pero tenía trabajo y Lucía se quedó en su casa porque le es más cómodo ir al instituto desde allí, así que tuvo que armarse de paciencia, lo que sigue sin ser precisamente su fuerte. La hubiese llamado tan solo para oír su voz. Temió pedírselo la otra noche en la boda y tener que pasar algún tipo de prueba que consistiese en preguntas rápidas. No quería arriesgarse a fallar.

Lo reciben calles y casas de piedra, macetas llenas de flores en los alféizares de las ventanas enrejadas y el cielo azul de finales de agosto. Se escucha el piar de los pájaros, un niño jugando a lo lejos con una pelota y las cigarras cantando bajo el sol de la apacible mañana. Lucas da un rodeo. Quiere contemplar el lugar donde Juliette decidió echar raíces. Si los sitios definen a las personas, sin duda aquel le pertenece a ella: solitario pero con encanto. Camina hasta llegar a la iglesia que se alza frente a él, delante de la puerta hay una plaza diminuta en la que crecen rosales; se inclina más allá del muro que limita el pueblo y ve las tumbas viejas de un cementerio que parece casi olvidado. Después regresa sobre sus pasos, baja unas escaleras irregulares hacia la parte de atrás siguiendo sus indicaciones, pasa junto a un gallinero y llega hasta una puerta desgastada de madera de color verde.

Solo ella elegiría ese tono que le recuerda a una mantis religiosa.

No hay ningún timbre, así que llama con los nudillos. Y espera. Espera. Espera. No le importa, lleva haciéndolo muchos años. Es parte del encanto de la vida: ese regalo bajo el árbol navideño que estás deseando desenvolver, el caramelo que te ponen delante de las narices pero no te dejan comerte, o la maravillosa mujer que abre la puerta.

Juliette va descalza, viste pantalones caquis y una camiseta anudada en la cintura. El flequillo cae desordenado sobre su frente y sus labios se curvan en una media luna.

—¿Por qué has tardado tanto?

Esta es su historia, una de amor y desamor, de cicatrices y decisiones, de perdón y esperanza. No ha sido perfecta, dista mucho de ello, pero cada instante vivido les pertenece.

FIN

NOTA DE LA AUTORA

He intentado ser lo más fiel posible a la información que he contrastado de la época, pero admito que me he tomado algunas licencias en beneficio de la historia. Quiero aclarar que los verdaderos teloneros de Elvis Costello en el concierto de Barcelona fueron Radio Futura después de que dos integrantes de Nacha Pop enfermasen y no pudiesen actuar.

La anécdota de ponerse limón en el pelo para hacerse crestas y terminar llorando en mitad del concierto la leí en una entrevista de PVP y me pareció demasiado divertida como para no incluirla. Los nombres que aparecen en la historia (locutores de radio, prensa, miembros de grupos o artistas) tienen toda mi admiración y espero no haber ofendido a nadie. Quiero agradecer el trabajo de Jesús Ordovás y las numerosas entrevistas que recopiló en el libro *Esto no es Hawaii: la historia oculta de la movida*. También la dedicación del trabajo conjunto de Ana Aparicio y Eduardo Cimadevila, que fotografió a muchos de los grupos y personajes de la época dando lugar a las instantáneas de *La movida madrileña*.

Quiero hacer una mención especial a ese grupo que marcó mi juventud mucho después de que dos de sus miembros nos hubiesen dejado: Eskorbuto. Iosu y Jualma me acompañaron durante años con el legado de sus canciones; hoy siguen vivas y representando el espíritu antitodo. Decidí que formasen parte de esta historia de ficción porque la suya y la de muchos otros que se fueron antes de tiempo no lo fue. Si uno se para a pensarlo, no creo que los jóvenes de los ochenta y los de hoy en día sean muy distintos: es fácil sentirse invencible y, todavía más, perderse en este mundo acelerado e incierto. Recordar las fragilidades de ayer fortalece nuestro presente.

AGRADECIMIENTOS

Contar con personas que confíen en ti es necesario para continuar avanzando paso a paso. Por eso quiero darle las gracias a la editorial Planeta, que se ha convertido en el hogar de mis historias. A mi editora Lola por darme alas con esta novela, pero, sobre todo, por tener siempre en cuenta mis deseos literarios. A Raquel, por creer en mis historias. A Laia, porque no conozco a nadie que trabaje mejor que ella. A Silvia, que sé que siempre está a su lado. A Isa, por su dedicación y su buen humor. Y a Pablo Álvarez, mi agente, que me cuida y me lee siempre con muchísimo cariño.

A los lectores, que son el motor de todo.

A mi familia, por su apoyo incondicional.

A mi madre, que es el gran pilar.

A mi padre, que leyó esta historia capítulo a capítulo y me ayudó con algunas correcciones. En 1984 llegó en moto a La Pobla de Benifassà, se enamoró del lugar y ahora vive allí, en ese pueblo de apenas cuatro calles que también se convirtió en un refugio para Juliette. Si tenéis la oportunidad de visitar la zona, no dudéis en hacerlo.

A mis compañeras de letras, esas con las que divago a menudo, me contradigo y les escribo emocionada (o todo lo contrario) cuando estoy inmersa en una historia. Gracias por ser sinceras y ayudarme tanto a mejorar esta novela.

A mis amigos, que, incluso aunque no sean grandes lectores, se entusiasman cada vez que encuentran una de mis novelas en las librerías y me mandan fotografías.

A J, que hace que tenga sentido a diario el título de esta novela: *Tú y yo, invencibles*. Y a Leo, que ha llenado mi vida de amor y dudas. Al fin y al cabo, hacerse preguntas es la mejor manera de dibujar nuevas historias al ir en busca de respuestas.